高村光太郎の戦後

中村稔

青土社

高村光太郎の戦後　目次

高村光太郎の戦後

第一章　高村光太郎独居七年

（一）空襲によるアトリエ焼失、花巻疎開、花巻空襲、太田村山口へ

全集の年譜、一九四五（昭和二〇）年の項に次の記載がある。

「四月十三日夜、空襲によりアトリエ炎上。多くの作品原型を失う。僅かに持ち出したのは彫刻刀と砥石、詩稿一束。筑摩書房から刊行される筈だった詩集『石くれの歌』の草稿は机上で焼けた。一時、近くに住む妹㐂子の婚家藤岡幾方に寄寓。人々の誘いにより花巻移住を決意する。五月三日、三蔦園訪問。可愛御堂に一泊。リヤカーを借りて帰る。取手の詩人宮崎稔の手配があり、このリヤカーで徳田秀一と共に荷物を取手駅まで運び、日本通運の小口手荷物扱で花巻に送った。九日夕方、三蔦園にリヤカー返却、直ちに帰る。十五日朝から宮崎と共に上野駅に並び、夕方乗車、十六日朝、雨で煙る花巻駅に着き、宮沢清六に迎えられる。宮沢家では清六一家の他に父母政次郎夫妻も健在だった。宮沢家の離れに一時身を寄せ、彫刻のための木材を求めて遍歴するつもりだったが、翌日から高熱を発し、肺炎と診断されて六月十五日まで床につく。賢治の主治医だった花巻病院長佐藤隆房の手厚い医療を受ける。六月十八日、病後を養うため西鉛温泉に行き、二十四日に帰る。回復期に水彩画などを描く。」

八月二四日付椛澤ふみ子宛封書（書簡番号七六一）に宮沢政次郎方の高村光太郎は次のとおり書いている。

「八月十二日付のおてがミを八月十九日おうけとりしました。詳しいおたよりでいろいろ東京の様子が想像され、たのしい事でした。殊に去年のあのトマトの種から駒込林町のアトリヱの焼趾に今年もトマトがなつてゐるといふ事、あなたがそれを播いて育てて下さつたといふ事に感動しました。あなたや藤岡夫婦の健康である事を知るのも心丈夫な事です。八月十日に花巻が空襲されて小生も罹災した事はハガキで既に申上げた事と記憶します。同日は午前五時迄に艦上機が数十機。花巻から二里ほど西方の後藤飛行場を爆撃に来て、花巻にも空襲警報がひびき渡り、爆音が地をとどろかして戰争氣分を横溢させました。正午頃敵機は一旦引き上げましたが、午后一時頃から再び艦上機数十機が南方の空から來襲、今度は北上川の上空で編隊を解き、一列縦隊となつて花巻町の上を旋回、まづ停車場とその附近を猛烈に爆破、病院、學校、鐵橋などを銃撃、更に町の繁華街のほぼ中央に焼夷彈を落下。そのため火災發生しましたが、敵機は三十分ほどで立ち去り、後一回來たきりで、それきり此の地方からは姿を消しました。停車場の方では爆死者も相當に多く倒壞家屋も少くなかつたし、松林の中にかくれた避難者をめがけた銃撃で多数の重傷者も出たやうでした。火事は火もと一個所で當然消火出來る程度のものでしたが、町民の恐怖心と荷物出し専一のため消火に努めるものなく、萱葺屋根多きための飛火とで火事が必要以上に大きくなりました。小生の居た宮澤家は丁度風下にあたり、距離三、四丁のところとてバケツリレーの消火も效なく程なく火に圍まれてしまひました。周圍の萱葺屋根の峯から火(原)になつて火がのびるので手の施しやうもない事でした。身のまはりのものを壕に入れ、老人、婦人、子供さんを誘導して裏の塀を破つて田圃へ避難しました。」

制空権も制海権も失い、アメリカ空軍の爆撃機、海軍の艦載機などの恣《ほしいまま》に無差別爆撃されても防禦のしようもない状態で、なお竹槍でアメリカ軍を迎えうとうとした軍部、政府の指導層の狂気に近い無策にはただ憤りを覚えるばかりだが、ここで高村光太郎が臨場感あふれる筆致で描いた空襲の情景を体験した者はいまでは稀になったにちがいない。ただ、この花巻への空襲はごく小規模のものであり、一九四五年三月一〇日の東京大空襲による悲惨さとは比べようもないものであった。書簡の続きを読む。

「その時最近知合になつた元花巻中學校の校長先生だつた佐藤昌先生といふ老先生がかけつけて來て、小生に「余の家に來られよ」といはれて案内されました。火の中をぬけて町外れの至極閑静な高臺の一軒家に導かれ、親切に世話され、その日からずつと佐藤昌先生のお宅の一室八疊の部屋に起居してゐます。縁側に立つて望(原)めると庭前の深い谷を越えて北上川流域の平地の緑から東方の北上連山一望のうちにあり、早池峯の山容も眉に近く、實に絶景々勝の地にて、思ひがけなくこんなところに避難する事になつたのを喜んでゐます。小生の荷物は大分焼けました。殊に臺所道具、壓力釜も平戸の茶碗も鍋島の皿も、ギヤマンの杯も焼失しましたが、彫刻用の道具箱、合砥二面智恵子の切抜繪の風呂敷包み、亡父の彫刻一點、フトン三枚、着衣若干、リユツクサツク、カバン等は壕の中で助かりました。警報と同時に小生は例の通り、鐵兜をかぶり、飯盒、鉈を腰にぶらさげ、バケツと鳶口とを手に持つてゐたので、これらのものもやはり健在です。あなたからいただいた時計もまだ動いてゐます。花巻に來てから集めた彫刻用の砥石や道具の大部分は焼失しましたがやむを得ません。」

東京大空襲のような火勢の強かったときは、防空壕に逃げこんだために蒸し焼きになって死んだ人も多かったし、防空壕の中の荷物も大方は焼失した。花巻の空襲では比較的被害が少なかったといえるだろう。そのため、智恵子の紙絵の包みが無事だったことはじつに僥倖であった。年譜によれば、三月、すでに智恵子の紙絵の一部は山形の真壁仁に預けていたが、花巻へ持参した紙絵の残りが焼失を免れたために、智恵子の紙絵はほぼ全部後世に伝えられることとなったわけである。

じつはこれまでの引用に続く、この手紙の中の個所こそが私が何としても引用する必要があると考えている文章である。

「小生今後の事については、今いろいろ計劃中です。八月十日(原)の畏多い御詔勅のやうなことになつた以上、小生は當分東京に歸る事を好まず、純粋な日本生活の傳承せられる東北の僻地こそ却て好ましく、花巻町の西方三里程の地に太田村山口といふ一部落あり、山間の小部落にて、そこの國民學校分教場の代用教員をしてゐる青年がまじめな眞劍な宮澤賢治の崇拜者、法華經の信奉者であり、此の青年の熱心なすすめもあるので、この太田村山口といふ地に數日前實地踏査にゆきましたところ、電燈もつかぬ不便の地ですが、風物人情殊の外よろしく大に氣に入りましたので、分教場から五六丁の距離にある山ふところの南面傾斜の林間に丸太小屋を一軒建てる事にきめ、一切をその青年にまかせて歸りました。今は井戸の試掘をやつてゐる筈です。丁度舊盆の農事休みの時季で人手があるわけです。井戸に水さへ出れば、そこの林を切りひらいて二間に三間の小さな開墾小屋を建てるのです。藁ぶき、藁圍ひ、土間だけの小屋で、寢るところだけ板の床を張ります。今は板の材がまるでありません。殊に花卷の火事以後大量に求められないのでやむを得ません。さういふ原始的な小屋にまづ住む氣です。後ろの山に登ると東北、西南の山々が一望のうちにあり、ワラビは雜草のやうに多く、百合花根、山芋その他の山菜無盡で、秋には茸の名産地といふ事です。此處を開墾して畑をつくりまづ今年は麥をまき、ソバをまき、堆肥をつくり、其他土地の農家にきいて然るべき畑作りをします。稗粟が適地のやうなので今後は稗粟を主食としたい氣ですが、配給規定の米の外幾升かの米も配給されるといふ事ですし、牛乳ももらへさうですし、食糧の不安はまづ無いやうに思はれます。山には兎がたくさん居るのでこれも捉へれば食料になります、此所を根據にしてゆるゆる計劃を立てます。木材其他の建築資材が入手出來るやうになつたら、然るべき此の土地に堅固な合理的な美しい家を建てます。そして畑作りを基本とする文化生活を創始、此の山間に最高文化の一國をつくるつもりです。土地の青年中の素質よきものを育成したり、知人友人の同志者の中の素質優良で眞に純眞な人達を選んで此所に招致もして、後々は立派な文化部落にしたいと思ひます。十年はかかるでせう。その間に小生は詩を書き、彫刻をつくります。今度は木材が手近にあるでせう。本阿彌光悦は京都の鷹ケ峯で當時の最高文化の部落をつくりました。形は違ひますが、小生の企てもいく分似たところがあります。」

ここで私が注目することが四点ある。

第一は「丸太小屋」の居住性である。藁葺、藁囲い（萱葺、萱囲いとある文章もある）で、寒さが厳しく、積雪も多い山中ではたして住み続けられるのか、という問題である。ただし、この問題は営林署から元鉱山の飯場の払下げをうけて移築することになったので、この飯場の居住性にも問題はあったにせよ、藁葺、藁囲いあるいは萱葺、萱囲いの丸太小屋の居住性の問題は自ら解消した。

第二はこの山間に本阿彌光悦が京都の鷹ケ峯に作ったような最高の文化部落をつくるという構想である。この構想は八月一九日付宮崎仁十郎宛葉書（書簡番号七五八）で「そのうち太田村といふ山寄りの村に丸太小屋を建てるつもり。追々そこに日本最高文化の部落を建設します。十年計畫でやります」と書き、八月二四日付小森盛宛葉書（書簡番号七六〇）で「太田村の山ふところに小さな丸太小屋を建ててすむことにしました。既に實地踏査も致し、今は井戸の試掘をしてゐる筈です。電燈もない不便の地ですが小生大滿足です。此所で開墾、數年後には最高文化の一領域をつくる氣でゐます」と書き、九月一二日付水野葉舟宛封書（書簡番号七七三）では「大地と密接な關係を持ち、自己の生存を自己の責任とする營みの上に築かれる至高の文化こそ望ましい」「小生は東北へ來た因縁を無駄にせず、此處でその一環をつくり上げたいと思つてゐます」と記していることからみても、真剣にそうした夢想を抱いていたことである。日本最高文化の部落といった発想が夢想にすぎなかったことは、山居七年、その端緒さえ作れなかったことからみても明らかである。このことは、高村光太郎が夢想家であり、理想主義者であったことを示しているが、彼の山居七年は彼の高邁な理想の実現の実験場として自主自立の精神から選択された生活であり、戦後の窮乏により強いられたものではなかったことは留意すべきであろう。

第三は、これらの書簡には戦争下における彼自身の行動、ことに詩作に関する反省はもちろん、責任を感じているようにもみえないし、当然のことながら「自己流謫」という思想はその片鱗さえ窺えないということである。

第四点として、椛澤ふみ子宛書簡では「木材其他の建築資材が入手出來るやうになつたら、然るべき此の土地に堅固な合理的な美しい家を建てます」と告げたが、数年後、木材等の建築資材が入手できるようになっても、彼は堅固な家をついに建てることをしなかった。たとえば後に見るとおり、一九五一（昭和二六）年、龍星閣こと澤田伊四郎が六坪の新小屋を建て寄贈したが、この時点でも高村光太郎は堅固な美しい建物を建てなかったのである。

（二）山小屋生活の始まり

太田村山口の分教場の代用教員佐藤勝治が高村光太郎を誘ったのは「十三日ですから」終戦の「たった二日前であります」とその著書『山荘の高村光太郎』に書き、次のとおり続けている。

「私は幸い学校に居るために、部落のかたがたの手厚いお世話を受け、町の人達には済まない程の、恵まれた、ゆっくりした暮しをさせてもらっておりました。先生を山口におよびしても、町に居るよりは、食べ物の心配はないし、爆撃の怖れも絶対にありませんので、こうお誘いしたのであります。けれども、人によっては、私にはとても気に入った山口でも、誰一人として転任を希望する者の無かったほどの草深いところですから、あるいは、いたってつまらない所かも知れません。

ところが先生は非常に喜ばれて、即座に、

「ぜひお願いしたい」

とこういわれたのであります。」

八月一三日の時点では、二度の空襲に罹災した高村光太郎が、佐藤勝治のいう桃源郷のような山口に寓居を定めることは、じつに魅力的だったにちがいない。即座に、是非お願いしたい、と言ったことは納得できる。

そこで、佐藤は「戸数四十三戸人口三五〇人の山口部落」の部落会長であり、部落の信望が絶対であった駿河重次郎に相談し、「二間に三間の丸太作り、四方も屋根も萱で囲んで、出入口にはむしろをさげただけの、もっとも簡単な、雨露を凌げばそれでいいという建物」について、駿河に訊ねたところ「五百円もあったらよかんべ」という話になった、という。高村光太郎は八月一五日の日記に次のとおり記している。

「曇　午前五時宗青寺へ。地藏流しといふ行事に參詣。北上川へ札を流す。5圓地藏さまへ。茄子6個1圓、往來にてかふ。　校長さん歸宅。　佐藤勝治氏來訪、山口へ小屋を建つる事を依頼、500圓材料入手の爲手交。　正午鳥谷崎神社々務所ニテ天皇陛下の玉音録音放送ヲキキ平和再建ノ詔書渙發を知る。」

佐藤勝治に五〇〇円手渡した直後に情勢は一変したのであった。空襲の心配がなくなったのだから、高村光太郎としては考え直して、しばらく状況を見てもよかったはずだが、佐藤勝治の話は実現に向かうこととなる。高村光太郎から受けとった五〇〇円を佐藤勝治が駿河重次郎に渡したところ、

「駿河さんは、二、三日たつとやって来て、

「いや、いいものがある。ここから一里ばかり山奥に、営林署の飯場があって、こんど払い下げるという話だから、それを買い受けるといい」

というのです」

と佐藤勝治は書き、

「払い下げに予想以上の日数がかかって、いよいよ山から飯場の建物をこわして運び出す段になったのは、もう九月も末で、そろそろ朝晩は肌寒い頃となっておりました。

先にもお話したように、先生を山にお誘いしたのは、終戦直前――二日前であります。戦争が終ってみますと、とたんに、私は「あんな山の中に先生をおよびすることは無理だ。これからはもっともっと便利な所に、幾らでも立派な家が建てられる」と思いまして、

「もう山にいらっしゃらなくともいいではないでしょうか」

と極力やめて下さるようにお願いしたのであります。

ところが先生は、

「いや、僕が山に入るのは、若い頃からの希望なのです。何も戦争と関係の無いことです。じっさい北海道で暮すつもりで、月寒まで行ったこともあります。そういう長い間の夢が、こんどはほんとうに実現するのですから、どうぞやめるなどといわないでやって下さい」

とおっしゃいます。

そういう、固い先生のお気持ですから、やっと払い下げになった小屋を、駿河さんにお願いして、運んでもらうことにしました。」

と続けている。

高村光太郎が太田村山口に赴いて、場所を選定したのは八月二一日であった。当日の日記に、

「太田村山口行、朝飯盒にて辨當炊き、八時四十分校長先生同道花巻驛より。（中略）二ツ堰下車徒歩五十分。午後勝治君の案内にて地所検分、選定。部落會長宅に挨拶にゆく。小屋を勝治氏に一任。五時十二分二ツ堰よりかへる。」

校長先生とは当時高村光太郎が厄介になっていた佐藤昌である。佐藤勝治によれば、「私と三人であちこち歩いた結果、部落から離れていて、しかし分教場に余り遠くない、この梓の木の傍に建てようと決めたわけです。この辺は「大日《ダイズ》」と言って、駿河さんの所有地です」とあるが、続けて佐藤勝治は「先生は最初の検分ですっかり安心して、大喜びで花巻へ帰られました。ところが、その後で駿河さんにその場所のことを話しますと、駿河さんは、あそこは道ばたのために、山に行く人たちが通ってうるさいだろうから、もう少し東寄りの、道から外れた所がいいだろうといって、今ある、あの場所に変えたのであります」と書いている。

後に山小屋に住みはじめてみると、郵便は分教場までしか配達してくれなかったので、高村光太郎は郵便の受取には分教場まで四、五〇〇メートルの距離を出向かなければならなかった。それに、一九四九（昭和二四）年二月まで電灯がつかず、ランプの生活であった。分教場か部落に近い場所であったら、電灯線を引くのも容易だったはずである。そうした生活上の不便を佐藤勝治も駿河重次郎も考慮しなかったし、もちろん高村光太郎も思い及んでいなかった。しかし、こうして選定された場所についいて佐藤勝治は次のように書いている。

「ここは、うしろに岡を背負って風が防がれ、前は開けて日当りが良く、すぐ傍に水も湧き出て栗の木もあり、まことに好都合な山ふところであります。建ててみると、とても落着いた、本当にいい場所でありました。鳥の声、虫の声の外には、一日中森閑として誰れも邪魔をしません。殊にも、あの西側の榛の木ばやしは、昼もよい所ですが、月夜の美しさはたとえようもありません。おのずから詩境に遊ぶ思いがします。又、うしろの岡に登れば、松の木の間から、芒の波打つ清水野《きよみずの》を経て、広々とした北上平野が一望の下にひらけ、はるかにはるかに蛇紋山地が夢のようにかすんでいるのでありますます。」

こうして営林署に飯場払下げの手続中、高村光太郎は佐藤昌方から花巻病院長佐藤隆房宅に移った。佐藤隆房は宮沢賢治の主治医であり、宮沢賢治の伝記の最初の著者である。私自身、宮沢賢治についてはじめて評論を書いたさい、佐藤隆房の著書を大いに参考にした記憶がある。佐藤隆房著『高村光太郎山居七年』(以下『山居七年』という)に次の記述がある。

「九月十日、先生は手廻りのものだけもってぶらりと私の家に来ました。私の家では離屋の二階四畳半二間《ま》を空けておきました。住みついてから先生はここを潺湲楼《せんかんろう》と名づけました。室は南向に廊下があり北側にも廊下があります。」

佐藤隆房は、宮沢清六とならんで、あるいは宮沢清六以上に、高村光太郎がその山口において独居自炊した七年の間、もっとも好誼を受けた人物であった。彼が山口から花巻に出てきたさいにこの潺淏楼と名づけた所以を高村光太郎は「夜になり四面が静まり豊沢川のセセラギの声が実に美しく枕にひびいて」くるからだ、と説明した、と『山居七年』に記している。

さて、九月末、払下げられた飯場を山口に移築する運びになった。『山居七年』には「この小屋はもと銅鉱を採鉱した宮手沢鉱山の飯場で、その場所が営林署から借りた土地だったのだが、地代を営林署に払わない代償に営林署にとられておった三間に三間の飯場小屋です。鉱山の飯場小屋ですから造作は至って粗末なものですが、土台や梁は思ったより頑丈なものでした。お役所のことですから、払下げの手続きは面倒でしたが、とにかく三百円で払下げになりました」という駿河重次郎談話が収められている。佐藤勝治の著書によれば、飯場の移築は次のようになされた。

「さて、小屋を建てる当日は、朝まだ暗い中に、部落の人々が、一戸から一人ずつ出て――村には未だ屈強な男たちが帰っていないので、主に老人や、若い女の人たちですが、――一里の山奥へ入って行き、飯場を解体して、柱や垂木や戸を、一人で一つずつかついで、谷川をこえたり急な坂を下りたりして、運んで来たのであります。お昼までに運んで来て、休むひまもなく組立にかかりましたが、夕方までにはちゃんと棟上げを終えることができました。そこではじめてみんなは、祝い酒を飲んで手を叩いてうたったのであります。」

また『山居七年』の駿河重次郎談に戻ると、次の質疑応答があったとある。

「重次郎さんが天井を張りましょうかと申上げたところ、先生は

「この梁が面白いから天井は張らない方がいいです。」

といって天井は張らせませんでした。一番問題は壁です。素人がかかって何とか荒壁だけはつけました。」

高村光太郎日記の九月二九日の項に次の記載がある。

「快晴　すく《ママ》と汗ばぬ《ママ》ほど、宮崎さんと共に山口行、西公園より二ツ堰まで電車、八時四十八分發、漫歩して十時半頃山口着、便通、勝治さんにあふ。中食御馳走になる、二時現場にゆく、小屋は略出來上り居る、井戸も掘られ居り、駿河さんにあふ。三時小屋を出て二ツ堰四時五分發、五時歸宅、電車こむ。つかれる。」

右の記述からみて、移築が行われたのは九月二九日であり、高村光太郎は駿河重次郎から、天井をどうするか、訊ねられたのであろう。零下四〇度に達することさえあるという山口の厳しい冬を考えれば、天井が寒さを防ぐのに必須であると考えるのが常識であろう。何故梁が面白いから天井は張らない、と高村光太郎は答えたのか。駿河重次郎としても天井を張ることの必要性は充分承知していたはずだから、ことさら天井を張るか、と訊ねたのは、面倒だから、できれば張らずにすませたい、と考えていたからではないか。そういう駿河重次郎の下心を察して、高村光太郎は、天井は張らない方がいい、と答えたのではないか。それは山口部落の人々の機嫌をそこねたくない、という気兼ねに由来するのではないか。高村光太郎にはそういう過度の気遣い、あるいは気の弱さがあった。それはおそらく生来の気質であった。

佐藤勝治はまた「払い下げから、出来上るまでの費用は、たしか、千六百円かかったと思います」と書いている。この金額は当初見積りの五〇〇円の三倍を超えている。また、三〇〇円の払下げ費用の残額一、三〇〇円が山口部落の人々の収入になったわけである。これはずいぶん良い稼ぎのはずである。なお、日記中、宮崎さんとあるのは宮崎稔、日記によれば九月二六日に花巻に高村光太郎を訪ねている。日記には「一別以來久闊」とあり、そのまま花巻に滞在していたものと思われる。

ところで、高村光太郎の椛澤ふみ子宛一〇月九日付封書（書簡番号二六九五）には、

「十月五日附のおてがみ拜見しました。どうなされたかと思つてハガキを書かうと考へてゐたところでした。智惠子のお墓、お詣りして下さつたさうでまことにありがたく存じます。おまけに大變な風雨の日であつたさうで尙更忝く存じます。墓所も何も今では見廻る家人もなく荒れ果ててゐることと心苦しく存ぜられます。（中略）順調にゆけばこの十七日の神嘗祭の日に太田村山口の小屋へ引移りたいと思つてゐるのですが、どうなりますか。山の小屋はほぼ九分通り出來上り、井戸も掘れましたが、まだ建具は完備せず、井戸水も濁つたままになつてゐます。しかし杉皮の屋根がふけ、壁もつきましたので、雨はもらないと思ひますので思ひきつて移り住んでしまはうと考へてゐます。自分でいろいろ手を加へ雜作をつくる外ないでせう。圍爐裏に山の木を焚き、清水の水で雜炊でもつくりながら、ゆるゆると運んでゆく氣でゐます。山の人も何かと心配してくれるやうです。小屋は十五疊敷

一室で、三分の一は土間。それにさしかけの部屋が六疊で、此所に井戸があり流しをつけて臺所となるわけです。十疊敷は板の間で、疊は三疊だけ隅に敷いて此所に夜具を敷く都合です。板の間の圍爐裏は三尺角で炭火用、土間には四尺角のゐろりをつくつて火を焚くところとするつもりです。土足のまま火の中に踏み込める必要がありさうです。實際に行つてからでなければ細かい事はきまりませんからいづれいつてから又申上げませう。まあ今年中は自分の生活を馴らす事だけで一ぱいでせう。零下二十度積雪四尺といふ中の生活になるのですから相當の用意がいります。雪に埋れて交通杜絶は必至ですから食物と燃料との貯へを十分に準備しなければなりません。此冬はゐろりのへりで濁酒をくみながら静かに書き物をしてゐませう。水類はすべて凍結するとの事ゆゑインキも使へないでせうし、小刀研ぎもどうかと考へられます。しかしその中に不可言のたのしさがありさうで、又靜思の時間に惠まれるのでありがたいと思ひます。雪中では兎をワナでとつて蛋白源としませう。雉子もゐるかもしれません。此間友人から北海道のよい昆布をたくさんもらひましたから、有力な調味料となります。みそも醬油も鹽も入手。木炭は三俵、米も三斗ほどもらへさうです。あとは蔬菜とつけものとさへあればいいわけで、十分見通しがつきますから御心配御無用に願ひます。來年は大いに働いて着々とやつてゆけると思ひます。又書きますが今日はこれだけにします。乍末筆父上の御快癒をいのります。」と書いている。

一〇月五日の智恵子の命日、染井基地に墓参してくれたことのお礼に始まるこの手紙を受取った椛澤ふみ子は一〇月一二日に花巻に高村光太郎を訪ねている。日記には「朝食前椛澤ふみ子さん突然來訪。朝食中食を當家の厄介になる」とあり、また、「椛澤さんより、おさつ（生）、鮭かん4、茶、抹茶、みそ漬トマト、紙入、合砥2（フヂ岡氏よりのもの）受取、」とある。フヂ岡は弟の藤岡孟彦であろう。終戦直後の一〇月に東京から花巻に旅行するのは並大抵の苦労ではなかったはずである。終戦直後の時期、私自身、家族が住んでいた弘前と東京の間を何回か往復したが、汽車の切符を買うのも容易でなかった。混雑もひどく、腰かけられる席が見つけられたら幸運としか思えなかった。椛澤さんは当時二三、四歳の若い女性だったようだが、それにしても、これだけの土産を持参して、高村光太郎を見舞ったのは、よほどの敬愛を抱いていたからであろう。その敬愛に応えて彼女に高村光太郎は山居七年の間ほぼ八〇通の書簡（封書、葉書）を送っている。かなり長文の手紙が多く、それらの書簡から、山口における高村光太郎の生活の情況が七分どおり分るほどである。いうまでもなく、山居七年の間、彼女ほど頻繁に書簡をもらった人は、宮崎稔を除き、他に存在しない。今後も随時、彼女宛書簡を引用するつもりである。

この日は、高村光太郎は彼女を宮沢清六家、佐藤昌家に案内、桜の宮沢賢治旧居に立つ「雨ニモマケズ」詩碑を見せ、朝、昼、夜、佐藤隆房邸で食事にあずかり、彼女は夜行で帰京したようである。

一〇月一四日、高村光太郎は早速次のような礼状を彼女に送っている（書簡番号二六九六、葉書）。

「一昨日はあまり突然だつたので何の用意もなく、失禮しました。遠路いろいろと重いものを持つて來て下さつて、細かいあなたの心からの贈物をしんにありがたいと存じました。抹茶の御馳走になつた時は、遠い東北に居ることを忘れるほどでした。十七日には多分豫定通り山へゆけるでせう。山中の方丈に獨坐して爐邊にあなたの贈物をいただきませう。又申上げますが、とりあへず御挨拶まで〈御無事御歸京と存じます。〉」

彼女は点前に堪能であったようである。山居の高村光太郎に始終東京新聞一束を送っていたが、時々、宇治から取り寄せた抹茶、玉露などを贈っていた。

ところで、『山居七年』には一〇月二三日、佐藤隆房が高村光太郎を訪ねた記述がある。

「山口分教場の校庭をすぎると低い土手があり、その土手をこせば、霜にいためつけられた秋草の野に、ほそぼそと人が踏んだあとの細い山道です。あたりの木々の葉は既に落ちつくし、刈りのこったススキの穂がさびしく立ち、冬枯れの雑木の中に松だけが緑濃く茂っている密林です。十分程でその家につきました。荒涼とした山の中に小さな杉皮葺の家が置き忘れたようにポツンとあります。

挨拶をして中に入りました。古びた材木が素面のままで乱雑に組まれた小屋で、天井がなく梁も屋根裏もあらわに見え、壁は荒壁でそれと柱や桁のすきまから光がさしこみます。入口の戸は板戸で入口のわきの窓は紙張り、畳三畳半で板間と囲炉裏とがあって土間の前に小さな水屋の流しがあり、家具らしい家具は何一つない。

「思ったよりずいぶんそまつな家ですね。こんなにひどい家とは思いませんでした。しかしこの間の釜石の空襲のときに、花巻から棺を三百以上作って送ったのですが、その材料にさえ苦労したのですから、この家でも建てるとなればずいぶん容易でなかったでしょう。」

「村の人たちが本当に力になって建ててくれました。村の昔からの家はずいぶん大きくがっちりできているが、私の一人住居にはこれで沢山です。」

（中略）

「電灯がなくって困るでしょうが、夜どうなすっています。」

「夜はローソクですが、ローソクにも限りがあるので早く寝ることにしています。」

「それではお仕事に困るでしょう。戦《いくさ》で何でも不足ですが、町では電気だけはチャンとしていますのに。ランプがあればいいんですが。石油は何とかなりますから。家の方ではランプなどは今では全く縁のないものですが、ここの部落ではこのごろ電灯が入ったのですから、ランプという時代ものもあるかも知れません。帰りに知合いに寄って探してもらいます。」

「今はいろいろ食べ物はもらったりして間に合っていますが、夜のひかりは問題です。これがないと思うような仕事ができない。ランプがあればいいですね。」

「先生は東京の冬は知っているでしょうが、この岩手の冬は凄まじいです。関東育ちといっても私は寒い地方で育ったのですが、岩手の寒さには驚きますよ。冬、濡れた手で鉄瓶を持つと手がすぐ凍りつくのですからね。冬はうちでは夜は雨戸、硝子戸、カーテンの三重にしているのですが、障子一重のこの家で寒さに堪えられるでしょうか。」

「こちらの方の農家でも窓やなんか紙一重のところもありますから、堪えられないことはないでしょう。炭も薪もみんなが用意してくれているし、それに僕は夏はへたばるが……夏になるとどっか体の具合がわるくなるが、冬はとっても元気になるのだから心配ないと思います。」

「兎に角、雪は三尺は積るでしょうし、恭三さんなど部落の人にもよく頼んで見まわってもらいますが、御健康が勝れなかったときは、すぐ使いをよこして下さい。迎えに参ります。」

お茶をいただきながらいろいろ雑談して、そのあばら屋の生活に心をのこして私は小屋を辞しさびしい野道を帰りました。」

佐藤隆房は関東も寒い地方の育ち、というのは、彼は栃木県出身だからである。彼の手配で間もなく、山口部落の戸来恭三がランプ、石油等、高村光太郎が不自由している物資を調達して届けている。

しかし、実際は高村光太郎は一〇月一七日に山口に移ったものの、一〇月三〇日にも依然として分教場に起居し、小屋で生活できるよう、小屋に通っていた。一〇月三〇日付宮崎稔宛葉書（書簡番号八〇九）では「小生まだ分教場にゐて毎日小屋に通つてゐます。今日は井桁にかかる日です」とある。素掘りの井戸を掘っても井桁がなければ危険で実用にならない。翌一〇月三一日付西岡文子宛葉書（書簡番号八一〇）では「毎日小屋に通つて大工仕事に努めてゐます」とあり、一一月一日付水野葉舟宛葉書（書簡番号八一一）では「毎日小屋に通つて雑作を自分で作つてゐます。昨日は爐の自在カギをつくりました。今度は井桁にかかります。」とあり、一一月一五日付浅見恵美子宛葉書（書簡番号八二〇）でも依然として「毎日大工仕事を自分でやつて居ります」と高村光太郎は知らせている。

閉鎖された鉱山の飯場小屋はかなりの期間放置されていたにちがいないから、荒廃がひどかったであろう。こうした小屋を解体して運びおろし、組立て、荒壁を塗ったことが部落の人々にとって苦労だったとしても、それだけでは、井戸も使えず、囲炉裏も、ランプのような照明設備もない、がらんどうの小屋にすぎない。そのような小屋を引き渡された対価として高村光太郎は一、六〇〇円の費用を負担したのであった。

一〇月一七日に山口に移ったが、はじめて小屋で寝起きすることになったのは一カ月後の一一月一七日であった。それまで分教場に泊って、小屋に通い、住むことのできるような諸雑作を自ら作り続けなければならなかった。こうした諸雑作の製作も高村光太郎のように刃物などを使い慣れた人だから可能であったことであり、そういう格別の技能をもった人でなければ、ただ立ちすくむか、建具職人を何とか雇って頼みこまなければならなかったであろう。敗戦直後、そんな建具職人もおいそれとは見つからなかったに違いない。こうした困難に立ち向かって、苦情一ついうことなく、解決した高村光太郎物は並外れた異能の人であった。

分教場に泊るといっても、「分教場の宿直室は、八帖一間きりです。私は家内と、五つと三つの女の子二人の、四人家族で泊っておりました。先生はその仲間入りをされて、私たちと一緒に暮すことになりました」と佐藤勝治は書いているから、寝ることも雑魚寝に等しい苦労だったであろう。

高村光太郎はこうした小屋の不備、そのための不自由な暮しについても誰にも愚痴をこぼさなかった。貧しければ貧しさに耐え、不自由であれば、自ら問題を克服することに努める。それが彼の生き方であった。

(三) 山小屋の生活における高村光太郎の思想と現実

太田村山口で高村光太郎はどういう生活をし、どういう未来を目指していたのか、についてふれたい。

一九四七年四月刊の『婦人朝日』に寄稿した「ある夫人への返事」に彼は次のとおり書いている。

「太田村といふ所は稗貫郡の中でも最も邊鄙で、酸性土壌の痩地で、農家は自家自給がやつと出來る程度の生活を營んでゐまして、都會文化とは甚だ縁遠く、買出しの人々さへ、太田村へはやつて來ないほど、物の乏しいので有名な所であります。北上川東岸の沖積層地帯たる矢澤村のやうに有り餘るほどの農作物が出來て、それを相當な金錢に代へるといふやうな、器用なことの決して出來ない所であります。さういふ所に親代々住みついて夏は僅かな水田と石ころの多い畑とに働き、冬は山に入つて炭を燒き木を伐り出し、殆と原始的といつていい程の生き方をしてゐる此所の農家の人達には、おのづからお手紙に書かれたやうな、不衞生、無知、狹量、牛馬のやうな勞働、等々といはれても仕方ない日常生活を送つてゐるやうに小生にも見うけられます。その半面には又かういふ所でなければ見られないやうな、例へばぶしつけなまでな眞正直さといつたやうな人間の面白いところもいろいろな場合におのづと感じられる事がありますが、一般に疎開者はどうもうまくいつてゐないやうです。」

佐藤勝治には太田村山口がこうした貧しく、生活しにくい土地であることは分っていたはずである。それ故、敗戦の「玉音放送」を聞いたのち、考え直したらどうか、と高村光太郎に話したのだが、高村光太郎の山口移居の意志がつよかったことはすでにみたとおりである。引用を続ける。

「ところであなたが小生におたづねになつてゐるのは、さういふ環境の中で、どうして平氣で淋しくなく暮してゐるのかといふ事のやうに思はれます。時々人からさういふ質問をうけますが、これには當人の境涯といふものが大に關係するでせう。小生は言はば一個の風來で、何處にゐても、其處で出來るだけの仕事をし、出來るだけの務めを果たして、そして天命來らば一人で死ねばそれで萬事結着といふ孤獨生活者です。父母もなく、妻も子もありません。さういふ者は他から見ると甚だ淋しいやうに見えますが、當人は多く却つて淋しさに惱まぬものです。底知れぬ深い孤獨感は群衆の中にゐても親子けん族の中にゐても人間としてはまぬがれないものでこれは別です。人の普通いふ淋しさというのは、多くは人事關係につれて起る一種の不滿といふか、不安といふか、さういふものの姿をかへた感じだと思ひます。小生ここでは一切をありのままに行動してゐて少しも淋しくありません。むろん「只人」はあたりまへなこととして平氣です。村の人達を全的に信用してゐますが少しも當惑する目にあひません。もつともこれには分教場主任の良識といふ良い仲介者のある事が重大關係を持つてゐるには違ひありません。小生は村の長老を尊敬し、青年を愛します。知らないことを村人達に教はり、また新知識は折にふれて村の人達に傳へます。小生は指導といふことをしようとは思ひません。指導よりも浸潤が自然で大切だと思つてゐます。あなたは不思議がられますが、小生はここに永住する氣でゐます。牛のやうにのろいのですが、もう十年たてば少し話は變つてくるかと思ひます。まあ先のことはともかくも、現在小生がここに居て至極元氣に日を過してゐるのには、この廣大な自然の美が大きい力となつてゐることも見のがせません。ここの山水はいはゆる絶景ではありませんが、自然の要素がすべて新鮮で、烈しくて、積極的で、毎日のやうに目をみはるやうな美しさに接して、飽きるとか見なれるとかいふことがありません。夜の星の大きさ、清水野のひろい原、山口山の樹木の繁茂、國境連山の起伏、早池峰山の奇聳といふやうなものばかりでなく、路傍のバツケ、カツコ、ホロホロ、ワラビ、ゼンマイから四季の草々花々等、木の實や菌、鳥から冬の野獸に至るまで、ただただ小生を感嘆させるばかりなのです。」

『暗愚小傳』中の「山林」で「生來の離群性はなほりさうもない」と書いたが、高村光太郎はパンの会の時期でさえ群れてはいなかった。アメリカに渡り、ボーグラムに師事したころにも、また、智恵子発狂後も、つねに独居自炊していたし、ごく若い時から、水野葉舟を除けば友人らしい友人をもっていなかった。後に述べるとおり、更科源蔵、真壁仁、草野心平、伊藤信吉などと親しく文通したが、決して師弟とか、文学上の盟友ではなかった。彼らから敬慕されていたが、文学上の同志ではなかった。高村光太郎の人格を慕った人々は多かったし、彼の側から思いやる人々は草野心平、宮崎稔をはじめ、少なくなかったが、彼らの誰にも彼は頼ることはなかった。そういう意味で彼はつねに孤独であった。

それよりも、「ここに永住する氣」であると語っていることに注目すべきであろう。ここでも「自己流謫」というような考えがまったく認められないことにも注意していい。なお、右の文章、殊に末尾の文章は必ずしも引用の必要はなかったかもしれないが、私としては、ここに高村光太郎の山口の自然に魅了されていたことも山小屋での七年の生活とふかく関係すると考え、あえて引用したのである。

その翌年、一九四七年三月稿、未発表に終った「開墾」がきわめて興趣ふかい。

「私自身のやつてゐるのは開墾などと口幅つたいことは言はれないほどあはれなものである。小屋のまはりに猫の額ほどの地面を掘面を掘り起して去年はジヤガイモを植ゑた。今年は又その倍ぐらゐの地面を起してやはりジヤガイモを植ゑるつもりでゐる」とはじまる文章だが、文中、次のとおり記している。

「そんなわけで、私は極めて樂な程度の開墾のまねことのやうなことを去年の雪解後に始めたのであるが、驚いたことに、そんな程度のことでさへ素人の私をおびやかすに十分であつた。私の掌には長年の鑿だこが出來てゐて力仕事にかけては隨分自信があるのであるが、鑿のあたる所と、馬鍬《まんが》のあたる所とは違ふと見えて、僅かなジヤガイモ畑の開墾で右の掌に血まめが三つばかり出來た。それがつぶれて一旦治つた後、皮下の深い所が膿み始めて、最初は痒く、やがてヅキヅキと痛み出して一週間ばかりは安眠も出來ない始末となつた。手首一面に腫れて二の腕の方までそれの犯して來る様子が物凄いので、たうとう花卷町に出かけて花卷病院長さんに見てもらひ、その夜すぐに右掌をを切開して膿を出していただいた。それから毎日ガーゼの取りかへに病院通ひをするため一ケ月足らずは花卷町の院長さん邸に逗留しなければならなかつた。その一ケ月は丁度五月から六月にかけてのことなので畝作り、播種、施肥、その他栽培に一番肝要な時期だつたわけであるから、不在のままだつた私の開墾も畑もすつかり仕事が遲れてしまつた。六月末に山に歸つてみると、エン豆、インゲン、ジヤガイモなどはどうやら物になつたが、稗の苗などは雜草にすつかり食はれてしまつてゐた。一旦はびこり出した雜草はまだ不自由な右手の働きぐらゐでは中々退治がむつかしく、私の畑は雜草の中にいろんな作物が居留してゐるやうな狀態となり、實にさんたんたるものであつた。」

私はこの忍耐強い労働にひたすら感嘆するばかりである。この文章は、太田村山口の酸性土壌には宮沢賢治がその販売に苦労した炭酸カルシウム、いわゆるタンカルが改良に有効なので、宮沢賢治の東北砕石工場の後継会長から高村光太郎は「宮澤家の手を經て此の部落に一車分配給してもらひ、部落の農家の間で少しづつ分けたのである。おかげでホウレン草もどうやら育ち、大豆、小豆などもうまくいつた」という。その費用は高村光太郎が負担したにちがいない。

「ジヤガイモは開墾地と畑地と兩方に植ゑてみたが、これは開墾地の方がよく、イモがきれいに味よく出來た。畑地の方のはどうも肌が荒れ勝ちだ。今年は一奮發して增產する氣でゐる。此所の土壌には底に粘土層があるため、大根人參の類は長く伸びず、二股になつたり、鍵の手に曲つたりする。上の方へむやみに立ち上つてくるには驚いた。南瓜西瓜も試みたが上等とはいへなかつた。胡瓜は見事に出來て、毎朝江戸前の節成胡瓜の取立てを味噌や鹽でたべたり、糠みそ漬にした。土地の農家では胡瓜を大量に鹽漬にして一年中の用に備へてゐる。今年亡くなつた水野葉舟君からもらつた田口菜、キサラギナ、日野菜、セリフオンも立派に出來た。」

自立、自主の強靭な精神力と何事も試みる好奇心には驚嘆の他ない。この文章は次の一節で終る。

「太田村には清水野《きよみずの》といふ大原野があるが、此所に四十戸ばかりの開拓團が昨年からはいり、もうぽつぽつ家が建ちかけてゐる。私は略農式の開拓農が出來るやうに願つて、なるべくそれをすすめてゐる。そして乳製品、ホウムスパン、草木染に望みをかけてゐる。」

この酪農こそ若い高村光太郎が一九一一(明治四四)年に月寒を訪ねて以来の夢であった。

ホームスパンについては『山居七年』に「(昭和二十一年秋　駿河定見氏談)」と末尾に記した聞き書が「ホームスパン」と題して収められている。

「定見さんの母のかるさんは、早くから絹物の手織をしていましたが、家や近所で緬羊を飼うようになってからはホームスパンを試織しました。

先生は、重次郎さんや田頭のアサヨさんの案内で、定見さん宅にかるさんの機織を見に来、それからは度々参ります。

「こうして機《はた》をやっているのを見ると、智恵子を思い出します。智恵子のような錯覚をおこしますよ。」

剪毛を見、洗毛を手伝い、紡毛を桛《かせ》にするところや、筬《おさ》に通し機《はた》にかける時や織る時も見に来ました。

「梳《そ》毛はサープロカードにかけると毛が弱くなりますから、手製の梳《そ》毛器がいいです。ホームスパンは手の先で始まり、最後の仕上げまで手先でやるのが特徴だ、染色も化学染料でなく天然産のものを用いるがよい。この辺にも染料源はいくらでもある。クリ、クルミ、大ズミ、イタドリ、トリトマラズ、アイ、ヒメヤシャブシ、ヤツカなど。」

「教えでもらってやって見でいからよっく教えてくなんせ。」

ヤツカの実を用いて茶に染めることに成功しました。

仕上げのとき、織上げたのを熱湯に入れ、煮沸しながらよく揉むのですが、熱くて手では仲々できません。先生は

「下駄がいいです。……僕がやってみましょう。」

どんなはずみか、「あついっ」といった途端、先生は板間に転びました。

「どこも何でもありませんよ。フフ」

一同爆笑してしまいました。

「あついと思った瞬間重心がくるったのです。」

下駄でよく揉みこなした素地を今度は湯しぼりにかかりました。一方は定見さんが持ち、他方は先生とかるさんです。だんだんしぼっていく中、力が入《はい》るようになったとき、先生とかるさん方はまけて二人共倒れました。又々大笑いです。

「年寄りは二人かかってもまけるかなあ、アッハッハッハ」

「アハハハァー」

「イタリーにも行ったけど、スペインの建築は特質があってよくできている。将来ここに家を建てたいが、スペイン風の建築様式を採りたいと思っています。」

「そうなったらすばらしいアトリエになりますね。」

かるさんの織ったホームスパンを先生に上げました。先生はこの生地で盛岡の四戸洋服店に仕立てを頼み、英国式の猟服とし、ズボンは二本作りました。」

ホームスパンにかける高村光太郎の情熱は並大抵のものではなかった。

なお、この定見さんは駿河重次郎の一族の駿河家の一人だが、その母堂は翌一九四七年一月二〇日に腸捻転のため急逝した。高村光太郎は二三日に焼香に赴き、二六日には葬儀に出席した。さらに四月二一日、故人の百カ日にさいし般若心経を筆写して手向けた。個人に対する高村光太郎のふかい哀悼の意を示している。この哀悼の意は故人がホームスパンを手がけた事実と結びついていたにちがいない。

ホームスパンについては前著『高村光太郎論』に記したが、同年五月二〇日の日記に駿河定見宅に指導にきていた土澤の及川金三方の稲田春子という女性に、「メーレー夫人の毛布を持ちゆきも見せる」とあり、これ以前、一九四五年九月二四日の日記に「池野のぶ子女史來訪、草木染の和紙をもらふ、メーレー夫人の毛布を見らる」などと記している。及川金三は岩手県をホームスパンの特産地にするのに貢献した人物である、などと記したが、最近、岩手県立大学盛岡短期大学部研究論集二一号に菊池直子教授が「「高村光太郎記念館」収蔵のホームスパンに関わる調査」と題するすぐれた研究成果を発表していることを教えられた。高村光太郎のいうメーレー夫人はEthel M. Meirer(一八七二―一九五二)、バーナード・リーチ、浜田庄司、柳宗悦らと親しく、一九二六(大正一五)年、バーナード・リーチらと合同作品展を開催、そのさい、智恵子が懇望して買受けたもののようである。アトリエ空襲のさい、彫刻刀などを除き、ほとんど着の身着のままでアトリエを去った高村光太郎が持ちだしたにちがいないから、このホームスパンの毛布は高村光太郎にとってよほど愛着がふかかったものであろう。詳しくは前記菊池教授の研究報告を参照願いたい。

（四）高村光太郎の生活を援助した人々

高村光太郎は太田村山口における山居七年の間、山口部落の人々から日常的に野菜類等を恵まれていた。また、佐藤隆房、宮沢清六からも随時差入れがあった。その他、全国の友人知己からの贈り物があり、出版社、新聞社の人々が執筆依頼や著書刊行のため訪問したときも必ず手土産に食料品や酒類などを持参した。講演の依頼のさいも同様であった。

たとえば、山口の山荘に住みはじめて間もない一九四六（昭和二一）年二月一日から一〇日間の日記の記載から抜粋すると次のとおりである。

一日　盛岡の朝日新聞の人、写真撮影と談話筆記、一等酒一升瓶一本もらう。岩田豊蔵さんの夫人、子息純三さんと一緒に来訪。綿入の蜆やさん半てんと足袋、酒二合ばかりの瓶、バター四半斤もらう。（蜆やさんは店名であろうか。）

二日　スルガさんの若奥さまのし餅を持参さる。キナコ入。ひる前円治郎翁来訪、白米三、四升程、のし餅（円型）一枚、つけもの（生瓜、菜づけ）お重に一杯もらう。

三日　（なし）

四日　夕方分教場より青年二人来りてお重に五目めしとゴボウ、キャベツ等の煮もの、及び山の芋の刻みのりかけを持って来てくれる。
五日　十一時信一郎さん（他）来、信一郎さんにもらったトロロコブにてつゆをつくりくう。
六日　佐藤院長夫人ヨリノ贈物、メヌキ粕づけ、凍豆腐、フノリ、唐辛子、林檎、ビーツ、セロリの種子。
七日　（なし）
八日　（なし）
九日　郵便物中に三輪吉次郎氏よりの小包二個、又干柿一束、又カキ餅一箱をもらふ。
十日　勝治さん夫人、お重に漬物、フノリ一袋、干大根数束、人参三本、山の芋一本分、ジャガイモ若干もらう。

厳寒、雪ふかく、まだ山小屋に住みついて間もない時期でさえ、右のとおりである。しかも、それまで未知の人々からも援助をうけている。一九四六年一月九日の日記をよむ。

「細かい雪しづかに降つたりやんだり。細かい雪はつもる。夜に入りて風出で時々雨もふり、雨だれの音がする。前方の松林に風の渡る音物凄し。　朝八時頃になる。　朝食麦飯、みそ汁（大根、ゴバウ、煮干）豆コブ、　午前十時頃宮古より水原宏氏來訪、勝治さん途中まで案内せらる。初對面なり。コタツを未だつくらず、爐邊にて談話、四十二歳の由、氏もまだ獨身にて自炊生活をやつてゐる由。

近く夫人をむかへるやうな話。スルメ四束。玉子1、バタ四半斤、馬肉百匁ほど、蠣一皿　タバコなどもらふ。談話小一時間にて辭去。今日盛岡より一番で來たよしにて今日の中に盛岡に歸るとの事。盛岡に生れたとの事なり。俳句はやりしが、別に文藝に關係はなしといはる。余を援助しくるる事不思議なり。長く結核性腎臟炎を病み、今やうやく健康になりし由の話。ひどく余に同情せらる。ひるめし白米にて早速カキ飯をつくる。久しぶりにて甚だ美味、」

この水原宏という人物には前年（一九四五）一一月二五日付封書（書簡番号八二二）で

「啓　十一月十六日附の御書面及書留小包は同十八日に忝く落掌。山の小屋にて拜誦仕り思ひがけなき御好意に感動いたし候、」

とはじまる礼を述べており、また、同年一二月三日付葉書（書簡番号八三二）でも

「おてがミと小包と拜受、又いろいろと細かいお心づかひの品々をいただき御懇情に感動いたしました。藥類はまつたく手許に不足いたし居りしもの、冬籠中大に心強く存じます。（中略）烏賊や煮干は何よりの蛋白源、本當に寶さがしのやうな小包にて圍爐裏べりにて心あたたまる思をいたしました　厚く御禮申上げます。とりあへず、」

と書いており、会ったのは一九四六年一月九日が初めてであったが、それ以前からも頂戴物をしていたのであった。以下、書簡にみられる水原宏からの恵与品は次のとおりである。冒頭に書簡番号と年月日、次にそのときの恵与品を記す。

九一四　四六年三月二五日　要用の道具類をはじめ海の営養物いろいろ
九二〇　四六年四月一日　三ツ目錐二丁
九六六　四六年六月九日　スルメと煮干たくさん
一二一六　四七年六月一四日　ワカメ、干カレヒなどたくさん
一二二五　四七年六月二八日　スルメ、コブ等
一二五八　四七年八月一五日　シラスたくさん
一三〇七　四七年一〇月二四日　ワカメたくさん
一三三二　四七年一一月二六日　営養物いろいろ

右とあるいは重複するものもあるかもしれないが、日記中には、一九四六年三月二一日の記事に「午後水原宏氏來訪せらる。雪の中で道をまちがへし由。(中略) いろいろのものを届けに來られしとの事にて、魚類カレイの大きなもの一尾、赤色の魚キチジとかいふもの五尾、イカ鹽辛、煮干、スルメ一束　それにアルミの鍋(肉あつきアルミ也)、引きまはし鋸一丁、ペンチ一丁　タバコ　ランプの芯二本をもらふ」とある。また、翌一九四七年五月一四日の日記の記事に「夕方水原宏氏來訪、キンキン2尾　松藻をもらふ」とあり、同年一一月二一日の日記にも「十二時半頃宮古市の水原宏氏來訪。バタ百匁、牛肉二百匁ほど、コブ、玉葱などもらふ」と記されている。

さらに、一九四八年に入り、六月一六日の日記に「三時過水原宏氏來訪。役場に立寄つた由。岩手

タイムスに余の森口氏宛のテガミ掲載。それをよみて健康を心配されし如し。キンキン3尾、昨夜八時とれたものの由。バタ半斤、新茶半斤もらふ」とあり、七月一六日の日記にも「水原宏氏來訪。桃、リンゴ、夏みかん。コブ、ランプ芯タバコ等もらふ」と記されている。

水原宏という人物との関係はこのような状況であった。文学に関心のない人からのこうした心のこもった贈与品に恵まれたのは、やはり高村光太郎の山小屋における独居自炊の生活が既知、未知の人々に感銘を与えていたからではないかと思われる。

同じ関係は山形県上ノ山の三輪吉次郎という人にも当てはまる。一九四六年一月一七日付封書（書簡番号八五六）で高村光太郎は次のとおり書いている。

「拜復　一月四日附の御懇書拜誦、御眞情筆端にあふれ何ともいへず、ありがたく存じました。見知らぬ方が見知らぬ土地に居られて小生の書くものをよんでゐて下さるといふ事、しかも並々ならぬ御好意を寄せてゐて下さるといふ事、さうして機會があればかうやつておたよりをいただけるといふ事など考へて全く人間世界情意のありがたさに拜跪いたしたくなります。　このたびは御愛好の柿をお贈り下されました由、まだ現品の荷は到着いたしませんが、御厚志忝く萬々御禮申上げます。柿は小生も大好物にて亡妻の實家が福島縣二本松でありましたので毎秋そこの名産とする柿を頂戴して喜んだものでありました。　おてがミのお言葉より察して定めし見事な品と今よりたのしみにいたして居ります。どうか輸送途中に故障の起らぬやうにとそれのミ念じて居ります。現品到着の節はその旨ハガキにても申上げます。

近刊の詩集「花と實」は東京の出版社青磁社から出ますが初夏の頃になるでせう。小生手許に幾册か來たら御贈呈いたします。とりあへず御禮まで申上げました。」

高村光太郎は礼状の名手だったようである。この書簡にも真情があふれている。受信した三輪吉次郎も感動したにちがいない。詩集「花と實」は企画されたが、結局刊行されなかった。なお、現品到着を高村光太郎は一月二二日に葉書（書簡番号八六四）で通知している。贈られた現品は干柿であった。

水原宏は文芸に関係ない方であったが、この三輪吉次郎は高村光太郎の作品の愛読者であったようである。しかも、上ノ山に住居を構えていた。この当時、大石田に転居する以前、斎藤茂吉は金瓶の妹の嫁ぎ先に肩身狭く暮しており、弟が営む上ノ山の山城屋に始終往来していたが、その地元には斎藤茂吉に援助の手を差し伸べることなく、遠い岩手県太田村山口に暮していた高村光太郎にはるばる援助物資を送り続けていた人物がいたことは、皮肉といえば皮肉である。そこで、三輪吉次郎からの贈り物については、第二章で『典型』と『白き山』を考えるときに詳しく見ることとし、ここでは詳細は省くこととする。

こうして、まったく未知だった人々からの恵与品をふくめ、高村光太郎は食料はじめ必需品にさして不自由なく山居七年を過したのであった。

以下は各年度ごとに生活の状態をみることとする。

（五）一九四五年の生活と「雪白く積めり」

一九四五（昭和二〇）年一〇月一七日に高村光太郎は山口に移り、一カ月分教場に泊って小屋の造作を作るため毎日小屋に通ったが、一〇月一八日の日記に

「午前中勝治さんの案内にて部落中の重な家に挨拶にゆく。駿河さん、田頭さん、兩戸來家、高橋さん、圓次郎さん宅也。」

とあり、小屋の生活は部落の有力者への挨拶廻りから始まった。田頭さんは高橋雅郎、後に村長となった人物、その妻アサヨとも高村光太郎はふかい関係をもつこととなり、多くの便宜を受けることとなる。

一〇月二七日には筑摩書房の竹之内静雄が山口分教場に高村光太郎を訪ねている。終戦後最初の原稿依頼である。一〇月三〇日付竹之内宛葉書（書簡番号二六九九）に次のとおり書いている。

「この間は土地不案内のところへ遠路はるばるたづね來られたのに何しろあのやうな交通不便ではあり宿泊便宜もない處とて到着卽出發といふやうな不思議な事となり甚だお氣の毒に堪へませんでした。あの夜の宿泊をどうされたかと心配してゐます。しかし久しぶりの御對面に大變御元氣の様子を

見て何より喜びました。御依頼の原稿は書きます。いづれ又」

高村光太郎は一二月二八日付で封書（書簡番号二七〇五）により「些細なものですが詩一篇同封します」と述べて竹之内に詩稿を送った。これが『展望』翌四六年三月号に掲載された「雪白く積めり」であり、その稿料二〇〇円を翌年一月一七日に受取った旨を同日付封書（書簡番号二七〇九）で知らせている。

そこで、「雪白く積めり」を読む。

雪白く積めり。
雪林間の路をうづめて平らかなり。
ふめば膝を沒して更にふかく
その雪うすら日をあびて燐光を發す。
燐光あをくひかりて不知火に似たり。
路を横ぎりて兎の足あと點々とつづき
松林の奥ほのかにけぶる。
十歩にして息をやすめ
二十歩にして雪中に坐す。

凪なきに雪粛々と鳴つて梢を渡り
萬境人をして詩を吐かしむ。
早池峯《はやちね》はすでに雲際に結晶すれども
わが詩の稜角いまだ成らざるを奈何にせん。
わづかに杉の枯葉をひろひて
今夕の爐邊に一椀の雜炊を煖めんとす。
敗れたるもの卻て心平らかにして
燐光の如きもの靈魂にきらめきて美しきなり。
美しくしてつひにとらへ難きなり。

さすがに高い格調、精緻な叙景に高村光太郎の資質、非凡な詩才を認めることができるとしても、いったいこの詩において彼は読者に何を訴えようとしたのか。「敗れたるもの卻て心平らか」であるというのは負け惜しみのようにみえるし、未練がましく読めるけれども、彼が、一方で戦争讃美、戦意高揚の詩を夥しく書きながら、戦時下の軍国主義的、官僚的風潮に辟易していたことは間違いないし、敗戦により解放感をいだき、太田村山口に理想郷を夢みていたことも事実だから、そういう事情を考えれば、心境は理解できないわけではない。ただ、どうして「わが詩の稜角いまだ成らざるを奈何にせん」であるのか。言葉の意味としては、自分の詩が形を成していないのをどうしよう、といったほどのことであろうが、このような詩を発表しながら、自分の詩が形を成していない、というのは矛盾しているし、「わが詩」を「わが生」とひろく解して、自分の今後の生き方が定まらぬのをどうしようか、という意味とすれば、彼はその未来の生を太田村山口の小屋の独居自炊の生活に地に根づいた文化建設の夢を描いていたのだから、そう解するのも無理がある。この詩が高村光太郎ならでは書くことのできない声調を有することは認めても、何を読者に訴えようとしているのか、はっきりしていないという意味で高村光太郎が戦後にはじめて発表した作品として失敗作と評価せざるを得ない。

こうして多忙な暮しの中で、高村光太郎は智恵子の姪であり、智恵子の入院中その介護にあたった長沼春子宛に一一月三日付書簡（書簡番号八一三）で

「今日は突然ながら妙な事を申上げます。　あなたの結婚についてかねてからいろいろ考へてゐましたが、此頃、小生の友人の宮崎稔《ミノル》君といふ人と一度會見して、事によつたら結婚されたら如何かと思ひつきましたので此事を申上げます。宮崎君は茨城縣取手町の舊家の人で今獨身で四十歳餘、子供さんはありません。小生の事をひどく心配していつも親切に世話してくれます。花巻へも來てくれ、又山の中までたづねてくれる事度々です。いい方と信じてゐます。　あなたの事は既に宮崎君にも話して置きました。」

と書き、同日、宮崎稔に春子の住所を知らせ（葉書、書簡番号八一四）、一一月二五日には宮崎稔宛葉

書（書簡番号八二四）で、

「おたよりで春子さんとの話がまとまつたとの事を知り御両人の爲によろこびました。」

と書き、一二月二六日付宮崎宛葉書（書簡番号八三九）で

「おハガキは皆拜見しました。廿六日の今日は御腰入（原）の日と承りましたが、はるかに祝福を御送りいたします。」

と書いている。

ついでに、ここで記しておけば翌一九四六（昭和二一）年一月一〇日、宮崎稔、春子両名に宛てた封書（書簡番号八四七）で

「春子さんはお酒もやればやれさうですが、一寸御注意までに申上げますが、御両人とも酩酊の氣分の時夫婦の道は決して行はないやうに願ひます。これは子孫の爲に非常に大切なことですから此の老人から申上げておく次第です。」

と注意している。高村光太郎は気まめで、気配りがよく、面倒見の良い人格の持主であった。

高村光太郎の生活の状況を日記から抄記する。

「十一月二十日　火

朝七時學校にゆくと昨夜來りしといふ座右寶の山田氏といふ人來てゐる。原稿の事。相馬郡から來たといふ、大根2本、里芋、ジヤガイモ、燒魚をもらふ。學校で話し終る。別れる。柾板を背負ひは

こぶ、終日机にかかつてゐる。　夜六時ねる、月明、美し。
〔スルガさんの娘さん大根5本持つてきてくれる。　炭俵2俵目使ひはじめる。〕
〔ひる學校行、クツを持ちくる、　朝麥雜炊、晝飯炊、夜雜炊、〕

十一月二十一日　水

曉天明星あり、火星も出ている、朝霜白し、晴、　六時頃おきる、　朝乾物竿をつくり、フトンをほす、朝村の人薪をききにくる。たのむ、一束一圓の割にて隨時運びくれる筈、　縫物。　大工仕事出來ず。ひる學校、今夕會のよし。　四時頃學校へ。夕食御馳走になる。「余入村歡迎の夕」といひ七時頃より〔村人子供等多く集まる、戶來のぼる君辭あり、余挨拶朗讀　紙芝居、手をどり、劇（植物醫師）あり〈ヒゲソリ　便〉〕
〔閉會十一時、青年二人送つてくる。　火をおこし、ヰスキーをのみてねる、十二時過、〕」
高村光太郎は小屋に移ってからも柾板で机を作ったり、造作を作り続けていたようである。「植物醫師」は宮沢賢治作の児童劇。
「十二月二十日　木
曇、雪降らず、時々日光さす、　朝のぼるさん來訪、石油配給、七合程、つけものをもらふ。　ひる學校行く積雪膝を沒す。歩きにくし。冬のものを持ち來る、　夕方ノボルさんの祖父ツマゴ持參

十二月二十一日　金
粉雪ふつたり日が出たり。　終日「雪白くつめり」といふ詩を推敲。コタツの上に置く板をけづる。夕方炒飯、今日は誰も來ず。　夜便　鼠出る。　ホロシにて全身かゆし。〈夜便〉」

「雪白く積めり」は一二月二〇日の体験に由来するかもしれない。

最後に一二月三一日の記述を引用する。

「雪ふりてゐる、薄氷はる。　午前戸來のぼるさん屋根の雪を落しに來てくれる。一人で屋根にのぼり、雪かきで落してくれる。午后一時半頃すむ。茶を出す。「現代」十二月號進呈。　スルガさんの忠雄さん電報を届け來る。　勝治さん生イカ深海魚、配給しやう油郵便など届けらる。後刻又來られてランプのツボ持參。」

こうして一九四五年は終る。

(六)　一九四六年の生活と「余の詩をよみて人死に就けり」

一九四六（昭和二一）年に入る。

日記の一月七日の記述を引用する。

「細かい雪が風なく静かに降つてゐる。樹々の枝につもりて花咲ける如し。東北にては枝につもる事少し。凍結。さむさは昨日よりもよわし。朝ねすごして七時半頃おきる。朝食麥飯、大根、甘藍人參のみそ汁、煮干のだし。鮪のあしを入れる。甚美味。大根つけもの。酢醬油のあまりをかける。掃除、洗濯。コタツをつくりて十一時。雪昨夜のうちにかなりつもる。讀書。ひる食白米、中皿にて大根ジヤガ蒸し。のり（これにて千島產ののりは終り）大根つけもの。午后「和をおもふ」詩のつづき、夜九時推敲を終る。午后風出でて晴れる。夜も星月夜。オリオン美し。寒氣つよくなる。十時半頃ねる。〈午后四時頃軟便〉」

夕食を食べたのか分らないが、食べなかったのであろう。高村光太郎はみそ汁を作るさい、必ず煮干、昆布等のだしを入れる手間を惜しまなかった。そういう本格的な料理に彼は執着していたようである。山口の山居の間もこうした嗜好に変りはなかった。なお、「和をおもふ」については前日の日記に「「和について」といふ詩を書きかける。「太子鑽仰」へのもの」とあり、一九四六年五月二二日刊行の『和』（四天王寺事務局内太子鑽仰会）第一一四号に発表された作品だが、聖徳太子鑽仰の詩であり、

物思はせたまふ時
太子斑鳩の宮に入らせたまふ。

ただおんひとり幽暗の座を占めたまふ。

と始まり、

門閥世襲の割據獨善。
部民《かきべ》の民を財とする兼併貪癡。
貧富の隔絶すでにはげしく
飯《いひ》に餓ゑてこやせる民は巷にあり。
われらに今缺けたるものは和なり。
億兆の和なくして社稷なし。
和は念慮にして又具顯なるを。

といった詩行を含む作であり、戦後の食糧難に苦しむ国民を念頭において聖徳太子が憲法一七条の冒頭に説いた「和をもって貴しとなす」の精神こそがいま必要なのだといっている観念的、教訓的な作であり、詩としては貧しい。

二月下旬、新円への切換が実施された。二月二五日の日記に「新圓交換は隣組長さんが一括して行く事になり、余の分十圓札十枚提出。尙他に十圓札二十枚手渡し。出來たら預金の事。あとに現金二百圓はかり殘る。これは無效紙幣として保存せん」とある。

三月一二日、高村光太郎は椛澤ふみ子宛に二枚つづきの葉書（書簡番号二七一四）を送っている。

「雛のお節句にかかれたおてがみと新聞一束と漢和辭典の小包と拜受。小生誕生日をお祝ひ下されての辭典とは何よりの贈物でありがたく厚く御禮申上げます。明日が丁度その日なので此の辭典を飾つて赤飯をたべませう。明朝のため今コンロで小豆を煮てゐるところです。昨年あなたにお祝ひされた事を思ひ出しますが此の一年間には隨分さまざまの事がありました。昨日のやうでもあり、十年も前のやうにも感じられます。あなたの誕生日を忘れました。アラレは記憶してゐます。

もう一枚書きませう。宮崎新夫婦は至極圓滿のやうで、時々たよりをくれます。新圓と申告とには皆さんが隨分と面倒な思をされたでせう。效果のある事をいのります。

此の二三日ここは大雪がふつて又積りました。「ポラーノの廣場」は何しろ手刷なので部數が足りません。小生最近の詩が「展望」いふ雜誌の三月號にあります。それから「週刊朝日」の二月末か三月の初めの號に小生や小屋の寫眞が出てゐるさうですが、小生はまだ見てゐません。御元氣をいのります。小生健康。明朝は赤飯でいつかのお茶の花を入れます。」

一九四六年二月、政府は国民の預金を封鎖し、世帯主一人につき三〇〇円まで新紙幣による引出を認め、三月には土地、家屋等の財産を持つ事に財産税を課すこととした。このインフレーション対策は失敗に終り、インフレーションは一九四九年二月のドッジラインによる財政金融引締政策によりはじめて終息した。椛澤ふみ子宛書簡にいう申告は財産税の申告をいう。高村光太郎もその財産の明細を三月六日付封書（書簡番号二七五九）で弟豊周に送り、申告を依頼している。この書簡によれば高村光太郎の資産の現在高は次のとおりである。

「預金　　金四萬圓也（岩手殖産銀行花巻支店）
　　　　　金六百圓也（同上）
公債　　　金壹萬圓也（ひ號五分利公債）（三井信託保護預に預けあり（中略））
小爲替　　金八百圓也（中略）
据置貯金　金四千五百圓也（三菱銀行駒込支店）」

この書簡で林町二五番地のアトリエ敷地の借地権は地主に返却した旨も知らせている。この時点で高村光太郎の預貯金の総額はほぼ五万六、〇〇〇円であったことが豊周宛書簡から分る。ただ、この書簡には「小生は一五五番地の家を　三萬圓と見つもつて　動産と合せても十萬圓にならないと思つたので申告を花巻税務署に出しませんでした。その旨を分教場主任の人が花巻税務署にいつて話してくれたやうです。家だけで十萬圓といふ査定ではまるで間違ひました。此事は近日　花巻税務署へいつて話して置くつもりです」とある。一五五番地の家とは彼が育った父光雲の家であり、光雲からひきついで豊周の住居となっていた。高村光太郎は高村家を継ぐつもりはなかったが、家督は豊周が相続する旨の届け出をしていなかったため、家督相続により高村光太郎の名義になっていたのであろう。高村光太郎としてはこの家は豊周のものと思っていたが、この家屋の価格も高村光太郎の財産の一部とみなされ、財産税の対象として計上されることになったようである。高村光太郎としてはこの財産税を自ら負担するつもりでいたように見えるが、翌年になって、財産税の負担については兄弟間で文通があったので、そのさい、この問題はふたたび採りあげることとする。

四月六日の日記には「昨日の川鍋東策君よりのテガミにより、草野心平君の消息わかり、又黄瀛の生きてゐた事もわかる。尚草野夫人の窮状を知り、200圓の小爲替を石城の夫人に送らんと思ふ」とある。一九四〇年、草野心平はいわゆる王兆銘政府の宣伝部顧問として中国に渡っていたため、戦後、その消息を高村光太郎は心配していた。草野夫人に対する送金は高村光太郎の人情に篤いことを示している。

四月一九日の日記を読む。

「晴、雨やみ、風をさまる。うす日もさす。溫。　朝食、むし飯、みそ汁（コブ、フキノタウ、もどしスルメ）、たくあん。　茶。　コタツ。　前の林をしきりに切つてゐる。杉並木も一二本伐り倒したり。　朝より大麥入米を煮てゐる。コブを酢汁にて煮、醬油味をつける。小鍋にて煮る。　午前テガミ書き、宮崎君に「日本美の源泉」の切拔借用の事をたのむ。小森君に友人の（荻原氏）遺族後援會に150圓（十五口）加入の事を告ぐ。眞壁氏に玉葱の種子を依頼する。ひる雜炊。（いか入）フキノタウ、コブ煮付、午后分教場行、美術講演の事を勝治さんと話す。五月第二日曜あたりから分教場でやる事。午后地面を起す。二坪はかり。石を除き根株を掘り出す。夕方になる。午後普通便快便　夜食、飯炊、鮭身大根、〈だんだん晴れてくる。〉〈後雨になり、やんだりふつたり、〉」

この講演は五月一二日分教場で行われた高村光太郎の啓蒙活動であり、その講演筆記が「美の日本的源泉」として全集に収められている。五月一二日の日記には、当日、「十一時頃來會の人かなり多數列をなしてくる。詩朗讀、淺沼氏（當部落在住教育者）佐藤勝治さんの講演あり。一時近く、休憩。余は小屋にかへり飯盒の殘りの飯をくふ。山菜の汁。午後多くの來會者小屋の近所に散歩にくる。午後二時過より余の談話四時頃までつづける。河口慧海の話、日本上代の事に關す。埴輪其他講演の今後の順序など」とある。

椛澤ふみ子宛四月二三日の葉書（書簡番号二七二〇）には「毎日荒地を掘り起して畑を作つてゐます。實にその仕事が爽快で朝起きるが待ち遠しいやうです。健康益々佳良」と意気軒昂なる心情を伝えている。じっさい、四月一八日の日記には「小屋前の地を掘り起す。畠にするため、尙その東側の地をも起しはじむ」とあり、すでに引用したとおり、四月一九日の日記にも「午后地面を起す。二坪はかり。石を除き根株を掘り出す」とあるので、椛澤ふみ子に告げたことは事実そのとおりであった。

だが、六月一五日付彼女宛葉書（書簡番号二七二四）では「五月下旬右手掌を切開手術する事になり、花巻病院長のお宅に起居して居りました。時々山の小屋へ畑のものを見に來て又花巻に戻りました。右手掌の手術後の經過良好、やうやく右手で字が書けるやうになりました」と知らせている。右手掌の手術については、すでに引用した、生前未発表の随筆「開墾」に詳しく記したとおりである。

しかし、手術前の日記から抄記すれば、次のとおり、農作業をしている。

四月二一日「午后ゑん豆を蒔く。ツルの手を木の枝にてつくる。畝の土に灰やタンカルをまぜる。肥料不足なり。明日糞肥を與へん。基肥の程度わからず。タンカルもどの位まぜてよいか、甚だ不確なり」とある。

四月二二日「今日は時無大根を蒔く。堆肥と糞を水にとかしたものとを基肥にやる。尚糞汁をゑんどうの畝の横にもやる。」

四月二三日「地面の堀り起し、東側四坪になる。小屋前にササゲ（手なしササゲ）を一うねまく。堆肥人糞を基肥に入れる。尙胡瓜豫定のうねに人糞を入れおく。外にタンカルを土にまぜる。」

以下は省略するが、ほぼ連日、たぶん二、三時間、菜園作りに精力を注いでいる。

＊

その後、五月一一日の日記に「詩の事。「余の詩をよみて人死に赴けり」を書かんと思ふ」と書いている。「わが詩をよみて人死に就けり」は次のとおりの作である。

爆彈は私の內の前後左右に落ちた。
電線に女の大腿がぶらさがつた。
死はいつでもそこにあつた。
死の恐怖から私自身を救ふために
「必死の時」を必死になつて私は書いた。
その詩を戰地の同胞がよんだ。
人はそれをよんで死に立ち向つた。
その詩を毎日よみかへすと家郷へ書き送つた
潛航艇の艇長はやがて艇と共に死んだ。

全集の解題には「「暗愚小伝」のはじめのプランに書きつけられ、抹消して「一切亡失」に変ったもの」であると記載されている。「必死の時」は『婦人公論』一九四二年一月号に掲載された詩であり、第一連の四行は次のとおりである。

必死にあり。
その時人きよくしてつよく、
その時こころ洋洋としてゆたかなのは
われら民族のならひである。

第二連の冒頭五行は次のとおりである。

人は死をいそがねど
死は前方より迫る。
死を滅すの道ただ必死あるのみ。
必死は絶體絶命にして
そこに生死を絶つ。

国粋主義的教育によって育った愛国心の強い、国策に疑問を持たない青年がこの詩を読んだとき、死に赴く覚悟をしても不思議はないような作といってもよいであろう。高村光太郎自身が読み返したならば、この詩を読んだ青年の戦死に責任を感じなかったとすれば、よほど感性が鈍くなければならない。ついでだが、斎藤茂吉の戦意昂揚の短歌はこのようなアジテーションの効果は持たなかったのではないか。高村光太郎の詩には青年を死に赴かせる論理があるが、斎藤茂吉の短歌にはこのような論理がないからである。

「わが詩をよみて人死に就けり」の冒頭の「爆彈は私の內の前後左右に落ちた。電線に女の大腿がぶらさがつた」は一九四五年四月一三日夜、駒込林町で空襲に遭ったさいの見分であろう。「必死の時」はこれよりはるか前に書かれた作品だから、「わが詩をよみて人死に就けり」は事実に反する。私は前著『高村光太郎論』において、「「わが詩をよみて人死に就けり」を「暗愚小傳」から抹消することによって、高村光太郎は彼の詩が多くの将兵を死に赴かせたことの責任を回避したのである」と書いた。しかし、その後も、この問題を考え続けて、いま、高村光太郎ほど、戦争責任を痛切に感じていた詩人、歌人、俳人、また、文学者はいない、と考える。むしろ、彼は「わが詩をよみて人死に就けり」を書いてこれが事実に反することに気づいたに違いない。そこで、何故、自分は「必死の時」のような詩を書いたのか、に思いを寄せたのであった。その結果が「暗愚小傳」であった。「暗愚小傳」については後にふれるけれども、弁解が多く、すぐれた作品はまことに乏しいけれども、若干は感銘ふかい作といってよい。彼が「わが詩をよみて人死に就けり」を抹消して「一切亡失」としたのは、思い違いに気づいて、よりふかく半生をふりかえるためであり、責任を回避しようとしたためではない、といまになって私は考える。

なお、「暗愚小傳斷片」として全集には「わが詩をよみて人死に就けり」に先立ち、次の作品を納めている。無題であるので、題名に代えて、最初の一行を括弧でくくって「(死はいつでも)」と示している。

死はいつでもそこにゐた。
人は生きる爲に生きず、
死ぬ爲に生きた。
巷の壯年はつぎつぎに引きぬかれた。
引きぬかれて大陸へ行つた。
行けば大凡《おほよそ》かへらなかつた。
つひに死は生活に飽和した。

死の脅威が人をやけくそに追ひこみ、
いつ來るか分らぬ運命の不安に
人は皆今日の刹那に一生をかけた。

これも戦時下の人々の心境を回顧した作であり、「暗愚小傳」の中に組み入れるつもりで書いた作であろうが、観念的で現実性に乏しく、しかも必ずしも多数の人々の心境がここまで追いつめられていたとはいえないと思われる。そういう意味で「暗愚」の方がはるかにすぐれていると考える。しかし、高村光太郎が真摯に戦時下の心境を回顧したことは間違いあるまい。

*

さて、七月一一日付葉書（書簡番号二七二八）で高村光太郎は椛澤ふみ子に次のとおり知らせている。

「七夕の日にお出しになつたハガキ届きました。もう手は全治、毎日用事や仕事や畑の事にいそがしくやつてゐます。畠はすつかり遲れてしまひました。五月に病氣すると農事は殆と駄目になります。今胡瓜が伸びるさかり、ゐん豆、いんげんは實をつけ、トマトは蕾、茄子も蕾、南瓜は成長の途中、葱は假植、稗は雜草のやうに繁つてゐます。時無大根や山東菜などは既に賞味、とりたての美味に感嘆しました。ジヤガが秋にどの位とれるかたのしみです。唐もろこし、里芋もまだ小さく、南部金瓜といふものも本葉七、八枚、西瓜はまづ駄目でせう。八月の月によく照ればどうやらとり返すでせうが、どうなりますか、

御健康をいのります。」

「わが詩をよみて人死に就けり」を構想しながらも中途で放棄し、戦争について責任を感じていながらも、「自己流謫」などという、つきつめた、悲痛な心情は到底彼の生活心情から汲みとることはできない。むしろ未来に期待し、生産の喜び、愉しさにあふれた心情を伝える書簡である。

八月一九日の日記を引用したい。

「晴、猛暑、むす、風なし。朝は70度位。　朝食後畑の事をせんとしてゐる時、九時頃、椛澤ふみ子さんとも一人女性と一緒に來訪、突然にておどろく。　夕方四時頃まで遊んでゆく。今早朝花巻着。すぐ一番電車にて二ツ堰まで來り、二ツ堰にて兩女性余の所に來る事わかり、一緒に來りし出、一人の女性は、日本畫を畫き、秋田縣の人にて、東京吉祥寺美學者濱（原）氏の家にありて修業、濱氏のすすめにて歸國途中立寄りしものの由。草庵生活讃美者らし。　中食、白米四合炊、むしジヤガ。（コブ、鮭かん一個、大根一本、茄子等）煮物。茄子つけものにて三人にてくふ。相當美味。皆よろこぶ。午后椛澤さん茶道具を出して抹茶をたてる。わざわざ日本服持參それを着てやる。薄茶、濃茶。菓子には進駐軍よりもらひし由のフルーツ　シユガーの如き甘味。久しぶりの抹茶とてうまし。抹茶一かん、茶せんなど余にくれる。尙椛澤さんより、甘露茶少々、カタクリ粉少々、辛子粉少々、附木少々、乾燥玉子粉少々、練乳粉少々、沈香炭少々、もらふ。スルメ小一枚、麥酒一本、もう一人の女性より、小麥粉少々（東京配給品の由）。マーガリン少々、小林檎五個、燒パン少々等もらふ。　余は記念の爲兩女性に二枚づつ揮毫して進呈、（太田村山口山の）、（詩とは不可避なり）、（不可避の道）。八月十五日の日報、詩掲載の分を椛澤さん持ちゆく。椛澤さんは薄荷の草を根ごと持ちゆく。（最後に兩女性に冷した日本酒一杯づつ御馳走す、）」

この年一一月三日、高村光太郎は「雨ニモマケズ」詩碑に補筆した。「雨ニモマケズ」詩碑は、かつて宮沢賢治が独居して羅須地人協会を始めた花巻の桜の宮沢家別宅跡に立っているが、高村光太郎はその揮毫を依頼され、高村光太郎の揮毫にしたがって刻字された。ところが、高村光太郎に渡された「雨ニモマケズ」の後半には数カ所の脱字、誤字があった。このまま放置しておくことは好ましくないと考え、すでに立っている詩碑に脱字を補筆し、誤字を訂正することになったのである。

『山居七年』は次のとおり記している。

「賢治の詩碑に脱字があったり誤字があったりしてるので、これを改めたいとお願いしたところ、先生が詩碑に真接加筆され追刻することになり、その心ぐみでそろそろ寒くなった東北の十一月の一日に山から出かけ、私の宅に来ました。

一日おいた三日の朝です。東北の十一月、既に肌寒く、吐く息が白々と見えるさえた冷い朝、先生は詩碑に来ました。清六さんと私と、息子の進と犬がお伴です。着いてみると、石工の今藤清六さんが先に来て、詩碑の前に板をさしわたした簡単な足場を作っておき、そのかたわらに焚火をしていました。先生はおもむろに碑を眺め、やがて足場に上り、今、加筆をはじめようとしています。

万象静寂の中に、人も静まり気動かず、冷気肌をおおい、立上る煙がその静を破っているばかりです。先生は筆を取り、「松ノ」「ソノ」「行ッテ」を加筆し、「バウ」を「ボー」とわきに書替えました。つづいて裏に私が「昭和二十一年十一月三日追刻」とかき入れました。今藤さんは先にこの賢治の詩碑を彫った人です。」

加筆、訂正のある詩碑が他にあると聞いたことはない。じつに珍しい詩碑だが、驚くのは足場に上って立っている碑に補筆した高村光太郎の筆力である。通常なら字を書くときに紙を眼の下におくのに、このばあいは、立っている碑に、しかも、足場に上って書くのだから、私などまったく想像を絶する技量である。いったい私は高村光太郎の書が好きだが、ことに片仮名は彼に匹敵する人はいないと考えている。これは一の偉業と私は考えている。

＊

同じ一九四六年にはじまることだが、太田村山口に住んでいた間、高村光太郎が盛岡の佐々木一郎という方からバターを入手し続けていた件も記しておきたい。高村光太郎の自立的で、かつ、周到に栄養の摂取に努めていた事実を物語る挿話だからである。

一九四六年一〇月一一日、高村光太郎は次の葉書（書簡番号二七三八）を佐々木一郎に送っている。

「いつぞやはバタを忝く存じました。小生のお話の會はその後村の太田校の先生方の都合によってのびのびになつて居ります。丁度刈入時になつたのでどちらでも多忙の事と存じます。

それから、甚だ恐縮ながらバタ入手方何分お願申上げたく、一ポンドか二ポンドお願出來たら難有く存じます。代金、送料、荷造料等御通知次第御送金申上げます。脂が小生の健康によろしき事分明しました。先は右御願まで。」

これに対し、同年一一月二日、書簡番号二七四二の葉書で、「牛酪二ポンド一昨日」到着したと通知し、一一月二三日の葉書（書簡番号二七四四）で一二月早々送金する旨を通知しているが、積雪のため花巻へ出られず一二月二三日に代金一五〇円を小為替で送る旨の書留郵便（書簡番号二七四七）を送っている。

その後、一九四七年二月二〇日にバター二ポンドを依頼（書簡番号二七五六）、三月一〇日の葉書（書簡番号二七六二）で受領を通知、七月二一日、バターが欲しいが暑熱の季節で郵送不可能と思うので郵送の方法はないか、と葉書（書簡番号二七九〇）で尋ね、八月二七日、佐々木一郎が深澤紅子に託して届けたバターを受領した旨を書留郵便（書簡番号二七九五）で通知している。

以下、略述する。

一一月四日　依頼（書簡番号二八一一）

一一月二六日　受領（書簡番号二八一七）

一九四八年に入って、
二月九日　依頼、三斤分（一三五〇円）（書簡番号二八三三）
三月一日　受領（書簡番号二八三八）
四月一五日　来訪のさい受領（書簡番号二八四七）
一二月二八日　依頼（書簡番号二八八一）
一九四九年二月四日　受領（書簡番号二八八九）
一一月二一日　持参礼状（書簡番号二九三〇）

以上のように、高村光太郎はバターの入手をもっぱら佐々木一郎に依頼、その手配により受領していた。つまり、佐々木がバターを入手できると知って、佐々木に依頼することを思いつき、依頼したのだが、これはまことに慎重な選択であった。佐々木一郎は盛岡美術工芸学設立後校長の森口多里と同道、高村光太郎を訪ねたりしているので、同校の関係者であり、おそらく画家であろう。そして小岩井農場と関係をもっていたものと思われる。

（七）一九四七年の生活

一九四七年に入る。

一月六日付椛澤ふみ子宛封書（書簡番号二七五〇）が高村光太郎の年末年始の生活をもっとも具体的に伝えていると思われる。

「秋から冬へかけてはいそがしく暮しました。去年の冬の經驗に基いて冬籠中の支度を落度なくやつて置かうと思ひ、いろいろの事をしました。冬が長いので終りの頃には青いもの不足になり健康にもひびくので今年は雪の下になつても大丈夫さうなユキナ、セリフオン、キサラギナの類を丁度よく栽培して雪解頃に丁度たべられる様にと思つて、今雪に埋れてゐます。大根やキヤベツも數多く求めて、これは凍らせないやうに土間に穴藏を掘つて埋藏しました。種いもも埋めました。油脂類、ニシン、コンブの類も入手。まづ食糧では今冬は十分と今思つてゐます。燃料も準備、障子も全部二重張にし、今まつしろに美しく見えます。冬着の手入れ、足袋手袋のつくろひ。凍結以前に洗濯ものも皆片づけました。棚をつつて書物雜誌の整理をし、大分部屋もととのひました。今は一段落ついて靜かに冬の勉强が出來るやうになりました。一時は殆と机に向ふ暇もない位でした。

今年は昨年よりも寒さはゆるいやうですが、雪は多く、小屋のまはりは三尺近い積雪で、それに今年は炭燒の山の位置が變つたと見えて、村人も此邊をまるで通らず、全く無人の境となつたため、雪が深くて歩くに餘程困難を感じます。しかし今年は井戸があるので、去年のやうに雪を分けて清水を汲みにゆかないでもいいので大助かりです。

溫度は攝氏四度から〇下五度位の間を上下してゐます。昨夜から今日へかけては異常にあたたかく、寒暖計は攝氏十度に上りました。

お正月には分教場の先生に餅をもらつたので三ケ日ともお雜煮を祝ふ事が出來ました。此邊では舊曆なので村人等はまだ正月を祝ひません。二日には例によつて書初をしました。「淸淨光明」「平等施一切」と書きました。眞宗の和讃の中の文句です。

お正月酒が五合配給されたので、爐邊で靜かに獨酌をやりました。五合はたちまちのんでしまひました。元旦の朝にはお雜煮の前に若水で湯を沸かしてその爲に保存して置いたいつかの抹茶を立てました。香は人からもらつた「大内山」といふよい香を焚きましたし、甘味は罐詰のインギン豆の甘煮を出して、小麥粉の皮をつくつて前日お菓子に作つて置いたのを用ゐました。茶杓も作りましたが、ナツメはまだです。元日の朝茶は心を洗ひました。

もう今日は六日になりますが、これから本格的に冬の仕事を毎日勵みます。今年は大いに書きます。彫刻の構圖もいろいろ作ります。智惠子觀音の原型雛形もそのうち試みるつもりです。いろいろ書く事がありますが又の事にいたします。御平安御健康をいのります。

〈いただいた貴重な滿洲長靴はまだ使はずに座右にあります。雪がまだ軟いのでフエルトが濕つて

凍る處があるのです。二月頃の硬い雪の頃に大いに活用するつもりです。〉
〈春子さんがおめでたの様で大喜びしてゐます。いい赤さんが早く生れればいいと思つて待ち遠しいやうです。〉」

二月四日の日記に「郵便物の中に電報あり。水野葉舟死去と見ゆ。（ヨウシウス」シキ五ヒヒミズ　ノ）とあり電文脱字あれど死去確かなり。驚く外なし。肺か癌《（原）》か。ゆきたけれど今はゆきがたし」とある。年少のころからの親友に先立たれ、葬儀に「ゆきたけれど今はゆきがたし」に万感の思いがこめられている。

同じ日の日記中「小山田村の淺沼明子さんの母堂よりテカミあり、娘に結婚同意するやう手ガミを書いてくれとの事。詩才を余に認められたと思い込み、結婚の話あるを承諾したり、又詩人として獨身にて立たんとしたり、迷つてゐる様子との事。あやふき事なり」とある。これより先、一月一六日の日記には「十一時頃、小山田村の若き女性淺沼明子さん突然來訪、白米三升ほど、林檎若干、みそ一包みもらふ。爐邊で話す。詩の事についていろいろ話す。此の女性詩の事について何かもつとききたいやうなれど、はツきりいはず、わからず。自作の詩「春」といふのを此前見て、よしといひしにつき、何かもつと言ひたいやうに見えるが言はずにゐる。言葉も不明瞭也」とあった。この面談をうけての母親からの手紙であった。「あやふき事なり」という。そのとおりだが、いろいろ話をするからそういうことにもなるわけで、若い女性の話相手をした高村光太郎が自ら招いた厄介事であった。

いったい、高村光太郎は、男女を問わず、小屋を訪ねてきた若者が自作の詩を読むのを愛想よく聞いてやっていたようである。この浅沼明子という女性の詩を聞くだけでも苦労なのに、よし、と云ったのだから、彼女が舞い上がるのも当然であり、彼自身が後始末しなければならない事態であった。智恵子の画について厳しく批評したのに比べて、どうしてそれほど若者にやさしく接したのか、日記を読んでいてふしぎな感じをもつ。

佐藤勝治が『山荘の高村光太郎』に書いているとおり、太田村山口の山小屋に独居自炊する高村光太郎を訪ねて千客万来であった。彼は山口部落の人々との交際にも気遣いしていたから、始終、彼らやその子弟が野菜などをとどけたりしてきていたし、その他にこうした未知の若い男女が訪ねてくればその相手をし、彼らのおそらく聞くにたえない作品の朗読もきいてやったのであった。

翌二月五日の日記は次のとおりである。

「立春、朝上天氣、ひるすぎ曇る。寒さも相當なれど日光はややつよくなれり。凍結あれどつよからず。朝むし飯、みそ汁(大根、キヤベツ)ニシン燒肴、干大根をそのままくふ。抹茶。午前普通便 ひる餅 水野君の靈前に小爲替三百圓送る。遺族にテガミ書き、行きたけれど今の狀態ではゆけず。今日葬式のやうなり。淺沼明子さんにテガミを書き結婚する事のよろこびを申述べる。母上からテガミあつた事は書かず。夕方勝治さんにテガミは托す。勝治さん今日花卷にゆかれし由にて牛肉百匁餘求め來らる。(五〇圓)。芹(五圓)。鹽の配給(十一、十二、一、二、三月五ケ月分)とってきてくれる。（雅郎さん）　田頭さん夕方來訪。小正月にて餅をつきたりとて温かき餅もらふ。書物返却さる。尚「リーダースダイヂスト《（原）》」又一册かす。村長さん立候補を皆にすすめられるので立候補せんかとの事。賛成す。以前役場に勤めてゐた事ありとの事ゆゑ、村政にも通じ居らるるなるべし。暫く談話。立候補にあたりて金をつかふやうな事なきやう申すすめる。御自身でもそのつもりのやうなり。　夜原稿書かず。讀書。　夜食に豚肉ののこりをくふ。」

すでに記したが、田頭は家号、高橋が姓であり、駿河の本家にあたり、雅郎《がろう》はその長男、一九四六年五月、シンガポールから復員、この日、村長立候補につき高村光太郎に意見を求めたのである。全集の解題によれば、高村光太郎が初めて山口を見に行った時、宿を提供してくれたのは田頭であった。また、佐藤勝治は、雅郎の妻アサヨについて、「田舎にはめずらしい、キリッとした面長の美人で、その上とても働き者でした。そしてよく人の世話をするのです」と書いている。つまり、高村光太郎は村長立候補について意見を求められるほどに山口部落の有力者たちから信頼をえていたことをこの記事は示している。この記事中、注目すべきことは、また、この時期になると、金さえ払えば豚肉でも牛肉でも買えるようになったことである。

この時期の高村光太郎の発言として、二月八日稿、四月三〇日刊行の季刊『農民芸術』第一巻第三号「宮沢賢治研究」に発表した、「玄米四合の問題」がある。「雨ニモマケズ」中「玄米四合ト味噌ト少シノ野菜ヲタベ」の一節について、宮沢賢治がこれを書いた当時、「その頃の農家といへば、殊に小自作農、小作農の人等は殆と無法なほどの取扱を政府や地主などから受けて、窮乏のどん底にうごめき、身を粉にして働いて、しかも言語道斷の粗食に甘んじ」ていた。「その不公正を見るに見かねて宮澤賢治は猛然と起つて農家の爲に身を獻じた。彼自身は裕福な家に生れて、實家の兩親の膝下にさへゐれば何不自由ない生活を營める身分でありながら、農家の人達の理不盡な困り方を眼の前に見てはさういふ安樂生活にひたつてゐるに忍びず、彼等と同じやうな生活をやらうとして、斷然獨居自炊の生活をはじめたものに違ひない。そしてその農家並みの最低食生活を定めたものに違ひない。」「私の見るところでは宮澤賢治の食生活は確に彼の身を破り彼の命數を縮めた。」「榮養過多と榮養過少とは健康を奪ふ。」「榮養過少の方については、自らすすんで過少に甘んじるばかりでなく、時としては粗食を賞讃すべき美風のやうにさへ思ふ日本古來の一部の考方は是非とも改めねばならぬ。」「私は玄米四合の最低から、日本人一般の食水準を高めたい。牛乳飲用と肉食とを大いにすすめたい。日本人の體格を數代に亙つて改善したい。」「宮澤賢治の國岩手縣に來て、私は「玄米四合ト味噌ト少シノ野菜」生活に賛成せず、機會ある毎に酪農計畫をすすめ、牛乳を一合で量らず、一リツトルで量るほど廉く世上に豊富にゆきわたらせたいなどと述べるのは、數世紀に亙つて培はれてきた日本の消極的健康を、どうかして世界水準の積極的健康にまで引上げたいからに外ならぬ」というのがこの評論の抜粋である。まことに正論であり、宮沢賢治神格化に対する一反論である。同時に、高村光太郎が若年、札幌に渡り月寒牧場で夢想した酪農の考えがここにもりこまれていることで間違いない。なお、この原稿料五〇〇円を関登久也から二月一九日に受取り、二月二四日にこの中二〇〇円を返し、三〇〇円だけ貰うこととした旨、各日の日記にある。おそらく『農民芸術』誌援助のためであろうが、こうした心遣いは高村光太郎独得のものである。

＊

二月六日の日記に「開墾の青年弘さん丁度來あはす。暗くなるまで談話。詩をよまる。尚「うそふき」と稱する履物を一足もらふ。ワラジにつまがけをかけたやうなもの」とある。ここでも初対面の青年の詩を聞いてやっている。感想を記していないから、感心しなかったのであろうが、付合いがよいというべきであろうか。私には不可解である。ただ、この佐藤弘という青年は高村光太郎のために気軽に用たしなどして生活に欠くことのできない存在となった。

＊

さて、三月九日付宮崎稔宛書簡（書簡番号一一六二）において高村光太郎は「おハガキいただき又「ヱルハアラン」筆寫原稿落手しました。これはいつ頃お送り返せばいいのか次のお便りでお知らせ下さい」と書起し、多くの事柄を記しているが、文中「歌集を出す氣にはどうしてもなりません」と書いている。これが歌集『白斧』に関する問題の発端であった。翌一九四八年二月まで続く『白斧』刊行に関する事実をここでまとめて記すこととする。

三月一八日付宮崎稔宛書簡（書簡番号一一七〇）では「小生の歌集を十字屋から出されるといふ事は貴下と十字屋さんとの話合できめたことと存ぜられますが、もう一度よく御考へになつて下さるやうに念じ上げます。　小生の歌は以前から言つてゐるやうに「明星」時代のものは今日はづかしくてとても發表出來ないやうなものばかりだし、その後のものとてすべて讀みすて、書きすててゆくところにむしろ興味があつて麗々しく歌集などといふものの形にする意義は殆と無いもののやうに考へてゐます」と書いている。

まだ歌集を刊行したくない理由が続くが省略する。「美術學校時代」と題する発表誌不明の回想中、高村光太郎は「與謝野先生の添削は大へんなもので、僕の歌なども僕の名前がついてゐるから僕のだらうと思ふくらゐ直されてしまひ、自分の書いた所は一字か二字しか殘つてゐない事もあつた。これでは誰の歌だか判らない。だからその時代のものは自作とはいへない」と書いている。安易な歌集刊行について高村光太郎が反対だったことは当然であった。

ほとんど唖然とする事実だが、宮崎稔はこうした高村光太郎の意向、要請を無視して歌集出版を強行した。四月二七日宮崎宛書簡（書簡番号一一九五）では高村光太郎は「そのテガミでは歌集を貴下に獻じたいといふ事も書いてあります。そして奥附の名も屆書や撿印も全部貴下の名でしてもらひたいといふ事も書いてあります。小生の名ではとても出版出來ない代物です。貴下に獻ずるとしても幼稚さ赤面の外ありません」と言っている。

一二月五日付朝日新聞社出版局の和田豊彦宛葉書（書簡番号一三三六）では「小生の歌集の廣告を見られたさうですが、あれは小生の意に反して十字屋と編者とが强引に出版するもので、書名の「白斧」といふのも誰がつけたか、小生の關知せぬものです。小生は生前歌集は出さぬ主張を持ってゐたのでこの出版には閉口してゐます。內容も小生の校閱を經てゐません」と書いている。

その後、翌一九四八年二月一四日の日記に

「午前十時半過、勝治さん來訪、十字屋の印南氏同道。爐邊にて三時過まで談話。歌集强行出版について十字屋さんの暴擧をとがめる。直接余と交渉せざりし手落より起りし事とて印南氏謝る。上製八百餘、並製二千部だけ出版はゆるす。尙編者の名を書物に印刷する事とさせる。出版の始末を書いたリーフレットを書物に挾む事も約束す。十字屋より茶一斤もらふ。勝治さんより豚肉百匁もらふ。」

二月一六日付宮崎宛封書（書簡番号一三八五）では「歌集並製は二千部發刊を承諾しました。そのつもりで印税おうけとり下さい」と知らせている。

さらに二月二九日付宮崎宛葉書（書簡番号一三九三）で「とにかく先日の話のやうにきめた以上十字屋が實行せなければなりません。　印税は確實に御入手あるやう願ひます」と告げている。

歌集『白斧』刊行の経緯は上記のとおりである。この結末に関する高村光太郎の決定は、唖然とするばかりである。本来なら、宮崎稔を出入禁止にでもするところだが、逆に、お前が勝手にやったことだから、印税もお前が受けとれ、この歌集の出版には一切自分は関与しない、というわけである。宮崎夫妻への配慮があるにしても、私には高村光太郎の思考の脈絡が理解できない。彼がそうした不可解な思考回路を持っていたとしか考えようがない。

＊

全集の年譜昭和二二年（一九四七）の項は、次の文章で始まっている。

「すこし無理をするとすぐ血痰、喀血を引き起こす健康状態が数年続く。自分では納得しなかったが、医師には明らかな肺結核と診断される。」

三月六日の日記に次の記載がある。

「朝より粉雪ふりしきり烟霧のやうに見える、ややつもる。　朝みそ汁、テカミ書、豐周よりは一五五番地の家屋を税務署の人に査定してもらつたら十萬圓ちよつとといふ事。余の去年三月三日現在預貯金高を知らしてくれとの事。合せて申告するといふ。左の通り通知す　預金　四萬圓――（殖產銀行花卷支店）六百圓――（〃　）公債一萬圓――（ひ號五分利公債　三井信託保護預）　小爲替八百圓（四枚）　据置貯金四千五百圓――（三菱駒込支店）　#55,900　○家屋査定額問合せる。一度近日花巻税務署にいつて話してくる旨書く。尚花巻へ申告した方よければ花巻でする旨も書く。二五番地借地は去年藏石さんへ返戻せし事もかく。電話は東京から岩手に移轉出來るなら欲し。出來ないなら不用、隨意に處分せられたしと書く、又一五五番地の家屋も隨意處分差支なき旨もかく。」

この書簡の内容は弟豊周宛一九四七年三月六日付封書（書簡番号二七五九）と同じである。すでに記したとおり二五番地はアトリエの所在地、駒込林町二五番地、一五五番地は父光雲以来の住居地、千駄木林町一五五番地をいう。一五五番地の家屋は弟豊周の住居となっていた。この財産税の負担について、三月二一日付宮崎稔宛封書（書簡番号一一七六）で「小生財産税の事でお言葉をよみましたが、弟はあとで金を送るといつてゐます。（中略）小生の考では半分負擔してもらへばいいと思ひます」と書いている。豊周が住んでいる家の価格が一〇万円と査定されたために財産税を納付しなければならなくなったのだから、豊周が全額負担するのが当然だが、兄にさしあたり払っておいてもらいたい、後日払うから、と頼みこみ、高村光太郎が全額を納付したのであろう。高村光太郎としては弟が半分でも負担してくれればよいと考えていたのだが、豊周がその半額も兄に払ったかどうか、はっきりしない。半額を受け取っているならおそらく高村光太郎はその旨記録したはずだが、私が見落としていないとすれば、全集には記録は見当たらない。

同じ三月六日の日記に戻ると、同日、筑摩書房の竹之内静雄が来訪、「バタ、カマボコ、パン、かん詰一個などもらふ。ともかく爐邊にて談話。夕方六時の電車にてかへるつもりなりしが、談話つきず、分教場より田頭さんに宿泊たのむやう申せしが工合あしく、分教場に宿泊する事」になったこと、翌七日、一緒に田植踊をみたことを記している。その結果、「田植急調子」という歌謡風の詩を書いたが、それにもまして、この時の竹之内静雄の依頼により、「暗愚小傳」を書き、七月一日発行の『展望』に発表することになったにちがいない。「田植急調子」は引用するまでもない土地の方言をとりいれ、太田村の村民の機嫌を取り結ぶために書いたとしか思われない、凡庸な作である。

三月二五日には佐藤勝治の分教場の代用教員辞職に関する記述、また、三月二四日、高橋雅郎の村長立候補、推薦状の連名に捺印、四月五日当選といった記事が続く。

三月一三日付椛澤ふみ子宛封書（書簡番号二七六二）を引用する。

「今日は三月十三日。いかにも誕生日らしく、連日の雪がはれて今朝は朝日が雪の上にまばゆく輝き三尺もある軒のツララが日にとけて落ちる音がしてゐます。

昨日あなたからのお祝のテガミを分教場から届けてきました。小生の誕生日を祝つて下さる方は今日あなた位のものです。母がゐた頃は母がいつでも赤飯を炊いてくれたものですが。

それで今朝は小生自作の小豆で赤飯を炊き、メザシのお頭つき、凍豆腐のお吸物をつくつて自分で祝ひました。お祝にお送り下された由の抹茶は多分今日か明日あたり到着するだらうとたのしみに存じます。

それでも昨日、人から戰前輸入のフヰリッピンの葉巻タバコを二本贈られたので、それを食後にくゆらしてひどく豊かな氣持を味ひました。

此間はおハガキと新聞一束もいただきました。新聞はいつも讀後分教場の先生にも廻覧してゐます。珍らしいので皆よろこんでゐます。

東京の狀態は中々ひどく想像以上のやうですが、その中で御無事に元氣よくお過ごしの事はそれだけでも慶賀せねばなりません。

何とかして此處の困難を切りぬけて日本はひろいところへ進まねばならず、國民の一致團結が何より肝要です。

インフレが支那の現在のやうにならぬうちに阻止せられるやう念願しますが、生産部門の活動以外に有力な方法はまづ無いでせう。われわれは唯消極的に消費方面で助力するのみです。

財産税などもその一でせうが、小生は東京にある弟の住んでゐる家が小生名義であるため、家が十萬圓と査定されて財産税を拂ふことになりました。こんな小屋にゐる者が財産税を拂ふなどとは滑稽ですが進んで拂ひませう。

此間は部落の一農家で、四十年ぶりといふ田植踊の催しがあり、招かれて行つて見物しましたが古風な烈しい踊で珍らしいものでした。候文の口說文句がおもしろいものでした。

小生も宴席で朗讀出來るやうな田植の朗讀詩を書いてみようと思ひました。

寒さはまだ強いですが日の光には春が感じられます。程なく蕗の薹が出ませう。カンザウの芽も出ませう。今年は大いに開墾をひろげるつもりです。手に用心してやります。ジヤガイモ、豆、大根、葱、人參など大に増產します。南瓜も西瓜も大々的にやります。茄子や胡瓜は自信が出來ました。

今年は彫刻も少しは出來るでせう。構圖だけはいろいろ考へました。「展望」へやる詩はまだ書いてゐます。三十篇ほどになります。先日「展望」から記者が來訪して來ました。又書きますがお祝のお禮まで一筆、

二十二年三月十三日　　高村光太郎

椛澤ふみ子様

〈去年いただいた字引は其後大に重寶してゐます。〉

〈○小生はあまり買物をしません。メザシだけ時々買つてもらひますが、一束（二十尾ばかり）十五圓から十八圓の間です。○油揚は二枚で十圓といふ事です。○木炭は安く、四〆目一俵三十圓です。〉

〈○あなたのお誕生日は五月だつたと思ひますが何日だつたでせう。「陽光」といふ字は大きく書きませう。おしらせ下さい。○アラレを又作りますか。○〉」

彫刻は、この年はもちろん、山口在住中一点も作られなかった。

ひき続き、椛澤ふみ子宛三月一八日付葉書（書簡番号二七六四）で抹茶二缶の礼を述べ、三月二八

日付封書（書簡番号二七六七）で、彼女からの手紙と新聞一束の入手を知らせた上で

「分教場の先生御夫婦は今月限り、學校を辭職して花卷にかへり、以前の職業を再興される事になりました。寫眞の方です。先生御夫婦には一ケ年半隨分お世話になりましたので殘り惜しい氣がします。おかげで村の人達とも追々おなじみになつたので今日では一人でもどうやら差支なくやつてゆけさうです。

村では今村長さん選擧で大騷ぎです。」

などと知らせている。

＊

四月一一日には鎌田敬止宛封書（書簡番号二七六八）の文中、次のとおり書いている。

「『智恵子抄』の出版を澤田さんが貴下にゆづられる事を承諾せられたやうで、小生としては少しも異存ありません。

『智恵子抄』は澤田さんの並々ならぬ熱意によつて世上にひろく紹介されたので小生澤田さんにひどく感謝してゐる次第です。澤田さんが龍星閣を再興された曉には何か小生の力を傾けたものをお願ひしたいやうな氣がして居ります。

「智恵子抄」は今でもかなり讀みたがつてゐる人があるやうで、時々人から質問される事がありますから、今日出版するのも無意味ではないやうに思はれます。

事によつたら昨年あたり新らしく書いた智恵子に關する詩を一二篇加へさせていただかうかとも考へて居ります。

いつ頃全原稿をおまとめになる豫定かお知らせ下さい。」

鎌田の白玉書房から一九四七年一一月二五日刊行された『智恵子抄』には澤田伊四郎の龍星閣版『智恵子抄』所収の作品に、高村光太郎の意志にしたがい、「松庵寺」「報告」の二篇が加えられた。(この二篇を高村光太郎は鎌田に六月六日付速達封書(書簡番号二七七七)で送っている。)この当時、澤田は熱海に住み、出版業を休止していた。そのため、澤田は鎌田の白玉書房版『智恵子抄』の刊行を承諾せざるを得なかったので、承諾したものと思われる。白玉書房版は何回か増刷されたが、高村光太郎は鎌田に一九四八年一月一九日付封書(書簡番号二八三〇)で「「智恵子抄」再出版について澤田さんが森谷均氏にフンガイして話してゐたと森谷氏からの手紙の中にあつたので、何か面倒なことが起つたのかしらと案じてゐます。貴下が澤田さんから承諾を得た事と思つてゐましたが、何か行き違ひがあつたのでせうか」と訊ね(一月一五日付葉書、書簡番号二八二八も同趣旨)、鎌田がはかばかしい返答をした気配がない。澤田は鎌田の白玉書房による『智恵子抄』の出版を快諾していたので、おそらく、澤田は白玉書房版に二篇の詩が追加されたため、これは自分が制作した『智恵子抄』とは違うから、これは本当の『智恵子抄』ではないと苦情を云ったのではないか。それ故、澤田は『智恵子抄その後』を出版して、これに龍星閣版『智恵子抄』に収められていなかった、その後の智恵子関係の作品六篇（白玉書房版に収められていた二篇を含む）と散文を収めた。さらに同年一〇月五日に澤田から高村光太郎に申入れ、その結果、龍星閣からふたたび『智恵子抄』が初版所収の作品だけで刊行され、白玉書房版は絶版となった。これも高村光太郎の澤田に対する過大な、かつ若干屈折した感謝の気持から生じたものと思われる。この心情については後に一九五一（昭和二六）年澤田が小屋を寄附したときにまた考えることとする。

＊

この年畑作を始めたのは四月二〇日であった。日記から抄記する。

四月二〇日　「エンドウの畝四列つくる。肥料入。ニラを一列ふやす。葱手入。」
四月二一日　「午前サヤエン豆をまく。ホウレン草を朝少しとつてみそ汁に入れる。」
四月二五日　「午后ササゲの畝をつくる。夕方までかかる。五畝ほど。肥料を入れる。去年のネリマのあとへ時無大根をまく。」
四月二六日　「午后テナシササゲ、ウヅラ豆をまく。去年のジヤガのあと。畝の土荒くかわき過ぎるやうな氣がする。」
四月二七日 「午后畑、葱畝の手入、畑のまはりに排水溝、枯草に火をつけてやく。」
四月二八日 「朝菜をとつて鹽もみ。（小屋前）そのあとを耕して春若菜といふものの種子をまく、時無大根もまく、（小屋前）唐辛子まだ發芽せず。」
四月三〇日 「南瓜の穴を堀りかける。大根の畝つくりかける、」
五月一日 「葱をまく。苗箱に去年の自家採收のもの、畝に一昨年のものをまく。」
五月二日 「畑の排水路堀り。葱の畝を大にす。」
五月三日 「夕方ちかく畑、砂糖大根を移植。畝つくり。」
五月四日 「午後畑仕事、キサラギ菜の苗（本葉三、四枚）を畑に移植する。畝つくり。」
五月六日 「午后佐藤弘青年來て配給の種いも若干を畝一畝にうめてくれる。笹をかつて燃し、灰をつくつてくれる。」
五月一〇日 「ジヤガイモ少々いける。畑のキサラキ菜、小さき蟲に食はれて葉に小さき孔多數あく。」
五月一二日 「午后シヤガイモ畑少々、」
五月一三日 「午后ジヤガイモの畝五畝いける。堆肥、灰入。ウヅラ豆半畝まく。小屋前の苗床に南瓜三種まく。昨日もらつたキヤベツの苗を小屋前に假植、箱床に茄子の種子三種まく。」

五月一四日「午前畑にジヤガイモ一畝追加植込み。ホウレン草播種用の一畝にタンカルを多くまく。よく土とまぜる。白皮南瓜播種。　土かわき雨欲し。」
五月二一日「阿部さんは畑にキヤベツの定植をしてくれる。（中略）午后雨となる。　胡瓜をキヤベツ假植あとの畝にまく。」
五月二四日「午后畑。ハウレン草にあてたうねと大根用のうねと、その隣のうねとに人糞肥料をやり、土をよせる。」
五月二五日「大根穴の土を細かくし、灰をまき、時無大根をまく。十六本のわけ。畑にまいたササギは多く腐る。」
五月二六日「午前キヤベツに尿など與へる　南瓜追〻に出る、ジヤガイモもたんたん出てくる。ササギは腐りしもの多し。」
五月二七日「サダミさん來て、畑に紅花、オクラをまきつけてくれる。畑土のこなし方ていねい也。肥料は枯草だけ入れる。」
五月三〇日「トマト苗植込、枯草、糞尿少〻、燒藁、灰など入れる。」
五月三一日「昨日の雨と今日の日光にて鶴首南瓜の芽はくさる。」
六月に入っても、こうした作業が續く。おそらく一日に一、二時間ほどである。農作業をしたのは、六月一日、二日、三日、四日、五日、六日、七日、八日、九日、一一日、一二日、一三日、連日ともかく何かしら菜園の仕事をしている。六月一四日の記事に「小屋前の田をスルガさんのむすこさん馬をつかつてならしてゐる」とあり、前記のとおり、時々佐藤弘や山口部落の人々が手伝いに来ている。農作業はほぼこの時期に終り、後日、収穫に入ることとなる。この間、五月七日、「朝九時過、椛澤ふみ子さん突然來訪、おサツ、メリケン粉、青豆などもらふ。尙抹茶持參、坂上まで散歩、中食ホロホロ酢醤油、玉子、食後抹茶の事。夕方まで談話、分教場のワタルさん來らる、たのみて田頭さんに椛澤さん一泊をたのみもらふ。夕方雨となる。椛澤さんを田頭さんに案內、奥さまにたのむ」とあり、翌八日、「朝九時頃椛澤さん來る。田頭さんに昨夜一泊。サツマ芋を進呈、喜ばれし由、尙二〇圓さし出したる由。茶を立て、談話に時をつ《(原)》ごし、午前出發をのばして夕方六時の汽車にする事にする。中食を炊く、ゼンマイ等の清汁、カツコの酢みそ等。抹茶一服の後又詩の話などいろいろ、三時半過、辭去。」という日記の記述がある。椛澤ふみ子は田頭さんこと高橋雅郎家に泊って、さつま芋を進呈、二〇円のお礼を支払ったようである。これを日記に書きとめているのは彼女が田頭さんに礼節をつくしている事を喜ばしく感じていたからであろう。午前に辞去する予定を午後にしたのも高村光太郎の懇請によるもののようにみえる。

五月九日には更科源蔵来訪、五月一四日には水原宏来訪、五月一五日に花巻に出て佐藤隆房邸に止宿、宮沢清六、佐藤昌らを訪ね、一九日に帰居している。

この訪問について五月二五日高村光太郎は椛澤ふみ子に封書（書簡番号一二〇七）を書いている。

全文は次のとおり。

「あなたが八日に歸られて以來、ずつと忙がしい事がつづき、十五日には花巻に出て、宮澤家に疎開第三回目の記念の御禮をのべ、院長さん宅に滯在して諸家を訪問するやら、乞はれるままに揮毫するやら、毎日暇無く過ごし、漸く山に歸つて來てからは待つてゐた畑の手入や、又毎日の訪問客や、講演などで筆を持つ暇も無い程でした。 花巻から歸つて來たら、あなたからのテガミが屆いてゐて無事御歸京の由を知り、安心しました。汽車の事を思ふとまつたく安否を心配します。花巻では校長さんをも訪問、半日閑談しました。先日あなたが校長さん宅に一泊された事を校長さんは大層よろこんで話されました。校長さんはまつたく氣持のいい方です。 此間御來訪の時、坂の上の廣場の丸太に腰かけて遠くに鶯の聲をきき、まはりに山口山の木々の芽立を眼にしながら、あなたの詩を聽いたのはひどく印象に殘り、その時の詩のよさも心にのこりました。詩が一段と進んだので今後のあなたの詩作もたのしみになりました。むやみと破壞的な詩や、刹那的な詩や、小器用な詩ばかり多い現時に、ああいふ靜かな、含みのある魂の聲をきくのは愉快です。今度は此處の農家に一泊されたので大變ゆつくりして氣持ものびのびとお話が出來ました。早く御宿泊出來るやうな室のある家を造りたいものです。 もう分教場に郵便屋さんの來る時間になりました。又書く事にして今日はこれでやめます。御健康をいのります。」

高村光太郎は彼女の詩を絶讃している。この書簡からみると、梶澤ふみ子は私と同世代の詩人だったようだが、私はその作品を見た記憶がない。高村光太郎がこれほど絶讃した詩が公表されなかったのが不思議でならない。なお、この末尾にみられるとおり、郵便屋が分教場に来るのを待ちかまえて、高村光太郎は受信の書簡をうけとり、発信の書簡を託していたのである。

五月二日に宮崎稔、春子夫妻の長男が無事誕生、光太郎と命名された。

五月二三日の日記には「血痰出る。午后の潮時らし。安臥。黑ずみし血と鮮血とまじる。（中略）夜血痰の色うすくなり、後痕跡なくなる」とあり、翌二四日には「今朝は血の痕跡を全く認めず」とある。

五月二七日には佐藤弘の結婚式に出席している。

翌二八日の日記には「サダミさんのひろ子ちやん羊肉を持參。最近又一頭死んだ由。もうめん羊は居なくなつたとの事」とある。定見さんは駿河重次郎の一族、その母堂がホームスパンを作っていた方である。ここで高村光太郎の緬羊、ホームスパンをこの部落に根づかせたいと考えた希望は挫折したかにみえる。

六月一七日、「曇、朝詩稿二十篇、二十八枚ばかり包裝、小包にする」とあるのは「暗愚小傳」にちがいない。同日「夕方血がのどから出る。わたのやうな形のものまじる。蒲團をしいて横臥」とある。

六月二七、二九日、所得税申告書を書いている。総所得一万七、〇〇〇円の原稿料、印税と利息六二〇円、納税額一、四六〇円である。

七月に入っても、一六日「畑の事いろいろ、南瓜移植、(白皮)(千成)唐辛子移植」、一七日「朝トマトに木灰、タンカルをやる、肥まけを防ぐため。昨夕その徵候を見る。今朝は直つてゐたり」。七月二二日「畑手入」といった種類の記述を散見する。

八月一四日椛澤ふみ子に送った封書(書簡番号二七九四)中、次のとおり書いている。

「此處の山林でも眞晝は相當にあつくなりますが、夕方からは冷えて、明方などはうすら寒いやうです。寒暖の差が晝夜にあるのが蔬菜類にはいいらしく、味はひが細やかです。胡瓜でも茄子でも南瓜でもキヤベツでもすべて美味です。

東京ではトマトが今全盛の由、ここではまだ紅くなりません。今年は黄いろのゴールデン　ポンテローザも作りました。今さかんに花が咲いてゐます。支柱の追加に骨が折れます。今は十六ササギが全盛で毎朝とつてみそ汁に入れますがいくらとつても後から後からとなります。これの揚げものも美味と思ひます。西瓜が二つ實りまして、一つは今ピンポンの玉くらゐの大きさです。」

八月二七日の日記には「草野心平君に千圓小爲替進呈書留(光太郎詩集編しうの慰勞の意味)　春子さんに五〇〇圓書留(出産祝の追加、合せて千圓になる、)」とある。

草野心平は七月五日鎌倉書房から刊行された三〇〇部限定の『高村光太郎詩集』の編集を担当した。草野が編集したのは、高村光太郎にとって選詩集編集が面倒だったからかもしれないが、むしろ草野の生活費援助のためだったのではないか。九月六日には椛澤ふみ子宛封書(書簡番号二七九八)で「先日鎌倉書房から「光太郎詩集」といふのが出たので印税の一部を送つてきました中から、ほんの少し小爲替をつくり、同封いたしましたが、これはいつもいただく挽茶の費用の中へ入れていただくつもりのもの」と通知している。九月五日の日記に「余は郵便局にて小爲替五〇〇圓つくり」とあるから、椛澤ふみ子にも五〇〇円送ったのであろう。

高村豊周の長女高村美津枝に送った葉書二通（八月二八日付、書簡番号二七九六と九月八日付、書簡番号二八〇二）が興味深いので引用する。まず、八月二八日の葉書。

「八月廿六日のおてがみ　今日來ました。お庭の作物のこと　おもしろくよみました。それではこちらの畑につくつてゐるものを書きならべてみませう。大豆、人參、アヅキ、ジヤガイモ（紅丸《ベニマル》とスノーフレイク）、ネギ、玉ネギ、南瓜（四種類）、西瓜（ヤマト）、ナス（三種類）、キヤベツ、メキヤベツ、トマト（赤と黄）、キウリ（節成《フシナリ》、長）唐ガラシ、ピーマン、小松菜、キサラギ菜、セリフオン、パーセリ、ニラ、ニンニク、トウモロコシ、白菜、チサ、砂糖大根、ゴマ、ヱン豆、インギン、蕪、十六ササギ、ハウレン草、大根（ネリマ、ミノワセ、シヨウゴヰン、ハウレウ、青首、）など。以上の樣です。十一月に林檎の木を植ゑます。」

次は九月八日付葉書。

「おテガミ見ました。自給自足の地方では　畑を作る以上この位のものを作るのは　あたりまへのことです。此間書き並べたものが同時に畑にあるわけではなく、次々と作つてゆくのです。

今年は里芋の類を作らずにしまひました。雨でくさつてしまつたのです。總體に成績はよくありません。

ジヤガイモは大きいのがたくさんとれました。畑の仕事では毎日汗みづくになります。」

この葉書に書いたとおり、九月一〇日の日記に「玉葱を西瓜のあとへ播種、畑のもの手入」、九月一七日の日記に「九時頃朝食。　畑見廻り。胡瓜あとにタンカルを入れて中和。ハウレン草をまくつもり」などと記している。

九月二一日は花巻に出かけている。

「花巻行　朝六時半頃小屋を出る。　二ツ堰に七時過着。七時三十二分の電車で西公園まで。」「宮澤家に門口より挨拶し、院長さん宅にゆく。」「午食宮澤家に招待される。盛岡からも多数の人來る由。賢治さんに焼香す。　午后三時院長さん宅にて菊池二郎氏等一同と賢治さん關係のラジオをきく。四時半頃賢治の會會場にゆく。「生必」二階。余も十五分ばかり話。會衆多し。後鹿踊を前庭にて見る。二百圓寄附す。後座談會、十時半になる。　十一時院長さんと歸宅、夜食をいただく。」

わざわざ花巻に出て、一五分でも話をし、座談会に一〇時半までつきあい、二〇〇円寄附する、というのが当地における高村光太郎の生き方であった。この夜は佐藤隆房邸に泊る。

九月二三日、「畑仕事、草むしり、白菜間引、追肥、大根追肥、トマト採取」、九月二四日「午后新聞よみ、畑、ナス、唐辛子へ追肥、蟲取り、トマト採取」などという記述が散見される。

九月八日には高村豊周に「今年は母の廿三回忌の由、花巻でも法要を營みたいので戒名をおしらせ願ひたし」と葉書（書簡番号二八〇〇）で問合わせていた。また、一〇月五日の日記には「智恵子祥月命日。線香をたく。雨やみはれる」と書きはじめ、雑事を記した上で「午后九時、智恵子臨終の時の事などおもひ出す」と結び、一〇月九日に「午前九時松庵寺にゆく」「母二十三回忌法事。母の事をいろいろ思出す」とある。佐藤隆房夫妻、宮沢賢治の父政次郎が出席。「宮澤老に誘はれて一同宮澤邸に參上、晝食の御馳走になる。ビール一本あり。精進料理中〻よろし」などと記している。

一〇月二四日、椛澤ふみ子に宛てた封書（書簡番号二八〇八）を引用する。

「此程花巻から歸つてきて、十月五日付のあなたのおてがみと新聞一束おうけとりしました。五日に相變らず染井に行つて下さつた事本當にありがたく厚く御禮申上げます。隨分荒れてゐる事と想像してゐます。」

智恵子の墓参りの礼である。続き。

「小生花巻に今度はゆつくり滞在してゐました。松庵寺の都合で九日に母の廿三回忌の法要と一緒に父と智恵子との法事をいたしました。宮澤老大人と院長さんの奥さまとが臨席されました。久しぶりで母にも會つたやうな氣がしました。母が東北の林檎を喜んで食べたやうに思ひました。こんな遠くの土地で知らぬ人の中で法事をされようとは誰も思ひもよらなかつた事ですから、ほんとに不思議な氣がしました。松庵寺は庫裡が立派に出來て、そこに御本尊を納めてあり、もう物置御堂ではなくなりました。

花巻滞在中にはレコードコンサートであのバッハの「ブランデンブルグ」をきいて感動したり、「モロッコ」の映畫再演を見たりしました。十數年前見たディトリヒを久しぶりで又見て、昔の映畫情趣を味ひました。今日のアメリカのスリラアなどに比べると隨分テムポののろいものですがやはりいいものがあります。藝術の世界では古いものにも價値が嚴存するので面白くおもひます。

「暗愚小傳」は隨分たくさんの非難をうけてゐるやうですが、これは豫期してゐたところで、すべて甘受します。あの散文のやうな形式も、味も無いやうな表現も、小生としては當然の事なので、あれはあれでいいのだと思つてゐます。內容も一度ははつきり書いて置くべきことをはつきり書いたに過ぎません。あそこを通り越して眞に新らしく前進するのが小生などの年代のものの已むを得ぬ道です。此點は今日の年代の人に一寸理解し得ぬところと思ひます。」

「暗愚小傳」その他の詩については項を改めて記すこととする。書簡の続き。

「十五夜は山でも曇りでした。十三夜もどうやら雨らしいです。雨は秋になつても多く、收穫時に甚だ不都合です。雨のため今年は栗が少いやうですが、それでも小屋のあたりではかなりたくさん毎日ひろひました。毎日栗飯を作つたり、夜は燒栗をたべてゐます。もう栗もおしまひ、キノコも今年は出がわるいやうです。松茸が此山に出る事を今年はじめて發見、來年を期待してゐます。

來月はもう雪が來るので、今冬籠の支度をやつてゐます。炭や薪も用意しましたし、冬中の青物として、今年は自分で大根や白菜やキヤベツやジヤガイモを作りましたから、これを漬けたり、穴に埋めたりします。キヤベツでシユウクルートを漬けます。うまく出來るかどうですか。おサツも開墾の人から譲つてもらひましたが、紅赤種で美味です。岩手でもおサツが作れば出來るといふ事が分かりました。

歌集が十字屋からいよいよ出るやうなのでこれには全く閉口です。「白斧」といふ題名も誰がつけたのか、小生は廣告で始めて知りました。宮崎さんからも一度も題名など聞かされませんでした。何といふ無理な、强引な出版だらうと思つて、むしろをかしくなります」。

追伸に「紅葉は今年も美しく、雨の合間に今夕日がさして、小屋から木々の赤や黄がきれいに見えます」とある。

『白斧』についてはすでに記したが、私としては宮崎に対する高村光太郎の寛容さが理解を絶している。

高村光太郎が花巻から山口の山小屋に戻ったのは一〇月一五日であった。郵便物を受取ったところ「文部省より藝術院會員に推せんするから內諾せよといふテガミ來てゐる」と一五日の日記にあり、一六日の日記に「藝術院會員は斷るつもり」と記している。芸術院会員に推薦されたのはこのときが最初であり、一九五三年に再度推薦されている。二度目の時、「日本藝術院のことについて」という文章を『新潮』一九五四年二月号に発表している。これによれば、「昭和二十二年十月七日」付で「帝國藝術院」から次の文面の書面が送られてきたという。

「拝啓　初秋の候愈々御清祥のことと存じ上げます
陳者今回本院におきまして貴下を帝國藝術院會員に推せん致しましたから何卒我が國藝術界のため御承諾賜りますれば幸甚と存じます右不取敢書面をもちまして御內意を御伺い申し上げます
追而手續上必要でございますので調書四册及び履歴書用紙を同封御送付致しますから御多忙中恐縮でございますが夫々御記入の上至急御返送下さいますよう御願い致します」

高村光太郎は次のとおり記している。

「この文書には履歴書用紙二葉が同封されて居り、そのほかに、いはゆる調書四册といふものも入つてゐた。その調書といふものを一覽すると思はず吹き出してしまつた。これが今手許にとつてあると、面白い話のたねになるのであつたが、あまりばかばかしいので、その時山小屋の圍爐裏に投げこんで燒いてしまつたので、今は無い。

それはまるで罪人調書のやうなもので、旅券につける「ヴイザ」といふもの、査證といふもののやうであつた。用紙にケイが引いてあり、十數項の項目が並んでゐて、それぞれ書きこむやうになつてゐた。

その項目といふのが、ふるつてゐて、身長、體重はもとより、健康狀態、外見上の特色、人相、ホクロとかメッカチとか齒並びとかの特異點まで書き入れるやうになつてゐた。これで指紋の項があつたら申分なからうが、それはなかつた。」

高村光太郎が辞退する旨通知したのに対し格別の反応はなく、辞意はすんなり認められたようである。後に読売文学賞を受賞していることからみれば、いかなる栄誉もうけないということでなく、芸術院会員を辞退したのは、選考方法が不明朗であること、また彼の反権威主義によるであろう。また、彼の「自己流謫」という考えによるものでもないことは前述の文章から確かである。

その後、一九四七年は格別のことはない。

一〇月三一日の日記。

「古代錦のやうな秋晴のケンランな完全な一日。風なく、空氣うつとりとしづまる。山の紅葉さびて青天に映え、日光あたたかに草を色にそめてゐる。」

たんに眼前の景色を描いたにすぎないのだろうが、東北の山村の秋の美しさを伝えて見事な文章である。

一一月二日には『群像』四八年一月号に発表された詩「脱卻の歌」を郵送している。

一一月三日には更科源蔵にホームスパン洋服一着たのんでもらうことを依頼している。

一一月一七日の日記には「夜痰に血痕あるを發見」、一八日にも「血痕今朝もあり」と記されている。

一一月二一日には水原宏来訪、「バタ百匁、牛肉二百匁ほど、コブ、玉葱などもらふ」とある。ただし、この頃には、牛肉などは花巻で買い求めるのは不自由ではなくなっていた。この年の年末には食料難の時期は終っていたといってよい。

一二月一一日の日記。

「昨夜よりの雪さかんにしづかにけむるやうに降りつづき終日やまず、本當につもり來る。屋根にも七八寸つもれり。」

一二月一二日の日記。

「終日音も無く雪ふりつづく。細かきやはらかき雪、風なく靜かにふりつむ。一尺餘つもりたる上、尙夜に入りてもふる。」

こうして冬はふかくなっていく。

一二月二二日。「岡本彌太詩碑「白牡丹圖」を用紙に書く。(中略)島崎曙海氏送附の原稿通りに書く」とある。岡本彌太は高知の詩人である。

(八)「暗愚小傳」その他の詩について

「暗愚小傳」より前、高村光太郎は「和について」「皇太子さま」「國民まさに餓ゑんとす」「雲」「絶壁のもと」「(觀自在こそ)」「山菜ミヅ」「田植急調子」「(リンゴばたけに)」などの詩を書いている。

「和について」についてはすでに記した。「皇太子さま」はあまりに素直すぎて感銘がない。「國民まさに餓ゑんとす」はデマゴーグの作としか思われない。「雲」も詩としての感動があまりに淡い。「絶壁のもと」には次の二行が注目される。

國民の野性はまつ裸にむき出され
一切人間の醜狀殆ときはまる。

その後の数行を省略すると、

ああさらば、落ちるものは落ちよ、

とまるで坂口安吾の「堕落論」に見られるような詩句を含むのだが、

今はただ苦澁の鍛へに堪へよ。
やがて清冽そのものを生み得るのは外ならぬわれわれだ。

と終るのを読むと失望せざるを得ない。彼はつねに楽観的であり、また向日性の性格の持主であった。その他の作品では、「山菜ミヅ」がかれが愛した山口の風物に対する心情を清らかにうたいあげた好ましい小品である。この小品には爽やかな、地方色豊かな、生活感がある。

奥山の溪流に霧がこもつて
岩の間にミヅが生える。
ウハバミとまではゆかないが
大きなシマヘビがぬらぬら居る。
岩手の人はこの不思議な山菜を
暗いうちから一日がかりで採つてくる。
山の匂が岩手の町にただよつて
ミヅは吸物となり煮びたしとなり
なんだかしらないどろどろな
白緑いろのソースとなる。
岩手の人は夏がくると
何よりさきにミヅを思ひ出す。

ぬめりがあつてしやきしやきして
どこかひいやり涼しくて
風雅なやうで精氣絶倫。
配給などとけちは言はず
山の奥にはウハバミサウが
ぬるぬるざわざわ生えてゐる。

さて、「暗愚小傳」だが、その第一部「家」は「土下座」「ちよんまげ」「郡司大尉」「日清戰爭」「御前彫刻」「建艦費」「楠公銅像」の七作から成り、どんな育ち方をしてきたかを象徴的な事件を通じて描いており、第二部「轉調」は「彫刻一途」「パリ」の二篇から成り、彫刻へのうちこみとパリで成人したことを描き、第三部「反逆」は「親不孝」「デカダン」の二篇から成り、アメリカ、英国、フランスの留学から帰国後の生き方をふりかえり、第四部「蟄居」で「美に生きる」「おそろしい空虚」で智恵子との生活と智恵子死後、戦争下の心境を描き、第五部「二律背反」は「協力會議」「眞珠灣の日」「ロマン　ロラン」「暗愚」「終戰」の五篇から成り、戦時の矛盾した心情と終戦の日の感慨が描かれ、第六部の「爐邊」では「報告（智恵子に）」「山林」の二篇から戦後太田村山口の生活を語って終る。
そうじて、「暗愚小傳」が弁解の辞であることは否定できないし、多くはきわめて散文的であって、むしろ回想の自伝として散文で書いた方が適切であったろうと思われる。詩として評価できる、感銘深い作品は「おそろしい空虚」と「暗愚」の二篇だけであると考えるが、その他の作品中にも断片的には作者の真情に心うたれるものもあり、これを弁解の詩として退けてしまうことが妥当とはいまの私は考えない。むしろ、ここまで、自分の暗愚を反省した文学者は高村光太郎の他にはいないことを考えれば、私としてはこれまで私がいだいてきた評価が彼を不当に貶めていたのではないか、と感じている。

「おそろしい空虚」「暗愚」の二篇は第二章で詳細に採りあげるつもりであるので、ここでは説明しない。その他の詩の中で、私が注意を喚起したいと思うのは「協力會議」の末尾の次の八行である。

會議場の五階から
靈廟《モオゾレエ》のやうな議事堂が見えた。
靈廟のやうな議事堂と書いた詩は
赤く消されて新聞社からかへつてきた。
會議の空氣は窒息的で、
私の中にゐる猛獸は
官僚くささに中毒し、

夜毎に曠野を望んで吼えた。

「暗愚小傳」に続き、この年、一一月五日、高村光太郎は太田村山口の山小屋に独居自炊していた時期における力作「ブランデンブルグ」を書いている。

岩手の山山に秋の日がくれかかる。
完全無缺な天上的な
うらうらとした一八〇度の黄道に
底の知れない時間の累積。
純粋無雑な太陽が
バツハのやうに展開した
今日十月三十一日をおれは見た。

という第一連で始まるこの詩は、高村光太郎が幻聴に聞いたブランデンブルグ協奏曲の感動を基礎にしている。この幻聴については一九五二年一一月二〇日に談話筆記された「山の生活」という回想の中で語っている。

「音樂が人間にとつての必要品だと悟つたのも山の生活でだ。冬などは誰も來なくなるから、話すこともなくなる。自分の聲さえ聞かない。雪が積つてしまつた後は周圍は言いようのない靜けさにおゝわれる。ときどき鳥の聲と風の音がするだけで音樂のような組織的な音は一切耳に入らない。ある日開拓村を見下す岡の上に立つていると村の方から聞きおぼえのある一節が聞えて來た。おや開拓村にラジオか蓄音機が入つたのだな、と思つていたが後で聞いて見るとそんなものはない、という。眞實ぞつとした。つまり幻聽を聞いたのだ。これは私の身心が音樂を要求していたのだ。ほうつておいたら身體にも良くないと考えて早速山を下りて宮澤賢治の家に行つた。賢治は音樂が大變好きでブランデンブルグ協奏曲を全部集めている。宮澤さんの家では私がなんで來るかを知つているので、直ぐにレコードをかけて呉れる。それを待ちかねて聞くわけだが、その時の感じは耳で聞くといつたものではない。全身で聞く、身體のあらゆる部分から音が沁み込んで來る感じで、見る見るうちに血のめぐりが良くなつて來る。音樂は人間に不可缺のものだとこれも大きな實感である。」

「ブランデンブルグ」はこうした幻聴体験にもとづき、バッハの旋律とリズムに合わせて彼の夢想を天上に高らかに歌い上げるかのように見える。末尾二節を引用する。

おれは自己流謫の此の山に根を張つて
おれの錬金術を究盡する。

おれは半文明の都會と手を切つて
この邊陬を太極とする。
おれは近代精神の網の目から
あの天上の音に聽かう。
おれは白髪童子となつて
日本本州の東北隅
北緯三九度東經一四一度の地點から
電離層の高みづたひに
響き合ふものと響き合はう。

バッハは面倒くさい岐路《えだみち》を持たず、
なんでも食つて丈夫ででかく、
今日の秋の日のやうなまんまんたる
天然力の理法に應へて
あの「ブランデンブルグ」をぞくぞく書いた。
バッハの蒼の立ちこめる

岩手の山山がとつぷりくれた。
おれはこれから稗飯だ。

太田村山口の山小屋での生活を「自己流謫」と称するのは誤りである。彼は自らを処罰するために山口に流刑されることを選んだのではない。この生活は高村光太郎が若いころから夢想してきた生活を実現したものとみるべきである。それにしても、この夢想を「ブランデンブルグ協奏曲」の天上的な壮大で美しい旋律とリズムとを想起しながら、誇りたかくうたっており、ここまで酔ったかのようにこの詩を読んできた読者は最後の三行で現実に引き戻されて終る。このような手法は高村光太郎のこれまでの作品にもしばしば見られるが、やはり高村光太郎ならではのものであろう。「ブランデンブルグ」は現実感が末尾三行だけにあり、作者自身が音楽に陶酔しているかの感がつよく、秀作といえないけれども、高村光太郎らしい作品として私は捨てがたいと感じている。

(九) 一九四八年の生活

こうして高村光太郎は一九四八（昭和二三）年を迎えた。

一月一日の日記。

「晴、曇、寒さゆるむ、風なし。時々日かげさせど雲多く曇り。お雑煮、屠蘇代りの冷酒二杯お供へをかざり、みかん林檎を供ふ。筆、槌、コムパス、等を祭る。院長さんよりの餅、宮崎さんよりの餅、ワタルさんよりのセリ、凍豆腐、鳥肉一片。ひる昨夜の飯を蒸す。のりつけもの、午后小豆を煮て砂糖少〻入れる。今日一日何もせず、雪の中をあるきまはる。狐の足あと點〻。午后ワタルさん來訪、新年の挨拶、郵便物。小豆を進める。暫時談話。夜食白米飯、イカ入大根煮つけ。シユークルート。夜コタツにて讀書。新聞雜誌類。夜も曇り。西南の風ややつよく吹く。風の音高し。寒くなし。凍結せず。鼠今夜は音せず。後に出る。〈新岩手日報元日號に詩出てゐる。〉」

二日には「午前書初。正信偈の中から選んで（「顯眞實」3「金剛心」1）四枚書く」とある。その他の記述は略。

一月二〇日の日記には確定申告の明細を記している。印税、原稿料の総計七六、八七五円、うち『道程』復元版（札幌青磁社刊）が七万円余を占めている。

一月二六日の日記に「石黑しづえさんが山に來てすみたいやうなテカミをよこして難義ない」とあり、翌二七日には「宮崎稔氏に石黑しづえさんのハカキ2テカミ一通を同封してテカミを書き、しづえさんが山へ來るやうな形勢にて大に弱つてゐる旨を述べ、考次第にて宮崎さんに石黑さんを訪問してもらつてとても駄目と言つてもらひたき由申送る。春子さんにもきいてもらふ事」と書いている。

高村光太郎の女難である。

二月一二日の日記。

「村長さんの午餐にゆく爲支度、ヒゲソリ、十一時分教場にゆき、ワタルさんと打合せて、サダミさん宅へゆき、福田さんのホームスパンの仕掛を見る。染毛、柄合など見る。ワタルさん誘ひに來る。一緒に村長さん高橋雅郎さん宅にゆく。夕方まで酒宴。廿人ばかり集る。途中一寸サダミさん宅へかへり、機を見る。福田さんと一緒に村長さん宅に又ゆきソバ切の御馳走になる。五時過辭去。小屋へかへる。うすぐらくなる。夕食八時頃くひてねる。夜就寝前便あり、〈あたたか、風なし。曇〉〈サダミさんの欅の如輪杢の机を見る、〉」

駿河定見さん宅のホームスパン製造の試みはまだ続いていた。福田さんは指導者のようである。こうした仕事があると聞くと、直ちに見物にゆく高村光太郎のホームスパンに対する執念は根ぶかいものがある。

二月一三日の日記。

「花巻行とする。曇、あたたか。風なし。雪とけかかる。十時半頃二ツ堰驛着。湯口局にて小爲替參百圓を作る。十一時四十三分の電車にて西公園。銀行にゆきて鎌田敬止さんよりの小切手二〇、四〇〇圓を出し、一〇、〇〇〇圓だけ預金、他はうけとる。買物いろいろ。岩田さんの店によりて先日の禮をのべる。丁度宮政老人居られておめにかかる。辭して宮澤家に立寄り、お重箱を返却、尙清六さんに伊藤豊さんといふ人に運動を斷る事をたのむ。　カキ餅、みそ漬、玉子などいただき、西花巻に二時過着。誤りて花巻驛行の電車に乘り、更に一列車遲れて三時半發にて二ツ堰。電車超滿員、皆溫泉行らし。　分教場に立寄り、暗くなつてから小屋にかへる。六時頃。　夕食八時。」

宮政老人とは宮沢賢治の父、宮沢政次郎であろう。

三月一六日の日記。

「終日晴れた方。日もあたる。朝は凍結、ハウレン草に霜白し。　朝食支度出來上りたる頃、東京よりとて岡本宏といふ青年來訪。詩などよんできかせらる。「智恵子抄」進呈。食パン二斤ばかりもらふ。折よくば此處にすみ込むつもりで來たらし。「ヴイオリン」など持つて歩いてゐる。稽古中との事。此處で中食をたべ午后三時半頃辭去。昨夜花巻泊り今夜歸京のつもりの由。　シユークルートに大根をつける。　夜食コウナギと大根煮込、　コタツ　讀書、　就寢前便あり〈夕方サダミさん來訪。花巻溫泉貸別莊の話をきく。〉」

食パン二斤もらったにせよ、よく岡本宏という青年の詩などの朗読を聞いてあげたものだと高村光太郎の我慢強さに感心する。これも彼の山口における生活の一断片である。

三月一七日には椛澤ふみ子に封書（書簡番号二八四二）を送っている。

「おてがみ十四日にいただき、小包十五日に落手いたしました。いろいろ忝く存じました。

今年は去年よりも春が早く來るらしく、三月十一日の舊二月一日頃から急に時候がゆるんで來て小生誕生日の十三日には雨でしたが、あたたかな春雨氣分の日でした。

十三日には赤飯を炊き、小豆を煮、玉子バタ入の蒸パンをつくり、心ばかりの祝をしましたが、翌日はおてがみを拜見、感謝して抹茶を待つてゐましたら十五日に到着、早速小包をほどきましたら、珍らしい甘味やらはじめてみる乾燥豆やらもあり、京都の濃茶、池田園の薄茶等が出て來て大喜びしました。

水を新らしくして湯を沸かし、濃茶淡茶と二杯いただきました。盛岡邊で入手したものと違つて粉が細いので白緑色のよい泡が立ち、香りもゆかしい氣がいたしました。盛岡あたりのは進駐軍向のものか、英語のレッテルなどが貼つてあり粉があらく、味にがく、香りがありません。いただいたのはとても上等です。たくさんなので當分はこれで十分でございます。今日はあの乾燥豆を煮て居ります。晩御飯にはいただけるでせう。甘味は戰前を思ひ出すものばかり、早くかういふものが普通に入手出來るやうになればいいと存じます。」

抹茶については二月一七日の日記に「椛澤さんに抹茶用に三〇〇圓小爲替を送ることにする」とあるので、抹茶は高村光太郎の依頼に応じたものであろうが、それはともかく、椛澤ふみ子は抹茶だけでなく甘味、乾燥豆も添えて送ったようであり、いつもながら行届いている。手紙の続き。

「今年の冬は山でも割に雪が少かつたのですが、寒暖不定のため、二月初旬の猛吹雪の夜にひいた風邪がぬけきれず、セキに悩まされたり、セキの爲め血を出したり、いろいろして去年の極寒の冬よりも不成績でした。石油悪質のため夜間の執筆不可能で仕事もはかどらない事でしたが、これから大にやるつもりです。もう小屋前の雪のとけた畠にはハウレン草をつくり、山東菜、春若菜をまきました。詩もいろいろ書きかけましたが、まだ發表の約束はいたしません。「人間」からくれといつて來ましたが、雑誌があまりよくないやうなので考へてゐます。」

日記に戻ると、二月二二日「風邪氣ぬけず、朝はよけれど夕方より夜に入りて風邪氣を感ず」、二月二三日「夕方より夜にかけて風邪氣を感ず」、二四日「風邪氣まだぬけきらず」、二七日「まだ、風氣ぬけず」、三月一日「風邪氣味にて熱あるやうな悪寒す」、三月二日「風邪氣味うすし」、三月六日「昨夜の咯痰中に出血ありしを知る。今朝も出血。少しづつうすくなる。（中略）〈鬱血してくるとセき多きやう也〉」、三月七日「又痰に出血あり、つづいてかなり出る。ひる頃までねてゐて、起き、臥床をそのままにして置く。終日床をあげず。出血は終日つづけど、夕方に至りて痰ほぼ白くなる。セキも少くなる」、三月八日「今朝は出血なく、痰白し」、三月一一日「また臥床をあげず、ほころび縫ひのところ。　後刻、サチ子さん來訪、今日土澤よりかへりし由、サダミさんも立寄らる。抹茶十匁もらふ。サチ子さんにいれてもらふ。一日置き位に様子を見に來る由。余の健康を心配してくれる。終日靜かにしてゐる。　朝出血少々ありたれど夕方までに白くなる」、一二日「セキ一寸出る」といった記述が続いている。明らかに健康を害している。年譜の昨年度の記述にいう肺結核の症状にちがいない。この当時の高村光太郎の容態は山口部落の親しい人々も心配するほどに目立って弱っていたのであろう。

三月三日の日記に「雪の下から出てきた雪裡紅やハウレンサウに灰をやる」とあるのが、「もう小屋前の雪のとけた畠にはハウレン草をつくり、山東菜、春若菜をまきました」という文章に対応するようである。こうした健康状態のためか、手紙は次のとおり続く。

「來年の冬は事によると、一、二、三月の三ケ月間は溫泉に下宿するか、借家するかして過すかもしれません。その方が仕事が出來るでせうし、健康にもよささうです。

あなたの廿四歳のお誕生日にこちらからお祝する品もないのをすまなく存じます。御健康をいのります、」

三月一六日の日記に「夕方サダミさん來訪。花巻溫泉貸別荘の話をきく」とあるのも、この計画があったので、駿河定見に訊ねたのであろう。

やはり戻るが、二月一〇日の日記に「ひる頃福田さん土澤から來らる。サダミさん同道、スキーで來る。爐邊で暫く談話。メーレー夫人のホームスパンを又見らる。四五日サダミさん宅に滯在の由」とあり、この実技披露が二月一二日、村長宅午餐会の日に行われたことが分る。（なお、メーレー夫人のホームスパンについては前述の菊池直子教授の調査報告を参照されたい。）

二月一八日には、島崎曙海から岡本彌太詩碑の石材の寸法が小さくなったので、詩を書き直してほしいと依頼され、書き直している。

*

この年、一月二六日の日記に「石黒しづえさんが山に來てすみたいやうなテカミをよこして難義なり」とあり、翌二七日、宮崎稔に石黒しづえを訪問して、説得してもらいたいという趣旨の書簡を書いたことはすでに記したとおりである。石黒しづえとの関係は山居中における高村光太郎の女難譚ともいうべきもので、かなりに可笑しく、長びくので、ここで一括して記すこととする。書簡だけを引用する。

高村光太郎は一九四九年一月一九日宮崎稔宛葉書（書簡番号一五三二）で

「おハガキ拜見、石黒女史を訪問して下さつた由、御面倒の事恐縮します。本氣に考へ直して、岩手へ來るなどといふ事を斷念してもらひたく存じて居ります。小生の手助けをするといふ美名の下に自己の身の振り方を考慮してゐる點を卑しく感じます。小生には女史の容貌體格までが醜悪に見えてやりきれません。所謂蟲が好かないといふのでせうか。」

と烈しい口調で申し送り、七月一六日にも宮崎稔宛書留封書（書簡番号一六〇六）で

「石黒老婆からのテガミ返送して下さつてすみませんでした。まつたく困つた人で其後お小遣ひだといつて五百圓の小爲替を送つて來ました。むろん棄てる外はなく、まことに仕末にをへないことです。貴下に屆けて返送していただかうかとも考へましたが、あまり御迷惑をかけるやうなので遠慮し

てゐます」

と書き、七月二六日の葉書（書簡番号一六一一）で宮崎に

「おてがみにより石黒老女史から來た小爲替を同封、ついでにそのテガミも同封します、返卻方よろしくお願します。」

と依頼、一二月二一日付宮崎宛書留封書（書簡番号一六七〇）では

「石黒女史から又そろそろハガキが來はじめました、」

と言つている。なお『山居七年』には、村長になった高橋雅郎のアサヨ夫人に関連して

「ある時、先生がわざわざアサヨさんの所へ来て、大変な剣幕でアサヨさんに抗議を申込みました。「僕が頼まない人をやたらに泊めないで下さい。泊めればいい足がかりができたと思ってやたらに訪問されて迷惑しますから。」

その時泊めた方は、石黒さんという御婦人でした。」

という記述が「昭和二十四年」の項にある。

これは一九四八年九月一四日の日記に「正午近く石黒しづえさんが學校にやつてくる。教員室にてあふ。汗を流し、眼がつり上つて、異様な形相。休憩するやうにすすめる。二ツ堰から村の人と同道して來た由。ひどく疲れた様子。來訪せぬやういひ居たるに敢て來たれるにつき苦言を呈す。ひる食に余は小屋に一旦かへる。冷汁、冷飯。　午后一時過石黒女史小屋に來る。いろんな愚痴話。うん

ざりする。西瓜一個を割つて御馳走。一緒に學校行。疲れて今日歸れぬ由にて上田先生が村長さん宅に宿泊方依頼さる」とあり、翌十五日「床をあげた時、田頭さん宅の子供を案内にして石黒さん來る。別れの挨拶らし」とあり、一旦辞去したようだが、再度来訪「石黒女史又來る。今出發の由なれど砂糖をなめに來たとて、砂糖を大分なめ、湯をのまる。余にすがりつかんとせしにつき、それを拒否す。泣いたりする。まつたく閉口」とある。これは一九四八年九月の出来事であり、『山居七年』は一九四九年の項に書いているので、同じ時のことかもしれないし、この日記の時とは別の時かもしれない。

それにしても、うんざりしながらも西瓜をご馳走し、愚痴話を聞いてやるのだから、高村光太郎は何としても他人を冷たくあしらうことができなかった、面と向かうと気弱になる、そんな人格であったようである。

それでも、この時で石黒女史の問題はけりがついたらしく、その後は日記、書簡等に彼女に関する記述は、私が見落としていれば別だが、見当たらない。ただし、帰京後に一度出現する。

*

さて、一九四八年の生活に戻ると、四月一日の日記に「まだ臥床中、村長さん來訪。引揚者の生産事業には補助が安本より五〇萬圓ある由にて此處に練（原）瓦工場焼物工場をつくりたき旨話され相談さる。贊成する」とある。安本とは経済安定本部の意であろう。こうした相談をうけるほどに高村光太郎は太田村山口で信頼されていたわけである。

四月七日の日記には「終日詩「人體飢餓」のつづきを書いてゐる。　ひる頃太田校の校長さん、太田校の新校長さん、新設の山口小學校の校長さん淺沼氏三人にて來訪、その挨拶。前校長さんは花巻の新制高等學校々長になる由。午后ワタルさんと山口小學校の敎師二人（上田氏高橋氏）同道來訪」とある。山口分教場は山口小学校となり、校長、教諭二名が挨拶にくるほどに高村光太郎は敬意を払われていたのであった。

四月一〇日の日記に「「人體飢餓」を淸書」と記されている。「人體飢餓」は

彫刻家山に飢ゑる。
くらふもの山に餘りあれど、
山に人體の饗宴なく
山に女體の美味が無い。
精神の蛋白飢餓。
造型の餓鬼。
また雪だ。

とはじまり、

彫刻家山に人體に飢ゑて
精神この夜も夢幻《ゆめまぼろし》にさすらひ、
果てはかへつて雪と歴史の厚みの中の
かういふ埋沒のこころよさにむしろ醉ふ。

と終る七〇行に近い大作であり、『心』一九四八年七月号に発表された作品である。山口に独居したのは自らの選択であり、この山中に女性のモデルを得られないことは分りきっている。だが、彫刻家高村光太郎が女性のモデルを渇望したのだろうか。これ以前、彼は「脱郤の歌」と題する詩を書いている。この作中、

よはひ耳順を越えてから
おれはやうやく風に御せる。
六十五年の生涯に

絶えずかぶさつてゐたあのものから
たうとうおれは脱却した。
どんな思念に食ひ入る時でも
無意識中に潜在してゐた
あの聖なるもののリビドが落ちた。

と書き、

ともかくおれは昨日生れたもののやうだ。
白髪の生えた赤んぼが
岩手の奥の山の小屋で、
甚だ幼稚な單純な
しかも洗ひざらひな身上で、
胸のふくらむ不思議な思に
脱却の歌を書いてゐる。

という。これは齢《よわ》い六五歳を越えて性的情欲から脱却したという意味としか解せられないが、そんな告白は読者としてはいかなる感興も喚起しない。詩としての評価は別として、性的情欲から彼が脱却したというのは事実であるか。「人體飢餓」では「山に女體の美味が無い」をたんに女性のモデルの存在しないことの嘆きとうけとってよいか。この詩の第二節で

雪女出ろ。
この彫刻家をとつて食へ。
とつて食ふ時この雪原で舞をまへ。
その時彫刻家は雪でつくる。
汝のしなやかな胴體を。
その彈力ある二つの隆起と、
その陰影ある陥沒と、
その背面の平滑地帯と膨滿部とを。

と書いている。女性モデルの肢体を思い描いたと見られないわけではないが、むしろ女体そのものへの渇望を語っていると解すべきではないか。いったい、高村光太郎は十和田湖に裸婦像を制作するま

で女性の全身像を創作したことがなかった。女性をモデルにしなくても、セミなどの周囲の生物をモデルにして卓抜な木彫作品を多く制作している。こうした事情を考える時、「人體飢餓」をそのままうけとってよいか、私は疑問を感じる。この詩は彼の女体への渇望を彫刻家が女性モデルを切望しているかのように書いた作品なのではないか。「人體飢餓」は私たちの共感を喚起しない。一つには、文字どおり、彫刻家が女性モデルを渇望しているとしても、自ら決断して山小屋に籠居したのであって、いまさらの繰り言としか思われない。女体への渇望をうたうのであれば、そのように率直にうたうべきであり、なまじ彫刻家だから不幸だというのは虚構というべきであろう。これはじつに多弁な大作であるが、失敗作と考える。同時に「脱郤の歌」も本音であるかかなりの疑問を感じている。とはいえ、性的情欲からの脱却、性的情欲から自由になることを彼が望んでいたことは間違いあるまい。

＊

さて、四月一四日、「出血を懸念せしが、夜に入りて痰に血まじる。」とあり、一五日「朝の痰にも血まじり終日痕跡あり、室内に静かに起きてゐる」とあり、一六日になると「今日の痰には血まじらず」と記している。こうした健康状態にかかわらず、四月一七日の日記には「畑の事少々、立働くとセキが出る。血は出でずなりたり」という。

四月二五日には高橋雅郎村長に誘われ、高橋夫妻と共に鉛温泉に一泊している。

四月二九日には盛岡美術工芸学校開校式への祝辞を清書し、翌四月三〇日、佐々木一郎が迎えに来たが、「今日行かれぬわけをのべる。（出血の事）祝辭をよんでもらふ爲に佐〻木氏に渡す」と記している。（なお、盛岡美術工芸学校はその後盛岡短期大学工芸科となり、さらに一九五五年岩手県立大学盛岡短期大学部特設美術科として同大学に譲渡されたという。戦後の文化活動を地方に根づかせる試みが結局結実しなかった例の一であろう。）

五月一日、二日、三日、学校で部落の保健婦からビタミンB_1の注射をしてもらい、五日、六日と計五回注射してもらっている。

五月六日、「小屋東側の畑打ちかへし。尿など入れる。」

五月七日「ヱン豆に灰をやる。成育よからず。酸性の爲か。」

五月八日「午后東側の畑にジヤガをいける。（阿部さんよりの大ジヤガを切つてつかふ。）堆肥とカヤの腐つたものをいれる。その上から下肥。七個づつ五うね。」

五月九日「小屋前の水田をスルガさんの息さんが馬でやる。（中略）畑の水路つくり。」

こうして四八年の農作業が始まった。

五月一〇日の日記は全文を引く。

「曇り、時〻晴、あつくなし。花巻行にきめ、燒パンをリユツクに入れて出かける。サンマータイム十一時四十三分の電車にのる。二ツ堰郵便局にて三百圓小爲替をつくれり。　花巻西公園下車。みちみち買物をする。カゴをかいて買物を入れる。郵便局にて千家さん宛小爲替入書留を出す。他にたまつてゐた小爲替出し。銀行にて鎌田氏よりの小切手を預金と現金にす。大正屋、瀬戸物屋、藥屋等による。　午后二時半頃の電車にて西花巻より電車にのり、二ツ堰にかへる。　學校に四時頃つくと、椛澤さんが來て待つてゐる。余の不在中訪問、村長さん宅に宿泊方をたのみし由。郵便物うけとりて一緒に小屋。京都の抹茶を持參され、早速茶を立てらる。柄杓をもらふ。サツマイモ、甘味、タバコ、のりなどもらふ。明日一緒に鉛溫泉にゆく約束をして、夕方椛澤さんを村長さん宅に送る。雨もよひ。　夜サツマイモをバタ焼きして夕飯にかへる。美味のイモなり。　〈歩いてもさほど汗にならぬ程、〉〈一寸下痢便〉〈村長さんに百圓包む〉」

　この年はサマータイムと称してアメリカ等でデイライト・セイヴィングタイムと称する一時間くり上げを実施していた。不評のため、この年一年でとりやめになった。

　五月一一日も全文を引用する。

「曇、昨夜小雨ありしが、どうやら一日中曇りにて雨來ず。　朝八時頃椛澤さん來る。村長さん宅にて昨夜抹茶を立て、村長さん夫妻によろこばれたりとの事。サツマイモ、タバコ等進呈せりといふ。午后二時頃まで談話。　ひるめしを炊く。椛澤さんがハウレン草、タラ、鮭かんにてお菜をつくる。茶道具を持ちて出かける。　午后五時五分の電車にて二ツ堰發、鉛溫泉まで。　宿にては村長さんより電話ありたりとて待つてゐたり。此前と同じ室三階三十一號室。疊新らし。　入浴、抹茶、夕飯後又抹茶、甚だ快適なり。入浴客も少し。椛澤さんも喜ぶ。　夜宿の主人と帳場の老人話にくる。史蹟の話などきかせる。椛澤さん詩の朗讀をしてきかせる。夜十一時半に至る。自然風呂の方の溫泉に入浴。一人も客無し。十二時頃ねる。　セキも多く出ずよくやすむ。　雨もふらず。心地よし。〈井戸端にタランボ、ワラビ、野ビルなど置いてあり。椛澤さんにお土產に進呈す。〉〈明夕七時の急行にて歸京の由、村長さん上京と同道の都合の由。〉〈掛女中に百圓〉」

五月一二日の日記も全文を引用する。

「曇り、晴れかかる。時候丁度よし。　朝七時頃までねてゐる。　入浴。　朝食後抹茶。　午后一時十七分の電車にてかへる事にきめ、中食をたのむ。談話、休憩、入浴、十二時中食丼なり。會計をすます。五百圓と少し。少々やす過きると思ひしが歸宅後うけとりを調べると宿料一人分のみ記入しあり。余の分をとらざりしと見ゆ。宿の主人電車まで送り來る。縣道が秋田大曲の方へ開ける由語る。今は客二百名位。八月には千名餘になる由。　電車二ツ堰にて、椛澤さんに別れて下車。椛澤さんは七時までの間に花卷の校長さん訪問のつもりとの事。　學校に立寄り、郵便物うけとり、小屋にかへる。無事。　昨日の中食の飯盒のめし、小豆などくふ。　夜サツマイモバタ燒。　早くねる。　雨ぱらつき又止む。　よくねる。　〈夕方便〉」

五月二三日に高村光太郎は椛澤ふみ子宛葉書（書簡番号二八五二）で来訪の礼を述べている。高村光太郎は二四歳の女性椛澤ふみ子と同室で寝たようである。それでいて、彼女への多くの書信中、男女間の関係があったようなことを窺わせる記述はまったく認められない。父と娘のような、愛情こまやかで、清潔な交際だったようにみえる。高村光太郎は本当に性欲から脱却していたのかもしれない。反面で、椛澤ふみ子は詩の朗読を聞かせたり、元校長佐藤昌を訪問したり、かなりに積極的な女性という感も否定できない。

（一〇）一九四九年の生活

一九四九（昭和二四）年に入るが、四九年、五〇年は「日記帳はその存在が推測されながら、現在まで発見されていない」と全集の第一三巻解題にあるとおり、全集に日記が収められていないので、日々の状況は詳かでない。書簡等から彼の動勢を記すことにする。

一月五日付椛澤ふみ子宛葉書（書簡番号二八八二）に高村光太郎は次のとおり書き送っている。

「おてがみいただきました。小豆をよろこんでいただいて感謝しました。今年もかなりとりましたが今度はもつと多く作るつもりです。ウヅラ豆の大増産もやらうと思ひます。溫かな正月でしたが、昨夜から雪がふり始め只今一尺ばかりつもりまださかんに降つてゐます。三尺にはなるでせう。これで冬らしくなりました。雪景のうつくしさに見とれます。今年は小屋に電燈が來さうです。」

前年の初めには「一、二、三の三ケ月間は温泉に下宿するか、借家するかして過すかもしれません」と弱音を吐いていたのに比し、暖冬だったせいか、そうした気配は認められない。

電灯については『山居七年』に佐藤隆房が次のとおり書いている。

「部落の人達は非常に氣の毒がって電灯を入れてあげたいと何べんか申し出たのですが、未だ早いからとか、間に合っているからよいとか断っておりましたが、そのうちに夜の読書にも不便があるので、今度は先生から電灯がほしいということになりました。それを聞いた恭三さんは、部落の有志の誰彼に相談し、電灯をつけて差上げることにしました。先生は常々部落へいろんなご寄付をして下さるので、電灯はそれに対するお礼のつもりで、山口部落の有志が金を出し合って作ることにしました。二十四年の二月、この冬は雪も比較的少く、工事するにはまことに好都合でした。朝の九時頃から部落の有志が五六人集って架線工事にかかりました。

十一時頃には外線工事が終って屋内の内線工事になったのですが、この時は部落の人々は皆帰った後で、鎌田さんという、山口地方の工事担当の工夫さんと恭三さんだけ残りました。見れば小屋の内は煙突もなく、焚火はするしランプはともすし、ろうそくでいぶすし、天井がないので、一日に見える梁と屋根裏は、一面の煤だらけです。工夫さんは

「どうもひどい煤で仕事に困るから、この煤を払って貰いたい。煤が落ちれば下のものがきたなく

なるからかたづけて貰いていもんであんす。」と話しますので、その事を恭三さんが取次いで先生にいいました。先生は

「ここにおいているものは、どこに何があるかはっきりきめているから、それを取りかたづけることは難しい。煤が落ちてもいいですから、落ちるのは落ちるなりに、工事をして下さい。」

先生は煤のふりちる家に佇みながら、出来上った電灯の笠や電球をしみじみ眺め

「これから仕事が楽にできるな。」と大変よろこびました。」

「昭和二十四年二月十六日　戸来恭三氏談」と付記されている。全集の解題には「二月二十二日山小屋にはじめて電灯がつく」とある。

三月七日付宮崎稔宛二枚続きの葉書（書簡番号一五四七）には、「電燈が明るいので何かするのに甚だ便利です」と書き、また、「だんだん分つたところによると電燈工事は戸來恭三さんや村長さんが肝入になつて部落の人達が小生に寄附してくれるといふ次第でした。それでは甚だ相濟まないので先日五千圓だけ恭三さんに届けました。ほぼ費用の半額にあたるらしいです。部落の人の好意をありがたく思ひます」と書いている。高村光太郎が電灯がほしいといったという戸来恭三の談話は疑わしい。そうしたことを頼むのは高村光太郎の気質に反すると私は感じている。再三、部落の有力者が申し入れていたところ、四九年になって、高村光太郎が承知したということではないか。

これ以前、二月一六日付椛澤ふみ子宛葉書（書簡番号一八九三）には「近く電燈が來るやうで昨日

部落の青年達が電柱用の木材を運んで來ました。穴を掘つたりしました。村の人の好意をありがたいと思つてゐます。二丁餘の距離をひくので電柱五六本たてる事でせう。電燈が來れば仕事が一倍以上出來るでせう。」と書いている。

二月二八日に更科源蔵に宛てた封書（書簡番号一五四二）は「二月十八日付のおてがみを先日拝見しました。今年の冬の變調な陽氣で風邪をひかれてゐた由、小生も去年の冬の嚴寒にはひかなかつた風邪を今年は卻つてひきました」とはじまり、「この部落をホームスパンの生産地にしたいとかねて考へてゐましたが、緬羊（メリノー種など）も相當に農家で飼つてゐるので、去年から講習をはじめます。土澤町から先生に來てもらひ、農家の娘さんでもう平織のマフラー位は織れるやうになつた人もあります。草木染にして丈夫な美しいホームスパンを作り出すやうにしたいと思つてゐます。その先生に小生も洋服一着分御願して織つてもらふ事にしました。費用は織つてみなければよく分りませんが、是非必要なので御願しました。　洋服が出來れば、場合によつては旅行も出來ますし、來年の冬の防寒準備にもなります。　いつかいただいたニシンが今小生の重要な蛋白源になつて居ります。地元の生魚はまるで出廻りません。今年は畑を大によくやるつもりでゐます。すみませんが種子二種類入手出來たら上記のものおついでにお願ひ申上げます。　二月廿八日　高村光太郎　更科源藏様〈お願したい種子、○北海道南瓜、○除蟲菊、除蟲菊に種子といふものがあるのでせうか。根で分けるのでせうか。以上、〉」と書いている。平凡社『世界大百科事典』によればホームスパンとは「手紡ぎによる太番手の粗糸、およびこれを用いた織物をいう」とあり、「現在は機械による紡績糸を使用し、製織のみ地元の農家の手織による織物に変化してきている。日本でのホームスパンづくりは大正時代の初め、岩手県の一農家で始められ、後に組合組織による生産が知られている。岩手のホームスパンは手作業を中心とした伝統的生産方法をとり、風合いと民芸的な色柄を生かし、高く評価されている」と記されている。高村光太郎が山口部落をホームスパンの生産地にしたいと希望したのには、それなりの基盤があったわけだが、はたして彼の希望が実現したか、どうか。彼の夢想に終ったのではないか、と私は疑っていたが、私が確認したところでは、岩手県で二、三の企業がホームスパンの製品を民芸品として製造、販売しているようである。ただ、酪農といい、ホームスパンといい、高村光太郎の夢想は望ましい結果を期待していても、採算がとれるかどうか、といったことにまるで関心を示していない。私が「夢想」とする所以である。

＊

三月二三日付荒川区三河島町の細田明子宛葉書（書簡番号一五五九）が興味ふかい。

「もう東京に歸着の事と思つてゐます。今度の御來訪はほんとにうれしく、まことにたのしい思をいたしました。溫泉は混雜したらうと考へますがどんなでしたでせう。あなたの御卒業は小生にとつて特に喜を感じさせます。入學の時おすすめした事があるのでその成果を見る思です。御兩親はじめ御一家がよく永い間あなたの勉學を援助された事にも感動します。別封で卒業お祝の寸志を送ります。これはあの時包んであつたのですがあなたがうけとりさうもないので出さなかつたのです。是非御笑納下さい。局まで行くので少し遲れます。健二さんの成人ぶりも愉快でした。よろしく。」

佐藤勝治は、高村光太郎が

「いつも僕が行くトンカツ屋に、十二、三の可愛い女の子がいて、この子は勉強が好きなんです。親爺さんにすすめて、学校に行くようにしてやったが、あの子もどうなっているだろうな」と語っていた、その少女が「山口に先生を訪ねて来たのであります」と書き、「女醫になった少女」を引用している。

おそろしい世情の四年をのりきつて
少女はことし女子醫專を卒業した。
まだあどけない女醫の雛《ひよこ》は背廣を着て
とほく岩手の山を訪ねてきた。
私の贈つたキユリイ夫人に讀みふけつて
知性の夢を青青と方眼紙に組みたてた

けなげな少女は昔のままの顏をして
やつぱり小さなシンデレラの靴をはいて
山口山のゐろりに來て笑つた。
私は人生の奧にゐる。
いつのまにか女醫になつた少女の眼が
烟るやうなその奧の老いたる人を檢診する。
少女はいふ、
町のお醫者もいいけれど
人の世の不思議な理法がなほ知りたい、
人の世の體溫呼吸になほ觸れたいと。
狂瀾怒濤の世情の中で
いま美しい女醫になつた少女を見て
私が觸れたのはその眞珠いろの體溫呼吸だ。

全集の解題に「昭和二十四年五月八日作。十月一日発行『新女苑』第十三巻第十号」に発表されたとある。本来『少女の友』のために書かれ、発送されたが、『新女苑』にまわされた旨が記されている。

「暗愚小傳」中の「おそろしい空虛」は「暗愚小傳」中、高村光太郎がその真情を吐露した感銘ふかい作だが、その末尾に

私は斗酒なほ辭せずであるが、
空虛をうづめる酒はない。
妙にふらふら巷をあるき、
乞はれるままに本を編んだり、
變な方角の詩を書いたり、
アメリカ屋のトンカツを發見したり、
十錢の甘らつきようをかじつたり、
隱亡《おんぼ》と遊んだりした。

細田明子はこのアメリカ屋の娘である。「女醫になつた少女」は、感銘は淡いけれども、爽やかですがすがしい小品である。じつはアメリカ屋はその後東方亭と改称し、高村光太郎は十和田湖の裸婦像制作のため帰京後もしばしば訪ねているのだが、その主人、この少女の父親である細田藤明はこの少女の訪問より前の一九四六年に山小屋に高村光太郎を訪ねている。その事実は椛澤ふみ子宛一九四

六年七月一二日付葉書（書簡番号二七二九）に「一昨日は東京でよく食べに行つたトンカツヤの主人がだしぬけに訪ねて來たので驚きました。秋田の溫泉に行つたかへりとの事。コーヒーとサッカリンをもらつて久しぶりにカフエノワールを賞味しました」と書いている。高村光太郎はトンカツ屋の主人からも敬慕されていたにちがいない。彼の勧めにしたがい、少女を女子医専に進学させたのも高村光太郎を敬慕していたから、勧めをうけいれたのであろう。

「女醫になった少女」は詩集『典型』に収められたが、『典型』に収められなかった詩「山の少女」も好ましい小品なので、紹介しておきたい。これは一九四九年七月四日作である。あわせて、『典型』に収められた「山からの贈物」（同年七月二九日作）と「月にぬれた手」（同年一〇月一〇日作）も引用したい。

山の少女

山の少女はりすのやうに
夜明けといつしよにとび出して
籠にいつぱい栗をとる。
どこかしらない林の奥で

あけびをもぎつて甘露をする。
やまなしの實をがりがりかじる。
山の少女は霧にかくれて
金茸銀茸むらさきしめぢ、
どうかするとば馬喰茸《ばくろうだけ》まで見つけてくる。
さういふ少女も秋十月は野良に出て
紺のサルペに白手拭、
手に研ぎたての鎌を持つて
母《がが》ちやや兄《あんこ》にどなられながら
稗を刈つたり粟を刈る。
山の少女は山を戀ふ。
きらりと光る鎌を引いて
遠くにあをい早池峯山《はやちねさん》が
ときどきそつと見たくなる。

山村の少女の野性的で活動的、しかも、生活に寄与する茸などを採取したり、野良仕事の手伝いをしたりもする姿態が生き生きと描かれていて見事である。

山からの贈物

山にありあまる季節のものを
遠く都の人におくりたいが
おくらうとすると何もない。
山に居てこそ取りたての芋コもいいし
栗もいいし茸もいいが、
今では都に何でもあつて
金がものいふだけだといふ。
それではいつそ
舊盆すぎて穗立ちをそろへた萱の穗の
あの美しい銀の波にうちわたる
今朝の山の朝風を
この封筒に一ぱい入れよう。

香料よりもいい匂の初秋の山の朝風を。

これも爽やかな小品だが、発想が凡庸であり、溌剌とした「山の少女」に及ばないと私は考える。

月にぬれた手

わたくしの手は重たいから
さうたやすくはひるがへらない。
手をくつがへせば雨となるとも
雨をおそれる手でもない。
山のすすきに月が照つて
今夜もしきりに栗がおちる。
栗は自然にはじけて落ち
その音しづかに天地をつらぬく。
月を月天子とわたくしは呼ばない。
水のしたたる月の光は

死火山塊から遠く來る。
物そのものは皆うつくしく
あへて中間の思念を要せぬ。
美は物に密著し、
心は造形の一義に住する。
また狐が畑を通る。
仲秋の月が明るく小さく南中する。
わたくしはもう一度
月にぬれた自分の手を見る。

切実な感情や格別の思想をうたった詩ではないが、美しい詩にはちがいないし、月の光のしたたりに自分の手が濡れるのを感じるという表現は非凡というべきであろう。だが、それだけの作品であって、感銘は淡い。

*

さて、椛澤ふみ子宛四月五日付葉書（書簡番号二九〇七）には注目すべき感想が記されている。

「おたよりと新聞束と到着、忝く存じました。智恵子のお墓へ行つて下さつた由、ありがたく存じます。墓参する親類もないので随分荒れてゐる事と存じます。此頃東京のいろいろの人から是非東京に出て來て仕事せよと强談判をいつて來ますが、小生どうしても東京に出る氣が起りません。東京では第一生活費に困るでせうし、健康にもいけないでせう。今年は何とかして山で少しづつでも彫刻の出来るやうに工夫したいと思つてゐます。山では今フキノタウの季節になりました。」

先走ることになるが、六月五日付草野心平宛葉書（書簡番号一五八五）もついでに引用したい。

「おてがみ感謝。其後眞劍に考へてみましたが、東京へ行つてアトリエを建てる金がまづありません。アトリエが無いとしたら、東京に居ても此處に居ても同じことです。原稿でわづかに金をとるとしても彫刻ではとてもとれないでせう。從來とても彫刻では殆と金をとつてゐなかつた次第です。かういふ事情のもとに小生が生きねばならないといふ事もやむを得ません。それこそ今がチンクチエントでない時代にめぐりあつたのが百年目です。やつぱり山でやるより外ないでせう。」

「チンクチエント」は一五〇〇年代、すなわちルネサンス期をいう。これらの葉書は山口部落における山小屋の生活が、決して「自己流謫」といった思想によるものではなく、ただ、東京に出てもアトリエを建てる金がない、アトリエがあっても彫刻では食えない、という、きわめて形而下的な事情によることを示している。

*

四月七日、三好達治が來訪した。五月五日付草野心平宛葉書（書簡番号一五七二）に「三好達治さんが來訪されたのには驚きました。どういふわけで來訪されれのかいまだに分りません。訪問記でも書かれるのでせうか」と書いているが、事実三好は『文藝往來』四九年七月号に「高村光太郎先生訪問記」を発表している。ここでも同じことが問題になっている。

「――東京へお歸りになるお考へはおありぢやないんですか……

と私が東京から提へてきた用件といへばそれが唯一のものであつたかもしれない質問をいくらか氣兼な氣持でもあつたが、つい押へることを得ないで私は口に出した。

別段歸るまいとさう固く考へてゐる譯でもないが、何しろ住ひがたいへんでせう、東京では私のやうな者はとても生活ができますまい。この節彫刻なんかを買ひ求める人は絶無でせうから、生計のたてやうがないぢやありませんか、といふのが御意見の概略であつた。御意見にはなほ底に藏してかりそめの訪問者には輕々しく告げ給はない決意が存してゐるのかもしれないが、もしもさうでなく言葉の表だけの意味がすべてであるのなら、どうもこの御意見はその判斷の根據があやしい。考へ方はまだまだいくらもあるのであつて、本來多藝多能なこの人の自己判斷としてはどうかすると何か皮肉とも聞えかねない位のものだ。私は率直にさういふ意味で反問した。

東京にゐてもこちらにゐても、私としてはさほど變りはないのです。東京にゐてもどこへ出歩くといふのでなし、時たま人に會ふのは結構だが、會はねば會はずとも淋しくはない。仕事にも差つかへません、この唯今の小屋では無論何も出來ませんが、そのうちそこらへ仕事場でも建てようかと考へてゐます。さうすれば東京から來てもらつた人に泊つてもらへるし、必要があればモデルも來てもらへるし、粘土はこの近所から質のいいのが出ますし石膏も手に入るし、盛岡には鑄金工もゐますから、ブロンズの鑄込みもやらせて出來ないことはない、さうすればこちらの方が生活は樂かと思ひます、といふのがやはりこの老ソロー先生の御意見であつた。」

「高村さんの話しぶりは訖々としてゐるやうで淀みがなく、調子にまかせたところがない、枯れてゐるが若々しくて、聽者は氣樂にこれを聞きながらして耳にさからふものを覺えない、至極のんびりとした自然な調子が快く、時にスピリチュエルな機智の閃めきもまじつてゐたが、聞くにしたがつて私はそれを忘れてしまつた。」

私は高村光太郎は本音を語っていたと考える。戦前の頒布会の規約等にみられるとおり、彼は注文をとり、注文主の希望するような彫刻を作ることはできなかった。自分の好きなものを自分が納得するだけの時間をかけて制作することしかできない性分であった。そういう彫刻家が生計を立てるのは不可能に近い、と私は考えている。だが、山口にアトリエを作るということを本気で考えていたか、どうかは甚だ疑問である。このことは後年、問題となるので、そのときにふれることとする。三好達治が高村光太郎の山小屋で談話し、昼食をふるまわれた記述はさすがに眼前に高村光太郎を彷彿させるような現実感があるので、続きを引用する。

「高村さんは話しながら、始終こまめにからだを働かして、爐に炭をつぎ、自在を操り、お湯を沸かし、米をとぎ、飯盒を洗ひ、鍋をそそぎ、味噌をとりだし、鰹節を削り、バケツに紐を結へた吊瓶で井戸から幾度か水を汲み上げ、その間に私に對坐して茶を啜り、煙草をふかし、また炭をつぎとい ふ風で寸暇がなかつた。座は眼になれるに從つて、先にのべたあんばい式の室の中を仔細に見ると、そこにあるものはことごとくきちんと主人の氣のすむやうに整頓されてゐるのがうかがはれた。天井からはあちらこちらに七、八つの手籠が吊下つてゐて、それらはみなそれぞれの品物で滿されてゐる。手頃にこなされた薪の山、空壜の數、壺の數、流しの上の食器棚、手造りらしい書籍棚、夜具、その他。やつと近頃電燈がひけたばかりで、片隅にはまだランプが見えた。

文學、繪畫、彫刻、——と當代の三絶を數へればまづこの人に指を屈しなければなるまい。高村さんがこまめで精勵な人柄なのはそれだけでもわかることだが家事や清掃炊事にもこの人は至極精勤でまた驚くほど氣輕なのは眼のあたりこれを拜見してほとほと感心した。屋外には菜園もあつて野菜は自給自足だと聞くから、この高齢の人にと痛ましく思ふよりも先に舌をまいた。なるほど健康には自信のあるといはれる通り、全く頑健だ。その上甚だ擧止が柔軟で、爐邊と流しもととの行き歸りなどいつかう面倒臭さうでない。思ふにこれはこの人のやうな隠者の第一資格條件にちがひないと、納得し感服してありがたく味噌汁と飯盒飯とをいただいた。汁のみの馬喰茸といふのは、天井から吊下つた手籠の中から取出された品物で、風味があつてうまかつた。」

＊

六月二日付宮崎稔宛書留封書（書簡番号一五八三）で、「五月中にお金を少々お送りしたいと思つてゐたのですが、東京から豫期の金がまるで來ないので遅れてゐました。これからは東京の本屋から金をとるのが厄介になるのだらうと考へてゐます。今日一軒の本屋からほんの少しばかり送つて來たので貴下に進上したいと思つてゐたもの（五、〇〇〇圓）を小爲替同封にてお送りいたします。午后多分二ツ堰の湯口局までゆけると思つてゐます。ついでに理髪もして來ませう。去年十月に理髪したきりゆかないので髪はのび放題で俊寛さまのやうな事になりました。此間のおハガキで御一同御無事、春子さん順調の由知り安心してゐます。小生の風邪は一度ぶり返しましたが、その後よくなり、今は平常狀態で毎日畑仕事をやつてゐます。」

いったい宮崎稔にどうしてこうした送金をするのか。春子を案じているのかもしれないが、『白斧』の問題などにみられるとおり、高村光太郎はずいぶん宮崎稔を甘やかしていたようにみえる。六月に

入って、高村光太郎も農繁期だったようである。六月一〇日付高村美津枝宛葉書（書簡番号一五八七、二九一五）では

「いろいろくわしいお手紙をよんで面白くおもひました。こちらも無事。毎日畑に出て居ます。今年は五月初めに風邪だつたため播種がおくれ、此頃ひどく畑がいそがしいことになりました。例年の通りいろいろんなものを作つてゐますが夜の間に狐や兎が畑を掘り起して肥料に入れたヌカや魚の骨などをたべてしまひ、苗を倒すので困つてゐます。今年は害蟲が多いやうです。此邊の學校はみな農繁休みといつて二十日頃まで休みです。田植の爲です。」

と書いている。

六月二一日付椛澤ふみ子宛封書（書簡番号一五九七）には「小生ももう彫刻をどしどし作りたいのですが、いかにも事情がゆるしません。運命的な氣がします。東京へ來よといふ友人もありますが、東京へ出て生活する自信が小生にありません。やはり世情の立ちなほりを待つて此の山をひらいて此處で彫刻する外ないと思ひます。ここにアトリエがいつ建てられますか、前途はるかの思がしますが。しかし又いつかはここにアトリエを建てて全力を盡して仕事する日の事を考へると心が躍ります」と書き、「こちらも今雨が降つてゐます。乾いて田植の出來なかつた水田に水が溢り（原）、農家は喜んで田植をやりました。雨で畑の作物も急に育つでせう。小生の畑では今サヤエン豆がさかんです。アヤメの花が路傍に咲いてきれいです。それでは又」と結んでいる。

この年六月一一日、帝国劇場で開催された藤間節子創作舞踊発表会で「智恵子抄」が舞踊化されて上演、この前後、藤間節子に頻繁に手紙を書いているが、七月一四日付封書（書簡番号一六〇五）で「まことに珍らしい貴重な食料がたくさん」送られてきたことの礼を述べ、「カビヤのびん詰まで在中、そぞろに戦前の頃を思ひ出しました。カビヤの珍味は小生好物中の好物にて、戦前智恵子の健康であつた頃稀に入手して一緒に酒の肴として賞味した記憶があり、なつかしい限りでした。其他滋養物のかん詰や江戸前のつまみものもありがたく」などと述べている。カビヤはキャビアにちがいあるまい。

六月三〇日付宮崎稔宛葉書（書簡番号一五九九）では春子が女子を生んだことの祝いを述べ、七月六日付葉書（書簡番号一六〇〇）では、「はるみさんと御命名のよし、大變モダーンな名で結構です」と告げている。

こうして八月を迎え、高熱を発したことは八月二一日付椛澤ふみ子宛葉書（書簡番号一九二〇）に「高熱を四度ばかり出して今夏は幾度か臥床、村の人に食事の世話などうけました」と知らせているとおりだが、この詳細は『山居七年』中、「一〇二高橋アサヨさん」の項にアサヨの談話として記されている。すでに述べたとおり、アサヨは村長になった高橋雅郎の夫人である。

「昭和二十四年の夏（七月―八月）です。先生は四回にわたって高熱を出し、随分苦しみました。この時は我慢強い先生も独居自炊ができなくなったので、閑をみてアサヨさんや、重次郎さんが粥を炊いたり、副食物をつくったりしてお世話しました。

毎日の汗で下着が汚れてしまって、流石の先生も参ったらしく、下着の洗濯をアサヨさんに頼むというより許したという方が当るかも知れませんが、して貰いました。アサヨさんが頼まれた時は、ボールの中に三枚の下着がモノゲン水に漬けられてくさっておったのです。」

その後、八月二九日付宮崎稔宛葉書（書簡番号一六一九）で「元氣恢復しましたが今度は用心して静養してゐます。相變らず訪問者多く、シヤベラせられるのが一番疲れるやうです。今スルガさんに頼んで便所を新築してもらふ事にしてゐます。スルガさんが一切引きうけてくれました。畑ではトマト、キヤベツ、カボチヤもよく、葱はすばらしく生育、ウヅラ豆もかなりとれるでせう。病臥中だつたため小豆の播種は不可能でした」と通知し、九月四日付椛澤ふみ子宛葉書（書簡番号二九二二）では「小生其後ぶり返しもなく順調に恢復しつつあります。結局夏まけと思ひます。保健所の先生は過労による發熱だといつてゐました」と書き、さらに九月二六日付葉書（書簡番号二九二四）では次のとおり知らせている。

「おハガキと新聞束とありがたくいただきました。小生其後發熱もなく、朝夕の冷氣に元氣をとり戻しました。

去る二十日に花巻行。二泊してかへりました。廿一日には宮澤賢治十七回忌記念の賢治祭あり、小生も一席漫談をやりました。

此間は盛岡放送局から此の山の中へダツトサンで録音班がまゐり、短い談話を録音してゆきました。

畑ではキヤベツがすばらしく、大根や白菜もよく育つてゐます。

今度便所を新築しました。」

このとき、花巻ではもちろん佐藤隆房邸に泊まったのだが、ひき続き、一〇月五日、松庵寺で智恵子と父光雲の法要のため、四日夕方佐藤隆房邸に赴き、五日の法要には高村光太郎、佐藤隆房夫人、宮沢賢治の父君政次郎、佐藤昌元中学校長が列席した。その後も一両日滞在、ローレンス・オリヴィエ主演の映画「ハムレット」を見たりして帰宅。一〇月一一日、佐藤隆房夫人宛書簡（書簡番号一六三八）に次のとおりの礼状を送っている。

「このたびは又大變御厄介さまになりました。おもてなしですつかり丈夫になり、山に來てからも倍舊の元氣でゐます。亡父や智恵子が十月のいい季節に死んでゐてくれたものと思ひました。これからは蛋白質も適宜にとつて、この健康をつづけたいと思ひます。十四日に、或は日歸りで中央座にゆくかもしれませんが、これは不確かです。とりあへず御禮まで。」

一〇月二六日にはふたたび椛澤ふみ子宛に封書（書簡番号二九二七）を送り、新聞束の礼を述べ、近況を知らせている。

「栗はもう落ちつくし、イガばかり一ぱいに小屋の前後にちらばつてゐます。今年は栗飯を毎日のやうに食べました。今は茸がさかんで、よくいただきます、銀茸といふのがこれからたくさん出るでせう。

畑ではキヤベツが超特級によく出來、近く漬けこみます、パリ直傳のシユウクルウト式のつけものも作ります。今年はパセリもたくさんあり、月桂樹の葉もありますから香氣のいいのが出來るでせう。白菜も大根も葱も今育ちざかりです。ハウレン草も本葉二三枚といふところ、辛子菜、山東菜も來春の準備に今出そろつてゐます。

小鳥も多くなり、木ツツキが小屋の屋根をたたきます、木ツツキが來ると冬が近づきます。今はススキの穂がいちめんに銀いろで海のやうです。木々は既に紅葉をはじめ、山口山は上の方から赤くなつて來ました。今に路傍の草までまつかになることでせう。その間にツリガネニンジンの花やリンダウの花が紫いろに小さく咲きます。霜も來ましたが、まだ毎朝といふほどでもありません。はばかりが馬鹿に立派に出來て、小屋よりも上等なのは滑稽です。壁の上塗りだけまだ殘つてゐます、昨日は一里ほどある太田小中學校にカリキユラム發表會があつて縣下の教員數百名が集りました、小生もよばれ、十分間の挨拶をしました。こんな山の中でも野球がさかんで、ここの小學校の校庭でよく試合があります、よく球がタバコ畑に飛んでいつて見えなくなつてしまひます。鉢巻をしたキヤツチヤなどがゐて愉快です。

電燈がついてから原稿を書くには便利で書くものはいろいろ書いてゐますが、彫刻の方は相變らず出來ず、これが殘念なので、今床に厚い板を張つて一坪ばかりの仕事場にしようと思ひ、板をたのんであります。此冬は小さなものを是非試みるつもりです。」

山口の山小屋で独居していた時期、結局一点の彫刻作品も制作されなかったことは知られるとおりである。

全集年譜に「十一月五日、花巻高等学校生徒に講演。十七日、県立美術工芸学校や盛岡公会堂で講演。盛岡行で彫刻家堀江赳が保管していたテラコッタ「大倉喜八郎の首」が戻る。教育長や美術工芸学校長森口多里から、翌年開校の県立盛岡短期大学講師就任を懇望されたが、断る」とある。

この盛岡行については一一月二二日佐藤隆房夫人宛葉書（書簡番号一六五七）で「盛岡から帰つてきましてほつとしました。盛岡では寸暇もなく引つぱりまはされて弱りましたが、小生の昔作つた大倉喜八郎の小さな首の彫刻を再入手する事が出來てよかつたと思ひました」と書き、同日付宮崎稔宛葉書（書簡番号一六五八）では「盛岡の公會堂が滿員だつたのに驚きました。さういふものに飢ゑてゐるものと見えます。引つぱり廻されて少々疲れましたが山に歸つてほつとしました。山はやつぱりいいです。　もう雪圍ひも穴藏も出來ました。これからキヤベツや大根のつけこみをします」と書いている。

これより以前、一一月一七日付伊藤信吉宛書簡（書簡番号一六五六）で、新潮社から「叢書風の一冊分として小生の詩集を出させてくれ」といっているので、「草野君の選とは別の意味でいつか小生の詩の選をしてもいい」と過日言っていたので、編集をお願いできないか、「出版條件といふのは、最低三千部、印税一割二分、作者に六分、編者に四分の割で支拂ふといふ事です」と伊藤信吉に書いている。これは計算が合わないので、印税一割の間違いであろう。それにしても編者に四分は編者に有利すぎる。編者に二分が通常と思われる。こうした編者に対する過分の配慮は、伊藤信吉と親しい交際がなかったためかもしれないが、それにしてもこれも高村光太郎の気質であった。

一二月二一日付宮崎稔宛書簡（書簡番号一六七〇）中、「此間學校の開校記念會にサンタクロースの役をつとめました」とある。これについては『山居七年』中「一〇九　サンタクロース」の項に、「二十四年の十二月三日は開校一周年の記念日で、先生は記念式を喜び、お祝にお金を寄贈しました。学校では有難く頂戴し、一部で学芸会に必要な用具や材料を求め、一部で全校生徒にお祝の菓子を配り、有意義に使用することに致しました。

一、二年生の遊戯で「サンタクロースのおじいさん」というのを練習していました。「その遊戯のサンタクロースに高村先生に出ていただいたら……袋を背負って出て、子供たちと一緒におどり、袋のお菓子をくばるという具合に、」という話が持上り、先生に行って頼みました。

先生は喜んで承諾し、舞台に出て下さることになりました。（中略）

午後、遊戯「サンタクロースのおじいさん」となり、舞台に五人の二年生が出てかげの唱歌にあわせて踊りました。

そこに、背の高い白いひげを長く垂れたおじいさんが、房のついた長いキャップをかぶり、紅いガウンをまとい長靴をはき、大きな白い袋を背にかついで舞台に出ました。満場の拍手にサンタに扮した先生がニコニコして子供たちのそばに寄り

「面白そうだね。僕も仲間に入れてもらおうか。」

袋をわきにおいて、子供と手をとり輪をつくりました。楽器唱歌にあわせて再び踊りがはじまり、先生は子供と同じように足をあげ体をまげ、やんやの大喝采の中を輪をつくって二めぐり三めぐりおどりまわりました。星がかがやき天の川の銀線が斜めに見えている背景をうしろにして。

新聞社のカメラのシャッターがきられています。先生は
「ああごらん。美しい空だね。みんなで踊るのも楽しいし、みたりきいたりすることも面白い。……昔の偉い人はこんなことを教えた。求めよ然らば与えられん。叩けよ然らば開かれん。と。お前たちもほしいものがあるでしょう。今もお菓子がほしいと歌ったようだ。お菓子がほしいといっている皆さんも、大きくなりますと欲しいものがまた出てきます。それは真理というものです。子供の皆さんにはむずかしい言葉ですが、これはみんなが求めている一番大切な一番大きなものです。どうにかしてそれを求めていくのです。これが世界を明るくし、世界を幸福にするもとになるものだからです。……みんなよい子だね。」

白い大きい袋に先生の大きな手が入って
「ほうら大きい袋。」

一つ一つ子供に手渡しました。

「たくさん入っていますよ、からではありませんよ。」

音楽につれて先生と子供は手をとりあって踊りながら舞台を下りました。」

小学校長浅沼政規の談と記されている。ここまで部落のためにつとめる高村光太郎はいたいたしい。いわば道化役を押しつけられて断れなかったのである。だから、真理を求めれば、世界が明るくなり、幸福になる、といったような話もさしはさんだのだろうが、これも気晴らしになったのであろうか。小学校長が高村光太郎の心情を思いやっていたとは思われない。あるいは、高村光太郎をそれほどに身近に感じていたのかもしれない。

*

この年、一〇月三〇日に清書された『新女苑』の翌年一月号に発表された六篇の詩の中で「吹雪の夜の獨白」が彼の当時の性的情欲に関するかなりに微妙で屈折した心情を表現していると思われるので、引用したい。

外では吹雪が荒れくるふ。
かういふ夜には鼠も來ず、
部落は遠くねしづまつて

人つ子ひとり山には居ない。
圍爐裏に大きな根つ子を投じて
みごとな大きな火を燃やす。
六十七年といふ生理の故に
今ではよほどらくだと思ふ。
あの欲情のあるかぎり、
ほんとの爲事は苦しいな。
美術といふ爲事の奥は
さういふ非情を要求するのだ。
まるでなければ話にならぬし、
よくよく知つて今は無いといふのがいい。
かりに智恵子が今出てきても
大いにはしやいで笑ふだけだろ。
きびしい非情の內側から
あるともなしに匂ふものが
あの神韻といふやつだろ。

老いぼれでは困るがね。

ここでは高村光太郎は「らくだと思ふ」といい、「脱卻」したとはいっていない。性的情欲があるかぎり本当の仕事をすることは苦しい。芸術はそういう苦しさを要求する非情なものだ。性的情欲のそういう性質を知った上で、情欲に捉われなくなるのがいい。性的情欲のもつ、そんな厳しく、非情な内奥から芸術の神韻たる価値が生まれるのだ、といった意味であろう。いま、性的情欲から楽になった、もう脱却したと聞いたら、彼の性欲に苦悩していた智恵子は、信じられない事態にはしゃいで笑い出すだろう、といったことを語っているのであろう。ここで詩人は性欲と芸術の創作の関係を説き、彼と智恵子との間の性生活の秘密を語っているにちがいないのだが、私にはこの詩をこのように読み解くのが正しいと言い切る自信がない。それだけに謎めいた魅力をもつ詩である。

（一二）一九五〇年の生活

一九五〇（昭和二五）年に入る。

この年も日記は発見されていないのでこの年の記述にさいし、書簡が主な根拠とならざるをえない。

全集年譜に「一月十三日、盛岡に行き、美術工芸学校、婦人之友生活学校、少年刑務所、警察署、賢治子供の会、県立図書館などで七回講演。のち西山村の深沢竜一宅に、二、三日滞在。二十二日に帰る」とある。

年譜をみても、この年は旅行が多い。年譜の記載から拾えば次のとおりである。

「三月十日、秋田県横手町で講演、二、三日滞在、黒沢尻にまわって十四日に帰る。十九日、花巻農学校の宮沢賢治詩碑除幕式に参列。」

「五月一日、盛岡美術工芸学校創立三周年記念式に出席、講演。十四日、町役場二階で催された花巻町立美術研究所入所式で談話。」

一〇月に入って、

「三十日、山形市に行く。十一月から一週間、県総合美術展覧会が開かれ、審査は断ったが、批評ならという約束を果たすため。

一一月一日午後、料亭野々村で催された山形新聞社主催の美術講演会で「日本に於ける美の源泉」と題して語る。岡鹿之助、松田権六、山本丘人、今泉篤男も演壇に立つ。二日午後、山形市教育会館美術ホールで文芸講演会開催。ミケランジェロや詩について語り、『智恵子抄』の詩を読む。三日、花巻に帰る。」

といった具合である。山口の山小屋に蟄居しているといった風情はもう見えない。戦後の社会もこうした旅行が気軽にできる程に正常化してきたのであった。

一月の生活の情況は例により一月一一日付椛澤ふみ子宛書留封書（書簡番号一六七五）に詳しい。

「その後大變失禮してゐました。おてがみは十二月廿三日に、小包は廿六日にいただいてゐました。暮から正月にかけてひどくいそぎの仕事や雑用が重なり、まるで手紙書く時も心の餘裕もなく過ごしてゐました。やつとこの頃一片づきしまして、今コタツの上の机に電燈の下で筆とる次第です。積雪二尺餘。この萬年筆のインキは凍結して出ないのをコタツであたためて使つてゐます。〇下二十度です。小包をあけて先日まつたくびつくりしました。防寒頭巾につつまれたびつくり箱のやうでした。今持つてゐる防空頭巾は駒込で使つてゐたものでもう方々がほころび、その上はじめからそんなに厚いものではありませんでした。御惠贈のもの早速雪の中をかぶつて歩いてゐますが格段のあたたかさを感じます。ゆつたり出來てゐるので大變工合がいいですが、材料がたくさんいつた事と思つて恐縮に堪へません。（どうもインキの調子が悪いので明日書きつぎます。）」

途中だが、椛澤ふみ子という女性は本当に高村光太郎の生活に役立つものを心がけて送っている。そのこまやかな心遣いに私はふかい感銘を覚える。手紙の続き。

「一月六日　今日は相當な吹雪です。まつしろに天地昏冥、まるで前方が見えず、外出不能です。これからはこんな日が多いでせう。寒さは〇下二〇度以下にはなりません。今年は穴藏が完全に出來てゐるので野菜類は凍らずにすみます。　十三日に盛岡の美術工藝學校にゆき、講演をする事になつてゐます。明日はその準備をせねばなりません。ひげそり、洗髪、着服あらため、そんな事も中々厄介です。此間まで夏服のままでゐましたが、最近ホームスパンの木地(原)で獵服を一着仕立ててもらつたので、今度はそれを着てゆきます。多分寒くはないでせう。服は見本通りに仕立ててもらひ、ていねいに縫つてもらつたので上等です。ズボンは二本作つてもらひました。今別のホームスパンでオーバーを仕合(原)ててもらつてゐます。これは今度の間には合ひかねます。ホームスパンはすばらしいのが出來るやうになりました。恐らく日本一でせう。材料に少し金がかかりますが、又書けずに今日は十一日になりました。」

高村光太郎のホームスパンへの執着の強さは注目に値する。手紙の続き。

「毎日雪の中を來訪者がつづいてあり、皆終日話をしてゐるので、用事が遅れるばかりです。三四人と同道で來て、ここのコンロで鍋ものなどをつくつてお辨當をたべてゆきます。面白いけれども、他の用事の出來ないのには困ります。」

そんなに困るなら断るなり、追い返したり、してもよさそうに思うのだが、高村光太郎は江戸ッ子気質の社交性をもっていたため、追い返せなかったのかもしれない。駒込林町のアトリエで暮していた頃は来客を断ることがまれではなかったと承知しているから、どうしてこんな千客万来の生活に堪えていたのか不可解である。

「此間御恵贈のビックリ小包の中から出たコーヒーをいれてあの不思議な固形白砂糖を使つて實に

久しぶりの純粋なコーヒーを賞味しました。皆アメリカのものと思ひますが美味です。コルゲイトの石鹸も昔なつかしいです。いつぞやいただいたウッドバリ石鹸がまだあるので此分はとつて置きます。抹茶とそれから甘味、これも早速翌朝からいただいてゐます。元朝には若水をくんで本式に茶を立てました。本氣になつて茶筌(原)をつかへば相當によく立つものと思ひました。お茶のあとであのタバコ一服といふ形でした。　お心こもつたお贈りものに對してこちらから何のお禮も出來ないのを心苦しく思ひます。盛岡での講演は二個所でやり、「社會に於ける美的要素」、「美の日本的源泉」といふやうな題でしやべるつもりです。其他「婦人之友」の支部の生活學校の始學式にもまゐり、又少年刑務所にもゆくつもりです。それから西山村といふところの開墾小屋に一二泊、十九日か二十日頃歸つてくる豫定です。歸つてきたら二日ばかり溫泉で骨休めをします。　東京の連中はどうしてゐるかと時々おもひます、みな生活が中々困難だらうと思ひます、勢ひいろんなアルバイトをやらねばならないでせう。此間ラジオの娯樂番組の中へ草野心平が出てきて、唄をうたつたので面白かつたですが、これもアルバイトの一つでせう。どうか御健康で、御元氣でやつてゐて下さい。右お禮やら近狀報告やら、

一月十一日　高村光太郎　椛澤ふみ子様　〈例年のやうに雪の上には兎と狐の足あとがさかんにあります、兎は小屋のまはりをぐるぐるまはつてゐます、厨芥をねらふのでせうか、笹熊もゐるやうです。此邊ではマミといつてゐます。ムジナのやうな動物です。〉〈ほんの少しばかり同封しました、紅茶一ぱいでも召上つてください、雜誌社から送つてきた小爲替で日附が古いやうですから御うけとりに御

注意下さい。〉」

同じ日付で中央公論社松下英麿宛封書（書簡番号一六七九）の智恵子にふれている記述が看過できない。おそらく松下から「妻」についての随筆あるいは回想を執筆するよう依頼されたのに答えたものである。

「亡妻智恵子の思出を書きましても、それは「妻」といふやうな一つの典型を成す事は出來ない氣がいたします、相互の愛こそありましたが、智恵子は御承知の通りの病疾者でありましたし、又決して普通にいふ妻の資格を備へてゐる女性でもなかつたのでありました。どうもこれは「妻」といふ書物にはなりさうもありません。」

ここで高村光太郎が述べていることからみると、智恵子が発狂以前から「普通にいふ妻の資格を備へてゐる女性」ではなかった、ということであり、その本質は、少くとも本質の重要な一部は、高村光太郎との性生活の不一致にあったと解することは許されるのではないか。「吹雪の夜の獨白」はやはり何か暗示的であるといえよう。

だいぶ時間的に戻るが、この年三月一〇日、秋田県横手町で講演している。何故秋田県横手で講演することになったのか、事情は明らかでない。三月一五日付宮崎丈二宛葉書（書簡番号一七〇三）では次のとおり記している。

「横手では秋田名物のお酒をいろいろいただいたり、秋田美人といはれる此の雪國の娘さんや奥さま連に圍まれて本式の爐邊でお茶料理をいただいたりして愉快でした。十三日の誕生日には岩手黑澤尻といふ町の知人達に歡待されました、」

とあり、同日付横手町居住の近野廣宛葉書（書簡番号一七〇一）で

「このたびはいろいろなお世話さまにあづかり又令夫人はじめ町の御婦人方の一方ならぬ御歡待をうけ感銘いたしました、御惠贈のお茶るゐは何よりの品とて歸來早速ありがたく賞味いたし居ります、」

と書き、やはり同日付黑沢尻在住の美術評論家森口多里宛封書（書簡番号一七〇四）で

「このたびは思ひもかけず黑澤尻で誕生日を迎へることとなり、貴下はじめ御家族御一同のまことにお心こもつた饗宴にあづかり、忘れがたい記念の一日となりました事を深く感謝いたします、あの豪華なチキンをこの日いただいた事をたのしく思ひ出します、又歸途御惠贈の營養物は山にては中々入手困難のものとてありがたく存じました、」

と書いていることからみて、横手行は近野廣の招きにより女性たちに向けた講演をしたもの、黒沢尻に立寄ったのは森口多里に招かれたものと推察される。

＊

この年、二月二七日に「典型」を書いてゐる。いうまでもなく、詩集の表題作である。

今日も愚直な雪がふり
小屋はつんぼのやうに默りこむ。
小屋にゐるのは一つの典型、
一つの愚劣の典型だ。
三代を貫く特殊國の
特殊の倫理に鍛へられて、
內に反逆の鷲の翼を抱きながら
いたましい强引の爪をといで
みづから風切の自力をへし折り、
六十年の鐵の網に蓋はれて、
端坐粛服、
まことをつくして唯一つの倫理に生きた
降りやまぬ雪のやうに愚直な生きもの。
今放たれて翼を伸ばし、
かなしいおのれの眞實を見て、

三列の羽さへ失ひ、
眼に暗緑の盲點をちらつかせ、
四方の壁の崩れた廢墟に
それでも靜かに息をして
ただ前方の廣漠に向ふといふ
さういふ一つの愚劣の典型。
典型を容れる山の小屋、
小屋を埋める愚直な雪、
雪は降らねばならぬやうに降り、
一切をかぶせて降りにふる。

私は詩集『典型』において初めてこの詩を読んだとき、作者が愚者を演じているかのように感じ、高村光太郎が自身を愚昧などと思っていることはあり得ない、と考えていたから、むしろこの詩に反感を覚えた。しかし、弁解が多いにしても、「暗愚小傳」の諸作の結論として虚心にこの詩を読み返して、これが彼の本音だった、と考える。そう考えて読み直すと、深沈として痛切な声調と想念に心を揺すぶられる。この詩は決して貧しい作品ではない。詩人の晩年の代表作にふさわしい感動的な詩であるというのが今の私の評価である。弁解が多いとしても、これほど真摯に半生を回顧して、しみじみ私は愚昧の典型だと自省した文学者は他に私は知らない。

＊

三月一九日、花巻の賢治詩碑除幕式に出席、宮沢清六同道で花巻温泉泊、その後大澤温泉で二泊して山口の山小屋に戻ったことが三月二七日付宮沢清六宛葉書（書簡番号一七〇七）から分り、また、四月一六日に草野心平が来訪、草野が同行しておそらく盛岡で開催されていた智恵子の切絵展を見るため盛岡へ行っている。

四月一九日付中央公論社松下英麿宛封書（書簡番号一七一二）では

「さて一昨日久しぶりにて草野心平君が來訪、歡談のうちに小生の戰後詩集を出したらどうかといふやうな事が出まして小生も然るべき出版所からならば出したい氣になりました、それでまづ貴社の御都合をおききいたすことにいたしました、先日は「妻」といふ書についての御話がありましたが、これはもう少し考へさせていただいて、戰後詩集といふやうなものは如何でせうか、御遠慮なき御意見を伺ひたく存じます、」

と書いている。私見としては、戦後、最初の作と位置づけられるべき「雪白く積めり」も戦後詩集の中核をなす「暗愚小傳」も竹之内静雄をはじめとする筑摩書房の慫慂により『展望』に発表されたのだから、戦後詩集は筑摩書房から出版されるのが妥当と思われるのだが、何故中央公論社を選んだのか、若干不可解である。前日付宮崎稔宛葉書（書簡番号一七一二）で「一昨日久しぶりで草野心平君來訪、用事で盛岡へ一緒にゆき、昨日歸つて來ました」と書いたのに續けて「その時の話で、中央公論社か創元社から小生の戰後詩集を單行本として出版する氣になりました。そしてその編者を貴下にやつてもらひたいと考へてゐます」と書いている。創元社の名が出たのは当時草野心平が縁がふかかったからにちがいない。第一次の『中原中也全集』は創元社から刊行され、私が編集実務を担当したが、その編集作業が始まったのがこの年であり、当時、草野心平は創元社が刊行していた『現代日本詩人全集』の編集委員の一人だったから、同社と縁がふかかったことを承知している。中央公論社にまずあたることにしたのは高村光太郎の発想であろう。それは「妻」の執筆を事実上断った不義理を配慮したからかもしれないが、老舗としての中央公論社を信頼したからではないか。私は高村光太郎の発想に若干権威主義を感じる。

四月二八日付宮崎稔宛葉書（書簡番号一七二〇）で、高村光太郎は次のとおり記している。

「おハガキで貴下御所持の詩篇切拔の事大體分りました、控は小生大抵保存してある筈ですから、切拔を整理して送つて下さらば、小生が補充します。尙今日中央公論社から手紙到着、出版の事決定いたしました。詳細の事はこれから又相談します。草野心平氏からも手紙あり、同君も同社に知人ある由にて、そのうち貴下を同社に紹介したいといつて來ました、　草野君はまつたく好意からの事ですから、草野君に會ふ時も虚心坦懷に願ひます、小生明日盛岡にゆきます。」

この書面からみても、草野心平は、高村光太郎からまず中央公論社にあたるつもりだ、と聞き、それなら中央公論社にも私は知人がいます、と通知したにちがいないことを示しているように思われる。

次いで、五月三日付宮崎稔宛葉書（書簡番号一七二三）は次のとおりである。

「盛岡から歸つてきておハガキ見ました、盛岡では美校の三周年紀念式で一席辨（原）じました、縣會議長、教育委員長などが列席してゐたので、この連中に分るやうに話したつもりです。　智惠子の遺作展は氣持よく陳列されてゐました。有料展のやうでしたが一萬以上入場者があつたとの事です。　戰後詩集の切拔の小包も落手、早速整理したいと思ひます、印刷にかかる前に貴下と打合の必要あり、旅行の費用等を中央公論社から出してもらふつもりですが、留守中の費用等を入れていくら位いるでせう。おしらせ願ひます、」

五月一二日付中央公論社松下英麿宛封書（書簡番号一七二七）は次のとおり。

「過日はおてがみ拜受、小生の戰後詩集出版の申入に對し御快諾の趣拜誦、まことに忝く感謝いたしました、　其後いろいろの用事で他行などいたし居りました間に、草野心平君からも貴下はじめ編集部の方々に直接お話下されし上小生詩集の編さん者として宮崎稔君をも御紹介下されました由、草野、宮崎兩君からのてがみによつて拜承いたしました、小生早速宮崎君所有の小生の戰後詩の切拔等を送附してもらひ、只今その整理と取捨と未發表詩篇の插入等につき考究いたして居ります、これが出來上りましたら、次に裝幀、印刷などのことを考案の上、一度宮崎君に來てもらひ、直接にいろいろ相談を重ねたり、注意もいたしたく存じ居ります、小生只今畑の手入や種まき等にて相當時間をとられますので、原稿の整理も少々遲れさうでありますが、なるべく早くやり上げたいと思つて居ります、宮崎君に來てもらふにつきましては、その時の同君の懷工合にて事によると旅費や入費として若干金を印税の中よりとして御融通願ふやうな事もあるかと存じますので其節にはよろしく御取計ひ願ひ上げます、かかる場合には小生より又くはしく申上げるつもりで居ります、小生明日花巻に出で、明後日役場の二階で美術講話をいたす事になつて居ります、地方に居りますとかやうの事も已むを得ぬ場合が時々ございます、このお禮のてがみ遲延いたしましたがその後の事やらお願やらあはせて右申述べました、廿五年五月十二日　高村光太郎　松下英麿座下　胸像についてお預りの金處分方について草野君からおしらせがありましたので近日又改めて申述べたく存じ居ります、」

右に記されたような作業を高村光太郎自身がするのであれば、詩集の編集者は高村光太郎であって、宮崎稔ではない。宮崎を編纂者としたのは、編纂者名義で宮崎に生活費収入を得させる方便にすぎなかったと思われる。

胸像の件については、五月二六日付書留封書（書簡番号一七二九）で次のとおり通知している。

「先日は早速御返事をいただき、忝く存じました、さて今日は例の胸像に關しての事でありますが、昭和十九年十月卅一日貴下と松林氏と御同道にて駒込の小生アトリエにおいで下されし際お預りいたしました金參千圓はそのまま岩手縣にまで持ちまゐり、昭和二十年七月廿三日に岩手殖産銀行花巻支店に預つてもらひ、今日に至りました、胸像製作不能になりました今日、右の現金を御返却いたしたいとかねてから考へて居りましたが、貨幣價値の甚だしい變化を來たしました現在、いかに取計つていいか、とんと當惑して居りました處、先日草野心平君來訪の砌この事を相談、その後草野君歸京の後貴社を訪れ、重役會議に申入れられて、その金はそのままの形にてお受け取り下さるといふ御承諾を得たと手紙にて申越されました。今日これだけの金を御返却いたすのも甚だ變な感じがいたしますが、さりとて外に考へやうもございませんので、草野君の手紙通り金參千圓也小爲替同封今日御返却申上げます。よろしく御査收相願ひたく、小生もこれにてともかくも氣がかりの事解決いたしましてありがたく存じます。貴社の方へは貴下よりよろしく御取計らい下されたく、いろいろ御面倒相すみません、今日はこの用件のミ申上げ、「戰後詩集」の方の事は又別にと存じ居ります。尚詩集は「典型」といふ題名にいたしたいと考へて居ります。」

依頼された胸像は中央公論社社長嶋中雄作の胸像であったのか、どうか。私には分らない。この預り金の始末が『典型』の出版を中央公論社に依頼する動機になったのかもしれないが、私はそうとは考えない。

その後一〇月二五日に『典型』が刊行されるまでの間の進展を略述する。

五月二九日付宮崎稔宛封書（書簡番号一七三五）で高村光太郎は宮崎に「中央公論社の松下英麿氏に旅費の融通方を申送りました、既に承諾をうけてゐるので、今度は金額を申出でた次第です、大體滞在十日間といふことにして（これは餘裕を見てあります）金七千圓ほど印税の內から融通してもらふやうにおたのみしました、そんなわけ故御都合を見て貴下御自身中央公論社に出かけられ、松下氏に會はれて右金額をおうけとり下さい、領收書は貴下名義にして用意していつて下さい。印税の內からといふことをお忘れなく、御來訪の時日はもう御隨意です」と書き、続いて六月一七日付で宮崎に宛てた葉書（書簡番号一七四六）に「花巻に立ち寄らず直ぐ歸宅され、又既に原稿を中央公論社に届けられた趣のハガキ三枚いただき、安心しました、今度は筆記などいそがれ、休むひまもなく、お疲れだつた事と存じます」と書いているから、宮崎稔は六月一〇日過ぎに山口に高村光太郎を訪ね、指示をうけ、詩稿の清書をしたのであろう。ついで、六月二四日付松下英麿宛封書（書簡番号一七四九）で「今度の詩集の印税につきましては、實は初版全部を宮崎氏に進呈、再版のやうな場合が若しありましたら宮崎氏と折半のつもりで、此事は既に宮崎氏にもお話いたしてあります、從つて奥付の撿印も宮崎氏がうけもつわけであります故、經濟上の事はすべて貴社と宮崎氏とのお話合にておきめ下さるやうお願申上げます」と依頼している。どうして宮崎稔にこれほどの好意を示し、恩恵を与えるのか、まことに不可解である。ちなみに私が所有している『典型』には検印紙に「宮崎」の印が押捺されている。さらに八月二三日付松下宛封書（書簡番号一七七二）に「先日は本當に久しぶりにておめにかかり愉快でしたが、あの炎天下を遠路やって來られたのはさぞ御苦勞であられた事と恐察しました、その節はさまざまの營養物をいただき是又忝く存じました」とあるから、松下は挨拶のため山口に高村光太郎を訪ねたことが分る。九月九日付宮崎稔宛葉書（書簡番号一七八〇）では「校正は貴下が見てゐて下さることと想像します、小生は校正下手ゆゑお送りに及びません」と知らせ、その後、扉の色などについての連絡もあるが、それらは省くこととすると、一〇月二五日付葉書（書簡番号一七九九）に

「おてがみ見ました、出版二ケ月後支拂といふ事は契約書に書いてあると記憶します、貴下の私生活金錢上の事は小生から中央公論社へ申出るいはれがありません。これは借金の意味で貴下自身が交渉する外ないでせう。右お斷りまで、」

と厳しくたしなめている。おそらく宮崎稔が生活費が窮迫しているので印税を早く支払ってもらいたい、ついては高村光太郎からその旨中央公論社へ申入れていただきたい、と頼んだのであろう。宮崎稔の行状は鉄面皮という感がつよい。

さらに『典型』刊行後の一〇月二八日付松下宛封書（書簡番号一八〇一）では「おてがみ中の計算を見ますと、最初宮崎氏旅行のために出していただいた七、〇〇〇圓が差引かれてゐません。これは當然印税から差引くべきかと存ぜられます、さもなければ來年の稿料の中から小生が御返却申上げます」とある。返却するのであれば、宮崎に返却させるべきであって、高村光太郎が返却するのは筋が

通らない。高村光太郎は宮崎を甘やかしている。さらにこの書簡には「おてがみで宮崎氏がもう三萬圓も融通していただいてゐる事をはじめて知り、少々驚きました」とある。まことに唖然とするが、こうした事実について高村光太郎が宮崎稔を叱責したり、注意した形跡は見あたらない。『典型』は定価二七〇円だから、印税は定価の一割として、一、〇〇〇部を越す部数の印税を前借していたわけである。ちなみに週刊朝日編『続・値段の明治大正昭和風俗史』によれば、上級職公務員の初任給は昭和二六（一九五一）年一月に五、五〇〇円、同年七月に六、五〇〇円と記されている。三万円といえば、当時といえども、なまじ稼げる金額ではない。旅費としての七、〇〇〇円についても同様である。高村光太郎の道楽息子の如き宮崎稔に対する甘やかし方は、私などにはどうしても理解できない。

ついでのこととしてここで記しておけば、一九五一（昭和二六）年九月から刊行がはじまった『高村光太郎選集』全六巻の刊行をすでに『典型』刊行前から中央公論社は高村光太郎に申込んでいた。九月二九日付松下宛封書（書簡番号一七八四）中高村光太郎は次のとおり書いている。

「先日は選集の事について種々御配慮あり、編さんの人々決定の御示教忝く存じましたが、小生としては選集そのものについてまだ決心がつきかねてゐる次第にても少し考へたいと思つて居ります、果して選集など出す資格があるかどうか、これまで何ひとつまとまつた仕事もしてゐない者がただ原稿をかき集めて何册かの出版にしたところで江湖の讀者がそれを更に要求しなかつたら甚だ滑稽な仕儀と存じます。この點がまだ氣がかりで躊躇せずにゐられない氣持に左右されてゐます、世上多くの選集全集の中にはさういふものもあるやうな氣がします、徒らに無用の殘骸をさらすやうではどうかと思はずにゐられません、それで此點をもすこし考へさせていただいて或る決心がついたらば更に中上げるといふことにしたら如何かと只今は所存いたします、」

こういう謙譲さは高村光太郎の特異な気質であり、彼が敬意を払われた所以の一部であろう。

＊

さて、高村光太郎の日常生活に戻ると、六月二〇日付椛澤ふみ子宛葉書（椛澤佳乃子宛になっているが、同一人なので混乱をさけるため、以下すべて椛澤ふみ子に統一して表記する）（書簡番号二九五七）で次のとおり書いている。

「おたよりと新聞束と感謝、
東京も雨がちの由、こちらも雨がつづいてゐます、まだ橋は落ちませんが、
畑はみな好調、今年は小豆も作りました、夏キヤベツが大きくなり、秋キヤベツもよく育つてゐます、トマトは花を咲かせ始め、ジヤガイモも今さかんです、
九月か十月には「典型」が出るでせう。宮崎さんの編集です、「智恵子抄その後」も龍星閣から出るやうです、

御健康をいのります、」
八月三日付同人宛葉書（書簡番号二九六四）中
「おてがみと新聞束と忝く落手、
取手御訪問の趣興味ふかくよみました、時節柄取手の人達も大變だらうと考へてゐます、それでも東京よりはいくらからくでせう、東京の様子をきくたびにますます小生東京へ行く氣がなくなります、東京で生活することは小生にとつて不可能に近いでせう、とにかく此處の山の生活は健康です、
暑さのおかげで今年は豐作のやうです、御健康をひたすら祈ります、」
取手訪問とは宮崎稔、春子夫妻訪問の意である。どういう「東京の様子を」聞いて東京へ行く気がなくなるのか、分らない。たんに東京に出たくないという口実を言っているにすぎないと思われる。
九月九日付同じく椛澤ふみ子宛葉書（書簡番号二九六六）は次のとおりである。
「おハガキといつもながらの新聞束とをありがたくいただきました、
今年の猛暑にはまつたく參つて畑にも十分出られず、作物はめちやめちやでしたが、小豆はよく出來たやうです、胡瓜も隨分たべました、朝夕は少しらくになりましたので今は大根、キヤベツなどの手入をしてゐます、
イサム・ノグチのアメリカ近代感覺は面白からうと想像してゐます、アメリカニズムは樂天的で愉

快でいいですか、その代りそれきりです、」

智恵子の祥月命日が近づいた九月三〇日、高村光太郎は同日付澤田伊四郎宛封書（書簡番号一七八七）に次のとおり書いている。

「「寸志」忝くうけとりのハガキは昨日出しましたが、今、校正を終り、「あとがき」を書き終つたところです、別封で送ります。（中略）「あとがき」は事實をそのまま書きました、最後の十行ばかりの項は蛇足かも知れません、蛇足と思つたら削つてもいいです」と書いている。これは龍星閣が出版業を再開後に刊行した『智恵子抄その後』に関する書簡であり、「あとがき」も『智恵子抄その後』の「あとがき」である。この「あとがき」に高村光太郎は「「智恵子抄」は澤田君が戰後休養のため郷里に隠退してゐた頃、他の出版社が澤田君の快諾をうけ、二三の新作を加へて再出版したので、今も世上に行はれてゐるやうである」と記している。それ故、白玉書房の鎌田に澤田が『智恵子抄』の出版を「快諾」したことは間違いない。ところで、『智恵子抄』を龍星閣、澤田伊四郎がはじめて出版したとき、これは君が作ったものだから、君の物だ、と高村光太郎は澤田に告げ、印税は受取らない、と云ったという。『智恵子抄』出版を澤田が企画し、高村光太郎に執拗に勧め、最終的に高村光太郎が承諾して、編集し、出版に至ったので、高村光太郎は大いに澤田に感謝していた。宮崎稔の編集した『白斧』の印税を宮崎にすべて受取らせたことから見ても、澤田に印税は要らない、と云ったということはありうるであろう。一方、『智恵子抄』はいわばベストセラーになり、龍星閣に莫大な利益をもたらした。澤田は、澤田に都合のよい時、澤田が見計らった金額を高村光太郎に印税に代えて「寸志」と称して渡していた。しかし、「寸志」は、まったく澤田の気持次第でいつ、いくら、渡すかが決まるものであったから、さすがに戦後になると高村光太郎も「寸志」という金を受取ることに違和感を覚えていた。「寸志」にカギ括弧が付いているのはそういう高村光太郎の心情を表している。それでも高村光太郎は『智恵子抄』の出版について甚大な恩義を感じていたので、その後、高村光太郎は白玉書房に『智恵子抄』の出版を断念させ、澤田が元版どおりに『智恵子抄』を戦後、復刊することになった。

澤田宛ての書簡の続き。「五日は智恵子の命日、十日は亡父の十七回忌になります、今年は一里ばかり先にある昌歡寺といふお寺で法要を營むつもりです、いつもは花巻までゆくのですが、そこの浄土宗のお寺の坊さんがあまり俗物なので今年は地元のお寺にするわけです、宗旨は曹洞宗で違ふのですが同じ佛教ですからかまはないと思ひます、參列者小生一人で甚だ清潔です」と書き、法要後の一〇月一九日に椛澤ふみ子宛葉書（書簡番号二九六九）では「智恵子の命日に墓へいつて下さつた由ありがたく存じます、今年は十三回忌、又父の十七回忌になるので十月十日に太田村の昌歡寺といふ寺で法要を營みました、小生一人の焼香で却て清潔な感じでした」と書いている。「松庵寺」という詩まで書いている寺の和尚も「俗物」として嫌われたわけだが、例年であれば、佐藤隆房、宮沢政次郎、同清六、佐藤昌といった方々が列席していたので、そうした方々に迷惑をかけることを遠慮したのかもしれない。それにしても、仏教の信者とも思われない高村光太郎がこうして智恵子、亡父、亡母の法要を営んでいるのは、法要の機会に故人を偲び、在りし日の思い出にひたるためだったのではないか。

この年一一月二〇日、新潮文庫版伊藤信吉篇『高村光太郎詩集』が刊行された。高村光太郎は一一月三〇日付伊藤信吉宛封書（書簡番号一八一一）において「新潮社から文庫詩集が届きまして早速貴下の文章をよみました、まことに深く小生のものをよんで下さつてゐて、よみながらいろいろの事に自分でも氣づきました、雜然としてゐた自己批判が整理されたやうに思ひました、大變おもひやりのある御意見には心があたためられ、今後の進み方に勇氣が持てるやうに感じました、厚く御禮中上げます。小生があの頃石川啄木ともつと近く接してゐたらと考へさせられました、尙もつとよみます」と書きおこしている。伊藤信吉の解説は当時において高村光太郎に対する抜群のふかい洞察と明晰な理解を示すものであった。私自身、伊藤信吉によって近代詩への眼が開かれたと感じている。それはともかくとして高村光太郎が「あの頃石川啄木ともつと近く接してゐたらと考へさせられました」という感想を述べていることが興味ふかい。事実、晩年の啄木と接していたら、私たちは別の、しかも、もっとすぐれた、高村光太郎像をいま見ていたかもしれない、と私は考える。

この書簡は「あの印税は小生だけの分で貴下へは又別に貴下の分をお送りするのだといつて來ました。果して貴下の方へお送りいたしたでせうか、又お送りしたとしても約束通り6－4の割合になつて居るでせうか、本屋さんは中々信用出來ないやうなのでおうかがひいたします、小生の分が税引二四、〇〇〇とすると、貴下の分は税引一六、〇〇〇となるわけと思はれますが如何でせう。御面倒ながら此點お知らせ願ひ上げます」と書いている。四パーセントの編集費さえ破格に高率なのに、それが間違いなく新潮社から伊藤信吉に支払われたことの確認を求める高村光太郎の律義さはひたすら頭が下る思いがある。

(一二) 一九五一年の生活

一九五一(昭和二六)年に入ると、一月一日付佐藤隆房夫妻宛書簡(書簡番号一八二六)に「ともかく新年おめでたう存じます」とはじまる年賀状中、次のとおり書いている。

「尚先日新岩手日報に小生のアトリエにつきまして變な誤報が出まして閉口いたし居り、村長さんにはお斷りの注意を申述べて置きましたが、あの記事のやうな事は小生の與り知らぬことで、むろん御辭退の外ございません。　清六さん其他からもそれについてのおたよりがありましたが、右様の御返事をさし上げて置きました。」

『山居七年』には、前年十二月、『岩手日報』に次の報道がされたという。

「東京の博物館別館にロダンの彫刻と並び保管されている氏の力作に思いをはせ、猛烈な制作意欲を再燃させる高村翁は、せまい山の家のボロ家ではどうにもならず、只今はわずかに思想をねって慰めていたが、人間臭がぬけたら始めますよと七十を期して第二の飛躍を固く決するところがあるようだ。

今までもアトリエ建設の話はしばしばあったが、いずれも個人的な名誉欲とか、利用する者が多く翁もその点深く警戒する様子だったが、この度高橋雅郎氏が村長という公人の立場から大衆に呼びかけて、その発起人として最後まで責任を持つということから翁も始めて承諾、ここに疎開以来話題となったアトリエ建築もようやく具体化し、高村光太郎畢生の作は、草深い岩手の山家から世に出ることが約束されたわけである。場所は現在住居している山荘のかたわらの小高い丘が予定され、設計は翁に一任、小規模ながら理想的なアトリエが建設される予定。」

この記事の紹介に先立って、佐藤隆房は、深沢省三という人物が高村光太郎から、彫刻のアトリエには「五間に七間は欲しい」、「近く小屋の付近へアトリエを作りたいと思っているんだけど、西側の栗林あたりがいいと思っているです。村長さんは山の上のなだらかなあたりへ地所をとってくれるというんだけど、どうもあそこは水が不便です。あそこには図書館や音楽堂がいい。そこで村の子供たちと一緒にスクエヤダンスでもやってみたいです。今はまだアトリエの建築は容易でないから、七十になったら制作します。栄養を充分とって体を丈夫にして取りかかりたい。鑿《のみ》も出して磨いています。

砥石も用意してあります。しかしあの小屋ではできないな」と語ったという事実、また藤原嘉藤治が「われわれ開拓者がみんなでアトリエを建ててあげたいのです」と申入れたのに対して「それは僕の方で工夫するつもりです」といって断られたという問答があったという事実を記載している。佐藤の記載の続き。

「嘉藤治さんは高村先生をお迎えしようと、土地のことも、建築用材のことも関係方面にわたりをつけて、大体目算がついたので先生の承諾があれば、事を進行させたい決心で申しだしたのです。経費については新聞社に頼んで大口に出してもらおうと、A新聞にも内交渉をしておきました。

A新聞社では、嘉藤治さんからのアトリエ建築についての話が入ったので、それが事実であるならば相応に手配しようと、特に先生と懇意にしている盛岡のM氏に頼み、先生の意向を確かめることになりました。M氏がそしらぬ体をして太田山口の小屋を訪れ、アトリエについて質しましたところ、先生は「別に具体的に考えているわけではない。アトリエ建設について本格的に考えてみると、何としても……岩手は冬が寒いので冬の間の仕事がよくできそうにない。粘土のようなものも凍ってしまうだろうし、殊にアトリエは普通の建物と違って特別の建築物であるし、今は資材は出て来はじめたとしても、技術者がいないものだから、マア早急にどうとも考えを決めるわけにはいきません。嘉藤治さんの話は、それは自分のかかわりないことで、むしろそれは無理が出てくることなので、承諾していたのではありません。」

との答でした。」

といった、それまでの経緯をふまえて、高橋雅郎村長が無断でのりだし、それが『岩手日報』の記事になったものという。

『山居七年』には、『岩手日報』の記事を見た「先生は心甚だおだやかでありません。フランスのように、国の代表的芸術家には国家がそのアトリエを建設すべきであるという持論の先生は、個人に迷惑をかけて自分のアトリエをつくるということには絶対反対です」と書いている。

高村光太郎としては、アトリエ建設について他人に迷惑をかけることは耐えられなかったであろう。それに山口部落の人々や風土を愛していても、はたしてここがアトリエ適地かということになると、大いに疑問であることも気づいていたにちがいない。粘土が凍ることも問題だが、これは暖房で対処できても、その費用も余計だし、モデルも得がたいのではないか。いったい、彫刻では食べられないのではないか。彫刻の作品の買い手が存在するのか。戦前のように、注文主の注文に応じて期日内に制作して、作品を引き渡すのではなく、納得する作品が制作されるまで、好きなだけ時間をかけて好きな作品を制作し、買い手の趣向にお構いなしに、制作された作品を売る、といった方法であれば、買主はないだろうし、彫刻では食べられないことを彼は危惧していたのではないか。それやこれやの理由で、高村光太郎はアトリエ建設を先送りしたのではないか。そういう意味で、山口部落をはじめ岩手の人々は素朴、純真であった。

さて、一月二日の日記には「午后忠也さん屋根の雪をおろしてくれる」とあり、四日の日記には「忠也さんかけさげと便所の屋根の雪をおろしてくれる」と記されている。忠也は駿河重次郎の次男である。こうした部落の人々の援助がなければ山口における生活は成り立たなかった。ことに一九五一年になると、旅行が多くなり、留守がちになっていた。

一月一五日、「樋口正文氏青年一人と迎へに来る。一緒に水澤行。文化ホールにて成人の日の講演（夜になる）後料亭にて座談會、公民館長さん自宅に宿泊　夜二時になる」

一月一六日、「晴、ひる頃水澤より花巻温泉松雲閣別館にゆき、一泊、ゆつくり入浴」

一月一七日「朝花巻温泉より花巻に出る。午后院長さん宅につく。後宮澤家にゆきて夕方まで談話、◎胸の症状は肋間神經痛と分る、（吹出物も帯狀吹出物といふ由、）（銀行に立よる）」

一月一八日「ひるまでねる、午后花巻町をあるき、買物等、夕方かへる、院長さん宅にて入浴、阿部博にあふ、色紙を渡す、」

こうした記述から、高村光太郎はこのころになると心情的にも金銭的にも戦後の切迫した気分から解放され、ゆとりを持って暮しているようである。ただし、肋間神経痛は年間をつうじ高村光太郎を悩ましたことが日記から窺われる。

一月一九日の日記に「朝おそし、澤田伊四郎氏来訪、中食、夜食を共にし、夜まで談話、智恵子抄の事、随筆集の事。院長さんにあはず、肋間神經痛まだ治らず、（30,000圓もらふ）〈便下痢氣味〉」

一月二〇日「ひるすぎ出かける。ゴム長12文をさがせどなし、リユックの小型をかふ。足いたく不愉快。やぶやにて（すきやき）少々たべ、ハイヤーでかへる。夕方食、藥をのみ又、ビタミン注射をしてもらふ。此日工合あし。此日が此頃にて一番氣分あしき日なりき、（此時期下痢もあり、甚だしく疲勞し居れり、息ぎれもつよかりき）」

右の日記の記述は、一月一八日に山口に帰宅したかのように読めるが、佐藤隆房院長邸に帰ったとの意であり、『山居七年』には、「十七日は花巻温泉より私の宅に来ました。私の診察の結果は、胸の症状は肋間神経痛、胸からわき腹にかけての発疹は帯状泡疹、応急の治療をしました。治療のため私の宅に六泊し、二十三日に大沢温泉に行きました。神経痛には湯治がよいと思ったらしく、大沢温泉に二月一日まで湯治をしていました。二月二日に又私のところに来られ、神経痛の治療をし、多少軽快したので、二月七日の朝山に帰りました。病中なので病院から熊谷さんと大工さんが見送り、二っ堰まで電車で、二っ堰から病院の二人と岡田さんとで先生を手橇に乗せて山まで送りました」と記している。つまり、一月一五日に水沢に赴いてから約三週間留守にして、二月七日に山小屋に戻ったわけである。したがって、龍星閣、澤田伊四郎に会ったのも佐藤隆房邸だったはずである。その時、三万円受領したのは『智恵子抄その後』の印税と思われる。また、『智恵子抄』のことを話したというのは、龍星閣の休業中、白玉書房こと鎌田敬止が出版することを了承していた『智恵子抄』は、龍星閣が出版業を再開した以上、これを絶版にし、龍星閣に出版する権利を戻してもらいたい、と澤田が高村光太郎に申入れ、その申入れを高村光太郎が承諾した話合だったはずである。何となれば三月三日付澤田宛葉書（書簡番号一八四三）で高村光太郎は「おてがみと同時に新版「智惠子抄」二册、「智惠子抄その後」再版一册屆きました」と書いている以上、こうした話合がなされたのは一月一九日以外にはありえないからである。

二月七日の日記の記述は実質的にすでに引用した『山居七年』中のものと同じだが、やはり高村光太郎自身の文章は味わいが違うので、くどいようだが、引用する。

「晴れる、風なし、午前11時40分花巻驛發電車にて山へかへる。病院の熊谷さんと大工さん同道、院長さん停車場までダツトサン運轉、二ツ堰にて岡田さん出迎へ、手橇に荷と余とのり三人にてひき又押す、岡田さん宅にて中食馳走になる。四時頃小屋着。パイと酒とを出す。四時半皆辭去。〈夜便出血なし〉」

パイは前日花巻で買い求めたアップルパイであり、前日にはこの他「町にゆき茶百匁明治屋にて菓子一折かふ、小學校の先生のため」とあり、この時点では、食料品は自由に入手できる状態になっていた。三月一三日付椛澤ふみ子宛葉書（書簡番号二九七八）もこの事実を裏付けるであろう。

「誕生日のお祝を心にかけて送つて下さつて忝く存じました。今朝はあのおいしいコーヒーをいれ、トーストにあの珍らしいチーズのスプレッドを塗つてひどくハイカラなブレックファストをいただきました。そして今いいかをりの紫烟をマドロスパイプで一ぷくやつたところです。去年は今日黑澤尻町で講演をやりましたが、今冬は肋間神經痛のため引籠り、なるたけペンも持たないやうにしてゐます。あたたかくなればなほるでせう。御禮までとりあへず、」

肋骨神経痛を別にすれば、まことに閑雅な朝食といってよい。

三月二二日の日記に次の記述がある。

「晴れ、くもり、風なし　十時半頃松下英麿氏来訪　羊かん、ハムをもらふ。つついて清六さん來訪、持參のものにて牛鍋、兩關一升、皆でのむ。中央公論社の選集の事結局承諾。六巻。300頁300圓程度5000部一割。二分は草野君に。夕方辭去。　たえ子さん砂糖配給。　冷　夜便〈集配人くる〉〈校長さん夕方くる。〉」

中央公論社刊『高村光太郎選集』全六巻の出版が確定したわけである。草野心平の編集報酬二パーセントを引いても、一巻当たり一二万円、合計七二万円の収入がここで約束されたわけである。後日、九月九日付宮崎稔宛葉書（書簡番号一九三〇）で高村光太郎は「「選集」は小生のアトリエ建築費用の一部となるやうにと東京の友人達の熱意によつて出來たので、その好意に對しても小生はその印税を私的な事には使用しません。何しろアトリエの本格的建築には隨分費用がかかるので中々大變です。自力でやるのですから、並々の事では出來ず仕舞になるでせう」と書いている。「東京の友人達の熱意」と「好意」は疑わしいが、あるいは草野心平の中央公論社への働きかけがあったのかもしれない。この書簡からみれば、高村光太郎は、ともかくこの印税をアトリエ建築の費用に充てるつもりだったようである。

　四月三日の日記に「澤田伊四郎氏來訪、食パン澤山、其他食品いろいろもらふ。今夜學校へ泊る由、尙100,000圓もらふ。小屋增築についてスルガさん、院長さん等と相談して東京へかへる由」とある。この一〇万円も「寸志」であり、澤田が増築して寄附したという、いわゆる新小屋もやはり「寸志」と同様の印税代りのものだが、この建物は建坪一二尺×一八尺、すなわち六坪のごく小さな小屋であり、『智恵子抄』裁判記録によれば、駿河重次郎氏に依頼、村の大工に請負わせる。頑丈と採光を主とした設計で見積金額六九、六四〇円、外に駿河氏に一、〇〇〇円渡した旨のメモを澤田は残している。高村光太郎が希望したアトリエは五間と七間というから三五坪の建坪の建物である。もし山口にアトリエを作るとすれば、七〇万円で充分堅固なアトリエが建てられたはずであった。本気でアトリエを建てようとすれば、澤田から建坪六坪というささやかな新小屋など寄贈してもらう代りに、アトリエ建築費の一部に充当すべきであった。私は中央公論社との契約書を示し、必要あれば、印税請求権を担保に、七〇万円程度の借入ができたと考える。しかし、高村光太郎は借入など好む性質ではなかった。また、山口にアトリエを作ることについて高村光太郎が躊躇していたことも事実である。だから、彼は考えることは考えても、実行することなく、問題を先送りしたのであった。そのことを私は心から残念に思う。彼は一日も早く彫刻に復帰すべきであった。私は十和田湖の裸婦像を評価しない。これについては後に考えることとする。

さて、新小屋の建築の進展を日記から拾うと、次のとおりである。

四月一五日「午前哲夫さん石を運び大工さん材木を運びくる。ひる便 食事むし飯玉子1佃煮、みかん、のり。夕方棟上。大工さんのりとをあげ、余餅まき。子供等ひろふ。小豆餅、白い酒、ハムいため、寒くなる。夜風をさまる。」

四月一六日「大工さん屋根の下板を張り終る。」

四月一八日「大工さんと壁やさんと來る、小まいにかかる、屋根もふきはじめる。」

四月一九日「大工さん屋根ふき、佐《(原)》官やさんコマヒ、」

（木舞・小舞は土壁の下地に縦横に編みわたす細い竹をいう。（三省堂国語辞典））

四月二〇日「大工さん、左官やさん。三人。屋根出來上る。コマヒも大方出來る。」

四月二一日「左官やさん一人。」

四月二三日「壁ぬつてゐる。」

四月二四日「午后壁の人來て、夕方壁ぬり終る、（荒壁）。」

五月一三日「ひる頃弘さんくる。重次郎翁と三人新築小屋の土間で豚鍋、岩手川をのむ。」

五月二五日「大工さん來て根太をつくつてゐる。」

五月二七日「大工さんつついて來てゐる、床を張り終る。圍ろりも形をつくる。」

五月二九日「大工さん今日大體出來上り、あとは建具と砂壁。本棚もつくれり。」

五月三〇日「砂壁準備を藤井さんと忠也さんとやつてゐる、」
五月三一日「朝大工さんが土臺石の上に木をうち込む。下りをなほしたものらし。砂かべつづき。」
六月一日「藤井さん小屋の砂かべ完了。タタミ敷かれ、家の體裁出來る、（中略）夜大工さん机の高さをききにくる、」
六月二日「大工さん建具を持ち來る、明日戸や窓をはめるといふ。」
六月三日「ひる大工さん出來上る、ガラス戸其他完備。」
六月二〇日「電氣工夫と恭三さん來て新小屋の電燈とりつけ終る、」

こうして完成し、六月九日、一旦新小屋で寝ることにしたが、湿気が強いので、一〇日、布団を従来の小屋に運び返し、当分旧小屋で寝ることとしている。六月二五日、澤田伊四郎宛葉書二枚（書簡番号一九〇〇）に「小屋は數日前に電燈線がひかれ夜もあかるくなりましたが、材木が生木であるため、濕氣がひどくて住めません。此の夏を經過したら乾燥するでせう。今は書棚に書物を整理しながら入れて居ます。今度はほこりがたまらないでいいやうです。疊も上等のが來ましたが濕氣でかびるのでまだ敷きません」と知らせている。結局、新小屋で寝ることとなったのは九月二三日夜からであることは九月二四日の日記に、「昨夜新小屋にねる。もう濕けず。カヤなくてよろし」とあることから確かめることができる。

その間、五月二日、読売文学賞の受賞が内定した旨を聞き、五月三一日の日記に

「よみうり本社より山村龜二郎氏といふ人、支局の人と同道來訪、賞金十萬圓現金と、パーカー萬年筆一本もらふ。ぢき辭去、」

と記されることとなる。ついでだが、これは『典型』による受賞であり、五月二二日の日記に「晴、溫、松下英麿氏に起される。特級白鶴二本かついでくる、よみうり賞の祝の由、ビール四本のみて夕方まで選集、てんらん會の打合、五時辭去」とある。なお六月一二日の日記には、「裏道道路の木橋かけかへに5萬圓寄附をおもひつく」とあり、さらに六月二一日の日記に「學校の學藝會用の幕の爲に2萬圓寄附せんと思ふ。校長さんに話す」とある。

この間、五月一九日付椛澤ふみ子宛葉書（書簡番号二九八五）に「小生神經痛の方は九分通りなほりましたが最近又肋骨に打身をしてまだ治りません。ひどく肋骨にたたる次第です」とあり、六月七日付葉書（書簡番号二九八九）では次のとおり記している。

「藤間節子さんの踊を見られたといふおハガキと新聞束と感謝。新茶、抹茶、リプトン紅茶、テエブルソルツ。角砂糖、コーヒー、ゴムスポンジ、中村屋洋かん、タバコ其他の小包は廿日に落手。洋かん、タバコは弘さんと一緒に賞味しました。その事廿五日にハガキで申上げましたが、着かないのかも知れません。まことにありがたく存じました。リプトンは幾年ぶりかでのみました。小生肋骨のヒビはまだ癒着しませんが神經痛の方は輕減しました。今サルギンを注射してゐます。」

こうした肋骨神経痛と肋骨の打撲のためか、この年自ら農耕作業はしていないようである。駿河重次郎一家の人々が面倒をみていたことが次のとおり日記に記されている。
四月六日「小屋西側の地均しにスルガさんはじめ青年達來て終日はたらいてゐる。」
四月二六日「スルガさんの人達ジヤガを植つける。二うね。」
五月一一日「今日スルガさん畑をおこしてくれる。」
五月一二日「スルガさん畑手入。」
五月一四日「スルガさん畑手入、」
五月一七日「スルガさん畑手入、」
五月一八日「スルガさん一家、小屋前の田を田返しする、午前中に終る、」
五月二二日「弘さん夕方玉菜の定植をしてくれる、」
六月五日「スルガさん連前の水田のえぶりすり。」
六月六日「午前前の水田田植。」
六月一九日「スルガさん來てさしかけの修繕にとりかかる、」
六月二〇日「スルガさん昨日のつつき、夕方大方出來上る。土臺を入れて丈夫らし。」
六月二一日「スルガさん畑、又下水の穴を堀つてくれる、」
六月六日の田植えは高村光太郎自身がしたかのようにみえるが、上記のように高村光太郎は体調すぐれず、駿河重次郎一家に畑などの世話をしてもらっているので、田植えも彼自身がしたのではあるまい。七月一二日の日記に「スルガさんに寸志3000圓贈呈す、今度のお世話の禮」とあるが、一四日の日記の「MEMO」に「新小屋建築、さしかけの作りかへ、井戸端の改善、舊小屋杉皮のふきかへ等にてスルガさんにお世話になる。寸志はそのお禮のつもり」とあるので農耕作業を代ってしてくれたことについては格別の礼をしていないようにみえる。あるいはこの礼金には農耕作業をしてもらったことの礼も含まれる旨を書き忘れたのかもしれない。一方、八月六日付椛澤ふみ子宛封書（書簡番号二九九七）では「胡瓜やナスや其他の野菜がさかんになつたので毎日とりたてを食べます。糠みそ漬を作つてゐますがよく出來ました」と書いているから、駿河一家の人々の労力の成果は享受したようである。

この間、四月三〇日の日記には、任期満了による村長選挙に再度立候補した高橋雅郎が落選した旨が記されている。

八月二六日の日記には「晴、猛暑、　松下氏、今泉氏、小栗さん（速記者）來訪」とあり、さらに「花巻高校の女生徒數名來訪、スタウトをもらふ。　午后オート四輪車にて一同と二ツ堰まで、電車で花巻溫泉」とあり、八月二七日の記述は次のとおりである。

「夜ビールをのむ。松雲閣別館、　夜あつし。午前より談話速記。今泉氏の質問に答へる形。　松下氏撿印紙4000枚捺印、　入浴、　夕方六時松下氏今泉氏と花巻に出で、藤旅館にて休憩。八時タキシをよびて一人山にかへる、拂は松下氏がする由。」

全集年譜には「今泉篤男を聞き手として、花巻温泉で談話筆記。「回想録」を補うもの」と説明されている。全集第十巻の「青春の日」「遍歴の日」はいずれも「昭和二十六年八月二十七日談」とあり、これら二篇は『中央公論』に発表された後、選集に「回想録　三」として収められた、と記されている。したがって、このときの談話筆記は全集では「青春の日」「遍歴の日」として収められているものを指すわけである。

秋になると健康もだいぶ回復したようである。九月二六日の日記に「畑手入、ＤＤＴ、木炭」、翌二七日の日記に「畑手入、ナスの芽かき、ＤＤＴ」、一〇月四日の日記に「畑手入、ホーレン草の畝下拵へ」とある。これらの三日（六月六日も彼自身とすれば四日）がこの年の高村光太郎が日記に記している彼自身の農作業のすべてのはずである。

九月二三日には椛澤ふみ子宛葉書（書簡番号三〇〇一）で次のとおり書いている。

「おたより、新聞一束、感謝。
東京も涼しくなりました由、東北もまつたく秋深く、ススキが美しく、里芋もみのりました。部落では今稗や粟の刈り入れ中です。
栗はまだ少々早く、キノコはだんだん出てきました。今小屋の近所にアミノメと稱するキノコがさかんに出ます。味噌汁にいいキノコです。
東北はこれから十一月一ぱい珠玉のやうな季節で實に自然の惠みを感じます。小生健康、神經痛の全癒も近いでせう。」

この時代でも、山口部落ではまだ稗や粟を作っていたのである。

一〇月一一日は椛澤ふみ子宛葉書（書簡番号三〇〇四）は次のとおりである。

「五日に染井へ行つて下さつた由、感謝いたします。あの邊も隨分變つたことでせう。五日には今年はお寺へ行かず、自分のところで新小屋で焼香、折から入手したレモンを供へました。夜九時、さすがにあの時の事を思ひ出しました。

こちらもすつかり秋で、紅葉がはじまり、ウルシやハヂの葉が眞紅に染まり、龍膽やヨメナの花が紫に、ススキが海のやうに光つてみえます。

とりたての新米が實に美味です。」

十二月には草野心平が来訪した。

「十二月七日　金

晴、午前東京より横田正治、佐藤文治といふ二人の青年學徒來訪、そのうち草野心平氏來訪、昨夜闕登久也氏宅泊りの由、いろいろのもらひもの、ヰロリで暫時談話、後洋服をあらためて一緒に出かけ、花巻伊藤屋にて四人でビール等、草野氏と共にタキシで臺溫泉松田家にゆき一泊、ビール等〈（あんま）〉

十二月八日　土

朝雨後晴、昨夜妓のうたをきき二時にねる、花巻温泉まで歩き、花巻より盛岡までタキシ（2000圓）、よきドライブ。多賀園にて支那料理をくひ、その間に余は放送局にゆき新年放送年賀の言葉を錄音。昨日放送課長澤田氏の懇望ありしによる、後菊屋にゆく。堀江赳氏夫妻にあふ。又お民さん來る、酒、お民さんの長唄の師匠といふ人三味線持參、「遠藤盛遠」の一段をかたるのをきく。此の師匠のくだらぬ長談義あり、二時過ねる、咳多く出る、夕方便

十二月九日　日

晴、朝、草野氏と散歩、デパートにて買物、中食後、タキシにて花巻まで。やぶにてビール、清六さんに來てもらひあふ。二時過タキシにて山口まで、學校により、夕方小屋につく。少々疲れる、便　夜早くねる、やはり自分の小屋がよし。雪とけたり。」

高村光太郎は大いに羽をのばしている。酒席になれば必ずといってよいほど二時過になる。疲れるのが当然である。一方で、智恵子の法要は年を追うごとに簡略化し、他方、印税が充分すぎるほどに入って、好き放題に温泉に泊り、タクシーを使い、酒をのみ、買物をし、といった生活ぶりをみると、太田村山口に独居自炊し始めた当時の高邁な夢想を思い、私はかなりの違和感を覚える。

一二月一九日付椛澤ふみ子宛二枚続きの葉書（書簡番号三〇一〇）を引用して、一九五一年の記述

を終えることとする。

「今朝集配人が特にお送りの小包を小屋まで持つてきてくれました。弘さんへのものは弘さんの來た時お目のまはるほどさまざまなお贈物でおぼえきれないほどです。弘さんへのものは弘さんの來た時お渡しします。

一つ宛出して眺めるのがたのしみですばらしいです。リプトン茶などよく入手出來るものと驚きます。しかも青紙のリプトンは珍重です。パルモリーヴのシヤンプウなど思ひがけない限りでした。國旗まで在中、おかげで此の正月には原稿紙の國旗を出さずにすみます。

此の正月には年賀放送を二分間錄音しました。ツヅク
ツヅキ　今年は十一月末に大雪が來て往來杜絶の有様でしたが、十二月になつてからあたたかく、雪も大方消え雪どけ道になりました。今冬は新らしい小屋に寢るので、天井ある室とて例年よりはらくに越冬できるでせう。此間草野心平さんが來訪したので一緒に溫泉に行つたり、盛岡へドライブしたりしました。大變愉快な三日間でした。

近く花卷へ行かうと思つてゐます。神經痛の方も殆ど氣にならない位に輕くなり、健康は去年よりもいいやうです。とりあへず御禮まで、いづれ又、」

日記によれば、一二月二三日花巻公民館で「稗貫靑年協議會の會員十餘人に日本間で談話、四時過終り、驛より大澤溫泉行、菊水館に泊る、マッサージをたのむ、風呂よろし」とある。二四日、草

野心平に一万円、椛澤ふみ子に二、〇〇〇円郵便為替で送り、電車で山小屋へ帰っている。

（一三）一九五二年の生活

一九五二（昭和二七）年に入る。

一月一日は「小雨時々日も射す、溫、雪少しのこつてゐる」と日記に記されているように、平穏な新年を迎えたが、一月五日「肋間神經痛は去年の今頃より始まりたり。今まだ異常感覚のこり居れど苦しきほどではなし。力仕事のあとの息切れの方が目立つ」と書いた後、九日には「嚴寒、凍結、〇下10度4分」と書き、一二日にも「今朝〇下11度なりし由」といったように厳しい寒さが続く。この一二日の日記には「MEMO」として

「此頃腕など以前よりも肉づきたるやうに感ず。　昨日あたりよりタバコをやめる事にしたり。實際うまくなし。」

と記している。一月二六日の「MEMO」には「胸の痒みややつのる。帯状疱疹蠢動か」とあり、時に寒さがゆるんだりもしているが、おおむね厳寒、積雪ふかい日々が続く。二月に入ると、部落の人々や弘を別とすれば、この月の来訪者は一七日の真壁仁だけである。当日の日記に「晴れがち、寒、

眞壁仁氏來訪　山形の干柿をもらふ、夕方まで談話、ちゑ子について其他、煮小豆御馳走」と記されている。二月一九日、花巻行、納税、花巻温泉松雲閣別館に一泊、翌日小屋に帰り、二六日の日記、「昨夜より大雪となり終日雪やまず、風はなし。　山口小學校にもゆかぬことにする、午后便　太田中學の校長さん迎へにくる、出かける、教師20人餘集まつてゐる、講話後御馳走になる、」

三月に入って、七日、花巻へ出かけ、草野心平に一万円為替で送り、関登久也に電話し、関を誘って大沢温泉山水閣に二人で泊り、翌日「千枝洋服店にてズボン2本註文。十日間にて出來る由、1本4700圓の由。　關氏と別れ、茶、肉など求めて一時過の電車でかへる。　山口小學校に茶200匁進呈」といった状況で推移していた。例により椛澤ふみ子から高村光太郎の誕生日祝が届き、その礼状を四枚続きの葉書（書簡番号三〇一六）で書いている。彼女にいつも心を開いた、気がねしない書簡を送っているので引用する。

「おハガキと小包と一昨日到着、感謝。十三日の誕生日をおぼえてゐて下さるのは何だか恐縮の氣がします。尤もあなたの誕生日廿四日は小生も記憶してゐますが、こちらからは何もお祝出來ないのが殘念です。

アラレで空襲下の小生の書齋であなたとおめにかかつた昔をおもひ出しました。あの頃は不思議な世の中でした。

小包では抹茶などの外めづらしいアメリカのかん詰など瞠目しました。東京ではこんなものが入手

出來るのかと驚かれます。ツヅク

ツヅキ　今年は吹雪や積雪がひどかつたので外出も出來ず、郵便物も大いに混亂し、中には紛失したのもあるやうにおもはれますが、お送り下さつた新聞束はかためて先日學校からうけとりました。ヒロシさんもよく學校から郵便物を運んで來てくれました。

今年は新年一ケ月餘ペンをとらなかつたので肋間神經痛も惡化せず、むしろ治癒の方に向いてゐます。今では苦にもなりません。痒い程度です。

溫泉へは三度ほどゆきました。入浴だけはまつたく無上の天惠です。ツヅク

ツヅキ　小生畫間は舊小屋のヰロリ端で生活し、夜は新小屋で休みます。新小屋には火の氣が無いので寒さは強いですが空氣がきれいなので健康にはいいやうです。ラジオのいい受信機が入手出來たのでこの冬はニユースをきいたり、音樂をよくききました。營養狀態も去年よりはいいやうです。

本式のアトリエ建築はいつ出來るやらこれだけは心もとない次第、其上此の土地は不適當とおもはれ、或は北海道へ移住しようかとも考へ、この夏には一度北海道旅行をするかもしれません。ツヅク

ツヅキ　書畫帖はそのうち揮毫して御返送いたします。

去年村の人が大分樹木を伐つたのでこの冬は小鳥が大變へりました。兎の足あとも少く、キツツキの訪問も稀になり、フクロウもあまり啼きません。狐とイタチらしい足あとだけはよく雪の上に見かけますが、鳥の少くなつたのはさびしい氣がします。山もだんだん平凡化してくるやうです。

此間人から白麻の布をもらつたのでお茶のフキンを作らうと思ひますが、おついでにフキンの正式の寸法を知らせて下さいませんか。」

いったい高村光太郎はアトリエについてどう考えていたのか。太田村山口では粘土が凍るから不適当だというなら、北海道ではもっと寒さも厳しく、粘土が凍りやすいことに変りあるまい。粘土が凍るのは適切な暖房で防げるはずだから、北海道でも山口でも同じはずである。

こうして北海道旅行のような夢想をいだいていたところ、三月二一日に事態が急変する。同日の日記。

「晴やや寒、（藤島宇内氏　谷口吉郎氏）來訪、十和田湖記念碑彫刻の件をはじめてたのまれる。談話をいろいろきく。夕方まで」とあり、翌二二日の日記の「MEMO」欄に

「廿一日來訪の藤島氏持參。佐藤春夫氏よりサントリー1本、他の人々より羊かん、コーンビーフ2、ベイコン、フランスパン、ペパー等もらふ、谷口吉郎氏より虎屋の羊かん2本もらふ。」

とある。

その後、三月二六日の日記に「晴、ひる頃出かける、山口小學校あたりで阿部博さんにあふ、一緒に二ツ堰にゆく、西公園にて下車。千枝洋服店にてズボンをうけとる、花巻溫泉松雲閣までタキシ。眞壁仁氏、熊谷氏、盛岡放送課長等にあふ〈午前便〉」とあり、二七日の日記に「晴、松雲閣別館。昨夜はビールの御馳走になる。ひる頃眞壁氏との對談（朝の訪問三十日）錄音をすます。放送局よ

り謝禮をもらふ。　午後眞壁氏と共に花巻に出で買物をして一緒に大澤山水閣にゆき一泊、夜便出血あり」と書き、四月三日には真壁仁宛葉書（書簡番号一九九一）で「こんどは大變御苦勞をかけました。遠路を恐縮でした。御一緒に溫泉で二夜を過ごした事は愉快でした。　小生の錄音はやはり變な聲でした。それに少々しやべり過ぎたやうです。　今日東京からハガキが來て、貴下の山形なまりが親しみがあつてよかつたといつてきました」といふことです。　三十日付のおてがみは翌日いただきました。鑄造費のしらべは別にいそぎません」と書いている。ちなみに私は真壁仁さんにお目にかかったことがある。正直で飾り気のない、実直な方であった。そのさい、山形市で斎藤茂吉について講演を依頼されて山形に行き、講演した。その後、大石田に案内していただき、第二章で再三言及する板垣家根夫さんにご紹介いただいた。思い出すと飾り気のない風貌が懐かしさでいっぱいになる。

三月三〇日の日記に「午前十時仙北町生活學校卒業式にゆく。談話一席、午食、今夕公民館にモンブランの演奏會ある由にて一旦菊屋にかへり、公民館にゆく。九時過終る。　菊屋にかへり、吉田幾世さん他三四人と演奏會の話、十一時頃　入浴後便、出血なし。〈菊屋にて朝七時四十五分「朝の訪問」の對談をきく。〉」とあり、翌日、盛岡の菊屋旅館から「タキシにて花巻驛まで、今日の車は2000圓とりたり」と書き、「直ちに電車にて山にかへる」とある。この頃になると、高村光太郎は頻繁にタクシーを使っている。

そして、四月二日の日記。

「くもり、時々風つよく、粉雪ふる、　青森縣副知事横山武夫氏一行來訪、酒その他のものをもらふ。十和田湖の件、十二時辭去」とあり、十和田湖畔彫像の件が具体化する。

四月一二日、藤島宇内宛葉書二枚続き（書簡番号三〇一八）に次のとおり書いている。

「いつぞやの御來訪感謝。巨細のおてがみもいただきました。

あれから一ケ月ばかりいろいろ考へてゐました。その間に青森縣知事さんから手紙をもらひ、又副知事さんや商政課長さんらの御訪問もうけました。

皆さんの熱意をも考へ、又仕事としての意味をも考へ、おうけして猛烈にやらうかといふ氣になつてゐますが、ともかく谷口博士、佐藤氏、貴下等と一度十和田湖の自然を見てから決定したいと思ひます。

十和田湖の自然が果してモニユマンのやうなものを受入れる性質を持つてゐるかどうかも見なければなりません。例へば富士山の頂上のやうなところはさういふ性質を持つてゐないやうに考へられますが。

それと、小生今日の經濟方面の事がまるで分らないので、あの金でどの位の大きさの鑄金が出來るか、どの位の構築が出來るか、見當がつきませんが、これは一切谷口博士におまかせすればいいのかと思つてゐます。

いづれ又おめにかかつて御意見をきき、その上で決定いたしませう。」

四月二四日には椛澤ふみ子宛封書（書簡番号三〇二〇）で「小生五月三日には縣廳からたのまれて一席しやべることを餘儀なくされ、其頃盛岡にまゐりますし、五月末か六月には佐藤春夫さん等と一緒に十和田湖見物の豫定です」と書いているが、十和田湖行の目的、理由についてはまだ椛澤ふみ子にさえ明らかにしていない。

その結果、六月八日の日記に「十時過藤島宇內氏來訪。一緒に盛岡の民子さん來訪、電車であひし由、夕方六時半頃まで談話、十和田行についての打合せ、民子さんは今日店の休み日の由、日本酒どもらふ、藤島氏に1000圓呈」とある。民子は盛岡の馴染みの料理屋「天よし」の主人である。「天よし」という名称も高村光太郎が名づけたという。その結果、六月一六日の日記に見られるとおり、花巻駅乗車、古間木駅下車、副知事の出迎えをうけ、蔦温泉泊、翌一七日の日記に記されたとおり、「九時過車にて一同オイラセをさかのほり、子の口に至る、モニユマン建設地點を見る」ということになるわけだが、それまでの間、日記から抄記すれば、

四月一八日「タンカルを畑にまく」

〃一九日「紅花をまく」

五月七日「スルカさんの人達前の水田の田返し、　青年等ヤトジをとり去る」

〃一一日「ラッキヨー畑の草とりをする」

〃二五日「草とり」

〃二六日「草とり」

〃二七日「草とり」

六月二日「ゑん豆、ささぎ、トマトに木炭」

〃三日「畑にＤＤＴをまく」

〃七日「午前弘さん玉子12持參、ビール1本のむ、午后便　朝のうちに小屋前の水田田植さる」

とあり、前年、肋間神経痛のため殆ど農作業ができなかったのに比べると若干作業している。（ただし、六月七日の田植えは駿河家の人または弘がしたのかもしれない。）しかし、六月六日付椛澤ふみ子宛葉書（書簡番号三〇二二）で「五六月の砌は小生も播種、移植、其他の畑手入で外の事は何も出來ません」と書いているが、日記の記載を見る限り、前記したところがすべてであり、若干記載もれがあるにしても、「外の事は何も出來ません」というのは事実に反するようである。ただし七月一〇日、一九日、二九日、八月二日、八月一一日の日記にはそれぞれ「畑手入」の記述がある。

また、椛澤ふみ子に知らせていたとおり、五月三日に盛岡で講演したことは、五月二日、三日の日記によって確認できる。

五月二日「十時過藤原氏縣廣報課主事等と同道來訪、すぐ支度して車で出かける、水分神社の藤原氏開拓地に案内され中食後盛岡へ車、午后四時頃菊屋着　肴町にて堀江氏とあひ、ビール、後たみ子

の家にて天プラ　九時一泊〈豚〉」

五月三日、「十時公會堂にて國分知事等とあひ獨立記念式、後講演一時間ばかり。後カホクといふ料亭にて御馳走になる、國分知事、阿部副知事等、後菊屋にかへり、縣の車にて山口の小學校までかへる、藤原氏送りくる、佐々木氏に食パン、酒等もらふ、夜便」

「MEMO」として「縣よりは5000圓もらふ、講演はQGにて錄音、後放送にて一部分放送する、式典に集まりし人は多からず」とある。盛岡―花巻間のタクシー代が二、〇〇〇円だから、五、〇〇〇円という謝礼は少額という感がある。

五月一五日には「花巻行、12時13分電車、花巻驛前にて理髪、郵便局にて新潮社へ撿印紙送り。伊藤屋にて中食、岩田さん店にてツメ襟服上衣一着たのむ、今月末とりにゆく事。藥等求め四時半頃の電車でかへる」とある。この上着の注文は十和田湖行の準備であろうか。

翌一六日の日記には「藤原嘉藤治氏來訪、水分村にアトリエ建てたき樣子、返事出來ずと返事す」という。どうしてはっきり断らないのか、私には不可解である。この件は前年一月にはすでに断っていたようにみえるのだが、『岩手日報』の記事は高村光太郎自身は与り知らぬ誤報ということで、アトリエを開拓地に作ることについての結論は留保していたのであろうか。

五月一八日の日記には「森荘已池氏來訪、青森縣行の事について新聞より眞相をききに來たる由、紙上に發表せぬ約束にて大體を話す、他にもいろいろ談話、五時半頃辭去」とある。すでに十和田湖の構想が新聞に報道されていたようである。

さて、いよいよ十和田湖視察とその後の進展をみることとする。六月一七日「モニユマン建設地點を見る」ところまですでに引用したが、同日の日記は

「宇樽部に來り、東湖館入、後少憩後舟にて十和田湖を一周、東湖館に歸着、夜談話、〈宇樽部泊〉〈朝便〉〈アトリエ地點をきめる〉」

と続いている。この「アトリエ地點をきめる」は十和田湖畔にアトリエを建設するつもりであったのか、ことに翌日の記事から見ると、若干不審である。その後の日記を引用する。

六月一八日「晴、湖を渡りて休屋にゆく。觀光ホテルに一泊、和井内にゆき、ヒメマスのふか場見物、發荷峠、夕方、此日アトリエは東京に求むる事を相談の結果きめる、〈休屋泊〉」

六月一九日「晴、休屋より車にて青森道を走り、酸か湯につく、入浴、植物園見物、菊池氏東京にかへる、松下氏もかへる、酸か湯の大湯めづらし。東京より佐藤春夫氏夫妻、谷口吉郎氏、草野心平氏、藤島宇内氏、菊池一雄氏、外に松下英麿氏及速記者、縣より商政課長横山武雄氏、他一名ほど、いろいろの事とりきめ、藤島氏連絡係、〈〈酸ヶ湯泊〉〉」

六月二〇日「酸か湯より青森縣廳にて知事にあふ、中食、後淺蟲溫泉行、東奥館、夕方又青森坂井家にて晩餐招待、あいさつす。民謡をきく、後淺蟲まで、草野君、谷口氏、藤島氏とビールをのみ一時になる、雷鳴あり、夜便〈淺蟲泊〉」

酒宴になれば必ず夜は一時、二時になるのだから、高村光太郎はよく飲み、夜更かしを気にしない人であった。

六月二一日「朝色紙三枚揮毫、一同に別れる、一同は龍飛崎方面にゆく。（知事より贈物いろいろ）21日淺蟲より汽車、花巻着、花巻溫泉に一泊、〈（花巻泊）〉」

六月二二日「晴、溫、花巻溫泉より花巻驛、タキシにて買物、やぶまで、やぶにて中食、タキシにて山口まで、小屋まで運轉手にルックを運んでもらふ、小屋無事、スルガさんに挨拶にゆく、後學校まで、重次郎翁、たまつた郵便物を運んでくれる、早寝、（豚肉）〈便〉」

草野心平、松下英麿、それに速記者までが参加しているのだから、十和田湖検分の前からもう制作を承諾していたようにさえみえるのだが、六月九日付松下宛葉書（書簡番号二〇一〇）では「昨日は藤島さんの來訪があり、御樣子を承りました、十和田湖にての談話筆記の件は他の方々の御同意があるならば小生も承諾いたします、十和田湖の自然を話題にするならば見物のあとで、さもなければその前にすますのがいいでせう」と伝えていることからみると、中央公論社が十和田湖行を聞きつけて十和田湖で談話をとる企画を立てたのであろう。

六月二八日付で青森県知事津島文治宛封書で礼状（書簡番号二〇一五）を書いている。いうまでもなく太宰治の長兄である。

「啓　このたびの旅行ではたいへんお世話さまになり又いろいろの御芳志をうけ、忝く、厚く御禮申上げます。　十和田湖、八甲田山一帯の景観はまつたく豫想以上の美しさにて、御依頼のモニユマン製作についても、小生快く承諾の腹をきめる事ができました。　かくも美しき自然に對して自己の全力を傾け得る事の幸を一造型家として感ぜざるを得ず、この夏中に構想を練り、エスキスを試み、秋頃より諸般の便宜多き東京にて原型製作にとりかかり、明年完成の豫定で居ります。　小生にとりて東京は好ましき土地ではございませんが、この製作完成までは特に滯在、假アトリエに蟄居の覺悟を定めました。只今東京の友人達が小生のため製作場選定について配慮いたされ居る模様でございます。　ただ一つの懸念は世界情勢の推移にて、萬一戰時狀態勃發の如き事あらば一切は中絶の形とならざるを得ず、ひたすら平和の存續を祈る次第でございます。　以上御禮かたがた、其後の心境を申述べました。」

　当時は朝鮮戦争が進行中だったので、右書簡にいう「世界情勢の推移」云々とは、朝鮮戦争が第三次世界大戦に発展することを危惧した付言であろう。

　七月三日の日記は次のとおり。

「くもり、晴、暑、風なし、　藤島宇内氏來訪、東京中野の中西利雄氏アトリエが借りられる由、尚青森縣廳との協定書二通に捺印、藤島氏は今夜青森にゆき、縣廳の捺印をうけ、一通小生保監（原）の由、ビール、パン、かん詰、藤島氏五時頃辭去、夜便、ソーセージ　中央公論の校正を氏に托す、〈(朝ポストにゆき院長さん宮崎さんにハガキを出す、)〉〈スルガさんよりなまり節〉」

七月二日付佐藤隆房宛葉書（書簡番号二〇一六）では、「昨日はいろいろありがたく感謝いたしました。その節お話の八まん平行の事は、考へてみますと、只今は適當でないと存じました。十和田湖の印象によつて目下構想中の幻影が八まん平の美によつて混亂させられるおそれがある事に氣づきました」と知らせ、同日付宮崎稔宛葉書（書簡番号二〇一七）は、「旅行ではやはり疲れました」といい、「揮毫二十枚ぐらゐ何でもないと思つてゐましたが、やつてみると中々精力と時間とを費すので歸來まだ手がつきません。　御都合もあると思ふので出來てゐる分だけ二三日中に送ります。　只でないものと思ふと書くものの選定にも苦しみます。　誰のところへ行くか分りませんから」というものである。宮崎が売るための揮毫二〇枚ほどを依頼し、高村光太郎は揮毫を承諾していたようである。高村光太郎はこの時点では金銭に不自由していないから、宮崎の小遣い稼ぎか、生活費援助のためだったのであろう。いつものことだが、宮崎を甘やかしていることにただ驚くばかりである。

七月五日の日記には石井鶴三の来訪を記し「MEMO」として「（協定書、28年8月完成、百萬圓今年、28年1月百萬圓、完成時百萬圓、据付迄作者負擔、臺の工事は縣負擔、）」とある。合計三〇〇万円である。ずいぶん高額と思われるが、おそらく青森県が菊池一雄らの意見を聞いて申出た額であろう。

ちなみに、全集年譜の一九五三（昭和二八）年の項に

「九月、初め原始林にはめこむように置きたいと考え、自ら現地で選定し、文部省側の了解を得た十和田湖畔子ノ口の記念碑建立予定地が、厚生省の突然の反対で休屋に変更される。」

とあるので、高村光太郎は裸婦像の制作は協定書のとおり、同年八月末には完成したと思われる。第三章で検討するが、私はこの裸婦像を評価していない。ただ、厚生省の反対は、国立公園の自然の風致を害するということであった。あるいは先例となるのをおそれたのかもしれないが、やはり高村光太郎の構想のとおり、原始林にはめこむように設置されてほしかったという思いは切である。

七月六日の日記には「ねてゐるうち恭三さん來て昌歓寺の角力の會に來てくれとの事、高橋雅郎氏にも誘はれる」「一時出かけ昌歓寺行、あつし、主催消防組に3000圓寄附す」とあり、青森県から一〇〇万円の払込があった旨知らせがあったとも記している。

翌七日には大沢温泉泊、八日、花巻で銀行、郵便局で用をすまし「山にかへらんとして又盛岡に行くことにして汽車にて盛岡、菊屋に泊る、下村海南の講演を公會堂できく、夜民子の家にて大ぷら夕食」と日記にある。彼は開放感を味わっていたようにみえる。盛岡という小都会も魅力があったのかもしれないし、「天よし」の女主人民子をよほど贔屓にしていたらしい。民子もまた高村光太郎に並々ならぬ愛情をいだいていたようである。

九日「美校にて生徒に一言話す、校長や教員諸士に今度の仕事の事を話し、十月東京行を告げる、うなぎ屋にて一同より御馳走になり、バスにて花巻、タキシにて小屋」と日記に記す。

七月一〇日にも「畑の手入れ後花巻に出て院長さん（佐藤隆房）宅に泊る」、一一日、「午前宮澤家訪問、久濶をのべ」、一二日、山口へ車で送られて帰る。

七月一六日には青森県副知事横山武夫が来訪、先日の送金の領収書に捺印した。

同月二三日付椛澤ふみ子宛葉書（書簡番号三〇二七）で次のとおり通知している。

「おたより及新聞束感謝、

東北もかなり暑くなりましたが、夜分が涼しく、蚊もまだ出ないので助かります、夏のうちにモニユマンの構想をまとめてエスキスを作り上げるつもり、これは一尺以内の小さい試作に過ぎません。九月に一度お彼岸頃に東京に行つてアトリエの様子を見、挨拶してすぐ戻り、もう一度十和田湖を見物、その上十月初旬に東京へ出かけます。何も持たず、仕事用のヘラだけ持つてゆくつもりです、留守中は村の人に小屋の監理をたのみます、來年原型完成次第又山に歸つて來る筈です。

東京ではいづれお目にかかれる事でせう。

山では今山百合が美しいです。」

この葉書にいう夏のうちに作る予定のエスキスも作られなかったし、彼岸頃の挨拶のための上京も、十和田湖再訪も、すべて実現していない。

七月二三日付高村豊周宛葉書（書簡番号三〇二八）で、「今月末日頃フアミリ帶同で來訪の由、やはりたのしみになります」と書いているが、予告どおり、日記の七月三一日の項に「九時頃豊周、細君、珊子さん三人來訪、山水閣の番頭さんがついてくる、昨夜山水閣に一泊、今朝車で山口校まで來りし由、いろいろOSSのものなどもらふ、　新聞社の人三社そろつて來る、豊周らと一緒に撮影、　吉田幾世さんくる、豚肉をもらふ、詩稿の事、〈豊周今夜は盛岡に泊る由、三日には東京に帰るとの事、〉」

と記している。

この訪問について高村豊周は『光太郎回想』中次のとおり書いている。

「僕と家内と娘とが太田村の山小屋をたずねたのは、兄がいよいよ帰京するすこし前のことで、はじめ兄は、

「手紙で用が足りるから、わざわざ来なくてもいい。殊に君江さんの足では無理だ。」

と言って来ていたが、それでもこの頃開通したという自動車の地図など書いてある。口ではなんとか言っていても、内心は、一度連絡に来てもらいたかったのだ。

僕達が着いて、ものの十分もしないうちに、

「俺の寝る蒲団は並より大きいので、寸法を測って、作っといてもらいたいんだけど。」

そんな話がはじまった。そこで兄が帰京しても何も困ることがないように、いろいろ突込んで相談し、準備の手筈を整えたのだが、その時も兄は僕の生活のことを心にかけて、

「一人でも大変なのに、家族が多いんだから大変だろう。いまどうしてるの。」

などと聞いてくれた。

「こういう人が後援してくれていて。」

と僕の生活状態を話すと、

「そんなにお世話になっているんなら、一度会ってお礼を言わなけりゃいけないいな。山には何も無いけれど、帰ったらお土産にこれあげて。」

そういって、二枚あった羚羊の毛皮の良い方と、色紙に「美しきもの満つ」を書いて、僕に托してくれた。」

微笑ましい兄弟愛である。それにしても、この兄弟の再会は新聞三社が取材に来るほどの事件であった。

八月に入って、七日、花巻に出、佐藤昌を誘って大沢温泉山水閣泊、翌八日、草野心平に一万円送金などして「やぶにて中食、車にて山口まで」帰った。

八月九日には弟の植物学者、藤岡孟彦が勤務先の「鯉淵學園の助手、生徒等4名も同道」して一一時過に来訪、夕方六時半までいたと日記にあるが、豊周来訪のさいのような懐しさは認められない。

八月二二日の日記には「夕方重次郎翁立ちよる、來月十萬圓進呈したき旨告げる、忠也さんの身の立つ役に立てる事」とあり、九月一二日の日記に「夕方重次郎翁しやうが持參、十萬圓進呈、忠也さんの爲にと告ぐ」と記し、一三日には「駿河重次郎翁に寸志を呈せしは過去七年間お世話になりし禮心なり」と記している。

それより前九月二日付で未投函の書簡（書簡番号三〇三三）を津島文治宛に書いている。

「啓、

藤島宇内氏からのおてがみで東京のアトリエの借用料を貴方で負擔して下さるといふ事を知りました、
豫期してゐなかつた事ですが、大助かりなので、御好意忝く、ありがたくお受けする事にいたしました、
今度十月出京の上は早速彫刻用具一式を新調、アトリエを整備、モデルを定めて作品半寸の試作を始めるつもりで居ります、
アトリエについては藤島氏が萬事好都合にいろいろとりきめてくれました、
小生只今は二、三の構想エスキスに專念して居りますが、まだ最後の決定までには至りません、
先は右御禮まで申述べました、」
制作報酬三〇〇万円と比し、また駿河重次郎への一〇万円を考えると、アトリエ一年間の借用料など、知れた額だと思うのだが、それはそれ、これはこれ、なのであろうか。
九月一五日に、「出發を十月十日とし、十一日花巻泊、十一日夜十一時47分花巻發、十二日午前九時52分上野着ときめてみる、豊周と藤島宇内氏とに其旨ハガキ、十二日は155番地泊、十三日中西方へ」と日記に記している。「155番地」とは豊周宅の意である。
「十月十日　金
晴、ひる頃花巻新報の平野さん車にて迎にくる。藤島さん東京よりくる、精養軒にて午后三時頃よ

り送別會30人ほど、後車にて大澤溫泉、客多し、夜便、〈關德也氏宅、佐藤昌先生宅を訪ふ、〉

十月十一日　土

晴、大澤より花巻町に出て宮澤家により、又佐藤病院長宅によばれ晝食、藤島氏と共なり、夕方停車場前瀬川氏宅にゆき、發車まで休む、夜十一時42分停車場、見送人多し、汽車は駐留軍用のもの、しん臺車、汽車ゆれる、

MEMO

哲夫さん、田頭さん、忠善さん、岩田夫妻、照井氏夫人及秀子さん、その他多勢、見送る、」

＊

こうして太田村山口の山小屋の独居自炊、七年は終った。これを「自己流謫」というのが妥当かどうか、上記したところから自ら明らかであろう。ただ、「典型」などに見られるほど、己の愚昧を凝視した文学者を私は他に知らないことも事実である。この事は、斎藤茂吉の『白き山』とその背景となる彼の生活と対比して、考えてみたい。

第二章　高村光太郎『典型』と斎藤茂吉『白き山』

（一）はしがき

私は若いころから高村光太郎と斎藤茂吉を大いに尊敬したきた。しかし、高村光太郎の戦後の作を収めた詩集『典型』は貧しく、斎藤茂吉が戦後の作を収めた歌集『白き山』には感銘ふかい作品が多い、と当初これらの詩集、歌集を読んで以来、久しく考えてきた。高村光太郎も斎藤茂吉も戦争中戦意昂揚、戦争讃美の作を夥しく発表したが、高村光太郎は駒込林町で空襲により罹災し、岩手県花巻に疎開、花巻でふたたび空襲に遭って罹災し、岩手県花巻郊外の太田村山口の山小屋で独居自炊し、「自己流謫」と称した七年間を送った。この間「暗愚小傳」と題する一連の詩によって半生を回想し、自らを愚劣の典型と自省した詩「典型」その他の作品を収めた詩集『典型』を刊行した。斎藤茂吉は敗戦前に故郷山形県上ノ山に近い金瓶村に疎開し、妹の婚家の世話になり、やがて同じ山形県の大石田に移り、『白き山』に収めた作を作ったが、戦争下の行状についていささかも反省するところはなかった。『典型』は貧しく、『白き山』に感銘深い作品が多いのは何故か、ということが私がごく若いころからいだき続けてきた疑問であり、考え続けてきた課題であった。

最近になって私はようやくその解答の手がかりを得たかのように感じている。その一部は本書の第一章に記したとおり、高村光太郎の山居七年は決して自己流謫というにふさわしいものではなかったということである。反面、『白き山』はそれほどにすぐれた歌集であるか、『典型』はそれほど評価できない詩集であるか、について私はいまではかなりの疑問をもつようになった。そこで、彼ら二巨人の戦後の生活と作品についていま私があらためて考え直していることを書きとめておきたいと考えたわけである。

（二）戦争末期の斎藤茂吉（その一）

高村光太郎と斎藤茂吉という二巨人の戦後を考えるとき、彼らのきわだって違う生き方に私は驚異を覚える。それは一つには二人の個性の違いによるだろうし、一つには大結社の頂点に立っていた歌人の境遇と結社をもつことのない、かつ、「離群性」が生来つよかったと自覚していた詩人の境涯の違いによるであろう。

高村光太郎の七年におよぶ岩手県花巻郊外太田村山口の山小屋における独居自炊の生活については、すでに第一章で記したので、主として斎藤茂吉の敗戦前後の日記、書簡により、斎藤茂吉の生活の状況と思想をまず見ておくこととする。

日記、書簡を通読して感じることは斎藤茂吉は戦争および戦局について思想らしい思想をもっていたか、という疑問である。たとえば一九四五（昭和二〇）年四月一五日付山口茂吉、佐藤佐太郎両名宛葉書（書簡番号五三七六）の末尾に

「○ルズベルトの野郎くたばり、天罰でせう。戦局好轉の暗指です」

と記す。いかに身内同然の弟子二名宛とはいえ、下劣な表現といい、戦局の見通しに結びつけていることといい、正視に耐えがたい。

また、同年五月一五日付秋山猛宛葉書（書簡番号五四〇九）では

「ドイツくたばつた今日、いよいよ日本は世界一の英雄的覺悟に入るでせう。世界史のうちで最もかゞやくべきページの段階に入ることになるわけです、」

と記している。気は確かか、と訊ねたくなるような文面である。これらの書簡以前から東京への空襲ははじまっていた。日記の記述から空襲の記事だけを以下に抄記する。

一九四五年一月四日「○曉濱松空襲」

一月七日「名古屋地區ニ空襲ガアツタ」

一月九日「午後一時ゴロ敵機編隊ニテ來襲した。高射砲ハナカナカアタラナイ。體アタリ一機ガオチタ、敵機モ損ジタ」

一月一九日「數編隊、中部地區　二機又二機」
一月二六日「夜間、敵機襲來三回」
一月二七日「午食后一時近ク、二機浸〔原〕入。ソレカラ第二、第三、第四、第五編隊マデ侵入、爆彈ト燒夷彈トヲ投下シタ〔原〕。處カラ火災ノ烟ガアガツタヤウデアツタ」
一月二九日「鷗外山房燒失ノ報ヲキイタ」
二月二日「八時半一機來襲投彈」
二月四日「B29百機神戸來襲」
二月七日「朝ノ九時ヨリ敵機來ル、一機又一機」
二月一〇日「〇午前十時一機來ル〇午后一時半、二機ツイデ數編隊（五編隊約90機關東北方地區ニ侵入。投彈、—群馬ノ（太田地區）中島工場ナルベシ）」
（その後、二月一六日、東京発、翌朝上ノ山着、上ノ山に滞在して疎開の相談、三月七日に帰京したので、その間は空襲を経験していない。帰京後、三月一〇日の東京大空襲を経験する。）

次は空襲の記事ではないが参考までに抄記する。

二月二〇日「〇琉黄島ニ敵三萬上陸。大機動部隊小笠原邊北上中ノ報道ガアツタ」

日本軍は制海権も制空権もまったく失っていた。当時一八歳であった私の眼にも敗戦は必至とみえていたが、斎藤茂吉をふくめ、多くの国民は本土決戦を信じていたようである。おそらく敗戦の経験をもたなかったため、敗戦という観念を受入れることができなかったのであろう。日記に戻る。

三月九日「ウトウトトナッテヰタトコロ、午前0時半頃カラB29百三十機來襲、續々ト焼夷彈ヲ投下シ、火災ガ次々トオコツタ。病院玄關ニ焼夷彈ノ器落下、コンクリート破壊、火災ハ南町六ノ108番マデ來リ、根津、長谷寺アタリヨリアノヘン全部焼ケタ」

三月一〇日「被害甚大ノ報ツギツギニ来ル、疲レテ何トモナシガタイ」

三月一一日「○夜名古屋大空襲　○茫然、炬燵、宇田博士來リ小金井ニ疎開決定ノヨシ」

三月一二日「○片ヅケモノシタガ、茫然トシテ纏マラナイ。○名古屋空襲ノ模様及ビソノ戰果發表」

三月一五日「○朝ノウチカラ疎開の荷ヅクリニ著手し、美智子昌子手傳フ。○午后同然」

三月一八日「○午後午睡中ニ荷造リ人夫一人来リ、三時カラ五時半ゴロマデ八個ヲ荷造シタ、ソノ手際ニ感心シタ（中略）○夜空襲ナク。機動部隊ガ九州ノ東南海上カラ、一千数百機ヲ以テ襲ツテ来タ」

四月三日「夜、○時五十分ヨリ四時十五分マデ大空襲アリ、壕ノ中ニテスゴシタ。火事、數ケ所、爆彈ガシキリニ落ツタ。爆彈ノ音ガゴロゴロと云フヤウニ雷鳴ノ如キガ終夜キコエ。交通機關ヲモネラツタ」

四月一〇日「四時ニ誠二郎ト出發、上野驛人ノ山、人ノ波、奈何トモナシガタシ、特別入場券、〇
辛ウジテ乘車、七時二十分發車、感謝感謝!!!」

四月一一日「板谷アタリヨリ曉光サシ、午前六時半無事上山著、隣人ガ荷物ヲ窓カラ出シテクレタ。
山城屋マデ汗ダクニナツテタドリツイタ。四郎兵衛モおはまモ喜ンデクレタ」

こうして、斎藤茂吉は首尾よく上ノ山に疎開することになった。

四月一三日の日記には「東京ニ大空襲ガアリ、火災が晝マデツヾイタ」とあり、翌一四日の日記には「金瓶ヲ中心トシテ生活スル決心ヲシタ」とあり、末尾に「ラヂオニテ昨夜、明治神宮燒ク」と記している。一五日の日記にも「東京大空襲」「悲哀沈思」「ウスグライ机ニ凭ツテ、默思シテヰタ。東京ノ様子ガチツトモ分カラナイ」と記し、同月一六日「昨夜B29二百機ガ京濱地區ヲ浸〔原〕シ、火災ガ起ツタトシラセタ」と記し、末尾に「茫々然」と記している。

五月二五日「夜九時半ヨリ東京大空襲（中略）ニユースニヨルニ東京市街ニモ無差別爆擊ガアツタ
ヤウダ。ソコデソレガ心配デナラナカツタ」

五月二六日「東京ノ空襲ニヨリ、宮城、大宮御所等ノ被害ガアツタ。（中略）夕方ノニユースニテ
宮様ノ邸モ全部御罹災ノヨシ、青山ノ留守宅ノコトヲ心配シナガラ寐タ。」

五月二七日「東京ヨリ罹災ノ電報トヾク（中略）午後三時頃「ヤケタ、ミナブジサイトウ」神田發信「オタクツチヤセツタクリサイミナブジサトウ」ノ至急報トドイタ。」

（後者の電報の発信人は佐藤佐太郎、本人の罹災とともに斎藤茂吉の青山の邸、土屋文明邸の罹災を知らせたものであろう。あらためて気づくことだが、ほとんど東京に三月、四月、五月の大空襲で甚しく被害を受けたにもかかわらず、電信、郵便は正常に機能していたのであり、交通機関にしても、遅れたり、混雑したりはしても、ほぼ正常に機能していたのであった。）

斎藤茂吉は歌集『小園』の後記に次のとおり記している。

「昭和二十年二月、山形縣上ノ山にゐる舎弟山城屋四郎兵衛が、しきりに疎開をすすめるので、その相談のために十六日夜立つて十七日上ノ山に著いた。談合の結果いよいよ疎開することとなり、金瓶村の齋藤十右衞門とも會つて手筈をきめ、三月六日、上ノ山を立ち七日東京に歸つた。中一日置いて、九日夜に東京の大空襲があつた。以後用意をいそいだがなかなかはかどらず、四月一日、義歯床の破損を發見したりなどして手當に日數を費した。しかし用意もそこそこにて、辛うじて四月十日東京を立ち、十一日朝上ノ山に著いた。

疎開の計畫は、山城屋で食事をし、近所に一室を借りてそこで寢起をするつもりであつた。然るに東京空襲のため、陸軍軍醫學校が山形に移動することとなり、山城屋も病室の一部に指定された。私は致し方なく金瓶村の齋藤十右衛門方に移動することにした。以後ずつとここに生活したが、十右衛門の妻は私の實妹でよく面倒を見て呉れた。併し、戰爭がまだ續行中であり、十右衛門の長男は千島に、次男は沖繩に、三男はシンガポールにといふ具合で、特に沖繩の戰では、次男は戰歿の部類に考へられてゐた。」

山城屋は旅館としての屋号であり、斎藤茂吉の弟の姓は高橋である。疎開はこの高橋四郎兵衛がすすめた、と『小園』の後記には記されているが、斎藤茂吉は前年の一二月二一日付で次の書簡（書簡番号五二八九）を高橋四郎兵衛に送っている。

「拜啓御ハガキ拜受、武男も中尉になつて比島戰線出陣は偉い。比島では大戰果が今にあがる必定だがあぶないこともあぶない○空襲は毎日毎夜だ○老生もどうしても四郎兵衛と十右エ門に御厄介になることとなるから、よろしくたのむ。いつかの部屋（風呂の向ひの二階）を一つ豫備にして置いてくれ○先月のバクダンは拙宅から直經〔原〕一町ぐらゐのところに落ちた。○病院も、本院の方が癈〔原〕業になるかもしれない（まだ祕密に願ふ）萬事が重大になつて來た。それから家庭上にもいろいろ變化が出来て來た○この際、どのくらゐガマンが出來、そのあひだにどれだけベンキヨウが出來るかが問題で、もつとつまればシヌかイキルかの問題まで行くだらう。それまでは何とかせねばならない○一月はじめごろ一度上ノ山にまゐり萬事相談するし、それまで、十右エ門方にも書籍などおくる、おはま殿によろしく　十二月二十一日　兄より　四郎兵衛殿」

この書簡からみれば、疎開の計画は斎藤茂吉の側からすでに前年の末から持ちかけて相談していたようである。ただ、これ以前に山城屋四郎兵衛が疎開を勧めていたのかもしれないし、この兄弟の間ではどちらが疎開を提案してもふしぎではない関係であった。

フィリピン戦線で「大戦果が今にあがる」などと本当に斎藤茂吉は考えていたのだろうか。これは弟に対する慰謝の言葉と受けとることとしても「萬事が重大」、とは何をいうかが疑問である。家庭上の問題とは別居して久しい輝子夫人を迎え入れるかどうかの問題と思われるが、これが「シヌかイキルかの問題」にまで発展するとは考えられない。そうとすれば「萬事が重大」とは戦局が深刻になってきていることを意味するのではないか。斎藤茂吉といえども、この時点では敗色濃厚であることを認めていたのではないか。さらに、本土決戦を予想していたからこそ「シヌかイキルかの問題まで行くだらう」と書いたのではないか。本土決戦に備えるためにも、戦場となる虞《おそれ》の少い山形県上ノ山、金瓶を疎開地として考えたのではないか。

この書簡で気づくことは、さらに二点ある。斎藤茂吉自身が自分を「老生」と称していることがその一である。この当時は彼はまだ六二歳か六三歳であった。まだ「老生」と自称するには若過ぎると思われるが、彼は肉体的にも精神的にも自身が老境に入っていると考えていた。第二は、疎開は、彼一人だけの疎開であり、彼の家族の疎開についてはまったく思慮の外にあることである。後日、彼は家族の疎開についてさまざまに指示しているし、結局、焼け出されて行き処のない輝子夫人を次女と共に上ノ山に迎えることになるが、それらは彼が彼自身の安全な生活の確保の後に考えるべき事柄であって、同時に考える事柄ではなかった。

（三）戦争末期の高村光太郎

ここで高村光太郎の疎開について記しておきたい。第一章ですでに引用したが、かさねて引用することをご寛恕ねがいたい。全集年譜の昭和二〇（一九四五）年の項に次のとおり記されている。

「四月十三日夜、空襲によりアトリエ炎上。多くの作品原型を失う。僅かに持ち出したのは彫刻刀と砥石、詩稿一束。筑摩書房から刊行される筈だった詩集『石くれの歌』の草稿は机上で焼けた。一時、近くに住む妹𠮷子の婚家藤岡幾方に寄寓。人々の誘いにより花巻移住を決意する。

五月三日、三蔦園訪問。可愛御堂に一泊。リヤカーを借りて帰る。取手の詩人宮崎稔の手配があり、このリヤカーで徳田秀一と共に荷物を取手駅まで運び、日本通運の小口手荷物扱で花巻に送った。九日夕方、三蔦園にリヤカー返却、直ちに帰る。十五日朝から宮崎と共に上野駅に並び、夕方乗車、十六日朝、雨で煙る花巻駅に着き、宮沢清六に迎えられる。宮沢家では清六一家の他に父母政次郎夫妻も健在だった。宮沢家の離れに一時身を寄せ、彫刻のための木材を求めて遍歴するつもりだったが、翌日から高熱を発し、肺炎と診断されて六月十五日まで床につく。賢治の主治医だった花巻病院長佐藤隆房の手厚い医療を受ける。

六月十八日、病後を養うため西鉛温泉に行き、二十四日に帰る。回復期に水彩画などを描く。

七月十五日、宮沢家の離れで自炊を始める。

この頃、草木の花や実を主題とした詩集『花と実』を構想、戦後に及んだが、結局実現しなかった。

八月十日、花巻空襲。宮沢家も戦災に遭い、かつて花巻中学校長だった佐藤昌方に移る。十五日、戸谷崎神社で終戦の放送を聞く。」


何代か東京生れの高村光太郎には、斎藤茂吉における山形県上ノ山、金瓶のような、田舎に出自も親戚もなかった。高村光太郎はまったく無名だった時期に宮沢賢治を認めた一人であり、第一次の文圃堂版宮沢賢治全集も、第二次の十字屋版全集にも、数人の編集委員の筆頭に名を連ねているし、「雨ニモマケズ」の詩碑のためにその後半を揮毫している。したがって宮沢清六と面識はあったが、それだけの縁故にすぎなかった。それほどの縁故でも、それを頼りにしなければ、高村光太郎には他に疎開先はなかった。

斎藤茂吉のばあい、すでに引用したが、同年四月一〇日の日記に「〇四時ニ誠二郎ト出發、上野驛人ノ山、人ノ波、奈何トモナシガタシ、特別入場券、〇辛ウジテ乘車、七時二十分發車、感謝感謝!!!」とあり、翌四月一一日「午前六時半無事上山著、隣人ガ荷物ヲ窓カラ出シテクレタ。山城屋マデ汗ダクニナツテタドリツイタ。四郎兵衛モおはまモ喜ンデクレタ」とあるから、苦労したとはいえ、「特別入場券」といったものも入手し、生れ故郷に帰るのだから、その苦労は高村光太郎の比ではない。

高村光太郎の年譜に戻れば、『石くれの歌』の草稿が「机上で焼けた」とあるのは、草稿を筑摩書房に渡していなかったので、アトリエの机上で焼けた、という趣旨だろうが、「詩稿一束」は『高村光太郎全詩稿』に収められた『道程』（初版）以来の詩稿のはずだから、これらを持出し、未公表の「石くれの歌」を何故持ち出さなかったのか、不審だし、残念である。この詩稿は、いわば斎藤茂吉の『霜』『小園』に対応する、戦時下の、戦争に関係ない作品群だったはずである。『暗愚小傳』所収「ロマンロラン」に

私には二いろの詩が生れた。
一いろは印刷され、
一いろは印刷されない。
どちらも私はむきに書いた。

という、「印刷されない」もう「一いろ」の詩群だったはずだからである。

もう一点、私が注目することは、高村光太郎は宮沢清六家、離れに寄寓中も「自炊」を始めている

事実である。高村光太郎はアメリカ、イギリス、フランスに留学中も、また、智恵子と結婚してからも自炊することに馴れていたから、後に太田村山口の小屋で生活することになっても独居自炊を当然としていた。宮沢家に寄寓しても、食事、炊事について宮沢家に迷惑をかけるつもりはなかったことは確かといってよい。

（四）戦争末期の斎藤茂吉（その二）

斎藤茂吉についていえば、強羅の山荘で生活した間は自炊したにちがいないが、上ノ山、金瓶に疎開後は自炊した気配はない。たとえば、一九四五（昭和二〇）年三月二〇日付林壽子宛葉書（書簡番号五三五三）に、「食事は山城やにていたゞきます」とある。

ところで、同年五月一〇日付岡三郎宛書簡（書簡番号五三九八）に「小生十日の夜東京をたち十一日の朝、上ノ山の弟の旅館山城屋につきまして、ほつとしました處、山城屋は急轉直下に陸軍病院に指定せられ、小生を扱ふことが不可能となりましたので、小生は表記のところに逃げる如くにしてゐりました。表記は妹の嫁したところで小生を大切にしてくれるので大に感謝してをります」とあり、結局、疎開後、生地金瓶の斎藤十右衛門、直の夫婦の厄介になることになったわけである。実妹の直としては斎藤茂吉の世帯を別にして炊事させるわけにもいかなかったであろう。したがって、斎藤茂吉は十右衛門家で食事を共にすることになったにちがいない。その上、六月七日付泉幸吉宛書簡（書簡番号五四二九）では「この五月から家内（輝子）も東京青山の家に戻つて居りましたところ、今般の家焼失のため昨日娘（昌子十六歳）と共に上ノ山へ避難してまゐりました」とあり、「齋藤輝子・齋藤昌子との寄書」による六月一〇日付織田公明宛葉書（書簡番号五四三五）に「家族無事著。出發の際は一方ならぬ御盡力たまはりしことふかく感謝します」と書いていることからみて、輝子、昌子も斎藤十右衛門方に厄介になったようである。七月一四日付佐伯藤之助宛書簡（書簡番号五四六八）では「〇只今の生活は寄生虫ですから來客にも遠慮いたしてをりまして吉井氏にも御粗末申あげました」という。

いかに実妹の嫁ぎ先であっても、斎藤茂吉は、「寄生虫」と自嘲しなければならないほど、肩身の狭い思いを強いられていた。

ところで山城屋に疎開したのは陸軍病院ではない。「陸軍々醫學校療養所第四分室」、「陸軍軍醫學校經理部」云々という看板がかかっているのが山城屋だと斎藤宗吉宛六月二五日付書簡（書簡番号五四五七）で知らせているとおり、上ノ山に疎開した本隊は陸軍軍医学校であった。あるいはその付属施設として病院も移転してきたのかもしれない。まったく余事だが、当時私が在学していた旧制一高の理科乙類の生徒たちは陸軍軍医学校に動員されていた。そのため理科乙類の生徒たちと一部の教授も上ノ山の旅館に滞在していた。私は当時寄宿寮の幹事をしていたので、上ノ山の生徒たちの幹事と打合せる用事があると称して、同年五月ころ、上ノ山に旅行したことがある。後に文科に転科し、富士銀行の副頭取をつとめた楠川徹が当時は理科乙類の生徒であり、上ノ山の幹事であった。楠川と雑談し、一緒に風呂に入った。それが楠川との初対面であった。楠川の話によれば、陸軍軍医学校ではそのころ碧素と呼んでいたペニシリンの研究をしており、一高の生徒たちはその手伝いのためドイツ語文献の翻訳などをしていたそうである。

(五) 余談・高村光太郎と三輪吉次郎

自ら「寄生虫」といったような肩身狭い生活をしていた斎藤茂吉の地元ともいうべき上ノ山に住む三輪吉次郎がはるばる遠い岩手県の太田村山口に独居自炊していた高村光太郎に頻繁に食糧等を送ってその生活を援助していたことは皮肉といえば皮肉である。ただ、三輪は高村光太郎の作品の愛読者であったことは間違いないが、短歌には興味を持っていなかったのかも知れないし、妹の嫁ぎ先で暮している斎藤茂吉は肩身狭い思いをしているとはいえ、食料などに困っていたわけではないから、高村光太郎とは境遇が違う。

三輪吉次郎に宛てた高村光太郎の第一信は一九四六（昭和二一）年一月一七日付の封書（書簡番号第八五六）であり、これはすでに第一章で引用した。その後、三輪から送られた干柿が届いた時に、高村光太郎は次の通り一月二二日付葉書（書簡番号八六四）で礼をつたえている。

「拝啓　御恵贈の干柿の小包昨日到着、感謝いたします。小包の板箱二つに割れて届きましたが中身は傷ついて居りません。多分原形のままと存じます。早速賞味いたしましたが、お言葉の通り、自然の甘味無類にて、此の醇乎たる味の美は名状し難い高さがあります、とりあへず御禮まで申述べましたが、近く何か揮毫を呈上致度く存じ居ります。」

短いけれども心のこもった礼状であり、三輪としてはさぞ嬉しくかんじたであろう。それに高村光太郎はこのような贈物を受取ったとき、そのままでは済まされない性分であった。山小屋暮しでお返しもできないから、せめて揮毫でも呈上したい、という心遣いがいっそう三輪の高村光太郎に寄せる敬意と厚意を篤くさせたであろう。そこで二月一〇日付の葉書（書簡番号八八五）を見ることになる。

「拝啓いつぞやいただいた干柿のお禮代りにと思つて二月八日に揮毫二枚御送り申上げましたところ、行き違ひに昨日又々小包二個拝受、天然の甘露、無數の干柿、及び御丹《(原)》青の青豆入切餅等の御恵贈に與り、感謝に堪へません。今度は干柿の箱は無事、切餅の方は外箱だけ破損いたして居りましたが中味は無事でありました。」

一月二二日付の葉書は「拝啓」で始まり、「敬具」といった語で結んでいなかったが、二月一〇日付の葉書も同様である。

以下は、斎藤茂吉が大石田に転居してからの書簡になるが、斎藤茂吉のばあいは三輪のような未知の人から物品の恵与を受けることはなかったので、対比の意味で三輪への書簡の引用を続ける。次は七月二一日付封書（書簡番号九八四）である。

「三輪吉次郎様御座下　拜啓　このたび書留小包拜受、平素御無沙汰いたし居りました處、暑中御見舞の御書面と共に結構な下駄一足頂戴、恐縮の至に存じました。殊に貴下御自園の桐材を以て特大に調製せしめられ、見事な革の鼻緒まですげられし事、御親切の御心品物にあふれ、手にとつて感嘆これを久しういたしました。（中略）小生此の山中にまゐりてより既に九ケ月に及び、四圍環境の美しさと人情のあたたかさとにつゝまれ、ますます離れ難き心つのり、多くの人東京に舞ひもどる此頃、いよいよ此所を永住の地と思ひ定め、東京にまゐる心地など更に致さずなりました。開墾と畑地とに自分の食べ料だけは自給いたしたく昨秋よりこのかた折角努（原）いたし居りますが、今年は雪解播種期にあたる五月頃、右手掌の皮下膿を病み、その切開手術をうけに花巻町にまゐり（中略）胡瓜ももう程なく採取出來ますし、大根ももう幾本かいただきました。自園新鮮の蔬菜をとりたてに賞味するすばらしさを始めて知りました。いづれ又申上げますが御惠贈の下駄拜受の御禮まで右とりあへず申述べました。」

三輪吉次郎については書簡の宛名に「上ノ山溫泉月見ケ丘聽松山房」とあるので工芸でもしていた

方かもしれない。下駄を送るのも、いまでは贈与するにふさわしいとは思われないが、礼状の文面からみると、ずいぶん心をこめた製品のようであり、それに応えて、高村光太郎も丁寧な挨拶を送っているように思われる。このような礼状は高村光太郎の気質のあらわれだが、以下にはその後の三輪への礼状の日付とそれらから窺うことのできる三輪からの贈与品だけを示すこととする。

九月二一日付封書（書簡番号一〇三二）ウヅラ豆

（「小生の大好物たるウヅラ豆たくさんいただき、大よろこびいたしました。アメリカに居た頃、ボストン、ビーンズと申した豆がウヅラ豆に酷似いたし居り、ボストン、ビーンズと豚肉とを一緒に煮た料理を好んで食べた事を思ひ出しました。」）

九月二三日付封書（書簡番号一〇三三）梨

（「試食致しましたところ、美味此上なく、芳香と甘味滴るばかりにて天然と人力の丹精の賜物ただありがたく存じました。」）

一〇月二〇日付封書（書簡番号一〇六三）クルミ、バター

（「クルミ、バタの如き此邊にては中々得難き品とて嚴冬中の營養として心强き思をいたしました。」）

一〇月二七日付葉書（書簡番号一〇七一）丹波栗

（「今又丹波栗の見ごとなもの御送り下され、重ねがさね忝く厚く御禮申上げます。夜永の爐邊に栗を燒きて獨り默坐する個中の樂しみはまつたく山居するものの餘德に有之、ありがたき事に存じま

す。」）

一一月二一日付封書（書簡番号一〇八六）　麻かたびら一着、真綿、障子紙

一一月二三日付葉書（書簡番号一〇九四）　柿、ウヅラ豆

（「立派な柿の外、大好物のウヅラ豆も在中、大によろこびました」）

三輪吉次郎からの恵贈品は翌年も続くが、省略する。斎藤茂吉の故郷ともいうべき上ノ山からこれほど高村光太郎を気遣った人物がいたという事実の興趣から記したが、斎藤茂吉には金瓶に居住中も大石田に移転してからも、このような気遣いをしてくれる未知の人物は存在しなかった。逆に、高村光太郎のばあいはこの種の気遣いをしてくれた人物が多数存在した。それには、斎藤茂吉が金瓶では妹の家で暮し、大石田では板垣家子夫、二藤部兵右衛門が彼の面倒を見ていたのに反し、高村光太郎が山口で独居自炊という特異な暮しをしていた、という状況の違いに由ることが多いであろう。ただ、それだけではなく、彼らの生き方の違いについて社会の人々の見る眼が違っていたからではないか、と私は考えている。

（六）　戦争末期から終戦直後の斎藤茂吉

さて、すでに引用した『小園』の後記の続きを引用する。

「はじめは、農事をも少し手傳ふつもりであつたが、實際に當つてみると、畑の雜草除が滿足に出來ない。そこで子守をしたり、庭の掃除をしたり、些少な手傳をするのがせいぜいであつた。

五月二十五日の東京空襲で、青山の家も病院も盡く灰燼に歸した。私は明治二十九年、十五歳でこの村を出て東京に行つたのであるから、五十年ぶりで二たびこの村に住むこととなつたのである。同齡ぐらゐの人々の多くはこの世を去つてゐたが、おサヨといふ嫗は九十歳を過ぎてまだ丈夫でゐた。この嫗は私のために草鞋などを作つてくれた。

そのうち藏王山の雪も消え、全く夏になつた。東京の家が燒失したにつき、家内と娘が金瓶に免れて來たので暫らく一しよの部屋に住んだ。夏の部屋には蚤が多く、袋に入つて寐たりしたが、なかなか難澁であつた。しかし、病にかかることもなく一日一日が暮れた。

八月十五日には終戰になつた。その少し前、神町《じんまち》といふところの飛行場を襲ふ編隊の通るのは、金瓶と藏王山のあひだぐらゐの上空であつた。その時に村では半鐘を鳴らしたが、萬事が過去つてしまつてゐた。

私は別に大切な爲事もないのでよく出歩いた。山に行つては沈默し、川のほとりに行つては沈默し、隣村の觀音堂の境内に行つて鯉の泳ぐのを見てゐたりした。また上ノ山まで歩いてゆき、そこの裏山に入つて太陽の沈むころまで居り居りした。さうして外氣はすべてあらあらしく、公園のやうな柔かなものではなかつた。それでも金瓶村の山、隣村の寺、神社の境内、谷まの不動尊等は殆ど皆歩いた。さうして少年であつたころの經驗の蘇へつてくるのを知つた。」

ちなみに斎藤茂吉は一八八二（明治一五）年五月一四日生れ、高村光太郎は、一八八三（明治一六）年三月一三日生れだから、僅か満一年足らずしか、斎藤茂吉の方が高村光太郎よりも年長であるにすぎない。しかも、斎藤茂吉は自ら「老生」と称し、事実にちがいないが、「畑の雑草除が満足に出來ない。そこで子守をしたり、庭の掃除をしたり、些少な手傳をするのがせいぜいであった」と記しているのが一九四五年のことだから、翌一九四六年には高村光太郎は斎藤茂吉と同じ年齢となり、すでに第一章に記したとおり、山小屋前の土地を開墾し、「毎日荒地を掘り起して畑を作つてゐます。實にその仕事が爽快で朝起きるが待ち遠しいやうです」と椛澤ふみ子宛四月二三日付葉書（書簡番号二七二〇）で書き送るほどに意気軒昂たる心情であった。もっとも、この労働のため右手の掌に血まめができ、それらが膿み、結局花巻病院で手術をうけ、佐藤隆房方で一カ月近く逗留することになったのだが、山小屋に戻っても些かも気落ちすることはなかった。その情況は第一章に記したので、繰返さないが、高村光太郎はまことに自立、自主の強靱な精神力と何事も試みてみようとする旺盛な好奇心の持主であった。

いうまでもなく、高村光太郎は頑健な体をもち、体力、気力において、斎藤茂吉とは比較すべくもないほどにまさっていたが、じつは始終血痰をみるような結核の持病もかかえていた。斎藤茂吉はこうした自立、自主の精神力も好奇心も持たなかった。肩身狭くともただ血族の好意に甘えて、金瓶、上ノ山の生活を送っていたといってよい。彼一人が安全な土地に逸早く疎開したとはいえ、さすがの斎藤茂吉も家族をまったく気遣っていなかったわけではなかった。

一九四五（昭和二〇）年四月二一日付斎藤茂太宛葉書（書簡番号五三八一）に

「拝啓十六日認め十七日消印の御手紙、二十一日正午ごろ無事拝受。誰からも來書なかりしため、一段とうれしく拝讀、十三日夜の空襲の模樣を知り、憤激いたしました。當分十右エ門方に居り、一家の親切身に沁みて感謝してゐる。（傳右エ門は誠二郎の實兄也。小生は傳右エ門の方に居らぬ）、時々上山山城屋に行き、入湯數夜とまつてかへる。部屋にもやうやく馴れかけて來た。結城哀草果にもきのふ會つていろいろと話した。東京のこと萬々頼む。四月二十一日夕方投函　當地はまだ櫻が咲かぬ」

と書いている。空襲に「憤激」したとは斎藤茂吉らしいと言えば斎藤茂吉らしいが、「憤激」したところでどうなることでもない。彼自身こう書きながら、そのことは自覚もし、無力感に沈んでいたにちがいない。この葉書の宛名は「山梨縣西八代郡富里村國府臺陸軍病院下部療養所」となっている。山梨県下部の陸軍療養所に軍医として勤務している子息茂太に「東京のこと萬々頼む」というのは責任感の欠如の感がある。

同じく五月二六日付茂太宛葉書（書簡番号五四一八）でも「東京の連中が心配だから、何かのついでにしじゅう連絡をとり、骨折つてやつてくれ。僕は野菜さへあれば何も要らぬ男だから、田舍の生活にはもつてこいだ。酒も煙草ものまぬが、山城屋では少しのむ、煙草の配給はうけてをる」と書いているが、ここでもやはり責任逃れの感がふかい。

五月二八日と推定される家族宛書簡（書簡番号五四一九）は一部欠いているようだが、全集に収録されている文章は以下のとおりである。これは「家族宛」「封筒欠」と注されている。

「拝啓全焼のこと残念なれども大戰の現象當然也御敢闘感謝の至也。金澤善雄様若主人（陸軍中尉）御見舞にあがるから御禮申上げてくださいモテナシは何も要しない（令息、農大入學のためつれてゆかれるのだ）○さて、今後の處置どうするつもりや、一寸御知らせ願ふ○六月一ぱいで、七月からは汽車旅行は絶對に出来なくなる、○美智子は小金井に御願するか、（或は金瓶でもよい）○輝子、昌子は、秩父がダメならば金瓶に來い。或は東京近縣で方法があるか。○宗吉は信州でよい。（只今千葉縣か、千圓か千五百圓わたして身につけておくといゝ）御身等のことは小生にも一寸見當がつかない、御熟考を乞ふ。」

美智子は茂太夫人、小金井は彼女の実家をいう。斎藤茂吉家の家長として家族を思いやる手紙としてはずいぶんと冷たい感がつよいのだが、輝子夫人をどうするか、金瓶に受入れるのもやむを得ない、と感じながら、その覚悟ができていなかったようにみえる。

六月四日付茂太宛書簡（書簡番号五四二四）はいろいろな意味で興味ふかい。

「拝啓御勇健勤務のこと、おもふ。青山全焼、これが戰勝の前徴ともおもふから勇躍してゐる。」

こう始まっている文章を読むと、斎藤茂吉は狂気しているのではないか、とさえ感じるが、これは外向きのカラ元気ではないか。途中を略して、続きを読む。

「さて茂太は軍人だからして。今後一切東京の家のことを當《アテ》にしてはならぬだらう。従つて勤務上の要具のみ極度に切りつめ、蝸牛の如くに持運び出來るもののみにして、勤務先が卽ち自宅の覺悟が必要なることを知らねばならぬだらう。東京は今後とてもあぶないから美智子は、離れて小金井に移住してもよいとおもふが、どうだらうか。もつとも小金井もあぶない。小金井あぶない時にはどうするか、そのことをも極めておいてもらひたい。○關東が戰場となり、東京に居られなくなつた時に、下部の近くの一家を借りておくとか、これも一考しておく必要があるだらう。○十右エ門では、目下疎開者は小生合せて三家族で、（子供づれで子供が五人も居る）ある。昌子一人なら來られるが、昌子が母と一しよでないと寂しいとなると、どうなるか。そのへんのことも眞劍になつて考へてくれ。」

昌子はやむを得ないとしても、輝子夫人を何としても遠ざけたいので、斎藤茂吉は苦慮し、長男によろしく考えるよう頼んでいるわけである。

こうした思惑にもかかわらず、輝子夫人が次女昌子と共に六月六日金瓶の斎藤十右衛門方に避難し、斎藤茂吉と同居することになったことはすでに記したとおりである。翌七日付葉書で故中村憲吉夫人中村シヅ子宛（書簡番号五四三〇）で

「拝啓御眞情に充たる御手紙（廿六日附）は六月七日無事頂戴いたしました○青山の病院宅も世田

谷の病院も、アララギも土屋氏宅も全焼○輝子昌子はいたし方なきため、きのふ上ノ山驛にまゐりました。小生と同居といふことにならうと存じます、○かうなつた上は野郎どもの夷を打ちころさねばなりません、達吾さんの御增産よろしくたのみます」

と書いている。輝子夫人はともかく、次女の昌子の上ノ山来訪を「いたし方なきため」というのはどういうことか、解しかねるし、「かうなつた上は野郎どもの夷を打ちころさねばなりません」というのはカラ元気としても表現にあまりに品位がなく、斎藤茂吉ともあろう大文学者がこういう文章を書いたのか、という歎きをふかくする。

日記によれば、輝子夫人と次女昌子は六月六日早朝に上ノ山駅に着、二人は山城屋に泊り、七日には「輝子村尾旅館ニユキタイト云ツタノヲ怒ツタ」との記事、八日には「輝子昌子ノ村尾移轉ヲ承諾」との記事が日記に見られ、一〇日の日記にようやく「輝子昌子金瓶ニ來ル、挨拶ニマハル」とあって、挨拶に廻った先が宝泉寺以下列記されている。したがって、輝子夫人と同居することも、そうすんなり斎藤茂吉、輝子夫人の双方が受けいれることとはならなかったのであろう。

一方、斎藤茂吉は六月七日付泉幸吉宛書簡（書簡番号五四二九）で「小生の目下の日常生活は大丈夫でありますけれども病院が二つとも全く無くなりました今日皇國民としての責務（税金等萬々）を果すことが出來ないわけでありまして書物を處理いたし、御救助御願いたしたやうな次第でございました。（中略）○また、罹災に際しましては山口君態々御いでのうへ御芳情御いひつけの見舞品（鑵詰）

御めぐみ下され家内一同深くゝゝ感謝いたします」
とあり、泉幸吉に無心している。泉幸吉は住友本家の主人、作歌の弟子であり、山口茂吉は住友家に勤めていた。この時、いくらかの援助を得たのか、はっきりしない。

また、岩波茂雄にも借入を申入れ「生活費の確保」ができたことの礼を六月二三日付書簡（書簡番号五四五三）で述べ、六月二五日付書簡（書簡番号五四五六）で岩波茂雄に「一昨日は又、多大の金子を御送附にあづかり生活費の萬全を得候事千萬忝くあつく御禮申上候」と来ている。この金額が一万円であることは岩波書店の六月二七日付佐藤佐太郎宛封胥（書簡番号五四五九）に「岩波さんより御直筆の壹萬圓切手拜受いたしました」とあることから判明する。斎藤茂吉はこうした生活面についてもまことに周到であった。ただ、このような無心は高村光太郎には到底できないことであった。

一方、この年四月、それまで斎藤茂吉一家は義父斎藤紀一の長男、斎藤西洋を戸主とする斎藤家の一員であったが、分家することとなり、その分配金として一九万円を受取ることになった。この事実は七月三一日付斎藤美智子宛書簡（書簡番号五四七七）に

「拝啓御勇健大賀○西洋より分配金十九萬圓來ることと相成り候につき一度美智子にても松澤病院に行き御受取下さい○その處置は茂吉名儀十萬　茂太名儀九萬（一萬足して十萬としても可）として信託にして置いてください」

とあることから確認できる。一万円足して一〇万円としても可、とあることからみれば、斎藤茂吉は

たぶん数万円の預貯金を斎藤茂吉名義又は茂太名義でもっていたにちがいない。ただ、高村光太郎のばあい、太田村山口の山小屋生活の間、財産税の申告をしたさい、彼の預貯金の総額が五万六、〇〇〇円程度であったことは第一章でみたとおりである。それ故、精神科医として、また精神病院長として収入を得ていた斎藤茂吉が数万円ないし数十万円の預貯金を持っていたことは驚くべきことではない。ただ、かなりの預貯金がありながら、岩波茂雄、泉幸吉に無心を頼みこんで、おそらく計二万円ほどの融通を受けていることに、彼の金銭へのこだわりの強さ、生活費への用心ふかさを知り、そのこだわり、周到さに驚嘆するわけである。

（七）『小園』を読む（その一）

『小園』は一九四三（昭和一八）年から一九四六（昭和二一）年に至る四年弱の間の作を収めた歌集だが、

これまでに吾に食《く》はれし鰻《うなぎ》らは佛《ほとけ》となりてかがよふらむか

の如き莫迦莫迦しい作も収められているとはいえ、しみじみとした佳唱が多い。

しづかなる生《せい》のまにまにゆふぐれのひと時かかり唐辛子煮ぬ
闇ふかき夜《よる》としなりてわが心しづみにしづむ聲もたてなく
はざまなる木下《こした》くらがりわが來ればとりとめもなく物をしおもふ
堪へがたきまでに寂《さび》しくなることあり松かさを焚く土《つち》のたひらに
わが友とただ二人《ふたり》にてとほりたるほとびし赤土《はに》をおもひつつ居り

以上は一九四三年の作だが、以下に一九四四年の作から抄出する。

おのづから六十三になりたるは蕨《わらび》うらがれむとするさまに似む
悲しさもかへりみすれば或宵《あるよい》の螢のごとき光とぞおもふ
驛頭に鬨の波だつその波のしづまるときに涙いでたり
あさまだきよりひといろにくらがりて荒ぶる山に堪へつつぞ居る
ひとときもたゆみあらむと思はねど秋たつ今日を心しづめむ
ひたぶるに降りたる雨のをやむとき心あやしくしづむがごとし

松風とうべいひけらし朝よひの寂しきかぜは松よりおこる
わが庭のあらくさに差す日の光しづかになりて秋たつらしも
鈍痛《どんつう》のごとき内在《ないざい》を感じたるけふの日頃《ひごろ》をいかに遣《や》らはむ
いつしかも夜《よる》ふけゆきてむらぎもの心《こころ》の渦《うづ》を統《す》べむとぞする
赤肌《あかはだ》の太樹《ふとき》に近く吾居りて心しづまるをゆるしたまはな
ひとりゐて飯《いひ》くふわれは漬茄子《つけなす》を噛むおとさへややさしくきこゆ
せまりこむものをおもひてやまねども心すこやけくもろともにゐむ
黑き幕窓より垂れて沈默す薄明の空に雲しづむころ

斎藤茂吉は鈍痛のごとき痛みが内心に存在するのを感じ、心の渦、心のさわぎを感じ、迫り来るものを惧れている。これらの作を貫くものは寂寥感であり、迫りくる敗戦の予感におののく心の動揺である。

一九四五年に入ると「老」という小題をもつ一一首にはじまるが、その冒頭三首は次のとおりである。

人知れず老いたるかなや夜をこめてわが臂《ゐさらひ》も冷ゆるこのごろ

のがれ來て一時間《いちじかん》にもなりたるか壕《がう》のなかにて銀杏《ぎんなん》を食む
一日《ひとひ》なる心やすらぎをこひねがひ眞間《まま》の高岡《たかをか》こえゆくわれは

次いで「上ノ山、金瓶雜歌」という小題を付した歌群から疎開期の作に入る。

ふつか降りし雪はれしかばみつみつし處女《をとめ》のにほふごとき山山《やまやま》
積茅《つみがや》のまへの日なたにうづくまり戰《たたかひ》の世をわれはおもへる
コレヒドルおちいりしことをみちのくの我家《わぎへ》の里《さと》に聞きつぎにける
むらぎもの心はりつめ見つつゐる雪てりかへすけふのあまつ日

右の作も読み捨てがたいが、続く作はさらに私の胸に迫るものがある。

みちのくの寒さきびしきあかつきに眼《まなこ》をひらき寂しむわれは
みちのくのきさらぎの日のこもりゐに一日《ひとひ》のわが世いかに思はむ
けふ一日たちても居ても老の身のせむすべ知らに寒くなりたり
をやみなくきさらぎ雪の降りまがふみちのく山に向ひてゐたり

をやみなく降る雪を見て戦のやぶるらむこと誰かおもはむ
ことつひに極みとなりて雪山の松根を掘るたたかひのくに

ここには自然と向かい合ってひたすら寂寥に沈む斎藤茂吉がいる。なお、「ことつひに」の歌について説明を加えれば、現在の多くの方々はご存知ないと思うが、石油の欠乏した日本軍は国民に松の根を掘りおこさせ、根に含まれる松根油を軍事用に利用した。これほどに物資欠乏した日本が連合国と戦闘するには竹槍しかなかった。さすがの斎藤茂吉が、フィリピン戦線の「大戰果」とか、ルーズヴェルト大統領の死は天罰、戦局好転の暗示、などとソト向きには言いながらも、松の根を掘る作業に暗然たる思いを禁じられなかったし、「戰のやぶるらむことを誰かおもはむ」と敗戦という事態の到来を考えざるを得なかった。

続く「疎開漫吟（二）」に至って寂寥感、孤独感はいっそうふかくなる。

かへるでの赤芽《あかめ》萌えたつ頃となりわが犢鼻褌《たふさぎ》をみづから洗ふ
のがれ來し吾を思へばうしろぐらし心は痛し子等《こら》しおもほゆ

途中だが、斎藤茂吉が家族を考慮することなく彼一人の疎開を計画したのは彼自身であり、そのことをうしろめたく思うのは当然だが、「子等しおもほゆ」というのを聞くと、よくぬけぬけとそんなことが言えたものだ、という感がふかい。しかも、そうした背景の事情を知ることなく読めば、この歌も感銘ふかい作というべきだろう。「疎開漫吟（一）」からの抄記を続ける。

ゆふがれひ食ひをはりたる一時《ひとときを》を灰となりゆく燠を目守《まも》りつ
わが生《あ》れし村に來りて柔き韮《にら》を食《は》むとき思ほゆるかも
ゆふぐれの空に諸枝《もろえ》の擴《ひろ》がれる一木《ひとき》の立つも身に染《し》むものを

以下「疎開漫吟（二）」から抄出する。

小園《せうゑん》のをだまきのはな野のうへの白頭翁《おきなぐさ》の花ともににほひて
みちのくの金瓶村の朝ぼらけ黑土《くろつち》のうへ冴えかりつつ
櫟《くぬぎ》の葉みず楢《なら》の葉のひるがへる淺山《あさやま》なかに吾はしづまる
くもり日の松山なかに吾は居り暫くにして眠らむとする
ひとり寂しくけふの晝餉《ひるげ》にわが食《は》みし野蒜《のびる》の香をもやがて忘れむ
朴《ほほ》がしはまだ柔き春の日に一日《ひとひ》のいのち抒《の》べむとぞおもふ

郭公と山鳩のこゑきこえ居《を》る木立《こだち》の中に心しづめつ
のがれ來てはやも百日《ももか》か下畑《しもはた》に馬鈴薯のはな咲きそむるころ

「疎開漫吟（三）」の途中で終戦となるが、はっきりとどこから敗戦後の作かは示されていない。それほどに『小園』の歌境は終戦の前後をつうじて変化がない。いわば『小園』の、殊に一九四四年末から一九四五年に入ってからの作は、敗戦後の作と比し、その心情において、共通しているといってよい。「疎開漫吟（三）」に

たかだかと唐《たう》もろこしの並みたつを吾は見てをり日のしづむころ
状勢は深刻となりくにあげて聲のむときにわれも默さむ
すき透らむばかりに深きくれなゐの松葉牡丹のまへを過《よ》ぎりぬ

『小園』の後記に、斎藤茂吉が「山に行つては沈默し、川のほとりに行つては沈默し」たと書いていることはすでに引用した。後記でははっきりしていないが、この「沈默」は敗戦前から始まっていた。しかし、「状勢は深刻」となった、一九四五年三月一〇日の東京大空襲以降、あるいは、同年四月、五月の東京大空襲、B29による空襲が日本全土の都市という都市を自在に焼失させた時期、「くにあ

げて聲のむ」といった状況であったとは、私の記憶とは異っている。国民の多くは本土決戦を信じていたように憶えている。声をのむ、とは、言うべき言葉もなく黙っている、というほどの意味であろう。それが斎藤茂吉のいう「沈黙」であった。彼は自ら語るべき言葉を失っていた。だからこそ、山に行っては沈黙し、川のほとりに行っては沈黙した。「くにあげて聲のむ」とは事実ではない。斎藤茂吉が沈鬱な心情をいだいていたことは間違いあるまい。敗戦が必至とみえてきたとき、寂寥感にあふれた作が次々と生れた。その心境には自己の老いについてのふかい危惧、不安も翳を落としていただろう。敗戦後の情勢がどうなるか、まるで見通しを持っていなかったであろう。彼ができることはただ「沈黙」することだけであった。

『小園』戦争末期の作の寂寥感を覚えさせる沈静な作、その多くは自然観照の作だが、私たちの心に沁み入るものがある。だが、その底にあるものは、老いを自覚する自己に襲う敗戦の予感であり、孤独感であり、寂寥感である。ただ沈黙することしかない作者から、これらの心に沁みる多くの作が生れた。

（八）高村光太郎「おそろしい空虚」と「暗愚」

高村光太郎の「暗愚小傳」中「おそろしい空虚」と題する一篇の詩がある。

母はとうに死んでゐた。
東郷元帥と前後して
まさかと思つた父も死んだ。
智恵子の狂氣はさかんになり、
七年病んで智恵子が死んだ。
私は精根をつかひ果し、
がらんどうな月日の流の中に、
死んだ智恵子をうつつに求めた。
智恵子が私の支柱であり、
智恵子が私のジヤイロであつたことが
死んでみるとはつきりした。
智恵子の個體が消えてなくなり、

智恵子が普遍の存在となつて
いつでもそこに居るにはゐるが、
もう手でつかめず聲もきかない。
肉體こそ眞である。
私はひとりアトリエにゐて、
裏打の無い唐紙のやうに
いつ破れるか知れない氣がした。
いつでもからだのどこかにほろ穴があり、
精神のバランスに無理があつた。
私は斗酒なほ辭せずであるが、
空虚をうづめる酒はない。
妙にふらふら巷をあるき、
乞はれるままに本を編んだり、
變な方角の詩を書いたり、
アメリカ屋のトンカツを發見したり、
十錢の甘らつきようをかじつたり、

隠亡《おんぼ》と遊んだりした。

智恵子が死去した後の心境を「おそろしい空虚」といい、「がらんどうな月日の流の中に／死んだ智恵子をうつつに求めた」といい、「いつでもからだのどこかにほろ穴があり、／精神のバランスに無理があつた」という表現は非凡という他ない。このような心境が彼の支柱であり、ジャイロであった智恵子が死んだからだというのは説明的であって詩とするにふさわしく心情が言葉に昇華されているとはいえない。さらに、それがどこまで真実か疑わしいのではないか、真実の半面にすぎないのではないか、と私は疑っている。しかし、それにしても、この心の「おそろしい空虚」は現実感があり、私たちの心に迫るのである。

この作の末尾三行に関連して武田麟太郎が『改造』一九三九年一二月号に発表した「好きな場所」の一部が『高村光太郎資料第五集』に収められている。文中からさらに抄託する。

「これから、あとで話をしようと思ふ博善社の火葬場附近にあるとんかつ屋だつて、土地柄六十銭なぞとはとんでもない高値なのに、いつも満員で、しつらへた小座敷の入口には、指あとの黒い板割草履が幾つも乱れて脱ぎすてられてゐる。」「私は（中略）さつきちよつと触れたとんかつ屋へ行つてみようかなと云ふ気になる。もう一つ、私をそこへ惹きつけるのは、彫刻家としても知られてゐるある高名な詩人が、大酔してゐる姿をその店によく現すからで、何とはなく足が向いたんだ。と云つて、この時間に詩人に邂逅出来ると期待してでは決してない。

私は彫刻については無知だが、氏を詩人としてひそかに崇敬してゐた。いや、詩だつて、理解出来てるかどうかは怪しい限りだ。しかし、氏から受取る人間的な印象が、詩人を愛さずにはおかない。では、彼のどこからそんな味が滲み出て来るのかと問はれたら、答へるのに困つて了ふ。さう、年齢は幾つ位だらう、もう短く刈つた胡麻塩の頭も薄いし、精悍な面にも幾条かの皺は深く刻まれてゐる。脊が高いので、ふいと肩を屈める拍子に古武士然としやんとしてゐる場合には思ひも寄らない老いの翳が射したりする。五十の半ばもすぎて六十に近いのではないか。詩人よ、勝手な失礼な推測を許して下さい。

これも些か白いものを加へた長く太い眉、鋭い刃物で切つたやうな眦と迸る光りを抑へた眼、枯れてゐる瘦頰、海豹に似た鬚、それから、何よりも黒い毛の生えてゐる大きな、びつくりするほど指の長い大きな手、もちろんさう云ふ風にひとつづつばらばらに切り離しては仕方がないが、とにかく、詩人の全風貌から怖ろしいばかりに芸術家を感じるんだ。しかも、威圧するものはまるでない。私たち青二才に、この詩人を愛するなんぞと生意気なことを云はせる所以だ。ある時は、詰襟のラシヤ服を着て、また別な時は、何か裄も丈も短い筒つぽの着物で、いかにも酒好きらしく稍々赤味を帯びた面持の氏は、蹌踉と貧しい暗い町を徘徊してゐる。

いゝかい、とんかつ屋では、氏が誰であるかを知つてゐない。簡単に一言で片附けたもんだ。ええ、あれですか、あれは、火葬場の隠亡ですよと、云つたもんだ。隠亡とはと、こちらがびつくりするのにおつかぶせて、自分でさう云つてゐるんですよ、私がまだ屋台店を出してた時からの常連客でね、しかし、旦那、あれの手にかかるやうになつたらおしまひですね、あの大きな手で、一握りの灰になつた自分を始末して貰ふやうになつたらと、とんかつ屋の主人は元気さうに云つた。」

『高村光太郎資料第五集』所収の右の文章の末尾に「この小説について光太郎は晩年、「隠亡つていうのは倉橋弥一のデマでね。僕が三河島かなんかで隠亡とでも何でも一緒に飲んだりしているのを倉橋から聞いて、僕自身が隠亡つて言つてると書いて了つた。あの小説は嘘が多いですよ」と語つたことがある」という註を付している。こうした誤りはあっても、全体として当時の高村光太郎の行状を伝える文章として『高村光太郎資料』に収めることにしたのであろう。智恵子の死は一九三八年一〇月五日であるから、武田麟太郎が右の文章を執筆したのはほぼその一年後、高村光太郎は五七歳であった。

このとんかつ屋アメリカ屋（のち「東方亭」）の主人が太田村山口の山小屋に高村光太郎を訪ね、さらに、その娘、細田明子が太田村山口に高村光太郎を訪ね、彼が「女醫になった少女」という好ましく爽やかな詩を書いたことは第一章に記した。その細田明子は『新女苑』一九四九年一〇月号に「高村光太郎先生へ」という文章を寄せている。この文章によれば、「戦争がそれ程烈しくならなかった前、父や私の兄弟とあちこち旅行したのも、今は楽しい思ひ出の一つ」とあり、『少女の友』一九四一年五月号に発表した「少女に」は彼女をうたったものと記されており、一九四三年一二月の学徒出陣のさい、彼女の兄が出征するのを防空服、防空頭巾にゲートルをつけて見送りにきたという。このアメリカ屋には隠亡だけでなく朝鮮半島から来た人たちも常連だったようだし、高村光太郎はよほど気に入っていたようである。この少女をどれほど高村光太郎が可愛らしく感じていたかは、彼女自身がその文章に引用している一九四一（昭和一六）年三月二三日作の「少女に」から充分推察されるので、余談だが、引用しておきたい。

君の斷髪は君のふりむくたびに
ちよつと君の頬を拂つてゆれる。
君はうるささうに頭を振る。
君はその時錦鶏鳥《きんけいてう》のやうにたのしい。
君は短いスカートの下から
驚くほど發育した脚を出す。
足くびにまくれた靴下から花梗をぬいて
君は百合科の花のやうに上に伸びる。
君は汽車にのると窓から手を出す。

山に登るといちばん高いところに立つて、
手をあげて見えないものに合圖する。
君の唄は空氣の溫度を變へるし、
君のだんまりには稻の葉の匂がする。
君の泣くのも見たけれど、
さういふ涙はわたしも欲しい。
君のうしろにはいつでも守護神がついてゐて
君の眼からこつちを見てゐる。

高村光太郎はそれほどにアメリカ屋を愛した。その主人、子息、娘、それにアメリカ屋に集う客たちを愛した。「おそろしい空虚」は彼を庶民の中に赴かせた。彼は戦争末期、庶民と共に生きた。そこで、私が「暗愚小傳」中「おそろしい空虚」とならぶ傑作と考える「暗愚」を引用する。

金がはいるときまつたやうに
夜が更けてから家を出た。
心にたまる膿のうづきに

メスを加へることの代りに
足は場末の酒場に向いた。
――お父《とう》さん、これで日本は勝てますの。
――勝つさ。
――あたし晝間は徵用でせう。無理ばつかし言はれるのよ。
――さうよ。なにしろ無理ね。
――おい隅のおやぢ。一ぱいいいかう。
――齒ぎり屋もつらいや。バイトを買ひに大阪行きだ。
――大きな聲しちやだめよ。あれがやかましいから。
――お父さん、ほんとんとこ、これで勝つんかしら。
――勝つさ。
午前二時に私はかへる。
電信柱に自爆しながら。

高村光太郎は、「雨にうたるるカテドラル」「山麓の二人」など、実体験から相当の歳月を経った後、当時を回想し、実体験当時の心情を生き生きとうたった名作を多く書いている。この「暗愚」も戦後の作とはいえ、戦争末期の心境と場末の酒場にとびかっていた会話を忠実に再現していると考える。この居酒屋は高村光太郎が好んだ林家である。東方亭と改称したアメリカ屋にも帰京後の高村光太郎は度々足を運んでいるが、林千代の営む居酒屋、林家にも度々訪ねている。これら二つの店が戦争末期の高村光太郎が馴染んだ贔屓の店であった。ここには戦争が勝利に終ることはあり得ないのではないか、と感じている庶民がいる。当然作者も敗戦は必至と考えている。だから、言うべきことも言えない「心にたまる膿のうづき」に苦しんでいる。心の膿のうずきにメスを入れる代りに、場末の酒場で泥酔する。いまおそろしい空虚の心が膿んでうずいている。泥酔しても特攻隊のように自爆することはできない。泥酔し、電信柱にぶつかって倒れることが、彼にとっての「自爆」なのだ。そんな自爆しかできない彼自身を作者は恥じている。

高村光太郎は敗戦末期、庶民と共にあった。彼には自然観照による抒情は無縁であった。「おそろしい空虚」「心の膿のうづき」を卒直にうたった。

斎藤茂吉と高村光太郎との間の心情の違いは、短歌と現代詩という形式の違いにより、また作者の資質の違いによるだろう。私は久しく『小園』を『白き山』と並ぶ名歌集と考え、『典型』はたんに弁解だけを記した詩集と考えてきたが、現代詩も短歌も同じ「詩」とみたとき、『小園』戦争末期の作よりも『典型』の上記二作により多くの共感を覚えるというのがいまの私の立場、見解である。『小園』にはしみじみと心をうつ寂寥感、孤独感があるが、作者以外には自然があるだけである。高村光太郎の引用した二作には庶民がいる。庶民感情が生き生きと描かれている。そういう庶民と共に、作者が存在する。

なお、付足しておけば『典型』中の「協力會議」に次の句があることに注意したい。

一人一人の持つてきた
民意は果して上通されるか。
一種異様な重壓が
かへつて上からのしかかる。
協力會議は一方的な
或る意志による機關となつた。
會議場の五階から
靈廟《モオゾレエ》のやうな議事堂が見えた。
靈廟のやうな議事堂と書いた詩は
赤く消されて新聞社からかへつてきた。
會議の空氣は窒息的で、
私の中にゐる猛獸は

官僚くささに中毒し、
夜毎に曠野を望んで吼えた。

この曠野を望んで吼えた猛獣たちの歌はついに声になり、印刷されることはなかった。それがあるいは「石くれの歌」の詩稿であったのかもしれないが、戦争下、刊行されることは期待していなかったのではないか。

高村光太郎全集の年譜の昭和二十年（一九四五）の項に、一月「十五日、詩集『道程再訂版』を八雲文庫10として青磁社から刊行する。この詩集は戦時に関する詩をまったく含まず、『智恵子抄』との重復は避けながら、生涯の詩作から作品を選び、改訂を加えてある。傾く戦局の中で死を予感する光太郎の意図を窺うことが出来る」と記されている。「傾く戦局の中で死を予感」したとあるのは、敗戦を予期して自己の生涯を清算しようとした、という意ではなかろうか。こうした心境が「おそろしい空虚」と「暗愚」の間に生じていたと考えてよいであろう。

（九）『小園』を読む（その二）

『小園』の「疎開漫吟（三）」は

蟬のこゑしげくなりたるきのふけふこの身は懈《たゆ》し堪へがてなくに

に続いて

新島《にひじま》ゆ疎開せる翁《おきな》とつれだちて天皇のみこゑききたてまつる

とあるのが一九四五年八月一五日のいわゆる終戦の玉音放送であろう。続いて

停戦ののち五日この村の畑《はたけ》のほとりにわれは休らふ

を収めている。つまり斎藤茂吉のばあい『小園』の歌境は敗戦の前後を通じて変るところがない。しいていえば、敗戦前の寂寥感に加えて、敗戦による悲哀の感がいささか濃くみられるようになるというべきであろうか。敗戦後の作から目につく作を以下に抄記する。

秋たちてうすくれなゐの穂のいでし薄《すすき》のかげに悲しむわれは
かすかなるわれの命《いのち》の過ぎなむもこの山河よさきくありこそ
桔梗《きちかう》の過ぎむとぞするこの山にけふ入りて來つつぎて來べしや
おのづからわが吐く息の見えそめて金瓶むらの秋ふけむとす
朝寒ともひつつ時の移ろへば蕎麥《そば》の小花に來ゐる蜂あり
ひとつある岡にのぼらむと思ひけり野分すぎたるけさのあかつき
西南《せいなん》の方にこごれる雲みつつ秋はふかしと思ひけるかも
ふかぶかとひむがしにして雲かかる藏王のもみぢはやもすがれむ
金瓶の橋をわたりて黑澤へわが向ふとき日は傾きぬ

以上は「疎開漫吟（三）」中の作である。以下は「金瓶村小吟」と題する作である。

夏至《げし》すでに過ぎたることをおもひいで藏王《ざわう》の山をふりさけにける
月山《ぐわつさん》もゆふぐれゆきて北とほくくれなゐの雲たなびきにける
一むらの萱《かや》かげに來て心しづむいかなる老《おい》をわれは過ぎむか
ものなべてしづかならむと山かひの川原の砂に秋の陽のさす

みちのくの村にかすかに吾をりて秋の彼岸の山に入りゆく
このくにの空を飛ぶとき悲しめよ南へむかふ雨夜《あまよ》かりがね
石の上に羽《はね》を平《ひら》めてとまりたる茜蜻蛉《あかねあきつ》も物《もの》もふらむか
いつしかに黄ににほひたる羊歯《しだ》の葉に酢川《すかは》の水のしぶきはかかる
星空《ほしぞら》の中より降らむみちのくの時雨《しぐれ》のあめは寂《さび》しきろかも
くやしまむ言《こと》も絶えたり爐《ろ》のなかに炎《ほのほ》のあそぶ冬のゆふぐれ

「このくにの」が名高い作だが、私にはナンセンスに近いとしか思えない。このような呼びかけは空虚な独語というべきである。また、「くやしまむ」もしばしば引用されるが、敗戦が口惜しくて言葉もない、というだけのことであり、喧嘩に負けた少年の感想の水準を出ないと私には思われる。以下「岡の上」と小題を付した作中から引用する。

くさぐさの實こそこぼるれ岡のへの秋の日ざしはしづかになりて
沈黙《ちんもく》のわれに見よとぞ百房《ひやくふさ》の黒き葡萄に雨ふりそそぐ
こゑひくき歸還兵士のものがたり焚火《たきび》を繼がむまへにをはりぬ
松かぜのつたふる音《おと》を聞きしかどその源《みなもと》はいづこなるべき

「沈黙のわれに」は敗戦後の斎藤茂吉の作の中でもとりわけ評価の高い作である。言うべき言葉もなく、沈黙を余儀なくされている自分に、見よといわんばかりに百房の黒き葡萄に雨が降りそそぐ、という。百房の葡萄は黒くなければならない。黒い葡萄だからこそ暗い作者の心に迫り、読者の心を揺さぶるわけである。淡い紫の葡萄あるいは熟した朱色の柿にふりそそぐ雨では、この歌のような感動はえられない。黒き葡萄の発見に詩がある。短歌の与える感動が色彩感覚によること大きいことがある。たとえば、

ゆふぐれし机《つくゑ》のまへにひとり居りて鰻《うなぎ》を食ふは樂《たぬ》しかりけり（『ともしび』）
ただひとつ惜《を》しみて置きし白桃《しろもも》のゆたけきを吾は食ひをはりけり（『白桃』）

の二首を比べると、後者がすぐれた作であるのに比し、前者がとるに足らない作であることは歴然としている。もちろん後者には惜しんで久しく置いていた時間があり、食べ終えた後の歎息をきく時間があり、一首の中に豊かな時間の流れがあり、それが魅力の一部をなしていることは疑いないが、それにもまして、白桃の仄かな紅のさした白色の肌の色彩感覚にこの歌の魅力がある。それに、まろやかな、エロティックにもみえる白桃の形態も魅力に寄与しているかもしれない。他方、前者において

は、そうした色彩感覚に訴えるものがないので、作者が楽しむようには読者は楽しみを共有できないのである。しかし、前者でも誰にも分け与えることなく作者一人が食べ終えていると同じく、桃もひっそり作者一人が楽しんでいるのであり、両者とも、いじましく卑しい根性のあらわれた作であり、そう考えてみると、後者も必ずしもそう高く評価すべきではないかもしれない。

「百房の葡萄」の作に戻ると、情景と作者の暗鬱な心情とがよく対応しているので、読者の心を揺さぶることは間違いはないのだが、この暗鬱な心情とは何かといえば、敗戦が悲しい、口惜しい、というほどのことにすぎない。このように内容が貧しくても、なお読者に感銘を与えることができることが短歌が本質的にもっている特徴といってよい。

（一〇）敗戦直後の斎藤茂吉

この時期の斎藤茂吉の日記を読んでおきたい。一九四五（昭和二〇）年の日記である。

「八月十五日　水曜、晴レ、御聖勅御放送　八月十四日ヲ忘ルヽナカレ、悲痛ノ日
○快晴、蚤二ツヲ袋カラ捉ヘタ。コレハ蚤取粉（オニヅカ）ノタメラシイ。○作歌二三首、○正午、天皇陛下ノ聖勅御放送、ハジメニ一億玉砕ノ決心ヲ心ニ据ヱ、羽織ヲ著テ拝聴シ奉リタルニ、大東亞

戰爭終結ノ御聖勅デアツタ。噫、シカレドモ吾等臣民ハ七生奉公トシテコノ怨ミ、コノ辱シメヲ挽回セムコトヲ誓ヒタテマツツタノデアツタ、○上ノ山龜屋來リ、夕方マデラヂオキ、ツ、雜談　○昨夜、秋田縣土崎、盛岡空襲トノコト、興奮シテ眠ラレナカツタ。敵機來ラズ。陸軍大臣昨夜自刃セリ。

八月十六日　木曜、快晴、冷、84°　暑氣强、

○空ニ友軍機ノ音ナドガ聞エタガ、モウ役ニタ、ナイ。作歌少《スコ》シ。輝子上ノ山行キ、午後ニ歸ツタ。銀行ニハ取立ノ人ガ列ヲナシテヰタサウデアツタ。午睡セムトシテモ汗ガ頸カラナガレタ。子供ラニ油藥ヲ塗ルニモモノ憂イホドデアツタ。昌子ノ皮膚病モナカナカ癒ラナイ。鈴木内閣辭職シ、東久邇宮殿下ニ後繼内閣ノ大命降下ガアツタ。夜ノ八時ニ組閣本部ニ入ツタ人々ノ名ヲ報ジタ。○手紙ハガキ

八月十七日　金曜、快晴、82°

○寐テヰルウチニ山形新聞社ノ新野ト云フ婦人記者ガ來テ「大詔ヲ拜誦シテ」五首ノ短歌ノ話ガアツタ。ソコデ午前中五首ヲマトメ、ソレカラ推敲シテ改正シタ。コノゴロ言葉ニ對スル感覺ガニブクナツテナカナカ旨クユカナイ。今日ノ豫定ガ半郷カラ上ノ山ニ行クツモリテ〔原〕アツタガ駄目ニナツテシマツタ。○午後四時ゴロマデニ五首マトメテ給仕ノ取リニ來ルノヲ待ツテヰタトコロガ朝日新聞社山形

支局長堀武治郎氏ガ取リニ來タノデ上壇ノ間デ茶ヲ饗シテカヘラレタ。

八月十八日　土曜、快晴

○朝食後、牛郷郵便局ニ行キ、44圓ヲ東洋永和倉長先生ニ爲換組ミ、八雲書店ノ1000圓ヲ受取ツテカヘツテ來タ、○辨當持參シテ上ノ山ニ行キ、午食ヲ四郎兵衞ト共ニシ入浴シ、ウタタ寐ヲシタ。ソレカラ午後ニマタ入浴ヲシ、ウタタ寐ヲシ、ソレカラ四郎兵衞ト夕食ヲ共ニシ葡萄酒ノ酸味ノ少ナイノヲ飲ミ、徒歩ニテ歸ツテ來、○前田多門氏が文部大臣ニ新任ニナツタ。前田氏ニコノ際心命ヲサヽゲテ御奉公シテモラヒタイモノデアル。

八月十九日　日曜日、快晴、

○河原近クノ畑ノヘリノ萱ノカゲニ來テ沈默、靜居シタ。ソシテ少シク歌心ナドガ湧イタ、○午後モ河原ノ櫻桃ノカゲニ靜居シタ、ソレカラ歸ツテ來テ、午睡ヲシタ、夕方マデ河原　○夕食ノトキ、納豆ノコトニツイテ輝子ヲ叱ツタリシテ不愉快ニ過ゴシタ。○空襲ガ來ズ、月明ニ蟋蟀ガ鳴キ、心ガシヅカニナツテ、前途ニ希望ガ洋々ト湧イテ來ルノヲオボエタヤウテ〔原〕アツタ。蚤ガ多カツタ。」

約一週間分の記事を略す。

「八月二十四日　金曜、ハレ、暑　明月（十七夜）

○金井驛ニ行キ、郵便局長ノ宅ニ一寸寄リ、ソレカラ驛ニ行キ切符ヲ受取リ、九時二十五分ノ臨時車ガ來ズ、九時五十分ノニ乗ツタガ、ハジメカラ滿員デ乗レナイト云フ注意デアツタノヲ無理ニ乗リ、大石田デハ窓カラ降リタ、○板垣家子夫君ガ迎ヘニ來テヰテ今日ノ招魂祭（慰靈祭）ニハ出席セズ、板垣君ノ家ニユキ、話ヲシ、午食（牛肉、卵等）ヲシ、横山村寺崎氏方ノ金山平三畫伯ヲ訪ヒ、カヘリニ西光寺ノ鈴木善良師ヲ訪ウタ　○夕食（雞、鮎）、○月光アビテ散歩○二藤部、町長、小山良平氏

八月二十五日　土曜、ハレ、暑

○朝食前、一人ニテ最上川ノ岸ニ行キ、顔ヲ洗ヒ、口ヲススギ作歌數首、○朝食（鯉）、（町長同道）○庄司氏方ノ加藤元一教授ニ挨拶シ、○板垣氏ホカ一名トツレ立チ、下川原ヲ經テ川ヲワタリ、横山村黑瀧ノ向川寺ヲ訪フ、多田德禪師ガ蜂蜜ヲ御馳走シタ、○午食（鯉、雞）、良平氏ノ畫帖ニ歌ヲカイタリシタ。ソノマヘニ佐藤茂兵衞氏ヲ訪ヒ、芭蕉最上川ヲ一見シ、あづきノぼた餅ヲ馳走ニナツタリナドシタ、農藝女學校長來訪。○夕刻カラ二藤部氏方ニ招カレ、加藤元一博士ト御馳走ニナリ、ソレカラ座談會ヲシタ。

八月二十六日　日曜、ハレ、暑　銀山溫泉

○諸氏來訪、演説ノ用意ハヒマナシ、○午食後ニ女學校ニ行キ、加藤博士ノ後、萬葉ノ「海ゆかば」ニツキ、40分間談話、○役場ニテ宴會、酒飲ム○自動車ニテ銀山温泉（加藤博士、予、町長、板垣氏、小山良平氏）のとや木戸左エ門投宿。酒飲ム。　蚤充滿シテ居リ終夜眠ラズ。内湯ハ洞窟内ノ如ク、電灯ナク、不潔ナルモノノ如クデアツタ。

八月二十七日　月曜、ハレ、暑、銀山溫泉

○昨夜蚤ガ多クテ眠ラレナカツタ。○田中豊氏（今ハ一策氏）ノ別荘ニ行キ午睡ヲナシ、午食ヲシタ、ソレカラ瀧ノ方カラ溪谷ノ方ニ行キ銀堀〔原〕鑿ノ古跡（多イトキニハ5000人ヲ數ヘ、傾城平ナドト云フ名ガ殘ツテヰル）ヲ見テ、「蟬のこゑひゞかふころに文殊谷われもわたりて古へおもほゆ」の一首を書畫帖ニ書イタ　○二時半ニ銀山溫泉ヲタチ大石田ニ歸ツタ、○最上川ベリヲ散歩シタガ疲レテヰタ
○板垣氏宅ニ一泊、夕食ニ酒、鰻二片（役場ヨリ届ク）、鮎二尾、二藤部氏等ト話シ、板垣氏ノ二男トモ話シタ、

八月二十八日　火曜、ハレ、暑、

○朝食ヲスマセ、九時幾分カノ大石田發ノ汽車ニ乘ツテ出立シタ、町長高桑氏ハ山形マデ同車（二等五圓五十錢、三等一圓七十五錢—金井迄）、板垣父子見オクル、土產等イロイロアツテ非常ニ感謝シタ、

○十時半スギニ金井ニツキ、徒歩ニテ無事金瓶ニツイタ。○宗吉ガ來テ居タノデイロイロ話ヲシ、午後ハ午睡シタガ、何ダカ疲労シテヰタ。來テヰタ書簡類ニ目ヲトホシタ。」

はじめての大石田行の記である。板垣はじめ町長以下の歓待ぶりを読めば、後に大石田に移居することを決意したのも当然と思われる。

＊

板垣家子夫に『斎藤茂吉随行記――大石田の茂吉先生』と題する上下二巻の大著（以下『板垣・随行記』という）がある。同書によりはじめての大石田行について板垣の眼からみた茂吉の行状を見る。板垣は「アララギ」に属し、結城哀草果に師事していたようである。「カネ五」という家号により薪炭の販売を業とし、当時四三歳、妻キミ（四〇歳）と一雄（二二歳）、昭雄（二〇歳）、規雄（一八歳）、速雄（一四歳）、国子（一〇歳）、義子（七歳）、勝子（四歳）の四男三女の家族であった。小山良平は妻の弟、その頃、米穀配給公団の町の支所主任をしていた。

八月二四日、板垣に大石田駅に出迎えられた斎藤茂吉は、板垣宅において昼食後、まず金山平三画伯を訪ね、佐藤茂兵衛方に立寄り、芭蕉の句碑のある西光寺で住職から茶菓の接待にあずかり、その後「下河原に行く」とあり、次の文章に続く。

「ここは町の西北端、最上川が大きく北に迂回するところに出来た河原である。ここから晴れた日には、形のよい鳥海山も、蔵王の山容も望まれる。迂濶なことには、その頃まだ私は蔵王山を知らずにいた。だから、先生には鳥海山を説明したに過ぎない。

夕方早目に帰つて来ると、もう風呂がわいているという。先生に風呂をすすめる。

『湯はぬるい方がええっす』

これでぬる加減の湯の好きなことを知った。先生の背中を流すことも、私には無性に嬉しかった。」

「ええっす」は「よいのです」の意と注がある。以下、『板垣・随行記』にしたがい、山形方言の注を付すが、『板垣・随行記』では本文とは別に標準語訳を記載しているが、山形弁では分りにくい箇所は、この標準語訳を本文の下に括弧を付して組入れることとする。それにしても「先生の背中を流すことも、私には無性に嬉しかった」という文章に私は驚く。茂吉が「アララギ」という大結社の頂点にあり、板垣がその末流にあるにしても、短歌の結社の師弟とはそんなものかという感慨をもつ。たとえば現代詩の世界では、三好達治は萩原朔太郎を師として甚大な敬意を払っていたが、三好達治が萩原朔太郎の背中を流すなどという光景は想像を絶する。背中を流してもらう斎藤茂吉の側もそれを当然のことと受取っているようにみえるのも私には不可解である。『板垣・随行記』の続きを読む。

「夕食には高桑町長と小山が加わる。小山は酒好きなので、徳利が空になると、自分で立って補充して来る。妻が、

『良平、お前ばかり飲んで、先生に上げねなんないが（そうではないか）。』

『んないや（そうではない）、あえつあ（姉さん）。先生さも一生懸命ついでいたなやっす、先生。』

『ほだっす（そうだ）。たくさんご馳走になっていたっす。』

こんな調子で、もうすっかり隔てがなくなってしまった。町長が、

『先生、ご承知の通りこの町に大学の先生方が来ておられるので、明後日農芸女学校で講演会を開くことにしておりますが、ぜひ一つ先生にもお願いしたいなっす。』

『いやあ、町長さん、私は講演が嫌いで下手だから駄目だっす。カンベンしてけらっしゃいっす。』

困った顔で断られたが、前もって私が内通していたので、町長がすかさず、

『先生、実は先生が講演して下さると、夕食に鰻、その後銀山温泉にご案内することにしておりあすがなっす。』

『うーん。うなぎがっす。うなぎがっす。』

気がつかなかったが、この時は先生の目つきが違っていたことだったろう。それでも一寸の間、考えていたが、ついに、

『町長さん、鰻のご馳走ほんとうがっす。本当ならやるっす。』

『先生、本当だっす。鰻も銀山もなっす。』

『そんならやるっす。だが、十五分でよいがっす。十五分だけだざいっす。』

『十五分で結構だっす。先生お願いするっす。』

小山と私は顔を見合してクスクスと笑っていた。先生がとうとう鰻に釣られてしまったのである。

『先生、町長の鰻にひっかかったなっす。』

『板垣君、鰻だからなっす。食われなくなるのは残念だからなっす。仕方ない、何とか話するっす。』

これで、皆が一ぺんに声を立てて笑い出してしまった。」

鰻に釣られて講演を引受けたことは、いかにも斎藤茂吉にありそうなことだし、他愛ない一席の挿話にすぎないが、私が注目するのは、斎藤茂吉が板垣はじめ大石田の人々と山形方言で会話している事実である。おそらく上ノ山、金瓶でも彼は山形弁で喋っていたにちがいない。故郷を離れて久しく、肩身の狭い思いの疎開者として帰郷したとはいえ、彼は故郷の人々の間に溶けこんで生活していたのである。

私がこの会話に注目するのは高村光太郎のばあい、事情がまったく違うからである。『高村光太郎資料第三集』所収の伊東圭一郎との対談「清談を聴く」（一九四八年一〇月六日、七日『新岩手日報』に掲載）中、伊東の「言葉がおわかりになりますか」との質問に答えて高村光太郎は次のとおり語っている。

「全然――すべて六感ですよ、でもはじめは驚きましたね、どつかちがう国の言葉かと思いました、何々でチヤーというところだけがわかる、なんかブラ下げてやつてきて……チヤーというんですが、何か呉れるんだということがわかります、わたしは不自由を感じない質でいつでもそこに順応しちまう、何でもこの周りがよくなる、こゝは冬ごもりに備えさえすれば大丈夫で薪や炭は豊富でしよう、だから平気ですよ。」

物品を恵与されるだけで生活できるわけではない。生活するためにはさまざまな話題について会話しなければならなかったはずである。これは一九四八年九月二〇日の対談だから、その後太田村山口の人々との話も多少は分るようになったかもしれないが、そう変りはなかったはずである。太田村山口で高村光太郎はまったく異邦人のように暮したのであった。そのことだけでも斎藤茂吉は大いに恵まれていた。

八月二六日、『板垣・随行記』によると、斎藤茂吉は板垣の手持ちの『万葉集古義』を見ていたので、「先生決まりましたか」と訊ねると、「ああ決まったっす。大伴家持の長歌にしたっす。陸奥から金が出た時の長歌、その中の「海行かば」のところにしたっす。どうだっす、板垣君」と答えたという。

昼食少憩後、農芸女学校にでかけた。会場は体操場兼講堂、四〇〇人近い聴衆が集っていたという。「加藤博士の話が終ると、先生である。聴衆席から立った先生に、視線が一斉に集まった。講演者が聴衆の中にまじっているなどは、滅多にない。集まった視線が、好意的な意外な驚きをもっていたことは、私にも感じられた。演壇に上った先生は、

『私は性来話が下手で、今日は全く困ってしまったのですが、町長さんの強引な引張り出しに負け

て出て来たようなわけです。それで、ほんの十五分位下手な話をしますが。』というような前置きをして、予定通り、家持の長歌の題を説明し、主題とする長歌の一節「大伴乃遠都神祖乃　其名乎婆　大来目主等　於比母知弖　都加倍之官　海行者　美都久屍　山行者　草牟須屍　大皇乃　敝爾許曽死米　可敝里見婆　勢自等」云々と、ゆっくり読まれてから解説を加えたのであった。今ではほとんど内容を忘れてしまっているが、その大要は、天皇を守護した武人の家系として、誇りと名誉ある大伴佐伯両氏に伝来されて来た決意の壮なるさまを「海行者」以下に表現したもので、これが大和民族の大精神となったものであることを説明し、この大精神を喪失しない限り、日本は今次大戦に敗れたとはいうものの、必らず再建復興するであろう。現在の我々日本人は、この事を信じ、自重して国家の事態に処していかねばならぬと、熱情をこめて話し、十五分が四十五分に延長して壇を降りた。この間、聴衆は一人も席を立つ者がなく、壇を降りる先生に拍手をもって報いた。私は今にして、この時の講演をメモして置くべきであったと、後悔をしている。」

この時、斎藤茂吉が引用したのは『万葉集』巻第一八の大伴家持作「陸奥国《みちのくに》に金《くかね》を出《い》だし詔書《せうしよ》を賀《よろこ》びし歌一首 短歌を幷《あは》せ」の長歌中の一節であり、板垣が万葉仮名で表記している部分を『新日本古典文学大系』（岩波書店刊）により詠みを示せば次のとおりである。

「大伴《おほとも》の　遠つ神祖《かむおや》の　その名をば　大久米主《おほくめぬし》と　負《お》ひ持ちて　仕《つか》へし官《つかさ》海行《ゆ》かば　水漬《みづ》く屍《かばね》山行《ゆ》かば　草生《む》す屍　大君《おほきみ》の　辺《へ》にこそ死なめ　顧《かへり》みはせじと　言立《ことだ》て　ますらをの　清きその名を　古《いにしへ》よ

今の現《をつつ》に　流さへる　祖《おや》の子どもそ　大伴《おほとも》と佐伯《さへき》の氏《うぢ》は　人の祖《おや》の　立つる言立《ことだ》て　人の子は　祖《おや》の
名絶たず　大君《おほきみ》に　まつろふものと　言《い》ひ継《つ》げる　言《こと》の官《つかさ》そ」

板垣の万葉仮名の表記は「顧みはせじと」に対応する字で終っているが、続く説明に「大伴佐伯両氏に伝来されて来た決意の壮なるさま」と斎藤茂吉が語ったと記していることからみれば、彼は上記に続く詩句までを引用したと思われる。右の詩句と板垣が省いた詩句の意味を伊藤博釋注『萬葉集』の「歌意」の引用によって示すと次のとおりである。

「大伴の遠い祖先の神、その名は大久米部の主《あるじ》という誉《ほま》れを背にお仕えしてきた役目柄、「海を行くなら水漬《みづ》く屍《かばね》、山を行くなら草生《む》す屍となり、大君の辺に死のうと本望、我が身を顧みるようなことはすまい」と言葉に唱えて誓ってきた大夫《ますらお》のいさぎよい名、その名を遠く遥かなる時代から今の今まで絶えることなく伝えてきた、祖先の末裔《まつえい》なのだ。大伴と佐伯の氏は、祖先の立てた誓いのままに、「子孫は祖先の名を絶やさず、大君にお仕えするものだ」と言い継いできた誓いを守り続ける靫負《ゆげい》の家柄であるぞ。」

「海行かば水漬く屍　山行かば草むす屍　大君の辺にこそ死なめ　顧みはせじ」は、戦時中、信時潔の沈痛重厚な調べにのって、毎日毎夜、私たちが耳にしていた。驚くべきことは、斎藤茂吉が敗戦後一〇日以上経ってもなお、戦争下のイデオロギーを信じ続けていたことであり、このイデオロギーにより敗戦国日本の再建復興ができると考えていたことである。彼はその精神においては戦中といささかも変っていなかった。このような信念を斎藤茂吉は終世抱き続けていたかもしれない。

ついでだが、戦時下、日日、この歌を耳にしていた私は、この歌は「大君の辺《へ》にこそ死なめ」、つまり天皇のお傍《そば》で死のう、と詩句を強調しているから「こそ」と言っているのであって、皇居から遠く離れた異境で死ぬことなど考えているわけではない、と感じていたし、この決意は、大伴、佐伯両氏の家訓であって庶民一般にそうした決意を促すものではない、と思っていた。信時潔の名曲に心を揺さぶられながらも、反感を強く感じていた記憶がある。それだけに、斎藤茂吉が敗戦後にもこのような講演をしたことに阿呆らしさを覚えずにはいられない。

『小園』に「岡の上」に続く「秋のみのり」の小題を付した五首があるが、五首中

すめらぎの大御心《おほみこころ》の安らぎをもろともにこひ奉るのみ
灰燼の中《なか》より吾もフエニキスとなりてし飛ばむ小さけれども

の二首がある。これらも上記した阿呆らしい信念の作であろう。続く「遠のひびき」五首に

ひむかしに直《ただ》にい向ふ岡にのぼり藏王《ざわう》の山を目守《まも》りてくだる
いばらの實赤くならむとするころを金瓶村《かなかめむら》にいまだ起き臥す

の作が収められている。うつろな心をいだいて岡に上り、なすこともなく蔵王山を目守っただけで降りる、その心のうつろさが胸をうつ秀詠といってよい。

＊

日記から九月一〇日以降の斎藤茂吉の動勢の若干を抄記する。
九月一〇日「〇早坂新道ノ古峯神社舊趾ニ至リ沈思作歌七八首、午ニカエル」
九月一六日「〇午後、臥床、群馬ノ小林きく來ル。アト沈思何モセズ、讀書モセズ。茫然トシテヰタ。」
九月一七日「〇雨シキリニ降ル、沈默シテソレラ見テ居ル。」
九月二一日「〇午後、草鞋ヲ穿イテ田圃ノアヒダニ行キ沈默。」
九月二五日「〇午後、酢川べリノ林中ニ沈默、權現堂ノ女小學生きの子取リニ來タノニ従ツタガ、まむしノ小サイノヲ見タ。〇林中ニアツテモ沈鬱、カヘリ來テ新聞讀ミ沈鬱、シカシ作歌スレバヤヽ心ガ和ム。」
九月二八日「〇心ガ鬱シテ來タ如何トモナシガタカツタ。カウイフ時ニハタヾ靜居シテヰタイノニ何ノ彼ノト要求シテクルノハコマツタコトデアル。コノ時勢ニ憤慨セヌ奴等ハドウイフ氣持カ。」
九月三〇日「〇今日ノ新聞ニ天皇陛下ガマツカアーサーヲ訪ウタ御寫眞ノツテヰタ。ウヌ！　マツカサーノ野郎、」
一〇月八日「〇終日雨ガ降ツテ憂鬱、特ニマツカアサーノ天皇制ニ關スル意見ヲ讀ンデ憤怒、血逆流シタ。」
一〇月一六日「〇昌子九時十七分（三十分）發上京ノ途ニノボツタ。十右エ門、輝子、及ビ予見オクル」
一〇月二〇日「〇朝食後徒歩ニテ金井驛ニ來リ、九時十七分ノ下リ列車ニ乘ツタ、降車ノ人モ可ナリアツテ乘ルコトガ出來タ、山形ニテ腰掛ケスキ、十一時幾分カニ大石田ニ著、板垣君ホカ數人出迎ヘラレ、人力車ニテ板垣君ノ處ニ著　〇午食、散歩、夕食（牛肉、鯉、汁ハ豆腐汁ニ肉、味噌汁ニ肉等、最上川ノ川鮭ナドノ御馳走。感謝ノ至ナリ）、町長、二藤部氏ト夕食ヲ共ニシタ。驛長至リ快談、町長孫女ヲ亡クシ、ヤ、悲哀、」
一〇月二一日「〇七時ニ起キ、八時マデ最上川ベリヲ散歩シテ少シク作歌シタ。八時スギニ食事、（カス汁ニ鯉、肉等）、短册ナドヲ書キ、ソレカラ今宿、トンネルノ方ニ散歩、コ、ハ岸ガ高クナツテ又別様ノ風光デアツタ、〇午後一時ヨリ農藝女學校禮法室ニテ大石田アララギ歌會ヲ催ス、校長、敎頭、青年學校長等モ出席二十人バカリノ盛会デアツタ、〇夜、小山良平、伊藤君、板垣君ト食ヲ共ニシ、飲酒シテ十一時半ニ寝、バケツ頼ンデ小便」
一〇月二二日「〇昨夜、終夜雨、心シヅム、最上川増水、加藤淘綾君ヲ待ツ。〇午後板垣君ト共ニ今宿ノ方面ニ散歩ス。最上川ベリニ行キ作歌シタリ寐コロンダリシテヰルト農婦來リテ茶ヲ飲セルト云フノデ行ツテ茶ヲ飲ミ甘薯ノ御馳走ニナツタ。〇カヘレバ加藤淘綾君ガ來テヰタ、三人ニテ夕食シ、雜談、二藤部氏モ來リテ談話シ、畫壇ノコトナドハナシ、便器（バケツ）ハ大ニアリガタカツタ。」
一〇月二三日「〇午前中、加藤淘綾畫伯ヨリ繪ノテホドキヲシテモラツタ。〇齒科醫ニ行キ一寸ケヅツテモラフ、〇朝、短册三葉、茶掛三枚書イタ、〇午後一時四十六分大石田發ニテ出發、金井驛著、徒歩ニテ無事金瓶著、茂太ガ來テヰタ。東京ノ生活ハナカナカ困難ノヤウデアツタ。〇加藤君ヨリ島田忠夫死亡ノコトヲ聞イタ。」
一〇月二四日「〇七時五十分ニ食事。日記ナドカイタ。〇國井葭村（林檎）、佐藤七太郎（林檎）、髙橋四郎兵衞來ル、二氏ハ歌ノ添削、四郎兵衞ハお直ヨリノ注意ニヨリ、ココニ厄介ニナツテ居ル期間ヲバ大體今年一パイト云フコトニ極メタ、ソレニハ東京ニ住宅ヲ見ツケルコトデアルガ、影山ノ持家ヲ交渉スルコトガ一番大切ノヤウデアル。〇金瓶ヲ去ルトスレバ、上ノ山ニスルカ、大石田ニスルカ山形ニスルカ定マラナイ併シ兎ニ角人ノ厄介ニナツテ居ルト云フコトハムツカシイコトデ深刻ニ經驗スルコトニナツタ。」
以上、一〇月二〇日以降二四日までは日記の各全文、それ以前は一部の抄記である。抄記した記事は主に斎藤茂吉の心の在り様を窺わせるのではないか、と推察する素材となると思われるものである。全文を引用した日々の記事はおおむね大石田移居の動機となったと思われる大石田の人々との交流の記述だからである。

この当時の書簡についても一瞥しておく。

九月（日不詳）佐藤佐太郎宛端書（書簡番号五五五六）

「〇近い将來（今年一ぱいぐらゐで）小生が東京に住む見込がありませうか。これも御考ねがひます。こゝにも勇士が歸還といふことになれば、さうべんべんとしてゐるわけにもまゐりませんが、大兄が若し東京で活動なさるやうでしたら一つ御觀察してくださいませんでせうか。」

一〇月三日付尾形裕康宛端書（書簡番号五五六〇）

「明年の今ごろは東京にまゐりたく存じ居り候」

一〇月一二日付尾形裕康宛端書（書簡番号五五六七）

「老生、只今東京に家をさがして居りますけれども見あたりませぬし、又急に上京しても難儀だと存じまして、じつとこらへて居ります。又今後どうなるかも分かりませぬから狀勢の變化も見ねばなりませんが、農村でも米穀の不足をうつたへ、實に深刻にて、厄介になつてゐるのもまことに心苦しい狀態であります、」

一〇月一二日付土橋利彦宛書簡（書簡番号五五六八）

「○小生、偶〔原〕居もいつ迄か不明で茫々然としてをります。」

一〇月一四日付河野多麻宛書簡（書簡番号五五七四）

「○小生は致し方なく、今年一ぱいは比處にをります、あとは全く不明です。」

一〇月二五日付斎藤美智子宛書簡（書簡番号五五八一）

「○この金瓶も、今年一ぱいにて引きあげてもらひたい希望の由ゆゑ、そのつもりにて居ります、」

一〇月二五日付佐伯藤之助宛端書（書簡番号五五八二）

「拝啓小生も今年一ぱいでこの金瓶から移動せねばならなくなるでせう。東京に貸家が見つかれば家内を歸し、小生暫時一人で當縣内（處未定）に殘りませう。いろいろにて氣がちつとも落つきません、」

一〇月三〇日付佐藤佐太郎宛書簡（書簡番号五五八五）

「○金瓶には、今年一ぱいしか居られぬことゝ相成るべく、目下考慮中、しかし小生だけはしばらく山形縣に居ることゝ相成るべし、」

一一月一日付板垣家子夫宛葉書（書簡番号五五九四）

「[二]さんに御厄介になるとすると、小生一人といふことになりませうが、第一食物などの事が、御援助をえねばなりませぬからそれらの事御相談しおきのほど御願ひいたし升」

そこで斎藤茂吉の大石田再訪について『板垣・随行記』を参照することとする。

「十月十二日附のハガキで、茂吉先生が大石田の歌会に来てくれるという返事が来た。この会に集まって来る人たちは大方初心者というようなものばかりで、先生の前に歌を出すのは恥かしいのだが、そんな人たちも先生の来ることを知らせると大喜びで張り切っていた。」

一〇月二〇日。人力車で大石田駅から板垣の家まで「まるで大名行列みたいで、具合が悪いっす」という斎藤茂吉を乗せて迎え、板垣の家に着くと斎藤茂吉は板垣夫人に

「奥さん、又来たっす。この前大へんお世話になり、ご馳走さんでした。お蔭でうんと肥って行ったっす。」

と挨拶したという。斎藤茂吉はこういう如才ない気遣いをする人物であった。

昼食後、板垣だけが従って、散歩、「下河原に出ると、鳥海山が北方に全姿を見せ」たとあり、

うつくしく雪の降りたる鳥海の山のいただきここに立ち見つ
大河《おほかは》のほとりに立てばおもほえず鳥海山に雪ぞ降りける

の二首はこのときの作らしいという。「大河のほとり」は『小園』では「疎開漫吟(三)」に収められており、もっと早い時期の作のように配置されている。いずれにしても、凡庸な敍景歌である。

散歩から帰ると「風呂も沸いていた。先生にすぐ風呂に入ってもらい、私は背を流してやる。嬉し

かった。何だか実の父にでも仕えている錯覚が起る」と板垣は書いている。そんなものか、と私は感嘆するばかりである。

夕食に牛肉を供したことは日記に記されているとおりだが、「農山村では、まだ牛を密殺していたので、その肉を入手したのであったろう」とある。これ以前、「米軍が日本に上陸すると、家畜が徴発されるようになる。いっそ米軍に食われるなら自分たちが食った方がよい。そうすれば肉食する米軍は困ってしまうんだ」といった風聞が敗戦後ひろまって、家畜が多く密殺された、という記述があるので、それをうけた記述である。この夕食には町長、二藤部兵右衛門も同席している。その他、歌会についてなど詳しく記しているが省くこととし、大石田移居についての記述を引用する。

「十月来訪滞在中、大石田移居のことがかなり具体的な進行の話合いまでになった。それでも先生として即座に決定するわけにはいかないのは当然である。私としても果してこの大役を引受けるのは、先生自身はともかくとして、近親の方、先輩の方々に対して身のほど知らずの出過ぎたこととなりかねない。私はこうした迷いで躊躇しながら、自然熱心にすすめるようになった。

『宮内の黒江君からも言われているんだが。』

先生と黒江太郎氏の間にすでにこの話が出ていることを知ったのも、この間である。

『僕も大石田に来て、郷里の名川最上川の歌を作りたいしネ。芭蕉の俳句に負けない歌を作って、一首でも後世に遺るようにしたいんだが。』

こんなことも言われる。

『そうだなっす。大石田に来られて、ひとつ芭蕉をあっと言わせてけらっしゃいっす（下さい）。』

『大石田に来るようになったら、そうしてやるっす。』

他愛ない話合いが交されながら進展し、そして具体化へ近づいて行った。こうした話合いがなかったら、或いは宮内移居となったかも知れなかった。それでも、私は附け加えて言うのだった。

『それでも先生、先生が大石田にお出でになるといわれても、私は哀草果先生が不賛成だったら、申訳ないがなっす、このことをお引受けするわけにいかねっす（いきません）。』

『ウン、君それはそうだっす。本当だっす。』

『それで先生が御決心ついたら、私は本沢に行って話して来るっす。』

『ほだなっす（そうですな）。そうしてもらうと有難いなっす。』

そして、とうとう先生が大石田移居を大体決める結果になった。

『大石田に来ることになれば僕一人だっす。』

『奥さんやお嬢さんは。』

『東京に帰してやるっす。』

『そんなことをしなくともええっす（よろしいです）。大石田に御一緒でも一向差しつかえないざいっす。』

『いや、二人は東京に帰すっす。』

こうなると、先生の考えを変えることの容易に出来ないことを後になって知った。この時は私も深く知らぬまま、しいて言わなかった。」

その後、結城哀草果に会い、その賛成をえたことを記し、すでに引用した斎藤茂吉の板垣宛一一月一日付書簡の「[二]さんに御厄介になるとすると、小生一人といふことになりませうが、第一食物などの事が、御援助をえねばなりませぬからそれらの事御相談しおきのほど御願ひいたし升」などを引用した上で、二藤部兵右衛門との話合を次のとおり記述している。[二]、は「カクに」という二藤部の屋号である。

「先生と大石田移居を話し合った十月来訪直後、銀行帰りの二藤部さんに立寄ってもらい、先生移居についての経緯を話し、離れを貸してくれることを願って快諾してもらった。これが片づくと、次は日常の食事と身辺雑事の世話ということがある。

『先生が来ると、毎日の食事、三度三度私の家に来てもらうわけにもいかず、運んでもいけぬし、結局食事は二藤部さんの方に願うより外ない。どうだろうか。』

『それはそうだ。私の方ですることにしよう。』

『これで食事の方は願うとして、もう一つ、それは先生の身辺の雑事、つまり掃除とか、洗濯とか、一寸した小間使いなどというようなものだが。』

『いいだろう。君の方でも附ききりでいるわけにはいかないんだから。』

ここでさらに、私は強引に二藤部さんに交渉する。

『それでは一つ、茂吉先生のような大ものに家を貸したからといって、家賃など取るというようなケチな考えはないでしょうな。』

二藤部さんは笑って答えた。

『そんな気はない。』

『さすがに二藤部さんだ。それでこそ名門の旦那さんだ。そう来なければウソだ。』

私たちは顔見合わして笑った。

『もう一つ、食事の方を引受けたとなると、食費の方だが、先生お一人、知れたものだ。食費などといわぬだろうなあ。』

『そんなものはもらわないよ。』

ここで、さらに笑い合った。

『家賃、食費はタダと決めた。その代り先生に来る訪客の方は大体私の方で引受ける。訪客によっては当然迷惑をかけねばなるまいが、大体は私の方にまわすようにしてもらうようにする。』

これで、二藤部さんとの重要な用件は決まった。

『先生の身辺雑事の世話は、御主人夫婦よりも使用人がするんだから、この人たちには若干先生から手当をもらって上げるようにしよう。』

こうして大石田の準備が出来た。米は私の家で商っていたので、まず買先があるから、集めるにさしてこんな時世でも心配ない。私は妻と相談の上、配給以外の不足をしている量の倍位を買う計画をした。妻に、二藤部さんには先生お一人を世話してもらうんだから、出来るだけその他のことで迷惑をかけぬように、とやかましく断っておいた。」

後に「聴禽書屋」と斎藤茂吉が名づけた二藤部家の離れは二階建、一階は一〇畳に四畳、その四辺に廊下をめぐらし、玄関、便所などが付属しており、二階は八畳に四畳、二面に廊下、一面には出窓、もう一面には階段と板の間がある、広壮な離れである。

『板垣・随行記』の下巻、昭和二二年二月の項に「カクにさんは常々笑いながら語っていたものだ。「自分が銀行から貰う一年の月給のすべては、雪囲いや除雪の人夫代、その他屋敷の除草人夫賃等にしかならない。」と」と記されている。二藤部兵右衛門は土地の名門であり、素封家であり、作歌もたしなむ教養人であった。

斎藤茂吉は輝子夫人らと共に帰京するつもりはまったくなかった。彼一人の身のふり方だけを考えていた。太田村山口の山小屋で独居自炊した高村光太郎と比べると、箱入娘なら、まるで「おかいこぐるみ」ともいうべき、贅沢な生活を可能にさせるような環境が大石田で待っていた。彼らの生活環境の差異は富裕な市民と乞食との間の差異にも等しい。しかし、斎藤茂吉の恵まれた環境はもっぱら弟子である他人の厚意に依存したものであり、高村光太郎の恵まれない環境は自ら求めた自主自立の精神のあらわれであった。

ただ、まだ斎藤茂吉は金瓶に居住しているので、金瓶の生活の終焉を見とどけなければならない。

*

一〇月三一日の日記に「〇十右エ門謝禮200圓、夕食後に十右エ門ト談合、明年一月マデハ厄介ニナツテヰタイ旨ヲ話シ、十右エ門ノ承託〔原〕ヲ得タ」とある。

斎藤十右衛門は妹直の夫である。こうして斎藤茂吉は彼自身の身のふり方を決めながら、たぶん家長という立場から、家族の身のふり方も心配しないわけではなかった。

一一月二日の日記には「〇茂太ヨリ速達來リ、目黒富士見臺ニ賣家アリ、七―八萬グラヰトノコトニツキ、早速手紙ヲ出シ（輝子ノ意見モ入レ）半郷カラ速達デ出シテオイタ。何トカ旨ク行ツテクレレバヨイトオモフ」とあり、一一月二日付茂太宛書簡（書簡番号五五九六）には「拝啓只今速達到來〇家は二軒共買つた方よい（茂吉按）小生は明年夏頃までは山形縣に居る。輝子は家が出來れば東京に歸り、家政に奮闘する。金は不足分は何とかして借りるか（西洋に一時なら、二三萬借りることにしてはどうか知らん）、一時拂ひでなしに厚意を御願して欲しい〇小さい方には小生が住み、勉強してよい」と速達で書き送っている。宛名は東京都下北多摩郡多磨村、是政2139.の宇田病院、斎藤茂太とあるとおり、当時、茂太夫妻は美智子夫人の実家の宇田病院の疎開先に同居していた。

この家屋は結局買わなかったようである。一一月一六日付茂太・美智子宛書簡（書簡番号五六一八）に「拝啓○家を買ふこと、止めたよし、大に善かつた。（中略）○十右エ門方でも、明年一月一ぱいで引上げねばならない。父上は見當がついてゐるから、縣内の別な處に移る。輝子は東京に歸すつもりであるが、それまで家が見つからぬ時はどうしようか。これも考へておいてくれ」と依頼している。

一一月二一日の日記には「十右エ門ニ二月以降輝子ヲオイテモラヒタイト願ツタトコロオ直ハ何ノ彼ノト云ツテオケナイ趣ヲキツパリ話シタ。ソコデ當方デモ覺悟ヲセネバナラナカツタ　○酒五合バカリ持ツテ上ノ山ニ來リ、輝子ノコトヲ話シタガ、同情ガチットモナイ。シカシ二月一ケ月ト云フコトニシテ、四郎兵衛、重男ニ悃願シタ」とある。

久しぶりに金瓶で再会した輝子のために斎藤茂吉は苦労しているのだが、翌二二日には「留守中ニ輝子ガ無斷デトランクヲ明ケタコトニツキ憤怒シテナカナカ機嫌ガナホラナイ」などと記している。

その後、一一月二一日付で板垣家子夫宛（書簡番号五六二五）に大石田移居の決定的な意向を通知している。斎藤茂吉の意を尽した書簡なので長文だが、全文を引用する。

「拝啓今般參上の節も實に並々ならぬ御優遇いたゞき無量の感謝申上げ候。歌會のほかに、最上川下流の方まで御案内していたゞき、これも新しき光景にて得るところ多大、あつく御禮申上げ候、○加藤畫伯と御一しよ、又結城大人も御一しよならば大兄の御骨折は一しほにて、精神上物質上の御負擔非常なることゝ存じ候へば十二月の小生の參上は別々にて、御地の三四人の歌人と御話する程度にてよろしく候はむと存じ候、又御馳走も、いつも山海の珍味にて勿體無之、風呂も連日といふ工合ゆゑ、一方ならぬ御事に御座候○明年二月よりは、いよいよ御町の御厄介様に相成候やう心を定め候が、二藤部氏への御謝禮、女中、下男への心づけ等についても御一考しおき下されたく、又、折々にふれ、大兄のこれまで御出し下されし金圓も多く相成り候が、これらも御考へおき下されたく、二月以後はこの點は西洋流に御願申上げ奉り候○御町に御厄介に相成るうへは、精根こめて歌も作りたく、又一、二はよきものを殘しおきたき所存に御座候、○トラックは十右エ門の前まで（後《アト》じさりにて）來り候由に御座候十二月十日以前（三、四、五日ごろの晴れの日）いかゞに御座候や又トラックの代、チップ等についても御報知願上候山形驛から群衆充滿、身うごきも出來ず、金井驛にては窓から辛うじて降り申候、次回は十一時に試みむかと存じ居り候右御禮旁、雜事御願迄　頓首　茂吉老人　十一月二十一日」

さて、家族の家探しに戻ると、一一月二三日付斎藤美智子宛書簡（書簡番号五六二九）に「○一二日前、佐藤佐太郎君が來てくれ、駒場に貸家がある。家賃は百五十圓で、明年三月頃にあく豫定である。家主が只今住んで居るが、目下新築中の家が明年三月ころに出来るので引移るとの事、これは一寸外見でも、見る方よく、工合よければ、前約してゐてもよい。神田駿河臺三ノ一、目黒書店內、佐藤佐太郎と連絡して取いそいでくれこれは佐藤の奥さんが骨折つてくれるわけだから、よくよく取計つてくれ」とある。この書簡には「美智子の妊娠は天のたまものゆゑ、どうか自愛してくれ、僕もはじめて孫が見られるので心がほがらかである。このことは實にうれしい」とも書いている。この借家も結局まとまらなかったようである。

家族のかかわりでないが、一一月二三日付佐藤佐太郎宛書簡（書簡番号五六三三）は見過すことのできない文章である。

「〇日本短歌社の女記者からハガキもらひ、大兄の文のことも拝聴いたし、御骨折感謝いたします。貴文には、東條首相の讃歌は講談（?）社で屏風を首相に寄贈のために企てたこと、その歌人の連中は佐々木信綱、窪田空穗、川田順、吉植（?）土岐（?）……（コレハ御調べください）の諸氏も參加のことその實際例をかかげて、齋藤茂吉一人でないこと、何故に福本は茂吉一人を云々するかといふことを御論じ下さい。これは御書にならなければ次號でも結構です論戰はクドク、執拗に、ネバツて、半年間ぐらゐの豫備をおいてやつてください。それから、數ケ月模様を見て川田佐々木、窪田らが沈默してゐるならば、なにゆゑに歌壇に於て、齋藤茂吉一人を矢おもてに立たせて、いゝ氣になつて居るかといふことを堂々とやつてください。一體川田にしろ、佐々木にしろ保身術ばかり考へてゐて、何一つ身を犧牲にする気慨〔原〕がないのであるから見つともないのである、」

東条首相讃歌を書いたのは自分だけではない、川田順、佐佐木信綱、窪田空穂らも同じく書いたのに、どうして自分だけを福本和夫は非難するのか、というのが斎藤茂吉の論旨であり、東条首相讃歌を書いたことについて反省もしていないし、後ろめたい感じも持っていない。いったい斎藤茂吉は戦争下、戦争やその指導者を讃美し、戦意を鼓舞するような作品を夥しく書いたことについて、「致し方なく」作った「制服的」歌であるという以上に、いかなる自省をすることもなかった。敗戦後になっても「海行かば」が日本人の精神であると信じていたほどに愚昧であったし、その愚昧を自覚することはついになかった。ただ、この件については一二月七日付佐藤佐太郎宛書簡（書簡番号五六七六）で「前便で論をつゞけるやう申上げましたが、當分沈默して、材料を集めておいてください」と通知している。

その後一一月二七日の日記には「朝、土屋文明氏突如トシテ來訪、予ノ住宅ノコトヲ心配セラレ、高橋氏等ガ鎌倉ノ住宅ヲサガシテクレテ居ラル、ヨシ、ヨツテヨロシク依頼シテオイタ」とあるが、一二月一日付土屋文明宛書簡（書簡番号五六五四）では「拜啓今般は遠路御難澁のところを老生のために御光來、感謝無量でありました」と書き起こしながら「當分は大石田に籠居（一月迄は金瓶）といふことになりませう。到底も鎌倉まではまゐれませぬと存じました。當分ぢつとこらへて生きてゐようといふ氣持になりました」と記している。帰京することなく、大石田に移居することとした動機には、福本和夫による批判などを考慮し、情勢を見るためには山形にいた方がよいという打算があったと思われる。

　ひき続き一二月一七日付土屋文明宛書簡（書簡番号五六八一）で、「杉並の方に平家の賣家がありまして、多分手に入れるやうになるかも知れません」と知らせている。

　実状は一二月七日の日記に「茂太ヨリ來書、小屋（全部ニテ四萬五千圓、坪千八百圓トナル）、杉並區西荻窪ノ驛ノ近クデ長崎出身ノ吉村ト云フ人、○杉並區大宮前六ノ三四○（吉村新作）建坪25坪、スレート葺平家、浴場一坪物置三坪、借地120坪、（地代15銭計18圓）」とあり、地図が記されている。

　茂太はこの家屋を直ちに買ったのであろう。斎藤茂吉が土屋文明に「杉並の方に平家の賣家がありまして、多分手に入れるやうになるかも知れません」と書く三日前の一二月一四日の日付で斎藤茂吉は「杉並區大宮前六丁目三四○　齋藤茂太」宛書簡（書簡番号五六八○）を書留で送っていることから間違いない。

　この杉並区大宮前の住居購入については、一二月一八日付黒江太郎宛書簡（書簡番号五六八四）でも知らせているし、何人かの知己にも地図を記して茂太の新居を通知し、自分は明年二月から大石田の二藤部兵右衛門方に移居する旨を通知している。一二月二〇日付河野與一宛書簡（書簡番号五六九一）では「茂太夫婦に昌子は杉並にうつり昌子は東洋英和に通ひ、明年三月卒業です。茂太は一週四日ケイオーの神經科（無月給）に通つてをります」と知らせ、一二月と推定される日不詳の茂太・美智子宛書簡（書簡番号五七一六）では「輝子は二月一ぱい上山に居ることが出來るからその方よい。食糧の關係である。はやく東京に來い、又東京に行きたいなどはバカの骨頂だ」と書いている。
その間、斎藤茂吉は一一月一七日発、板垣宅で一泊、二藤部、高桑町長らと共に川鮭、テンプラ、肉、菊等の夕食をご馳走になり、翌一八日、農芸女学校でアララギ歌会、会者一五、六名、午食は弁当で午後四時終了、その後、板垣宅で二藤部、伊藤、小山らと雑談、一九日は石を写生したり、散歩したりして夕食は歯科医に招待され、二〇日は歯科医等に挨拶、散歩、午後二時大石田発の列車が「山形驛ニテ乗込ム群衆數千、身ウゴキモ出來ナイ程ニテ、金井驛ニテ窓ヨリ飛ビ降リタホド」で帰宅している。第四回目の大石田行は一二月一四日であった。当日の日記に以下の記述がある。

「〇午前五時ニ起床、握飯一ツ食フ。ソレカラウスグラヰ〔原〕ノ道ヲ歩キ、金井驛ニツイタ、七時十四分ノ汽車ノツモリノ處、五時ニ著ク筈ノトコロ上野發ノ秋田行ノ汽車ハ七時半ニ著キ、到底乗レナカツタ。然ルニ一時間ノ后米澤發ノ汽車來リ、比較的樂ニ乗リ九時四十分頃大石田ニ著、〇雑話　午睡、入浴、雑話ヲシ、客ニ接シテ臥床シタ。二藤部、宮臺氏等來ル。」

一二月一五日「〇大石田滞在。午前中繪ヲ二枚畫イタ、〇午後雑談、今回ノ御馳走ハ豚肉、いかノ鹽辛　〇夜、九時五十分ゴロ、加藤淘綾氏來ル、午後一時著ノ豫定ノトコロコンナニオクレタノデアツタ、〇夜ノ三時ゴロ非常ニ寒サヲ感ジテ目ザメ、ドーシテモ眠レナカツタ。〇夜ハヤハリ、二藤部來リテ雑談シタリ。」

一二月一六日「〇加藤淘綾氏、繪ヲ二三カク、〇十一時カラ第十六回アララギ歌會ヲ開ク。二十八首出ス。細評ヲシナガラ、四時スギニ終會　○加藤君ト共ニ夕餐ヲ共ニス。いかノ焼イタルモノ、（午食ニ豚ノ味噌汁トヲ食タ）、○今夜ハ厚衣シテ寒クナカツタ。伊藤清氏ニ建築ノ方ヲ依頼シテ置イタ。鼠ガ出タ。」

一二月一七日「○午前十一時九分發、コレハ米澤行ノタメカ、混雜デナク、無事金井ニ著イタ。大石田ガ大雪デアツタガ金井ハ小雪デ、道路ノ歩行モ樂デアツタ。金澤康次ガ盲腸炎手術シテ無事歸ツタノニ金十圓見舞ニ行ツタ、○ソレカラ手紙ノ類ヒヲ澤山ニ見タ、○下劑服用、」

上記のとおり、大石田を八月、一〇月、一一月、一二月と四回訪ねている。その間一一月二八日付で板垣家子夫宛書簡（書簡番号五六四三）で

「拜啓御懇書何とも忝く拜受いたしました。○三日のトラック御待申上げます。荷物は大小合せて約十七八個から二十箇ございます。若し大兄が御同乘して御いで下さるならば何とも難有く、これは是非御願申上げます。我儘御ゆるしください荷は洋書つめたリンゴ箱等ありますので相當に重いやうですバス金瓶停溜〔原〕所でとまり、後じさりで十右エ門前まで來る筈です、○[二]さまにくれぐれもよろしく御傳言の程御願いたします、十一月廿八日よる　茂吉老山人　板垣雅契御中」

と依頼、一一月二九日付葉書（書簡番号五六四七）で二藤部兵右衛門にも

「拜啓先般は御厚情感謝奉ります。三日に坂〔板〕垣様の御盡力にて拙者の荷物二十箇ばかり御宅迄とゞけますから御邪魔でも御保管御ねがひ申上げますいづれ拜眉萬々　頓首」

と挨拶している。

『板垣・随行記』によれば、「この頃になると、大石田ではいつ降雪があるか分からない。トラックの会社は、各荷主からの申込み殺到で、断るのにテンテコマイをしている時期である」というから、降雪前に斎藤茂吉の荷物を大石田に運んでおく必要があったのであろう。板垣は斎藤十右衛門家で「親切な十右衛門さん一家と、先生、奥さん、昌子さんの接待で、心忙しいながらも夕飯をいただいた」と記し帰路、「山形に入った時はすっかり雪に変っていた」「北進するに従って、降る雪の白さが増して来る。楯岡を過ぎ、袖崎に入ると六七寸位道路に積っている」、こうした雪道を走って九時頃無事に二藤部家に到着したと記されている。

一九四五（昭和二〇）年一二月三一日の日記を引用する。

「○半郷ニ行カントシテ、輝子ヲ怒リ、氣ガイライラシテ、何モ駄目ニナツタガ、奮發シテ半郷郵便局ニ行キ、小包ト高橋愛次（速達）茂太（速達）日本短歌社（千圓入レ速達書留）ヲ出シタ、○茂太、伊藤清（建築）ニ手紙カイタ。○歸ツテ來テ、心ヲ落著ケヨウトシタガナカナカ落著カナカツタ。本年ハ實ニ悲シイ記念スベキ年デアツタ。○帚木の實。柿ノ油あげ、」

＊

一九四六（昭和二一）年に入ると、大石田移居までの間、日記には特に目につく記述はない。しいていえば、一月四日の日記に「讀書新聞ノ「歴史」ノトコロヲ讀ンデオドロイタ」という記載に気づく。あるいは、このとき「軍閥」という言葉を知ったのかもしれない。私は読書新聞にあたってみるほどのことではないと考え、特に調べていない。

その他は一月九日の日記に「○無爲ニ午前ヲ費シ、輝ノ我儘ヲ怒ツタタメニ何ニモ手ガツカナクナツタ」という例の如き記述、松本高校休校のため次男宗吉が一月二八日上ノ山に到着、三〇日、金井駅で乗車、車中弁当、午後一時半、板垣、駅長、助役に迎えられて大石田着、板垣宅に一泊、大石田の生活が始まるわけである。

書簡をみると、杉並区大宮前に買入れた住宅に茂吉の書斎を増築することを計画した通信が収められているが、実現しなかった計画なので紹介の必要を認めない。

一月二九日付茂太宛書留速達（書簡番号五七九三）で「○輝子は、午前十時半、上ノ山山城屋に移轉終了、宗吉は多分今日山城屋に著く筈」とある。

私はこのようにくどくどと茂吉の生活を追っていることにほとほと嫌気がさしている。高村光太郎は斎藤茂吉に比べ、よほど身軽であり、進退が簡明である。一つには家族を持たない、身一つだからであり、もう一つは弟子を持たない、弟豊周がいても豊周をあてにすることも、豊周に頼むこともない、いわば誰も頼りにしない生き方を選んでいるからである。これは彼らの個性、資質の違いであり、環境の違いだともいえるだろう。

そこで『小園』の残りを読むことにする。私は次の作に心を惹かれる。

うつせみのわが息息《そくそく》を見むものは窗にのぼれる蟷螂《かまきり》ひとつ（「殘生」）
のがれ來てわが戀《こほ》しみし蓁栗《はしばみ》も木通《あけび》もふゆの山にをはりぬ（前同）
夜な夜なは土もこほりぬしかすがにたぎつ心をとどめかねつる（前同）
あかがねの色になりたるはげあたまかくの如くに生きのこりけり（前同）
あまぎらし降りくる雪のをやみなき冬のはての日こころにぞ沁む（「冬至」）
穴ごもるけだもののごとわが入りし臥處《ふしど》にてものを言ふこともなし（前同）
をやみなく雪降りつもる道の上にひとりごつこゑ寂しかるべし（「籠居」）
ほそほそとなれる生《いのち》よ雪ふかき河のほとりにおのれ息《いき》はく（「雪」）
雪はれし丘《をか》にのぼりてふりさくる空の八隅《やすみ》はいまだくもれり（「空の八隅」）
雪ふぶく丘《をか》のたかむらするどくも片靡《かたなび》きつつゆふぐれむとす（前同）

「をやみなく」以下は一九四六年一月の作として収められている。

最後に記した「雪ふぶく」の如きは心をうつ叙景歌として最上の作といってよいと考える。その他の作もそれぞれに感銘ふかい作であることは疑いない。これらの作には精緻な自然観照があり、自然と対峙する自己を凝視する確かな眼があり、寂寥感と悲哀感が流れている。ただ、これらの作の底にあるものは、敗戦の悲哀であり、口惜しさ、また、老いの寂しさ以上のものではない。これらに欠けているのは、斎藤茂吉以外の何人も作者の視野に入ることのない、社会的存在としての人間の生である、と私には思われる。

（一一）　大石田移居、『白き山』（その一）

大石田に移った斎藤茂吉は一月三一日も板垣宅に宿泊した。同日の日記を見る。

「一月三十一日　木曜、小雪
○荷ヲホドキ、本箱ナド部屋ニ運ンダ、板垣家子夫君、同昭雄君、二藤部家ノ男手傳フ、○夜、板垣氏ニ御馳走ニナル。同席者、金山平三畫伯、高桑町長、二藤部氏、高桑喜之助（大マス大□）、小山良平氏、大ニ酒ガマハリ、歌ヲウタツタリシタガ、予ハ昨夜ホド酒ヲ飲マズ、謳〔原〕ンダ。新庄ブシ、ナドシキリニ出タ、金山畫伯ヲドツタ。料理ハ雞肉、卵、魚等非常ニ華デアツタ。十一時過ギニ寐、（板垣氏宅）（カキ天プラ茄卵。平目煮付、コンニヤク牛肉煮付、數子甘酒漬、カキ酢物、雞吸物、カキ味噌汁、豆浸シ、漬物、非常ニ旨カツタ」。」

茂吉老山人と称しながら、十一時過ぎまで宴席に連なり、旨かった料理を書き並べるのは斎藤茂吉の食い意地が張っているからだろう。

「二月一日　金曜、ハレ、二藤部氏宅ニ移」とあり、「○新部屋ニ引移リ、片付ケカタヲシタ。机ノ位置ヲドウシウ〔原〕カト思ツテイロイロト迷ツタ。二階ニシタリ、又階下ニシタリイロイロデアツタ。○夜食ハ二藤部氏ニテ搗イタ餅ノ御馳走（胡桃餅、アヅキ餅、納豆餅、等。）入浴。今日ハ陰暦ノオホミソカデアツタ」と日記に記されている。聴禽書屋と後に名づけた二藤部邸離れの一階に落着くまでだいぶ日数を要したようである。これは部屋数が多いためであり、贅沢な悩みである。

二月三日、四日、五日、六日と日記に吹雪と記した日が続き、七日は晴天だが八日また「吹雪、0度」とあり、九日は「小雪、午后ハレ」、一〇日は「大雪」とある。この間二月七日、「高崎正秀國學院大學教授ノ來訪ヲバ停車場ニ迎ヘ」「二（二藤部氏）さんニテ午餐ノ馳走ニナリ、予ノ部屋ニテ二藤部、板垣、韮澤、高崎、予ノ五人雑談、果物（林檎、蜜柑）ヲ食シ、高崎氏ノ朗吟（酒コツプ二杯）ヲ聴イタ　○午後四時二十分發ニテ上ノ山ニ歸ツタ。○夜食后、板垣君ノ處ニ行キ入浴、雑誌コミ寐」とある。九日の日記にも「七時過ギカラ板垣君ノトコロニ入浴ニ行ツタ」と記しているから、入浴は板垣宅でする習慣だったのかもしれない。

『白き山』の冒頭は「大石田移居」と題する五首である。その中で注目すべき作は

最上川の支流の音はひびきつつ心は寒し冬のゆふぐれ

一首と思われる。板垣、二藤部等から異常とも思われる歓待を受け、これ以上恵まれた疎開生活はありえない境遇で暮しはじめて、なお斎藤茂吉の「心は寒し」という状態であった。この心の状態は高村光太郎がうたった「おそろしい空虚」に近いではないか。戦争末期に高村光太郎に訪れた心境にちかい空虚感が敗戦後の斎藤茂吉の心を占めていたようにみえる。

『白き山』は次いで「昭和二十一年二月十四日（陰暦一月十三日）大石田」と付記された「紅色の靄」と題する二十三首を収めている。その冒頭の四首が二月一四日の体験の作、その他は後日の作と思われる。

きさらぎの日いづるときに紅色《こうしよく》の靄《もや》こそうごけ最上川より
川もやは黄にかがやきぬ朝日子ののぼるがまにまわが立ち見れば
最上川の川上《かはかみ》の方《かた》にたちわたる狭霧《さぎり》のうづも常《つね》ならなくに
最上川の川の面《おも》よりたちのぼるうすくれなゐのさ霧のうづは

この靄を見た後、斎藤茂吉は板垣の許に立寄って次の会話を交したと『板垣・随行記』は記している。

「『板垣君、今よいものを見て来たっす。』

『何やっす（何ですか）先生。ほだいええ（そんなによい）ものとは。』

『君は今まで紅い靄を見たことあっがっす（ありますか）。』

『紅い靄、んだなっす（そうですな）。ほういうと（そういえば）見たごとあないがもすんないなっす（ことはないかも知れませんです）。』

『ウン、やはりほだなっす（そうでしたか）。見ていないんだなっす。』

何か感心したような口吻で言って、少し態度を改めるようにした。私はちょっと不安ともつかぬいぶかしい気持ちになった。

『板垣君、君のように最上川の側で生まれてもそういうもんだっす。人というものは存外周囲に注意していないもんだっす。われわれ歌作りがなかなか進歩しないのも、つまりはこうした周囲に慣れて、注意を払わないからだっす。写生の尊いことや、厳しいところはここにあるんだっす。君このことをよっく覚えてでけらっしゃいっす（いて下さい）。』」

私たちが見馴れている光景であっても、じつは視野に入るすべてを見ているわけではない。私たちの眼は私たちが関心をもつ対象しか把えない。板垣も紅色の靄を見たことがあるにちがいないのだが、それが珍しい光景と気づかなかった。あまりに日常的な光景だったからかもしれない。だから、これは「写生」の問題ではない。「紅色の靄」四首についていえば、どれも平凡な叙景の作にすぎない。ことに「常ならなくに」など安易にすぎる。「紅色の靄」の一連は貧しい。しいていえば

しづかなる空にもあるか春雲のたなびく極み鳥海《てうかい》が見ゆ

の一首が佳唱というに足ると考える。この歌の背後に作者の深沈たる心情があり、それがこの作の静かな調べをなしていると考える。

（一二）肋膜炎病臥前後

二月一六日の日記に「金札ヲ雑然トシマッテ居ツタノヲ引出シ、トランクカラカバンナド出シテシラベ、勘定シタ。相當ノ額ニノボッタ」とあり、二月一七日の日記に「二藤部サンニ依頼シ、金圓ノ調査ヲ行ツタ。ソノウチ新聞ニ新規則、（新圓）ガ發表ニナツテイロイロ話ヲ聞イタ」とある。『板垣・随行記』はこの件について次のとおり記している。

「これは国家が、戦後の経済処置として貨幣の封鎖を行なうことになり、申告をさして一定額以上は預金封鎖にし、国民の所持金を新円を発行し規制することにしたのであった。この事態に応ずるために、先生はその所持金を調べなければならなかったのである。私は先生が、先生の名義で所持金全部を申告すると、月々規定された額一人分しか引出せなくなるので、私の親戚の数人に分散し、その者の名で申告させ、月々それらの人に引出させる方法を考えてすすめていた。こうした事情からその所持金を調べねばならなかったのである。後で私に、

『君、思ったより金がたくさんあってなっす。いや驚いた。いつの間にこんなになったのか不思議なくらいだっす。』

ずいぶんのんびりした話だ。

『ほうがっす（そうですか）。そりゃ結構だげんと（けれど）、一体どれぐらいあんなやっす（あるんですか）。』

『それが分からないんだっす。数え方が下手だから間違ってばかりいてなっす。札なんかは畳に一枚ずつ並べなけりゃあ、とうてい分からないんだっす。』

ますますのどかな話に、ほほ笑ましくなってしまった。

『先生、何とかうまく分散して、早く新円に換える方法を私がとっがら（とるから）、その点安心してけらっしゃいっす。金の勘定はカクにさんが専門だから、その方はそっちにまかして、先生の隠匿

ほんまち財産（へそくり）を、見落すことないように正直に出しておかっしゃいっす（おくようにしなさい）。』

『ほだがっす（そうですか）。何分頼むっす。君だけが頼りだから、よろしく取りはからってけらっしゃいっす。』

このことは後で私の考え通りの方法をとって、親戚知人のうち、比較的新円関係の及ぼさないたしかな数人に依託したのであった。これは割とうまい方法で、私にしてはこうした部類では上出来だったと言える。」

カクにさんこと二藤部兵左衛門は素封家であっても、銀行に勤めているので、勘定は上手で、たちまち数えてくれたという。そのさい、斎藤茂吉が「病院の給料の入った袋の封も切らずに、そのまま蔵って居った」、と二藤部が、語っていたと板垣は記している。

これは明らかに脱法行為である。預金封鎖、新円切換になり、世帯主一人につき三〇〇円まで新貨幣による引出を認めることにしたのだが、板垣の勧めた方法で斎藤茂吉は世帯主数人分の新円を入手できたのであった。斎藤茂吉にはその違法性の認識さえなかったかもしれない。新円切換になっても日々売上が新円で支払ってもらえる商人などは一向に困らなかったから、板垣はそういう知人の名義を借りたのであろう。インフレーション対策の預金封鎖、新円切換はこうした脱法行為が横行したため失敗に終ったのかもしれない。あるいは後日のいわゆるドッジラインによる金融引締めによらなければ根本的に解決できなかったのかもしれない。
ここで私はこの問題に対処した高村光太郎の態度を想起せずにいられない。第一章で記したことだが、二月二五日の日記に高村光太郎は
「新圓交換は隣組長さんが一括して行く事になり、余の分十圓札十枚提出。尚他に十圓札二十枚手渡し。出來たら預金の事。あとに現金二百圓はかり殘る。これは無效紙幣として保存せん。」
と書いている。新円三〇〇円と交換できたはずだが、現金としては一〇〇円で充分なので二〇〇円は預金とし、残余の二〇〇円は封鎖預金にすることも可能だったと思われるが、そうはせずに、いっそ無効として処理したのであろう。まことに金銭にこだわらない、身綺麗な高村光太郎らしい対応であった。ここでも高村光太郎と斎藤茂吉の資質の違いを痛感する。

＊

二月二〇日の日記に、板垣に「800y ヤリタルニ Reis ヲカヒタル由ナリ、ソノホカニ 300y ヤリ、5 圓札ニテ 50y ヤツタ。〇午食ノ後、一時間バカリ宗吉ト靜居、〇板垣君 Salt 惠與セリ、〇午後三時ニ Reis 七升、イトマ乞ヲシタ、二藤部氏卵十箇ヲ惠與、板垣氏、銀行、菅野氏、二藤部氏ニ挨拶、〇午後四時二十八分ノ汽車ニテ宗吉無事出發」とある。

『板垣・随行記』によれば、斎藤茂吉が板垣の許に来て小さく紙に畳んだ包を出し「君に今まで何も彼も立て替えて買ってもらったり、木炭なども持って来てもらってもいるんだから、これを取っておいてけらっしゃい」という。板垣は固辞して二三回押問答を繰返した挙句、包を受取ると八〇〇円入っていたので、これをそのまま懇意な農家に渡し、米を一俵買う約束をした。当時、米の闇値は一俵一、〇〇〇円から一、二〇〇円であったという。「ソノホカニ」三五〇円渡したというのは、その差額だったにちがいない。当時上ノ山の山城屋に滞在していた次男宗吉は二月一八日から大石田に来ていたところ、二〇日に上ノ山に帰ることになったので、板垣は塩四〇キロと闇米一俵が同等という闇値だったので、塩を土産に持たせ、米も七升持たせた。米はもちろん塩も当時は統制物資だから、当局に発見されると没収され、処罰されるおそれがある。そこで目立たない程の分量にしたようである。二藤部も宗吉に鶏卵十箇を餞別に恵んだのであろう。

その後、「二月二十一日　木曜、大吹雪　風邪（熱ナシ）」、「二月二十二日　金曜、大吹雪、寒　風邪（熱ナシ）」、「二月二十三日　土曜、吹雪、風邪、机ニ向フ」、二月二五日「風邪ハ未だ全クハ癒エズ、但シ、熱ガ無イ」、二月二八日「風邪イマダ癒エズ、涕ガマダシキリニ出タノデ　〇午前中臥床シタ」といった記事が続く。

三月に入っても、七日「木曜、吹雪、」「〇風デヨワツタ。シカシ朝食ノ後、農藝女學校ニ行キ大熊博士ノ「日本ノ低サニツイテ」ノ話ヲ聞イタ。ソレカラ11時十分大石田發ノ大熊氏ヲオクリ、〇午食ノ後四時マデ臥床、(風ノ工合ワルイ、但シ熱ガナイ)」、三月八日「金曜、猛吹雪(稀)寒」とあり「○朝食ノノチ炬燵ニアタッテ見タガ、體ノ工合ガワルク、爲方ナク臥床　○午食ヲヤメテ、午後ノ六時マデ臥シテシマッタ」と続き、さらに次のような記述が続く。

三月一〇日「昨夜來左胸部ガ痛ンデ困ツタ。モットモコレハコヽニ轉居以來ノ証狀デアッタ」、三月一一日「月曜、大雪、寒、左胸疼ム、風邪」「風邪未ダ痊エナク、左背胸部ノ疼ガトレナイ」とあり、その後、三月一二日から六月一〇日まで、一〇一日間、「記事が缺けてゐる。これは山形縣大石田町で肋膜炎を病み療養中の期間である」と全集後記に記されている。二月二一日以降の風邪は肋膜炎の前兆だったわけである。

『板垣・随行記』に引用されている加藤淘綾の日記に三月一六日「十一時半大石田駅着。雪四尺余りで昨年の半分より少い。板垣君宅に着いて聞くと、生憎にも茂吉先生は数日前から風邪を引かれて発熱されていると言う。午飯後に板垣君と二藤部氏宅の離れの茂吉先生の御住居に行った。恰度主治医の佐々木医師が診察に来たりしたが、肋膜炎の徴があるとのことであるという。主治医佐々木芳吉医師の話で「ともかく室内を温め、湯気など立てておくようにしろと、種々注意をうけたのであるが、一番困るのは火気を嫌うことである。湯気が立つほど鉄瓶を沸騰させはしない。まったく困ったことになった。それと病気は多分に長引くし、先生の年齢だから、十分注意して看護しなければならない。毎日往診して、そのつど注意するが、いずれは君で間に合わなくなるから、看護の人を頼むよう心がけておくように、とのことだった」と『板垣・随行記』は記している。

板垣は斎藤茂吉が、

「『板垣君、俺が病気したことは誰にも知らさないようにしてくれ。』

と言い、さらに語をついで、

『世間には俺が病気をしたと知ると、ざま見ろと喜ぶ者が多い。いい気味だ、斎藤の奴くたばれと祈る者もいるから、決して人に知らせないようにしてくれ。』

ときびしい口調で念を押した。」

と記している。斎藤茂吉は戦争下の戦争讃美、戦意昂揚の「制服的歌」を乱作、公表した責任を追求する声を怖れていたのである。さらに『板垣・随行記』によれば
「今東京に言ってやると、あわてて無理に茂太なんか来るかも知れない。そうすると、君やカクにさんに難儀をかけるばかりだからなあ。」

とも斎藤茂吉は語ったという。

たまたま板垣家の分家に千代という娘がいた。彼女は佐々木医師のところで看護婦見習をし、看護婦の試験に合格、当時は暇をとって家で針の稽古をしていた。この千代が看護婦として斎藤茂吉に泊りこみで付添うことになった。

『板垣・随行記』によれば、三月三一日、肋膜の水を二、〇〇〇ccほど採った、という。その光景の

詳細が記されているが、略す。佐々木医師から、栄養を摂ってもらう必要があり、牛酪が一番いい、と言われ、板垣は黒江太郎らに手配を依頼、「二藤部さんにも今日のことを話し、先生の指図があるのを待つまでもなく、東京の家族の方に報告することに打合わした。哀草果氏にも淘稜氏にも、山口茂吉氏や佐藤佐太郎氏にも知らせねばなるまい」と思ったと記しているので、このとき、これらの人々に通知したのであろう。

「肋膜の水を採ってからも、先生の熱は一向下らなかった。食欲も出ず、ご飯もまずいと言っていた。それでも粥は大てい二杯を食されていたようだ。呼吸が苦しいといって、大きく息をすることも、以前と変りがない。

薬をもらいに佐々木医師のところに行ったとき、どうして熱が下らないかと聞いてみた。

『撒曹があったど（あると）なあ。それさえ飲ませると熱が下るんだが。』

いかにも困ったというように言うので、

『撒曹なんか、いくらでも手に入るんじゃないのか、先生。』

不思議そうに私は聞き返した。以前はこの薬など豊富にあったことだし、普通薬として珍らしいものでもないと私は思っていた。

『とんでもない。前のようだったら何ぼでも飲ませるんだが、どこの薬屋にもなくなった。軍隊でみんな持って行ったんだ。尋ねてみたんだがどこにもない。この近くの医者仲間にも聞いてみたが、誰も持ってる者がいないんだ。軍隊だったらあったたろうがなあ』

　嘆くように言った。」

と板垣は記している。

『板垣・随行記』からは何日に茂太が来訪したか必ずしもはっきりしない。しかし、四月と推定される髙橋重男宛の代筆による葉書（書簡番号五八七八）に「八日に新しい薬が届いた」とあるので、四月八日と推認される。『板垣・随行記』には「加藤淘綾氏の日記から推定すると、四月十日頃のようである」とあるのはおそらく間違いである。

　茂太は「大石田駅に着かれると、まっすぐカクにさんに来られたらしい。折よく居合わしていたカクにさんが離れに案内をしてくれた。私たちが相談して東京に連絡し、家族のどなたか来てくれるよう懇請していたことを先生に秘していたので、先生にとっては思いもかけぬことであった。カクにさんが氏を襖外に待たしておいて部屋に入り、茂太氏の来られたことを告げると、

『あんなに来るな来るなと言ってたのに、とうとう来たか。バカな。』

と言われてから、

『もう来てしまってからでは仕方がない。カクにさん、茂太を呼んで来てけらっしゃいっす。』

内心は嬉しくて仕方なかったのである。

カクにさんから知らされて私が行った時には、親子が久しぶりで話しているところであった。話は

材料が豊富なので尽きるはずがない。氏は軍隊での将校服を着て来られた。持参された薬品の中には、撒曹があった。

『撒曹を持って来ました。』

と言われた時、私は飛び上る思いであった。」

「撒曹が効いて、茂吉先生の熱が減少して来るようになった。毎日の検温表の高低差も少くなって来たし、先生の話す語調にもいくらかずつ力が入るようになった。」

こうして斎藤茂吉の肋膜炎は徐々に快方に向かったのであった。

板垣は、回復期に向った斎藤茂吉の状況について、次のとおり記している。

「先生に栄養を摂らして、暖かい時の来るまで体力を回復させることが肝要だ。私は千代にうるさいほど風邪など引かせぬよう、ことに朝夕の寒さに注意し、少しぐらい叱られても木炭をどしどし使って、いつも部屋を温めておくよう言っていた。この頃はもう千代はすっかり先生の気に入りになり、書信の代筆や日記を口授で書かされたりしているようになっていた。日記は数日分一ぺんに書かしていることがあって、よく数日前のことを先生は憶えているものだと、そのつど感心ばかりしていた。日記記載の様式は、全集の日記と同じく○印ごと事項別にして口授筆記さしていたことに変りがない。」

この間の書簡に当初「代筆」とあるのは板垣の代筆、「看護婦代筆」とあるのは千代の代筆であろう。

四月二九日付斎藤茂太宛電報（書簡番号五八七六）は
「オホテガラチチノヤマヒナナホル」モキチ」

とあり、同日付茂太宛葉書（書簡番号五八七七）は結城哀草果、二藤部兵右衛門、小山良平、板垣家子夫、板垣千代子との寄書で
「祖父茂吉大よろこび。病氣も痊る、皆によろしく　祖父より」

とある。四月二八日の茂太の長男茂一の誕生に歓喜した電報であり、書信である。

病臥中の斎藤茂吉について、佐藤佐太郎の見舞と山口茂吉の見舞に関する『板垣・随行記』の記述が感興ふかいので、記しておきたい。佐藤佐太郎は青磁社から『文学直路』を再刊する計画があり、同書中の「靖国神」の文章を他の文章に入れ替える相談のため大石田を三月二三日に訪問する予定であったが、都合で遅れ、三月末になったようである。佐藤の来訪を聞いた斎藤茂吉はこの知らせを聞くと、

「非常な喜びようで、

『君、すまないが、佐藤が来たら君の家に泊めてくれないか。奥さんが大へんだろうが、お願いしてけらっしゃいっす。』

『なあに、先生、そんなこと何でもないっす。旅館に泊るって佐藤さんが言ったって、家に泊めるがらっす。』

『どうか、そう頼むっす。』

と泊ることまで気を配られ、そして
『それから佐藤はなっす、酒が好きだから、何とかコップに一杯だけでいいっす、どうか酒を飲ましてやってけねがっす。』

『そんなこと訳ないっす。一杯ばりんなく（ばかりでなく）、二杯でも三杯でも飲ませるっす。』

『そんなに飲ませることないから、本当に一杯だけでええんだっす。』

という具合だった。」

と板垣は記している。


さらに、三月末に来訪した「靖国神」の代わりに同じ行数になるように「溪その他」を口述で佐藤佐太郎に書きとらせて、差し替えることとし、用件を終え、

「部屋を出る時、先生は私を呼び止めて、

『板垣君、あのなっす。佐藤に晩ご飯のときコップ一杯酒を飲ましてやってけらっしゃいっす。あれは酒が好きだからなっす。頼むっす。本当にすまないがなっす。』

『そんなこと何でもないっす。分かってるっす。』

温かい師弟の情で、佐藤氏が羨しかった。」

と板垣は回想している。

ついでだが、快癒後の六月末に佐藤はふたたび又大石田に斎藤茂吉を訪ねており、このときも板垣は斎藤茂吉から

「君、すまんが、佐藤にコップで酒を一杯飲ませてけらっしゃいっす。一杯だけでいいからなっす。」

と頼まれている。そして、その翌朝

「朝食後佐藤氏と先生のところに行く。何でも暁方の雨で雨漏りのするところがあって大騒ぎをし、大活動をして疲労したと言っていたが、疲労したというほどには話をしていると見えなかった。佐藤氏が来たので機嫌がよいからでもあろう。佐藤氏が、

『先生、少し按摩しますか。』

と聞くと、

『そうか。一つ頼む。』

と、喜ばしそうに背を向けられる。こんな一寸したことにも師弟の深い親しさが感じられた。佐藤氏の按摩は、腕を曲げて肘で肩の筋をゴリゴリと揉みほぐすのである。先生は目を瞑って如何にも気持ちよさそうである。余程長い間揉んでもらっていたように覚えている。」

これは師弟間の親愛の情を語る美談であろうか。短歌の結社の師弟間ではここまで気を使うものであろうか。アララギあるいは斎藤茂吉と佐藤佐太郎の間に限ったことであろうか。現代詩においては、こうした光景は、少なくとも私には、想像の域をはるかに超えている。

山口茂吉が大石田に見舞に来たときの挿話も私をほとんど唖然とさせるに充分であった。『板垣・随行記』から引用する。

「来訪した山口氏を案内して行ったとき、先生は咎める口調で、

『山口、お前は何で来た。』

と、激しく一喝したので、これには私も驚いた。佐藤氏の時には、

『よく来たな、難儀だったろう。』

と優しく労っていたのとは正反対だ。私はそっと山口氏の顔を見ると、氏は一向平気で、

『はあ、主人の住友が、先生の御病気のことを聞かれて心配され、代って私に見舞って来いとのことでしたから。』

『何、住友が言ったから来たと。あれ程来るなと言ってやったのだが、お前にはまだ分からぬのか。』

『それは分かっています。だが主人がぜひ行って来いと言うので、――』

『たとえ住友がそう言っても、分かっていたなら何故それを止めなかった。俺を一番分かっているお前ではないか。そのお前が止めないって法があるか。お前がそんなざまでは誰が止めるんだ。そうだろう、山口、なぜ止めなかった。』

こんな調子で、ずけずけと叱言がつづく。山口氏は病床の側に坐して、短く『はあ』と相槌のように返事をしている。それに一層勢いづけられるような先生の叱言だ。私はこれほどまでの先生の叱言

を聞いた経験がないのでただ驚いたり、山口氏を気の毒がったりして黙って坐っていた。東京から来るには言い知れぬ苦労をし、夜行車に立ち通しのようにして来てくれたのだ。そんな苦労を先生は少しも思ってくれていないようである。山口氏を見るのも気の毒で、私は顔を背けていた。何とか取りなす機会をとうかがっていた。先生の叱言はなお続く。

『山口、お前たちが、こうして来てくれる気持ちは分からぬでもない。それだけ俺は嬉しい。だが嬉しいと思えばどうなる、俺の病気は。嬉しいと思うことは、それだけ昂奮することになる。昂奮すれば病気に障ることになる。来てくれたからって、病気が治るわけではない。却って昂奮させて悪くするばかりじゃあないか。そうだろう山口、そうじゃないか。』

理屈はその通りである。だが、私はこの時一寸変だなと思った。こっぴどく叱言を並べながらも何となく楽しげな調子が感じられたからである。そっと私は二人の顔を見て、さらに驚いた。叱言をいってる先生の顔ではない。獲物を追いつめた時の猟犬の喜びようはこんなものかと思われるくらいの得意の表情である。一方山口氏もけろりとして、叱言の合間に相槌をうつようにしている。言うほうも言われてる方も、お互い結構楽しんでいるようであった。

『住友が行けといった時、なぜ止めなかったんだ。それればかりかノコノコと主人の言いつけだと来るバカがあるか。まあ来てしまってからでは仕方がない。東京のことでも話して聞かしてくれ。』――狎合いのようにみえるとはいえ、弟子に向かって山口と呼びすてにし、下僕、丁稚、小僧を相手にするように、お前と呼ぶは、いかに弟子としても、弟子に対する師の最低限の礼節を欠いているとしか思われない。アララギという結社の習慣なのか、斎藤茂吉と山口茂吉との間だけの特別のことなのか。いずれにしても、私には理解できない問答である。板垣は続けて、次のように記している。

「やっと言うだけ言ったとみえて、叱言が終った。そして、

『汽車の中は大へんだったろう。腰をかけて来たか。疲れたろう。後で板垣君のところで休ましてもらうがよい。』

と労わる。そこで山口氏はリュックから住友氏に託されて来た見舞の品々を出す。

『いや、これはどうも、帰ったら住友によろしくいってくれ。そして俺の病気もすぐ治るからとな。』

叱言をいっていたときとはまるで違うやさしい声である。一瞬にして別人のようになってしまった。」

見舞の品々を受取る時点になって斎藤茂吉は態度を一変する。根性卑しい感を否定できない。ここで住友を住友と呼びすてにしている。泉辛吉こと住友には金銭上も再三厄介になっているはずである。それでも住友と呼びすてにする。佐藤佐太郎も山口茂吉もみな呼びすてである。歌作の指導をうける弟子はみな等しく呼びすてにされるのか。私は中学校、旧制高校等でも先生方から君づけで呼ばれていた。同級生も当然同じである。斎藤茂吉の弟子に接する姿勢がこんなに威丈高だったことを知り、私は若干衝撃を覚える。板垣の記述を続けて引用する。

「それから東京のこと、歌壇の動向などの話をした。歌の話をしていた時、山口氏は、『先生、先生を戦争協力者に挙げているものが居りますから、十分気をつけていて下さい。』これを聞くと先生は勃然と怒り出した。

『そうか、山口、そういうことがあるのか。俺を戦争協力者とは一体どういうことだ。俺ばかりということはない。歌人のほとんどが皆そうじゃないか。国が戦争をすれば、誰でも勝たせたいと願うのは当然だ。国民としてそれがどこが悪い。そうだろう、山口。』」

板垣はこうした発言に続く斎藤茂吉の言葉を記録しているが、実質的に同じ発想のくりかえしなので省略する。斎藤茂吉は戦争協力者は自分一人ではないという。これは戦争協力を正当化する理由ではない。国が戦争すれば、戦争が正義であるか正義に反するかを問わず、国民は勝たせたいと思うのが当然であるか。戦争下において国民がそうした感情にまきこまれるのは止むを得ないとしても、戦後になって、はたしてアジア太平洋戦争が正義に反したかどうかを自省するのは、少なくとも知識人の責務であったと私は考える。私は戦時下の斎藤茂吉は安易な戦争協力者であったと考えるが、そのことを責めないとしても、まったく戦争が正義に反するかどうか自省しなかったことについて、知識人としての見識を欠いていると考える。これは高村光太郎が「わが詩をよみて人死に就けり」を書こうとして中絶し、「暗愚小傳」から「典型」にいたる詩を書いた精神とはまったく反対である。ただし、むしろ、このように反省した高村光太郎が例外であって、戦争に協力した文学者で、戦時下の行動を自省した文学者は斎藤茂吉に限らず、誰もいなかったのであった。

（一三）『白き山』（その二）

さて『白き山』に戻ると、「みそさざい」五首、「ふくろふ」五首、「大石田漫吟」一七首は「手帳五十九」からみても病臥前の作、「病床にて」一一首、「鴨」五首、「春深し」五首、「吉井勇に酬ゆ」五首、「岡麓翁古稀賀」五首、「陸奥」五首は病臥中の作と思われる。

まず「みそさざい」五首について感想を述べる。

しづけさは斯くのごときか冬の夜のわれをめぐれる空氣の音す
あまづたふ日の照りかへす雪のべはみそさざい啼くあひ呼ぶらしも
雪の中に立つ朝市は貧《まづ》しけど戰《たたかひ》過ぎし今日に逢へりける
あかあかとおこれる炭を見る時ぞはやも安らぐきのふも今日も
おしなべて境も見えず雪つもる墓地の一隅をわが通り居り

「みそさざい」の小題の題名をとられた第二首「あまづたふ」は愛憐の情しみじみと心に沁みる秀歌にちがいない。「しづけさは」についていえば、本当に空気の音が聞こえるのか、という疑いをいだきながらも、空気の音が聞こえるほどの静寂の極みをうたいあげているという意味で類をみない作と考える。「雪の中に」「あかあかと」は採るべき作とは考えない。

「おしなべて」は『白き山』中でもとりわけ特筆するに足る作ではないか、と考え、反面、これははたして秀歌といえるのか、という疑問をもつ。境もみえぬほど雪のつもった道を歩いていたところ、気づいてみれば、そこは墓地の一隅であった、という。これは生死の境が分らぬまま歩いていて死に一歩ふみいれていた、といった暗示を潜めた作とみれば卓抜と言えるように思うのだが、たまたま雪が降りつもり、道路の境界も分からぬまま歩いていたところ、気がついてみれば墓地の一隅を歩いていた、というだけの凡庸な作とも解される。ただ、どう読むにしても、忘れがたい作にはちがいない。

「みそさざい」五首には孤独の感がつよい。

「ふくろふ」五首に見るべき作はない。

わが眠る家の近くの杉森にふくろふ啼けり春たつらむか
純白《ましろ》なる藏王の山をおもひいで藏王の見えぬここに起臥《おきふ》す
最上川みづ寒けれや岸べなる淺淀にして鮠《はや》の子も見ず

朝な朝な惰性的に見る新聞の記事にをののく日に一たびは
ここにして藏王の山は見えねども鳥海の山眞白くもあるか

「朝な朝な」を除き、他はすべて平板で深みがなく、訴えるものがない。「朝な朝な」は、毎日の新聞に斎藤茂吉を指弾する記事が掲載され、そうした記事に怖れおののいたというわけではあるまい。占領政策の実施による日々の社会の変化を斎藤茂吉は怖れていたと考えるが、この作には具体的なイメージがない。

「大石田漫吟」中、目立つのは

わたくしの排悶《はいもん》として炭坑に行かむはざまに小便したり

だが、これは面白いが、興趣が浅い。同じことが、面白さは右ほどではないが

三月《さんぐわつ》になりぬといへるゆふまぐれ白き峽《かひ》より人いでて來《こ》し
四方《しはう》の山皚々《がいがい》として居りながら最上川に降る三月のあめ

についてもいえるだろう。後者は対照の面白さだけだが、前者は予期しない人が渓谷から現れる心のどよめきを捉えて鮮やかなのだが、ただそれだけのことであって、興趣が淡い。

ここにして天《あめ》の遠《とほ》くにふりさくる鳥海山は氷糖《ひようたう》のごとし
雪ふれる鳥海山はけふ一日《ひとひ》しづかなる空を背景とせる

の二首は「氷糖のごとし」という比喩、「しづかなる空を背景」としているという発見の作者の感興があるだけで、凡庸な叙景以上の作ではない。

杉の木に杉風《すぎかぜ》おこり松の木に松風《まつかぜ》が吹くこの庭あはれ
真白なる鳥海山《てうかいさん》を見る時に藏王《ざわう》の山をわれはおもへり
わが庭の杉の木立に來ゐる鳥何かついばむただひとつにて
かがなべてひたぶる雪のつもりたるデルタとわれと相むかひけり
横山村を過ぎたる路傍には太々《ふとぶと》と豆柿の樹は秀でてゐたり
三月の光となりて藁靴とゴム靴と南日向《みなみひなた》に吾はならべぬ
齒科醫より歸りし吾はゆふまぐれ鬱々として雪の道ありく

これらはいづれも、ああ、そうですか、というだけの作であり、採るに足りない作としか思われない。しかし、「病床にて」中

ふかぶかと積りし雪に朝がたの地震《ぢしん》などゆり三月《さんぐわつ》ゆかむとす
最上川みかさ増《まさ》りていきほふを一目《ひとめ》を見むとおもひて臥《ふ》しゐる
さ夜中と夜は更けたらし目をあけば闇にむかひてまたたけるのみ

など、病臥の作者の心境に共感せずにいられないような惻々たる調べがある。

日をつぎて吹雪《ふぶき》つのれば我が骨《ほね》にわれの病《やまひ》はとほりてゆかむ
かすかなる出で入る息《いき》をたのしみて臥處《ふしど》にけふも暮れむとぞする

も切実であり、哀感に充ちている。反面

生きのこらむとこひねがふ心にて歌一つ作る鴉の歌を

あたたかき粥と菠薐草《はうれんさう》とくひし歌一つ作らむと時をつひやす
看護婦と我とのみゐる今日の午後こころ安けさ人な來《きた》りそ

など、私にはふざけた遊びとしか思われない。「鴨」五首も採るに値しないと考える。次に二首を例示する。

あまつ日の光てりかへす雪の上あなうつくしといはざらめやも
ここに來て篤《あつ》きなさけをかうむりぬすこやけき日にも病みをる日にも

右は斎藤茂吉の率直な気持の表現だろう。しかし、これらには詩心がない。そのことは「春深し」の冒頭の二首も同じである。

雪ふぶく頃より臥してゐたりけり氣にかかる事も皆あきらめて
うぐひすはかなしき鳥か梅の樹に來啼ける聲を聞けど飽かなく

ただ「春深し」の第三首、第四首は見逃すことができない。

幻《まぼろし》のごとくに病みてありふればここの夜空を雁《かり》がかへりゆく
たたかひにやぶれしのちにながらへてこの係戀《けいれん》は何に本づく　偶成

夢うつつの中に病臥する作者はうつつに雁を見ているわけではあるまい。作者も春になって帰りゆく雁の幻を見ているのである。その幻しか見えていないとうたう作者の悶えが私たちの心をうつ。「たたかひに」の作の「係戀」は諸橋『漢和大辞典』によれば、熱烈な恋、灼熱の恋の意という。病床の作者が突然胸をつきあげるような灼熱的な恋心を感じ、何故か、と自問し、この作に「偶成」と注記しているのだが、老いてなお恋心を感じることはふしぎではないが、「何に本づく」とうたった素直さが私たちを惹きつけるものを持っている。金瓶、大石田の生活において斎藤茂吉はまったく女性と縁がなかったようである。高村光太郎のばあいは、彼の面倒をみたがる女性は二、三人にとどまらかった。大石田の斎藤茂吉よりも太田村山口に独居自炊する高村光太郎の方が、はるかに女性にとって魅力的だったにちがいない。だが、高村光太郎は依然として狂気のあげく先立った智恵子を思い、近づいてくる女性に恋愛のような感情をいだくことはなかったと思われる。

病臥の終りころ、板垣が斎藤茂吉に鰻の蒲焼を届けたことがあった。いかにも斎藤茂吉らしい挿話だが、ちょっと可笑しいので、『板垣・随行記』から引用する。

「午後になって行ってみる。何時頃か憶えていないが、大体二時過ぎた頃であったろうか。鰻を食ってどんな機嫌でいるか。それを見るのが楽しみだった。いつものように廊下で声をかけ、同時に無造作に襖を開けて部屋に入ると、仰臥している床の中からジロッと私を睨み上げている。少し当て外れな空気が醸し出されていた。これは何かあったなと思いながら、先生の枕辺近く坐ると、それを待ってでもいたように、いきなり、

『君が悪い。君が悪いからだっす。』

と叩きつける口調で語る。何が何だか一向分からないので、私は気のない返辞をした。

『はあ。』

『ほだっす。やっぱり君が悪いからだっす。』

今日は何もご機嫌を損ずることをした覚えのない私は、ますますキョトンとした。それを追いうつように、依然睨めつけたまま、

『君がいけないんだ。何といっても君が悪いからだ。』

よほど大へんなことを知らぬうちに仕出かしたのかも知れない。こいつは困ったことになったものだと思いながら、少し畏る畏る、

『先生、一体どうしたなだっす。何も悪いことをした覚えがないげんとんなあ、何か俺が悪いことをしたながっす、先生。』

と聞くと、

『ほだっす。君が悪いからだっす。』

『何悪いごとしたべなっす（したんですか）。言ってけらっしゃいっす、先生。』

『うん。やはり君が悪いからだっす。だから俺は看護婦に叱られたっす。』

様子がますます飛躍して来て分からなくなる。私は火鉢の側に坐ってうつむいて雑誌を読んでいる千代を振りかえり、

『千代、お前、先生をなしてごしゃいたなや（どうして叱ったのか）。』

千代は返辞をしない代りにクスクス笑っている。これで私は大したことでないことを察してしまった。先生をみると、ぶすっとした顔で相変らず私を睨んでいるが、その眼光はなごみかかっていた。

先生の方に向いた私の背後から、

『本家の父ちゃん、先生をわたしは叱ったりしないさげなっす（しないですよ）。』

と千代が言ったので、

『ほれ（それ）先生。千代は先生をごしゃいたりすねっていって（叱ったりしないって）、どやっす（言ってるんですよ）。』

『いや、ほんないっす（そうじゃない）。ごしゃがったっす。それも君が悪いさげてだっす（からです）。何といっても俺の病気がすっかり快くならないうち、こんなに早く鰻なの持って来て食わせるから

だっす。だから君が悪いんだっす。』

私は唖然としたが、

『大好きな鰻を食わした上、悪者にされてはかなわねなっす。千代、お前何言ったなや。』

『だって、先生が昼飯で鰻を上ってから起きて部屋を歩きまわるんだものっす（ですもの）。ほんで（それで）熱が出たりされては大変だし、そんなことになると、本家の父ちゃんからわたしが叱られるから先生に寝ていてけらっしゃいと言っただけだっす。』

『それだ、それだよ、君。看護婦が叱ったろう。そうだろう、君。俺は鰻を食うと元気が出るんだ。君もそれは知っている筈だ。だから鰻が効いて俺は起きて部屋の中を歩いてみたんだ。それを歩くなと叱られたんだ。君が鰻を持ってさえ来なければ叱られずにすんだんだ。だから君がいけないんだ。そうだろう、君。』

聞いているうち私はおかしさが込み上げて来て、この珍妙無類の強引な小言の終る頃には吹き出してしまった。大真面目な顔をして小言を並べたてていた先生が、大声で笑い出した私を一瞬とまどったように見たが、ついに一緒になって笑い出した。これで先生の小言は終りになったが、笑いを終った後で、

『先生の大好物の鰻を食わせて、その挙句お小言頂戴では、俺ばり（俺ばかり）大損したことになったなやっす。今度から先生が全快するまで、鰻献上を見合せっごとにするっす（見合せることにしよ

う)。えかんべっす(よいでしょう)、先生。』

と揶揄すると、少し慌て気味に、

『いやいや、君、今度は大丈夫だっす。君を決して叱らねから、どうかまたご馳走してけらっしゃいっす。』

『ほんであ(それでは)、先生、降参したがっす。』

『いやあ、降参したっす。全く降参したっす。』

これでまた大笑いをした。」

信仰に近いほど鰻を好物にしていた斎藤茂吉らしい話であり、これを微笑ましいといえば言えないことはないが、私にはここまで板垣の厚意、善意に甘えていいものか。他人の厚意に甘えるにも節度があるはずだという感をつよくする。

一九四六(昭和二一)年一二月三一日の日記に「今年八一月三十日ニ金瓶カラ大石田ニ移動シタガ三月十三日カラ高熱、濕性肋膜炎(左側)ニカヽリ六月十日マデ看護婦ヲツケタ。ソノ后寐タリ起キタリニテ九月ニナツタ」と書いているが、書簡によれば、看護婦の手を離れたのは六月一三日のようである。このことは七月五日付五味保義宛葉書(書簡番号五九一一)に「六月十三日から看護婦の手を離れ、萬事不便です金圓の方は當分間にあひますから御惠與に及びませぬ」と書き、七月六日付山口茂吉宛葉書(書簡番号五九一六)にも「六月十三日から看護婦の手を離れ、非常に苦しみました」

とあり、七月八日付土屋文明宛葉書（書簡番号五九一八）にも「六月十三日に看護婦の手から離れどうにかやつてゐます、まだ息切がしてかなひませんが、これは肋膜の肥厚と癒着とのためで、致し方がありません」とあることからみて間違いない。六月には自筆の書簡が多いが、若干代筆の書簡があり、七月に入っても板垣代筆の書簡が田中隆尚宛七月五日付（書簡番号五九一二）がその例である。看護婦の手を離れても、快癒するまでにはかなりの日数を要したようである。

七月一三日付小林勇宛封書（書簡番号五九二二）には「小生六月十三日に看護婦の手を離れました。もう一ケ月ですが、まだタイギでかなひませぬ。九月一ぱい籠居といふことをいはれてをります」と書き、八月一〇日付岡麓宛葉書（書簡番号五九五二）では「きのふ九日夕二百日ぶりにて入浴試みましたが、肋膜癒著のためか息切いたし閉口いたしました」と書いている。

八月に入った一〇日、茂太から代田に新居が見つかった旨の報告があった。茂太宛八月一一日付封書（書簡番号五九五六）に

「拝啓〇家が見つかつたよし。大手がら也。小生も明春迄はこゝに御厄介になり得るが、今度の家發見により、腹がすわつたから、ゆつくりとして上京するつもりであります。今年は孫が二人も出來たし、病氣は重かつたが全快も近いし、大に好い歳であつたと思ふ（中略）〇茂一のために美智子が物を食べねばならぬ。〇代田一ノ四〇〇なら、齋藤書店（代田一ノ六五二）の近所です、八月十日」

ちなみに茂太一家が代田の家に移転したのは九月一日であった。

中村シヅ子宛八月五日付封書（書簡番号五九四四）には「九月一ぱい静養せよと醫者申すにより九月一ぱい寐たり起きたりです」と告げているが、八月二九日付茂太宛封書（書簡番号五九七九）では「予（祖父）の病氣は、大體癒えたので、散歩などしてゐるが、肋膜の癒著はこの儘でなかなか元どほりにはならぬさうである」と書いていることからみて、八月下旬に、いたわりながらも散歩も始めているようにみえる。しかし、日記によれば、七月八日、「正午ゴロ、板垣君ト愛宕神社參拜、散歩　ハジメテ外出シタ氣持デアッタ」とある。『板垣・随行記』には

「八日。先生が私を待ちかねていたように、裏の愛宕神社まで散歩してみたいというので、お供をして裏門から神社に出かけた。散歩外出は病後始めてである。静かに歩いては立ち止まり、顔をやや上に向けるようにして大きく呼吸をする。

『うまく息をされない。胸に一ぱい空気が入らなくなった。癒着したんだなっす。』

神社に登る石段は、何とも苦しそうであった。三四段登っては立ち停って呼吸する。苦しそうであるが、試しているという様子でもある。杉森の中は、しっとりと空気が湿っている。先生は丁寧に参拝した。病気の回復を感謝しての祈りである。」

とある。そして、七月一二日の日記には「夕食後ニ板垣君ノトコロニ行キ、月光ノ最上川ニカガヤクヲ見タ。蚊ガ多カッタ。夜九時過ギニカヘッテ來タ。螢ガ最上川ノ土堤ノ處ニヰタ、最上川ガ可ナリ増水シテヰタ」とある。

そこで『白き山』に戻ると、「吉井勇に酬ゆ」五首、「岡麓翁古稀賀」五首はいずれも儀礼の挨拶の作の域を出ない。続く「陸奥」五首中、

うつり來てわれの生《いのち》を抒《の》べむとす鳥海山《てうかいさん》の見ゆるところに

はややましかと思われるが下句がいかにも弱い。それでも

少しづつ疊のうへを歩むことわれは樂しむ病癒ゆがに

に比べれば詩情がある。「少しづつ」は本音かもしれないが、それだけ独りよがりであって、共感を呼ぶとは思われない。同じことが「罌粟の花」五首中の

やうやくに夏ふかむころもろびとの厚きなさけに病癒えむとす
病癒えばかもかもせむとおもひたる逝春《ゆくはる》の日も過ぎてはるけし
われひとりおし戴きて最上川の鮎をこそ食はめ病癒ゆがに

の三首についても言えるだろう。作者の真情を語ったからといって、読者は詩情を覚えるわけではない。「病癒えば」の作に微かな抒情を感じないわけではないが、いかにも衝迫に欠けている。鑑賞するにさいして難しく思われるのはこの一連の冒頭の

臥處《ふしど》よりおきいでくればくれなゐの罌粟《けし》の花ちる庭の隈《くま》みに

である。病床から起き出てみると庭の隅に紅のケシの花が散っているではないか、それほどの期間自分は病臥していたのだ、といった感慨をうたったものと解し、この歌にこめられた感慨を推察することはできるが、作者が病臥していた期間を知らなければいかなる共感も覚えないであろう。そういう意味でこの作も評価できない。

続く「聽禽書屋」五首の中

たたかひの歌をつくりて疲勞せしこともありしがわれ何せむに

がおそらく問題作だろうが、私には「われ何せむに」が理解できない。「せむすべ知らに」とか「せむかた無く」といった言葉から連想すると、自分には何もすることができなかった、つまり、戦争歌

を作って疲れたことがあったが、自分には他に何のしようもなかったのだ、と意味であろうか。そうとすれば、ひどい作だし、そうでないとしても難解で批評に値しない。私としては

この庭にそびえてたてる太き樹の桂《かつら》さわだち雷《らい》鳴りはじむ

という作が好みではあるが、斎藤茂吉ともあろう作者にしては「太き樹の桂」という表現があまりに拙い。すでに「そびえてたてる」と言っているのだから、この桂が大樹であることは、かさねていわずもがなである。下句に魅力があるが、「さわだち」は気分は分るが、通常の辞書には載っていない言葉である。感銘は浅い。

梅の實の色づきて落つるきのふけふ山ほととぎす聲もせなくに
梟のこゑを夜ごとに聞きながら「聽禽書屋」にしばしば目ざむ

はいわゆるただごと歌でないか、と考える。
そこで「夕浪の音」五首を読む。

わが病やうやく癒えて歩みこし最上の川の夕浪のおと
鉛《なまり》いろになりしゆふべの最上川こころ静かに見ゆるものかも
夕映《ゆふばえ》のくれなゐの雲とほ長く鳥海山の奥《おく》にきはまれり
彼岸《かのきし》に何をもとむるよひ闇の最上川のうへのひとつ螢は
かの空にたたまれる夜《よる》の雲ありて遠《とほ》いなづまに紅《あか》くかがやく

いずれもしみじみとした沈静な声調に最上川のほとりに佇む作者の孤独、作者が感じている生へのいとおしさを感じさせる秀歌である。ことに「彼岸」の蛍は、次の「螢火」の「螢火をひとつ」と呼応し、また若いころの作者の「草づたふ朝の螢」の作とも呼応し、この二首はたんに秀歌という以上の傑作といってもよいのではないかと思われる。いうまでもなく、作者はこれらの作の「螢」に彼の生を仮託している。じつに切実であり、見方によれば悲哀にみちた作である。その他の作についても「わが病やうやく癒えて」という上句があるから最上川の夕波の音に耳を傾ける作者の思いの切なさに読者は引き込まれるのである。最上川の夕波はたちさわいでいる。しかし、作者は静かに佇るものを在るがままに見ているから、読者の心をうつのであり、おなじく、作者の眼は鳥海山の奥に夕映える紅色の雲の果てを凝視している。これらには叙景以上の感情が豊である。

次の「螢火」五首の末尾

螢火《ほたるび》をひとつ見いでて目守《まも》りしがいざ帰りなむ老の臥處《ふしど》に

がじつに卓越した作であることはいま述べたとおりである。ただ、つけ加えれば、これらの秀詠には、作者と作者が対峙する自然があって、社会的存在としての作者は不在である。その上、声調は沈静だが、緊迫した、もりあがるような充実感が欠けている。「螢火」五首の中、その他四首は引用するにしのびないほど貧しい。二首だけ引用する。

晝蚊帳《ひるがや》のなかにこもりて東京の鰻のあたひを暫しおもひき

哀草果わが傍《そば》にゐて戀愛の話をしたり樂天的にして

「弔岩波茂雄君」八首は型どおりの悼歌にすぎない。どこまで斎藤茂吉が岩波茂雄の死を嘆いていたか疑わしい。たとえば

うつせみは常なきものと知りしかど君みまかりてかかる悲しさ

たえまなき三十年のいさをしを常にひそめてありし君はや

の如きである。「蕗の薹」五首は自然詠として読めば、それなりの興趣がある。

しづかなる曇りのおくに雪のこる鳥海山の全《また》けきが見ゆ
みづからがもて來《きた》りたる蕗の薹あまつ光にむかひて震《ふる》ふ

斎藤茂吉の写生の技量に感嘆するが、ただそれだけの妙味にすぎない。これらには人間性が認められない。「春より夏」一四首の中、

ながらへてあれば涙のいづるまで最上《もがみ》の川《かは》の春をしまむ
逝く春の朝靄こむる最上川岸べの道を少し歩めり
水すまし流にむかひさかのぼる汝《な》がいきほひよ微《かす》かなれども

などは境涯詠として読めば、それなりの感興はあるが、それ以上ではない。境涯詠としても切実さがないが「涙のいづるまで」の句などは安易にすぎる。

近よりてわれは目守《まも》らむ白玉の牡丹の花のその自在心《じざいしん》
白牡丹つぎつぎひらきにほひしが最後の花がけふ過ぎむとす

の二首には病臥する心の慰めとなった白い牡丹に対する愛着にもとづく抒情が認められるが、感慨が淡い。

戒律を守りし尼の命終《みやうじゆう》にあらはれたりしまぼろしあはれ

『古今著聞集』巻一六中の「一生不犯の尼臨終に念仏を唱えざる事」に、一生不犯の尼が、その臨終にさいして、「念仏をば申さで、「まらのくるぞや、まらのくるぞや」といひて、つひに終りにけり」をふまえた作として知られているが、この尼を「あはれ」と感じた斎藤茂吉も性欲の満たされぬ感を抱いていたにちがいないと私は考える。だからこそ、この尼が「あはれ」なのであり、性欲から彼自身が自由無縁となっていたなら「あはれ」とは感じないはずである。作者はここで本音を秘匿していると私は考える。ただし短歌の作としてはつまらない。

おしなべて人は知らじな衰ふるわれにせまりて啼くほととぎす

いきどほる心われより無くなりて呆《ほ》けむぞする病《やまひ》の牀《とこ》に
わがために夜の蚤さへ捕《とら》へたる看護婦去りて寂しくてならぬ

これらは自分の老い、自分の寂しさに同情を求める作としか思われない。
この時期の前後と思われるが、八月二日、三日の日記が右の作に関係するので引用する。

「八月二日　金曜、クモリ、後ハレ　村山長官來、
○午前中、手紙ハガキの類澤山ニ書イタ。ソシテ非常ニ疲レタ、○村山長官大石田ニ來リテ農藝女學校、等ヲ視察シ、青年學校ニテ青年ト座談會ヲヒラキ、午后三時カラ二藤部氏方ニ寄リ、予ニ藏王山ノ駒草トＤＤＴトヲ土産ニ持參、御馳走ヲ食ベテ歸ツテ行ツタ。予モ光榮ニ思ツタ　○二藤部、江口、板垣三人予ノ部屋ニ寄ツテ繪ノ話、滿洲ノ雜談ヲナシタ。

八月三日　土曜、ハレ、陰暦六日、七夕立
○朝、天氣晴レテ心地ヨシ、佐々木先生（至誠堂）ニアイサツニヨキ〔原〕、御馳走ノ箱返上　○板垣君ノトコロニ寄リ、梅湯ヲ飲ンデカヘル、○駒草ヲ寫生シタルガ葉ガ出來ナイノデ失敗シタ　○午睡、○午後看護婦來リテズボン下ノホコロビヲ縫ツテクレタ。ソレカラ部屋掃除シテクレタ。中元30y、ソレカラ二藤部氏ノ使用人三人ニ100y中元、○佐藤正彰氏ヨリトドイタ露伴集ノ解説ヲ少シ讀ミ午後

九時ニ臥、宮臺教諭茄子惠興、」

村山長官とは当時の山形県知事である。御馳走したのは二藤部家であろう。知事がコマクサとDDTを土産に呉れたからといって、「感謝シタ」というならともかく「光榮ニ思ツタ」というのは斎藤茂吉ノ事大主義、権威主義である。看護婦の千代に三〇円、二藤部家ノ婆や、女中、下僕の三人に中元として一〇〇円を与えているが、これについて、板垣は「物固い」と書いている。彼らに月々礼金を払っていたとすれば、中元としては充分だろうが、板垣の筆致に「物固い」とあることからみて、月々礼金を別途払っていたのであろうか。

八月一二日の日記に「輝子カラ來書、家屋ノ件13萬5千圓（岩波、齋藤書店、八雲書店、青磁社等、厄介ニナツタ）ニテ買取ツタヨシ」とある。

八月も下旬になると、二三日、尾花沢に行き、諏訪神社の祭礼を見、念通寺参拝、二四日には新庄に行き、午前一〇時着、城跡で午食、サーカス、女子九人のダンス等を見物した後、午後三時五〇分発で大石田に戻り、夕食後愛宕神社祭礼参拝、市川某一座の芝居を見物して十時半に帰る、と日記にあり、翌二五日には午後六時に大石田歌会、その後講談、浪花節の余興があり、さらに二藤部、板垣らと六人で聴禽書屋歌会を催し、夜一〇時半に解散した、とあり、すっかり元気になっているようにみえる。

同時に、八月二九日の日記に「午後五時近クカラ下河原ニ行ツテ靜居」、八月三一日「三時カラ小山ト云フ松山方面ニ散歩、六時近クマデ松ノ切カブニ靜居歸ツテ來タ」、九月三日「午前中午睡、ソレカラ下河原ニ行ツテ靜居」とあるように、しきりに「靜居」という記述をくりかえしている。九月一三日の日記には「氣ガクサクサスルノデ川原ニ行ツテ柳ノカゲニ沈默シテヰタ」とも記している。静居といい、沈黙といっても、とりとめもなく、心を安らかに保っていたにすぎまい。あるいは悲哀をもてあましていたといってもよい。格別の思想に耽っていたとは思われない。その間、九月八日、「黑瀧山向川寺ニ行キ、山上ノ金比羅社ニテ作歌、○午食ヲ一時半ゴロスマセ、寺ノ裏山ニノボリ眺望ヲ恣ニシ頂上カラマタ降リ金比羅社ニタドリツイタ」と日記に記しており、『白き山』に「黑瀧向川寺」と題して一七首を収めている。

元禄の二年芭蕉ものぼりたる山にのぼりて疲れつつ居り

の作にみられるとおり、『奥の細道』の芭蕉を思い、歌意大いに刺激されたのであろうが、「疲れつつ居り」と結んでいるように、作歌の気迫に欠けているので、すべて凡庸である。しいて一首挙げれば

ひがしよりながれて大き最上川見おろしをれば時は逝くはや

を採る。作者の眼前の時間が逝くばかりでない。芭蕉以来の、ほとんど永遠に近い時間の逝くことへの哀惜がこの作には認められる。

続く「暑き日」五首にも採るべき作はない。

馬追は宵々鳴くに晝なかば老いたるこの身たどきも知らず

をあげれば、「たどき」は手をつける糸口、仕方、あるいは、様子、ありさま、の意であり、「せむすべのたどきも知らず」といった用法に遣われる語だから、ただ「たどきも知らず」だけでは意味をなさないし、かりに「せむすべのたどきも知らず」を略しているとすれば、たんに無為を歎いているにすぎない。

「虹」一七首には佳唱が多い。

最上川の上空《じやうくう》にして殘れるはいまだうつくしき虹の斷片《だんぺん》

眞紅なるしやうじやう蜻蛉《とんぼ》いづるまで夏は深みぬ病みゐたりしに

あまつ日の強き光にさらしたる梅干の香が臥處《ふしど》に入り來《く》

わが歩む最上川べにかたまりて胡麻《ごま》の花咲き夏ふけむとす

これらが私の好みの作であり、ことに「最上川の」は印象鮮明である。しかし、よくできた叙景歌といえば、それだけのことかもしれない。

「眞紅なる」は色彩感覚が鮮かであるばかりでなく、病臥していた時間の流れがあり、その時間が過去って真紅の蜻蛉をみるときめきがあり、私としては秀詠として推すことに躊躇しないが、それだけのことで、感銘の淡いことは如何ともしがたい。「わが歩む」にしても季節の推移による時間の流れがあり、大病を治癒して川辺を散歩できることになった心の弾みがある。だが、感銘の淡いことは「眞紅なる」と同じといってよい。

「虹」中、問題とされること多いのは

軍閥といふことさへも知らざりしわれを思へば涙しながる

であろう。「軍閥といふことさへ」というのだから、軍閥という語は戦争のよってきたるところ諸々の象徴として選ばれたのであろう。しかし、涙を流したところでどうなることでもない。そう考えると「軍閥」という言葉を知っても、斎藤茂吉は軍閥の果した役割まで考えたかどうか、疑わしい。これは弁解にすぎない。

日記には九月二四日発、堅苔沢に四泊し、二八日に大石田に戻った旨が記されている。二四日に「二藤部、板垣、金山三氏ト午前八時四十分大石田發新庄ニテ酒田行ニ乗換へ、古口、刈川（最上川峡間流ル）清川ヲ經テ余目（アマルメ）ニテ下車　午食、汽車ニテ（3時間待）鶴岡ニ來リ（二時間餘裕）柏崎行ノ汽車ニテ、三瀬ノ次、小波渡《コハト》ニテ降リ、徒歩ニテ豊浦村字堅苔澤《カタノリザハ》大波渡ノ高桑別荘ニタドリツキ入浴、御馳走、寐（金山、二藤部二氏えびき〔原〕）、小用ニ五回起。十時頃、犬丸秀雄氏突如トシテ來訪、ソノ前ニ魚ノ取レタノヲ賣買ノ模様ヲ見タ」とあり、翌二五日の日記に「〇午前中犬丸氏ト談合、宮内省選歌ノ件、大體承託〔原〕シタ」などとある。この旅行は大石田の高桑家のもっていた堅苔沢の別荘に招待された旅行であった。私が紹介しようと思うのは『板垣・随行記』の記述である。第一日、夕食後の出来事を板垣は次のとおり記している。

「別荘の下の方に魚市場があって、九時頃になると漁船が帰って来るとのこと、皆がその市場の風景を見に行くことにして出かけた。市場に行った時はまだ人が余り来ていず、事務所の人々が声高に何か話し合っていた。高桑母堂はすっかり土地の人々とも馴染みであるというより尊敬されている。そのお蔭で、市場の人たちや私たちにも何かと親切にしてくれた。画伯は市場の中を隅々まで見て廻る。こんな時間を過しているうち、ぽつぽつ売子の女たちが集り初めた。庄内で言う「アバ」たちである。この連中が魚を買って、それぞれの売先地に出かけて行くのだ。特有の語尾に「の」をつける庄内弁が喧しくなる。早口で語尾に「の」をつける酷い訛りのアバたちの言葉を聞いていると、まるで私にも何をしゃべっているのか、てんで解らない。外国にでも行ったようだ。

『板垣君、君は解るか。僕にはさっぱり解らないが。』

『先生、俺もさっぱり解らない。外国さ来たみたいだっす。』

『そうだ、まるで外国に来たみたいだなっす。本当だ。こりゃあ外国だなっす。』（中略）別荘への坂を登りながら、

『言葉が少しも解らなかった。本当に外国に来たみたいだった。』

と先生は思い出して言う。同じ県でもこんなに言葉が違うんだなと、私も妙なところに感心していた矢先だった。」

同じ山形県内でさえ、これだけ言葉が違っていたことに驚かざるをえない。

（一四）『白き山』（その三）

『白き山』に戻ると、「秋來る」一一首中

秋づくといへば光もしづかにて胡麻《ごま》のこぼるるひそけさにあり
秋たつとおもふ心や對岸の杉の木立のうごくを見つつ

は佳唱といってよい。ことに「秋づくと」は風光の徴妙な秘密を探りだしているように思われる。こういう風光の秘密をみいだす眼の確かさはまさに非凡である。斎藤茂吉はまた、よく聞き分ける耳をもち、こまやかに物を見る眼を持っていた。続く「秋」五首中

黄になりて櫻桃の葉のおつる音午後の日ざしに聞こゆるものを

において、桜桃の葉が落ちる音を聞き分けられても、どうして葉の落ちる音が聞こえるのか、ふしぎなのだが、「われをめぐれる空氣の音」が聞こえた斎藤茂吉の非凡をここにもみてよいのだろう。

松山の中に心をしづめ居るわれに近づく蟆子《ぶと》のかそけさ

も同じ「秋」五首の中の作であり、「靜居」をうたった作であり、続く「松山」五首中の

ここにして心しづかになりにけり松山の中に蛙が鳴きて

をみると、斎藤茂吉が静居し、沈黙し、その心の騒ぎ、おののきが蛙の鳴くのを聞けば平穏になるほどのものだったのか、と納得してしまうのである。もう一首「松山」から

蕎麦《そば》の花咲きそろひたる畑あれば蕎麥を食はむと思ふさびしさ

とあるのをみると、この作は「さびしさ」と終るより「いやしさ」と結ぶべきではないかと思い、失笑する。

「最上川下河原」は斎藤茂吉にとってもっとも親しい散歩の地であったが、「最上川下河原」一一首中、私が惹かれるのは

われをめぐる茅《ち》がやそよぎて寂《しづ》かなる秋の光になりにけるかも

の一首だけである。ただし、これもすぐれた叙景歌にすぎないといえば、それまでである。

続く「對岸」五首も

空襲のはげしきをわれのがれ來て金瓶村に夢をむすびき
病より癒えて來れば最上川狹霧のふかきころとなりつも

といった、採るに足りない作を含むにすぎないし、その次の「弔森山汀川君」五首も通り一遍の追悼歌である。

ここで「海」八首、「浪」二六首の大作を読むこととなる。すでに記した堅苔沢の高桑別荘に滞在時の見聞の作である。

日本海まともにしたる砂の上に秋に入りたるかぎろひの立つ
いちはやく立ちたる夜の魚市にあまのをみなのあぐるこゑごゑ

は「海」中の作である。前者は観察のこまやかさにおいて、後者は魚市の光景を大づかみにとらえている点に、斎藤茂吉の技量が見られるが、感銘は淡い。何よりも女性たちの肉声が聞こえてくる感がない。

わたつみのいろか黝《ぐろ》きに流れ浪しぶきをあぐる時のまを見つ
もえぎ空はつかに見ゆるひるつ方鳥海山は裾より晴れぬ
魚市の中にし來れば雷魚《はたはた》はうづたかくしてあまのもろごゑ

これら「浪」中の作にしても、観察のこまやかさ、光景の大づかみな捉え方に感服するけれども、そんなものかという以上の感想を促さない。やはり何よりも女性たちは風景の一部であって、彼女たちの顔が見えてこない。この旅行は大石田で斎藤茂吉を大切に見守ってくれている人たちの間から、初めて、いわば社会に出た体験なのだが、そして、そこで方言が理解できないことに驚いたりもしているのだが、斎藤茂吉に新鮮だったはずの社会的接触はまったくうたわれていない。

「鳥追ふ聲」五首は大石田に戻ってからの作であろうが、

外光にいでてし來れば一山《ひとやま》を吹き過ぎし風もわれに寂しゑ
家いでて吾は歩《ある》きぬ水のべに櫻桃の葉の散りそむるころ

の如き凡庸、共感を覚えさせることのない作のみである。作者の寂しさが読者には伝わってこないのである。

最上川ながるるうへにつらなめて雁《がん》飛ぶころとなりにけるかも

の作にはじまる「大石田より」一一首の中、冒頭の「最上川ながるるうへに」の声調の大らかで淀みなく、季節の推移に対する哀惜の感が捨てがたい。しかし、読者の心に訴えるものはごく浅い。

現身《うつしみ》はあはれなりけりさばき人安寝《びとやすい》しなしてひとを裁《さば》くも
をりをりにわが見る夢は東京を中心にして見るにぞありける
おそろしき語感《ごかん》をもちて「物量」の文字《もじ》われに浮かぶことあり

の三首が私たちにもっと考えさせるものを内蔵しているようである。「現身は」の「さばき人」は東京裁判の裁判官たちを指しているのかとも思われるが、斎藤茂吉を戦争犯罪者として指弾する人々を指していると考えるのが妥当かもしれない。彼の怨みはふかいのである。それがまた、東京の情勢を想起させ、彼の帰京を躊躇させているから、夢に東京を見るのであり、いまになって戦時下の日本の欠乏、アメリカの「物量」の豊かさを思い知らされたことを思いだし、その怖しさを回想するわけである。短歌としては、いずれも貧しいけれども、作者の心境を思いやれば読み捨てがたい。

＊

こうして斎藤茂吉は一九四六年、晩秋から冬を大石田で迎えることとなる。「山と川」一一首から

われひとりきのふのごとく今日《けふ》もゐてつひに寂しきくれぐれの山

の一首が抜群と思われる。昨日の如く今日も過すことは私たちの日常の経験である。日の暮れ方になって、ああ、今日も昨日と同様、無為に終った、と私たちは悔いるのが常である。そうした感傷をうたって「くれぐれの山」すなわち夕暮の山を見上げる孤影が心をうつのであり、「くれぐれの山」が巧みである。「山と川」には

黄の雲の屯《たむろ》したりと見るまでに太樹《ふとき》の桂《かつら》もみぢせりけり
やうやくに色づかむとする秋山の谷あひ占めて白き茅原《かやはら》

のような作も収められている。観察の緻密さ、調べのなだらかさ、叙景歌として上々だが、それだけの作である。

一〇月三日の日記に「〇午前八時四十分發ニテ瀬見溫泉ニ向フ」、「〇新庄ニテ約二時間待ツコト、ナツタ。ソコデ市街ヲ散歩シタ。例ノ市ノ處デぐみ賣ツテヰタ」とある。

みちのくの瀬見《せみ》のいでゆのあさあけに熊茸《くまたけ》といふきのこ賣りけり
新庄にかへり來りてむらさきの木通《あけび》の實をし持てばかなしも

といった凡作に新庄などこうした地名が含まれていることからみて、この時の見聞の作が「しぐれ」一一首であろう。

たひらなる命《いのち》生きむとこひねがひ朝まだきより山こゆるなり
山の木々《きぎ》さわだつとおもひしばかりにしぐれの雨は峽《かひ》こえて來つ
峽《かひ》の空《そら》片よりに蒼《あを》く晴れをりて吹きしまく時雨の音ぞ聞こゆる

といった作から「しぐれ」と題したのであろう。「たひらなる」には作者の心情を窺うことができるが、その心情が平凡だし、その他は叙景の作として読めば、巧みだが心に沁みる作ではない。

「晩秋」一一首は

新しき憲法發布の當日となりたりけりな吾はおもはな
淺山に入りつつ心しづまりぬ楢《なら》のもみぢもくれなゐにして
こもごもに心のみだれやまなくに葉廣がしはのもみぢするころ

といった作があり、一一月五日に現行憲法が発布されたから、同月の作であろう。大日本帝国憲法下で育った斎藤茂吉らの世代に現行憲法が衝撃的だったことは想像に難くない。彼が「吾はおもはな」といって何を思ったか。ただ心は千々に乱れ、収拾つかなかったであろう。「淺山に」よりも「こもごもに」の方に切実な思いがこの作の声調から感じられる。これは『白き山』中の秀詠の一である。

「蔦」一四首の中

鹽の澤の觀音にくる途すがら極めて小さき分水嶺あり

はまことに極めて小さい作だが、この目立たぬ発見のときめきにふさわしい、つつましさがあり、好

感を持つ。ところが、

新光《にひひかり》のぼらむとするごとくにて國のゆくへは今日ぞさだまる
萬國《ばんこく》のなかにいきほふ日本國永久《にほんこくとは》の平和はけふぞはじまる
萬軍《ばんぐん》はこの日本より消滅す淨《きよ》く明《あか》しと云はざらめやも

といった作を見ると、こうも安易に現行憲法を受容できるものか、とつよい疑問をもつ。おそらく斎藤茂吉の事大主義、権威主義のあらわれであろう。眼を覆いたい気持は次の「新光」八首に接するといよいよ強くなる。

つつましき心となりて萬國のなかに競はば何かなげかむ
新しき生《いのち》はぐくむわが僚《どち》よ畏るるなゆめためらふなゆめ

こうした作を読むと斎藤茂吉の精神状態が私には何としても理解できない。次の「年」八首も似たりよったりである。

十一月三日小山《こやま》にのぼりけりかなしき國や常若《とこわか》の國や
この國のにほひ少女《をとめ》よ豐かなる母となるとき何かなげかむ

これらは応需の作かもしれない。そうとしてもひどい駄作であることを恥じるべきである。『板垣・随行記』の一一月の項に、

「板垣君、歌では生活していけないもんだっす。歌で飯を食うことはとうてい出来ないからなっす。全く歌の原稿料なんて安くて話にならない。実際は短歌一首は短篇小説一題に当るんだが、全く出版界は短歌を冷遇しているんだっす。だから君も歌で生活することなど考えるな。」

と斎藤茂吉が語ったという話を記している。斎藤茂吉の歌集は他の歌人の歌集に比べはるかに多く売れたにちがいないが、それでも雑誌の原稿料、歌集の著作権使用料をあわせても、その収入では生活は成り立たなかったであろう。しかし『萬葉秀歌』などはかなりの収入になったのではないか。それはともかくとして、「鳶」「新光」「年」などに収めた諸作をみると、これで金銭を得ることは恥じるべきである。

続く「ひとり寐」一一首にも見るべき作はない。

進駐兵山形縣の林檎をも好しといふこそほがらなりけれ

など進駐軍の意を迎えるための作のようにさえ思われる。

「をりをり」五首の中

　またたびの實を秋の光に干しなめて香にたつそばに暫し居るなり

は小品だが、佳作と考える。「暫し居るなり」がいかにも巧みである。秋の光に干したまたたびの実が香っている。それに気づいて、しばし立ちどまるのだが、やがて立ち去る、という日常の些末をよく把えている。しかし、ただそれだけといえば、それだけの歌である。

　そこで、「寒土」一一首、「越年の歌」五首、「逆白波」五首、「北國より」五首、「歳晩」五首で、一九四六（昭和二一）年の作を終ることとなる。

　たけ高き紫苑の花の一むらに時雨《しぐれ》の雨は降りそそぎけり

　やうやくに病癒えたるわれは來て栗のいがを焚く寒土《さむつち》のうへ

　最上川のほとりをかゆきかくゆきて小《ち》ひさき幸《さち》をわれはいだかむ

は「寒土」中の作である。「たけ高き」は平凡な写生だが、素直であり、紫苑の花にふる時雨という色彩感のため、私の好みである。ただし、それだけのことだ、といわれればそれまでである。「やうやくに」には大病から快癒した後の生の喜びが秘められているのであり、それが「最上川」のほとりを「かゆきかくゆき」することを「小さき幸」とうたうこととなったわけである。一連の作として読むとき、ことにしみじみとした味わいがあり、興趣はふかい。

けふもまた葱南先生の牡丹圖を目守《まも》りてをれば心ゆかむとす
あたらしき時代《ときよ》に老いて生きむとす山に落ちたる栗の如くに
二とせの雪にあひつつあはれあはれ戰《たたかひ》のことは夢にだに見ず

「けふもまた」は偶然、私の手許に葱南先生こと木下杢太郎描く牡丹図がある。どうして入手したか記憶にないし、これが斎藤茂吉が心ゆくまで見たものかどうか分らない。しかし、そういう縁があるので、抄記した。「あたらしき」は時代をことさら「ときよ」と読ませなくても、「じだい」と読ませても差支えあるまい。山に落ちて拾う者もなく、見捨てられた栗のように生きよう、というのは自己卑下が甚しく、彼の本心とは思われない。戦争の夢を見ないというのも信じがたい。それほどに戦争下の自分と現在の自分とは違っているのだ、と誇張したのかもしれないが、感心しない。

「越年の歌」中、次の作だけは声調がのびやかで情景がくっきり描かれているので、引用するが、それ以上の作ではない。その他の四首は何としても採れない。

みちのくの鳥海山にゆたかにも雪ふりつみて年くれむとす

「逆白波」が『白き山』を代表する卓抜な秀歌であるという考えは若いころから今に至るまで変らない。ただ、読み方は若干違っている。

かりがねも既にわたらずあまの原かぎりも知らに雪ふりみだる

雁が渡る時期はとうに終っているのだから、いまさら「かりがねも既にわたらず」をその文字通りにはうけとれない。吹雪ふきあれて鳥影一つみえない、荒寥たる風景の象徴として「かりがねも既にわたらず」と詠んだ、と今は私は解している。ただ、そう解しても無理があることは事実だし、「あまの原」の措辞も古めかしい。この作は佳唱の一とは考えるが、特に優れている作とまでは評価しない。

この春に生《うま》れいでたるわが孫よはしけやしはしけやし未だ見ねども

最上川逆白波《さかしらなみ》のたつまでにふぶくゆふべとなりにけるかも
きさらぎにならば鶫《つぐみ》も來むといふ桑の木はらに雪はつもりぬ
人皆のなげく時代に生きのこりわが眉の毛も白くなりにき

「この春に」は孫が可愛いというだけの駄作である。敗戦後のこの時期が「人皆」の「なげく時代」であったとはいえない。斎藤茂吉は彼自身の悲歎を「人皆」と誤解している。これも採るに値しない作である。

「きさらぎ」は好ましい小品である。ツグミの来て鳴く季節への待望を静かにうたっている。その静けさに惹かれる作にはちがいないが、ただ、それだけのことで、心を揺さぶられるような感動を喚起する作ではない。

「最上川」はやはり秀歌の中でも格別に卓越した秀歌と考える。『板垣・随行記』には板垣が『先生、今日は最上川にさか波が立ってえんざいっす（おります）』と言ったのを斎藤茂吉が聞きとがめて、言葉を大切にしなければならない、と諭したことを記しており、この地方では「さかさ波」「さかさま波」と常に言っていた、と記されている。それでも斎藤茂吉が「逆白波」という言葉を発明した手柄には変りない。この造語を軸に、痛切なまでに厳しい情景を格調高くうたいきっている。たとえば「なりにけるかも」を「なりにけるかな」と言いかえただけでも弱々しくなる。一語一文字の揺るぎもない名歌と私は考える。しかし、その背後にある作者の思いは、ひたすら悲しく寂しい、というだけのことかもしれない。おそらく悲しく淋しいという以上の心情も苦悩もない。また、これは写生ではあるまい。想像の作にちがいない。それでも名作は名作たりうるのが短歌という抒情詩の型式なのである。

「北國より」五首は

おのづから心は充《み》ちて諸聲《もろこゑ》をあげむとぞする國のあけぼの
老びとの吾にこもれとかきくらし空を蔽ひて雪ふり來《きた》る

にみられるような駄作ばかりである。「歳晩」五首中、目につくのは

歳晩をひとりゐたりけり寒々とよわくなりたる身をいたはれば

だけである。ここには孤独な老人の歎きがある。老いを感じることは孤独を感じることと同義である。ただ、この作には自らをいたわる甘えがある、弱々しい作にちがいない。

（一五）『白き山』（その四）

一九四七（昭和二二）年に入る。

一九四七年の作は「雪の面」五首に始まるが、

冬の鯉の内臓も皆わが胃にてこなされにけりありがたや

の如き作が並んでいるので、

上ノ山に籠居したりし澤庵を大切にせる人しおもほゆ

のような平凡な作が目立つばかりである。どうして目立つかと言えば、他の多くの作品と異なり、この作には日常些末とはいえ、人間の生活があるからである。続く「新年」五首は応需の作であろうが

新しき時代とともに新しき國ぢからこそ見るべかりけれ

の如き「制服的」な歌が並んでいるばかりである。次の「黑どり」一一首中から数首を引く。

齒科醫よりかへり來りて一時間あまり床中《しやうちゆう》に這入りゐしのみ

短歌ほろべ短歌ほろべといふ聲す明治末期のごとくひびきて

きさらぎの六日このかた外光にいづることなし恐るべくして

「追放」といふことになりみづからの滅ぶる歌を悲しみなむか

三月二二日の日記に「歌ノ雜誌ナド讀ミ杉浦明平ノ文章ニ燌〔原〕ツタリシテ時ヲ費シタ」とあるので、「短歌ほろべといふ聲」は杉浦明平の評論をいうのかもしれない。杉浦明平は若いころ「アララギ」に属し、短歌を作っていたが、戦後は「アララギ」ないし短歌に批判的になったように記憶している。ただ、私は杉浦明平の評論を確認していないので、確かとはいえない。また、短歌滅亡論が明治以降くりかえし唱えられながら、生きのびてきたのが近現代の短歌史の常識である。こうして斎藤茂吉は短歌滅亡論や戦争責任の追求を怖れながら、大石田で様子を窺っていた。一九四七年に入って後、斎藤茂吉は歯痛に苦しみ、軽い発作のため一週間ほど病臥しているが、もっとも心を痛めたのは財産税の申告であった。これも新円の切換と同じく、インフレーション対策であった。この申告のため、斎藤茂吉は茂太との間でしばしば書信を往復している。一つには財産総額を把握するのが難しかったためらしい。たとえば前年一二月一四日付茂太宛封書（書簡番号六一一八）に「〇青山の土地は全部で一一〇〇坪（前のが九〇〇坪小生の買つた二百坪）で、茂吉名義の筈、後の二〇〇坪の証書等は小林に任せてゐたから多分金庫かも知れない」とある。現在の高級住宅地としての青山と当時の青山とは違うとしても、広大な土地を都心に持っていたことは間違いない。

申告を斎藤茂吉の居住する大石田を管轄する楯岡税務署に家族全員一括してするか、茂太一家と斎藤茂吉は別々に茂太一家は東京でするか、についても悩んだようである。一九四七年二月五日付茂太宛封書（書簡番号六一九九）では「財産税のとき一人につき五千圓づ〔原〕の削除になるが當方（大石田）では茂吉一人にするか、或はどうするか、兎に角七人ゐるから5×7三萬五千が削除になるわけだから當方で七人分削除になれば得《トク》だといふ人あり又去年夏の届には（楯岡の税務署に）家族全部卽ち、七人届けた筈だから」と書いている。「削除」とは控除の意であろう。また、二月二二日付宗吉宛封書（書簡番号六二〇七）では「〇財産税で、前便で二十八萬とかいたが、或は茂太の分も加へれば、四十萬から四十五萬ぐらいの税となり、全財産が無くなることになる。貯金も全部無くなる見込だ。よつてこれから働いては使ひ働いては使ふといふことになり、困難の世を送らねばならないことになる」と悲壮な思いを伝えている。斎藤茂吉は総額いくらの資産を所有していたか、結局いくらの財産税を納付したか、書簡や日記の断片的な記述からは判明しない。ただ、かりに四〇万円から四五万円が財産額としても最高税率は六〇％であって、預貯金、資産が全くなくなることはない。斎藤茂吉は四〇％程度しか残らないのであれば、無一文に等しいと考えていたのかもしれない。これはなまじ斎藤茂吉が莫大な資産をもっていたための悩みだが、義父紀一以来営々と築いてきた資産だから、その相当部分を財産税として納付することは本人にとっては非常に辛いことだったにちがいない。

高村光太郎のばあい、駒込林町一五五番地の土地家屋はもともとは父光雲の住居であり、高村光太郎が林町二五番地の借地にアトリエを建てて後は弟豊周が住んでいたが、高村光太郎の名義になっていたため、「十萬圓と査定されて財産税を拂ふことになりました。こんな小屋にゐる者が財産税を拂ふなどとは滑稽ですが進んで拂ひませう」と書簡に記したことは第一章で記した。この家屋を使っていた豊周に支払わせてもよいはずだが、そうしないのが高村光太郎の性分であった。高村光太郎に比べ、斎藤茂吉の性格の違いを痛感せざるを得ないが、財産額が比較にならないほど大きいのだから、当然という見方もありうるだろう。この財産税問題に加えて、戦争犯罪を追求されていたことは高村光太郎も斎藤茂吉も同じだが、斎藤茂吉は加えて短歌滅亡論もかかえていた。

「雀」一一首から若干首を引用する。

老の身も免《のが》るべからぬ審判《しんぱん》を受けつつありと知るよしもなき

硯のみづもこほらずなりゆきて三月十日雀啼くこゑ
ひとり言われは言はむかしかすがに一首の歌も骨が折れるなり
外出より歸り來りて靴下をぬぎ足袋に穿きかへにけり何故《なにゆゑ》か

「老の身も」を「知るよしもなき」と結んでいるのは不満、不可解の意であろう。いうまでもなく、引用した他の三首も貧しい。続く「寒月」一一首も依然として低調である。

鳥ふたついなづまのごと飛びゆけり雪のみだるる支流のうへを
名殘《なごり》とはかくのごときか鹽からき魚の眼玉をねぶり居りける

がかろうじて採りうる二首である。読みすててもよい作だが、前者には手慣れた写生があり、後者には作者の人間性が認められる。

その後、「あまつ日」五首、「ひとり歌へる」四一首の大作、「山上の雪」五三首の大作が、多くの駄作も含むとはいえ、おそらく『白き山』中注目すべき力作である。

これらの力作を読む前に、挿話を一つ書いておきたい。『板垣・随行記』に同年三月、板垣が「腹を悪くした時など、いつも次のように注意されたものである」と記し、斎藤茂吉の言葉を書きとめている。

「君、腹を悪くするのは君自身の自戒が足りないからだ。それには、君はよい茶を飲み過ぎるんだ。あのようなよい茶よりも焙茶を飲んだ方がよい。赤彦なんかも夜晩くまで起きてるんで、玉露の高いよい茶ばかり飲んでいた。それが生命を取られる病気につながる原因にもなっているんだ。君も贅沢な茶ばかり飲んでると、そういうことになる。今後は安い茶を飲むことだ。そうし給え、君。」

板垣は「真剣な面持ちで私に注意してくれる先生だったのである」と付け加えている。

高村光太郎が智恵子の健康なころから贅沢な茶を嗜んでいたことは豊周が回想しているが、太田村山口の山居の間も椛澤ふみ子から贈られた宇治の抹茶を釣瓶で汲みあげた新鮮な水を囲炉裏で沸かして立てて朝の食事を始めることを常としていたことは第一章で記した。さらに自ら耕した畑で収穫したキャベツでシュークルートを作り、これにやはり自らの畑で収穫した種々の野菜を漬けこんで常食としていたことを、斎藤茂吉の鰻への執着などを比べると、いかにも高村光太郎の生活は、貧しいながら、典雅だという感がふかい。斎藤茂吉といえども、大石田における生活の間、自ら粥など作ることはあるが、あくまで例外であって、彼の生活は二藤部、板垣二家に依存していたのであって、しかも、食物も故郷山形の風土の産物であった。高村光太郎は自主自立し、他人の好意をうけることも多かったといえ、自らの知性で山居七年を過したのであった。

*

次に「あまつ日」を読む。

あまづたふ日は高きより照らせれど最上川の浪しづまりかねつ
やうやくに病は癒えて最上川の寒《かん》の鮒食《ふなは》むもえにしとぞせむ

「あまづたふ」の作は「照らせれど」に難があるかもしれない。それでも、静まりかねる川浪に彼はその心のざわめきを見ているので、捨てるにしのびない。「やうやくに」は斎藤茂吉の食意地の卑しさをみるが、病後、口にする鮒を「えにし」、何かの縁があって恵まれたのであろう、と考える処しさをみて、読むに足ると考える。

「ひとり歌へる」は

道のべに蓖麻《ひま》の花咲きたりしこと何か罪ふかき感じのごとく

から始まる。ヒマはその実からひまし油を採ることで知られているが、何故ヒマが咲くことを見て「罪ふかき感」を覚えるのか。独りよがりの作という他ない。

みちのくの十和田《とわだ》の湖《うみ》の赤き山われの臥處《ふしど》にまぼろしに見ゆ
うつせみの吾が居《ゐ》たりけり雪つもるあがたのまほら冬のはての日
ふかぶかと雪とざしたるこの町に思ひ出《だ》しごとく「永靈《えいれい》」かへる
みそさざいひそむが如く家ちかく來《く》るのみにして雪つもりけり
かん高く「待避《たいひ》！」と叫ぶ女《をんな》のこゑ大石田にてわが夢のなか
ふる雪の降りみだるれば岡の上の杉の木立《こだち》もおぼろになりぬ

「みちのくの」は声調がなだらかであり、幻にしか見ることはあるまい、二度と現実に見ることはあるまい、と思いながら十和田湖のもみじを回想する作者の哀しみに共感を誘うものがある。「うつせみの」は声調が沈静、作者の住居を「あがたのまほら」と言い、「冬のはての日」と結んだ表現が心に沁みる。ただし、そう深みのある作ではない。

戦争下、戦死した兵士の遺骨、遺品等の帰を「英靈」といった。敗戦後、戦死した兵士を英雄視することをはばかって「永靈」と言いかえた。作者はこの永霊という言換えに不満を持っているから、「永靈」と鍵括弧を付したのにちがいない。敗戦後二年近く経ち、「永靈」の帰国も稀になった。言換えがいまだに続き、戦死者を悼む風潮もさびれてきている。そうした戦後の歳月の重みをこの作は伝えているると思われる。

「みそさざい」も「ふる雪の」も確かな叙景というにとどまり、それなりの魅力はあるが、それ以上の作ではない。「かん高く」はまさに空襲の悪夢を歌ったものであり、この現実感の表現はなまじの技量ではない。とはいえ、空襲の思い出をよびおこされるというだけのことである。

「ひとり歌へる」中、むしろ問題とすべき作として次を挙げるべきかもしれない。

くらがりの中におちいる罪ふかき世紀《せいき》にゐたる吾もひとりぞ
勝ちたりといふ放送に興奮し眠られざりし吾《われ》にあらずきや
オリーヴのあぶらの如き悲しみを彼の使徒《しと》もつねに持ちてゐたりや
最上川の流のうへに浮びゆけ行方《ゆくへ》なきわれのこころの貧困《ひんこん》
わかくして懺《ざん》の涙をおとししが年老いてよりはや力なし

「くらがりの」の作は、第一次、第二次の世界大戦を経験した二〇世紀は罪ふかき、暗愚の世紀であり、自分はその暗愚の世紀の中を生きていたのだという意であろう。問題は暗愚の二〇世紀ではない。日本という国の暗愚である。日本という国に生きて暗愚にすごしたことを反省すべきだと思われるのだが、彼自身の「罪」を二〇世紀に転嫁している。そういう意味で、この作は斎藤茂吉の弁明にすぎないと思われる。「勝ちたりと」の作において、茂吉は過去をたんに回顧しているだけであって、興奮した自分が暗愚であったと自省しているわけではない。このような回想はいかなる感動も与えない。

「オリーヴのあぶら」は私には到底共鳴できない。私自身バケットにオリーヴ油を垂らして食べるのが好きなので、オリーヴ油はさらさらしたものと感じているが、このオリーヴ油はもっとどろっと粘り気のあるものだろう。それはともかく斎藤茂吉の悲しみとは敗戦の悲しみにすぎない。同じような悲しみを磔刑に処せられたイエスを見送った使徒たちが抱いたか、と問うのは思い上がりも甚だしく、滑稽という他ない。「最上川の流」の作についていえば、彼の心の貧困を最上川に流し去った後に何が残るか。豊かな心が生れる保障はない。これも莫迦らしい歌である。「わかくして」にしても、かつては懺悔して悔い改めるように誓ったこともあるが、年老いた今では、そんな気持がない、と開き直った作のようである。

「山上の雪」から目立つ作を次に示す。

われつひに老に呆《ほ》けむとするときにここの夜寒《よさむ》は嚴《きび》しくもあるか
最上川に住む鯉のこと常におもふ喩喁《あぎと》ふさまもはやしづけきか

教員諸氏團結記事のかたはらに少年盗《せうねんたう》のことを報ずる
外套のまま部屋なかに立ちにけり財申告《ざいしんこく》のことをおもへる
横ざまにふぶける雪をかへりみむいとまもあらず橋をわたりつ
數十年の過去世《くわこせ》となりしうら若きわが存在《そんざい》はいま夢となる
人生《じんせい》は一生《いつせい》に寄るといへるもの今に傳へて心いたましむ
雪ごもる吾《われ》のごときをおびやかす世のありさまも常ならなくに
雪はれて西日《にしひ》さしたる最上川くろびかりするをしばしだに見む
最上川水のうへよりまぢかくにふとぶとと短き冬虹たてり
炭坑へ細々として道のある山のなかより銃《じゆう》の音きこゆ
せまりくる寒きがなかに春たたむとして山上《さんじやう》の雪《ゆき》けむりをあげぬ
最上川にごりみなぎるいきほひをまぼろしに見て冬ごもりけり
すさまじくなりし時代《ときよ》のありさまを念々《ねんねん》おもひいにしへ思ほゆ
身毒《しんどく》の渡來以前の女體《ぢよたい》をばウインケルマンと共に欲《ほつ》する
死後《しご》のさま電《でん》のごとくわが心中にひらめきにけり弱きかなや
チロールを過ぎつるときに雪ふみて路傍の基督に面《おもて》寄せにき
腦病院長の吾をおもひ出《いだ》さむか濁々《だくだく》として單純ならず

葬斂《とむらひ》の日に親戚《しんせき》ひとり氣ぐるひてげらげらげらと笑ひてやまず
終戰のち一年《いちねん》を過ぎ世をおそる生きながらへて死をもおそるる
小杉《こすぎ》ひとつ埋《う》もれむとして秀《ほ》を出《だ》せる雪原《ゆきはら》をゆくきのふもけふも

まず、ひどい作、正視に耐えないと考える作をあげれば、「われつひに」「數十年」「雪ごもる」「すさまじく」「身毒の」「腦病院長」「終戰のち」などである。

秀詠の一としてまず「葬斂《とむらひ》の日」をあげたい。この現実感は非凡といわざるをえない。ここまで現実に迫りうるのは斎藤茂吉を措いて他に存在しないと考える。しかし、これは彼の観察がそのまま歌になっただけで、作者自身は些かも傷ついていない。

「教員諸氏」は教職員組合結成に対する斎藤茂吉の反感、いわば保守的思想を示している。「外套のまま」は財産税申告に苦悩する自己を客観視しているところに読み所があるのだが、私は共感しない。読者の同情を惹きたいと思う卑しさを感じるからである。

「最上川にすむ鯉」の作には生物の生に寄せる老いを感じている作者のしみじみとした思いがある。「横ざまに」「せまりくる」「最上川」「小杉ひとつ」はいずれも確かな叙景の作として魅力がある。「雪はれて」の作の「くろびかりする」最上川の色の発見はやはり斎藤茂吉ならではの発見である。ことに「最上川にごり」ののびやかな声調は私の好みである。「チロール」は何という作意もないが、その無作為の回想に心惹かれる。「人生は一生に寄る」は私に反省を促してやまない佳唱だが、観念的であって具象性に欠けると思われる。

こうして「あまつ日」から「山上の雪」までの力作を展望してみると、力作にはちがいないが、秀詠というに足る作がほとんどないことに気づく。もうすこし読みすすむこととする。続く「東雲」も全二九首の大作だが、佳唱は少ない。

夜をこめて未《いま》だも暗《くら》き雪のうへ風すぐるおとひとたび聞こゆ
雪しづく夜すがらせむとおもひしに暁《あかつき》がたは音なかりけり

いずれも斎藤茂吉のすぐれた聴覚を示す作だが、さして内容が豊かではない。

女佛《にょぶつ》をば白き栲《たへ》にて包みつつ秘めたるこころ悲しくもあるか

右は斎藤茂吉の秘めたエロティシズムを感じさせる作だが、私は感興を覚えない。以下に、「東雲」中のその他の若干の作を示す。いずれも感心できる作ではない。

最上川雪を浮ぶるきびしさを來《きた》りて見たりきさらぎなれば
今上《きんじやう》御製短歌が二つあなたふと新聞に小さく組まれてゐたり
南海《なんかい》より歸りきたれる鯨船《くぢらせん》目前《もくぜん》にしてあなこころ好《よ》や
夢の世界中間《ちゆうかん》にしてわが生《せい》はきのふも今日《けふ》もその果《はか》なさよ
後の代の學問《がくもん》にあそぶ人のため「新興財閥《しんこうざいばつ》」の名をぞとどむる
偶然のものの如くに蠟涙《らふるゐ》はながく垂れゐき朝あけぬれば

「偶然の」は何か暗示するものがあるようにみえ、興趣を覚えるが、じつはこれだけの作であろう。
「東雲」の中では、次の三首は採るにあたいするといえるかもしれない。

山の中ゆいで來《こ》し小雀《こがら》飛ばしめて雪の上に降るきさらぎの雨
桂樹《かつらぎ》の秀枝《ほつえ》に來り鳴きそめし椋鳥《むくどり》ふたつ春呼ぶらしも
白き陽《ひ》はいまだかしこにあるらしくみだれ降りたる雪やまむとす

続く「晝と夜」一一首中

ぬばたまの夜空《よぞら》に鶯の啼くこゑすいづらの水におりむとすらむ
一冬《ひとふゆ》を雪におされしははそ葉の落葉の下にいぶきゐるなり

がかろうじて目にとまるが、一一首すべて興趣の浅い叙景歌といってよい。次の「春光」一一首からは次の一首だけが採るに足りる。

たまたまに雲は浮かびて高山《たかやま》のなまり色なすかげりをぞ見る

この時点では斎藤茂吉の体力、気力がよほど衰えているためか、作はすべて迫力に乏しく、声調が弱々しい。そういう気迫の乏しさは否みがたいのだが、「大石田より」と添書した「邊土獨吟」三一首の力作には採るに足る作がないわけではない。

かたはらに黒くすがれし木《こ》の實《み》みて雪ちかからむゆふ山をいづ
東京を離れて居れど夜な夜なに東京を見る夢路《ゆめぢ》かなしも
最上川の鯉もねむらむ冬さむき眞夜中《まよなか》にしてものおもひけり
本能《ほんのう》にしたがふごとくただひとり足をちぢめて晝寐《い》ぬわれは

みわたせば國のたひらにふかぶかと降りつみし雪しづかになりぬ
春彼岸に吾はもちひをあぶりけり餅《もちひ》は見てゐるうちにふくるる
人は餅《もちひ》のみにて生くるものに非ず漢譯聖書はかくもつたへぬ
すこやかに家をいで來て見てゐたり春の彼岸の最上川のあめ
最上川海に入らむと風をいたみうなじほの浪とまじはる音す
おほきなる流となればためらはず酒田のうみにそそがむとする

いずれも確かな叙景の作だが、それまでといえば、それまでの作である。

*

『白き山』の後記に次のとおり記されている。

「昭和二十二年には五月に大石田の雪が殆ど消えた。四月に酒田、五月に結城哀草果宅、それから山形、上ノ山、宮内、新庄等に行き、六月には秋田縣に行き八郎潟、田澤湖等を見た。八月には上ノ山で東北御巡幸の今上陛下に御目にかかつた（結城哀草果同道）。秋には二たび酒田に行き、最上川の川口、象潟等を見た。それから肘折といふ溫泉をも見た。初冬には次年子《じねご》といふ山間の部落、それから最上川の三難所を見た。

かうして小旅行をしてみると、病は癒えたといつていい。私は十一月三日、大石田を立ち、板垣家子夫氏同道にて東上し、翌四日東京に著いたのであつた。」

『白き山』の巻末はこうした小旅行のさいの歌作が収められている。前記した「邊土獨吟」中から引用の末尾二首は四月の酒田旅行の作であろう。これらを数えあげれば「四月」五首、「ゆさげ雲」五首、「雪解の水」五首、「洪水」一一首、「白頭翁」五首、「樹蔭山房」一一首、「本澤村」五首、「胡桃の花」五首、「猿羽根峠」一七首、「露伴先生頌」一一首、「横手」五首、「秋田」五首、「八郎潟」二九首、「田澤湖」一一首、「角館」五首、「奉迎」五首、「晩夏」五首、「田澤村の沼」五首、「次年子」五首、「推移」一一首、「肘折」一一首、「もみぢ」一一首、「冬」五首、「秋山」五首、「酒田」一四首、「象潟」五首、「湯の濱」五首、「湯田川」五首、「恩」五首、「狹間田」五首、「蓬生」五首、「鹽澤」五首が、四月以降の作とみてよい。初めて『白き山』を手にしたとき、「逆白波」などに激しく感動したが、これらの中、ことに旅行詠はかいなでであり、作者が対象に思いをひそめていないことが多く、感心しなかった。いま読みかえすと、これら『白き山』巻末の作中にも採るべき作があると考えているが、各別に検討、鑑賞するほどの作ではないと思われる。そこで以下には「四月」以降の作から、私が評価する作のみを示し、末尾にその作を収めている小題を明らかにすることとする。

斷えまなき雪解《ゆきげ》のくもの立ちのぼる地平《ちへい》の上をわれ歩みけり（「ゆきげ雲」）
おきなぐさここに殘りてにほへるをひとり掘りつつ涙ぐむなり（「白頭翁」）
われ世をも去らむ頃にし白頭翁《おぎなぐさ》いづらの野べに移りにほはむ（「白頭翁」）
すゐ風呂をあがりてくれば日は暮れてすぐ目のまへに牛蘽《わら》を食《は》む（「樹蔭山房」）
ひと夜寢て朝あけぬれば萌えゐたる韮のほとりにわが水洟はおつ（「樹蔭山房」）
河鹿《かじか》鳴くおぼろけ川の水上《みなかみ》にわが居るときに日はかたぶきぬ（「胡桃の花」）
おのづから北へむかはむ最上川大きくうねるわが眼下《めのした》に（「猿羽根峠」）
ふと蕗のむらがり生《お》ふる庭の上にしづかなる光さしもこそすれ（「横手」）
年老いて吾來《われき》たりけりふかぶかと八郎潟に梅雨《つゆ》の降るころ（「八郎潟」）
最上川あかくにごれるきのふけふ岸べの道をわが歩みをり（「晩夏」）
黒鶫《くろつぐみ》のこゑも聞こえずなりゆきて最上川のうへの八月《はちぐわつ》のあめ（「推移」）
山のべにうすくれなゐの胡麻《ごま》の花過ぎゆきしかば沁むる日のいろ（「推移」）
去りゆかむ日も近づきて白々といまだも咲ける唐がらしの花（「推移」）
馬叱る人のこゑする狹間《はざま》よりなほその奧が紅葉《もみぢ》せりけり（「もみぢ」）
赤とんぼ吾のかうべに止《と》まりきと東京にゆかば思ひいづらむ（「もみぢ」）
栗の實もおちつくしたるこの山に一時《ひととき》を居てわれ去らむとす（「秋山」）

最上川黒びかりして海に入る秋の一日《ひとひ》となりにけるかも（「酒田」）
秋すでに深まむとする象潟に來てさにづらふ少女《をとめ》を見たり（「象潟」）
冬來《こ》むとこのあかときの海中《わたなか》に湧きたる浪はしづまり兼ねつ（「湯の濱」）
こほろぎの聲になりたる夜な夜なを心みだれむ吾ならなくに（「恩」）
雁《がん》來啼くころとしなれば家いでて最上の川の支流をわたる（「恩」）
午蒡畑《ごばうばた》に桑畑つづき秋のひかりしづかになりてわが歸りゆく（「狹間田」）
丈たかくなりて香《か》にたつ蓬生《よもぎふ》のそのまぢかくに歩みてぞ來る（「蓬生」）
あさぎりのたてる田づらをとほり來て心もしぬにわれは居りにき（「鹽澤」）
もみぢ葉のからくれなゐの溶くるまで山の光はさしわたりけり（「鹽澤」）

こうして一応佳唱とみられる作を拾いあげてみると、やはり旅行詠は少なく、立去る時期の近い大石田の風物への哀惜をうたった作を多く選んでいることに、あらためて気づく。

（一六）『白き山』と『典型』

ともかく『白き山』を久しぶりに読了した。その結果として、秀歌、秀詠というべき作の意外に少ないのに私は驚いている。『白き山』の世界はほとんど『小園』一九四五（昭和二〇）年の歌境と等しい。

あらためて気づくことは、この歌集には斎藤茂吉の自然観照の作、自然と対峙する斎藤茂吉をうたった作が存在するが、ここには他人をうたった作はほとんど存在しない、社会において生活を営む人々をうたった作がほとんど存在していないという事実である。海女など女性が描かれることがあっても、あくまで風景の一部をなしているのであって、人間として捉えられているわけではない。

戦争期の自身に対する反省がまったく認められないことも注目すべき事実である。斎藤茂吉は、東条首相頌歌を発表したことについて福本和夫から非難されても、同じときに同様の歌を発表したのは自分だけではない、と開き直っただけで、東条首相を讃えた彼自身を恥じていないし、東条英機の戦争責任を問うこともしていないし、東条を讃えた彼の愚かさを自覚していない。『板垣・随行記』には、板垣が調査したこの時の歌を紹介しているので、再録する。一九四二（昭和一七）年二月号の雑誌『日の出』に発表された作である。「東条首相に捧ぐる歌」と題しているという。

大御心やすめまつるべく弥高《いやたか》に御稜威《みいつ》かがよふ事はかりこそ　佐佐木信綱

東条首相にまうしていはく時宗のかのあら魂に豈おとらめや　斎藤茂吉

東条英機《ひでき》うたばひびかむ鉄石《てつせき》のこの胆《たん》にしてこの秋《とき》やすし　北原白秋

国初《こくしよ》よりかかる大臣のまたありや敢然《かんぜん》として起《た》てばすなはち　尾上柴舟

勅《ちよく》といへば命ささげてためらはぬ民をひきゐる大きおとど君　窪田空穂

生命《いのち》かけて臣《おみ》の男子《おのこ》の道ゆくとふ首相軍人頼みてあるべし　斎藤瀏

北の元《げん》撃ちしは北条驕米《けふベイ》を東《ひがし》に屠《ほふ》る東条英機　逗子八郎

胆《たん》甕のごとき時宗か大日本背負ひて立てる東条首相　金子薫園

ちなみに斎藤瀏は斎藤史の父親である。いかなる反省もせず、いかなる罪の意識も持たなかったことは佐佐木信綱以下の当時の歌壇を代表するこれらの歌人たちも斎藤茂吉と同じだったにちがいない。しかし、他に同類のいたことは弁解になるわけではない。

最後につけ加えれば、『白き山』には壮年期の斎藤茂吉の作にみられた充実した精気が感じられない。秀詠にはのびやかな声調や深沈たる声調が認められるけれども、自ら老いを強調していたとおり、切迫した気迫が欠けている。『白き山』を読み直した感想を総括すれば、以上のとおりである。

そこで、ようやくもう一度高村光太郎詩集『典型』を読む時が到来した。『典型』の序文に作者は「これらの詩は昭和二十年十月私がこの小屋に移り住んでから以降の作にかかるものであり、それ以前の詩は含まない」「ここに來てから、私は專ら自己の感情の整理に努め、又自己そのものの正體の形成素因を窮明しようとして、もう一度自分の生涯の精神史を或る一面の致命點摘發によつて追及した。この特殊國の特殊な雰圍氣の中にあつて、いかに自己が埋沒され、いかに自己の魂がへし折られてゐたかを見た。そして私の愚鈍な、あいまいな、運命的な歩みに、一つの愚劣の典型を見るに至つて魂の戰慄をおぼえずにゐられなかつた」と書き、また、次のとおり記している。

「これらの詩は多くの人々に悪罵せられ、輕侮せられ、所罰せられ、たはけと言はれつづけて來たもののみである。私はその一切の鞭を自己の背にうけることによつて自己を明らかにしたい念慮に燃えた。私はその一切の憎しみの言葉に感謝した。私の性來が持つ詩的衝動は死に至るまで私を驅つて詩を書かせるであらう。そして最後の審判は假借なき歳月の明識によつて私の頭上に永遠に下されるであらう。私はただ心を幼くしてその最後の巨大な審判の手に順ふほかない。」

一九五〇（昭和二五）年六月、太田村山口にて記した、この序文は、一にはこの詩集が彼の「生涯の精神史」であること、二にはこの詩集に収めた詩の多くは痛罵されてきたけれども、最後の審判が下されるのは歳月の経過を待たねばならないという自負を語っていると解することができるであろう。そういう意味で『典型』は『白き山』と性格をまったく異にする。

「多くの人々に悪罵せられ」たというのはこの詩集のほぼ半分を占める「暗愚小傳」がまず挙げら

れるであろう。これはまさに彼の生涯の精神史であり、多くの人から罵倒された連作である。私はこの詩集が上梓されたときからこれは彼の弁明にすぎないと考え、二巨人の晩年に至って行き着いた貧しさに悲哀を禁じえなかった。しかし、「暗愚小傳」をいま読みかえして、すでに記したとおり、「おそろしい空虚」を戦中の心境の空虚を正確に回想した名作と考え、「暗愚」に高村光太郎自身をふくむ庶民の敗戦を予期した風俗を描いた名作と考えている。「暗愚小傳」はその全体としては弁明とみる考え方に変りはないが、「協力會議」の末尾に

會議場の五階から
靈廟《モオゾレエ》のやうな議事堂が見えた。
靈廟のやうな議事堂と書いた詩は
赤く消されて新聞社からかへつてきた。
會議の空氣は窒息的で、
私の中にゐる猛獸は
官僚くささに中毒し、
夜毎に曠野を望んで吼えた。

という詩句に、弁明を含んでいるとしても、ここには「おそろしい空虚」につらなる空虚感、もっといえば絶望を作者が率直に語っていると感じ、これらの数行だけでも、この作を見捨てることはできない、といま考える。

私には二いろの詩が生れた。
一いろは印刷され、
一いろは印刷されない。
どちらも私はむきに書いた。
暗愚の魂を自らあはれみながら
やつぱり私は記録をつづけた。

は「ロマン　ロラン」の末尾だが、印刷されない、もう一いろの詩「石くれのうた」を書いたことは事実であり、これが失われたことはじつにいたましく残念だが、高村光太郎が戦時下、いわば面従服背、の知識人として生きたことを示しており、高村光太郎に比べれば『小園』の斎藤茂吉は知識人らしい思想も見識も持たず、ただその眼差を自然にのみ向けていたという感がある。
「暗愚小傳」の末尾は「山林」である。

私はいま山林にゐる。
生來の離群性はなほりさうもないが、
生活は卻て解放された。
村落社會に根をおろして
世界と村落とをやがて結びつける氣だ。

また、途中に

決して他の國でない日本の骨格が
山林には嚴として在る。
世界に於けるわれらの國の存在理由も
この骨格に基くだらう。

という四行がある。これは高村光太郎の未来構想を語った作であり、夢想家としての彼の資質を示しているが、思想としても、詩としてもすぐれた作とはいえない。しかし、ここには自己の思想を実現するために生きる決意を示す知識人が存在する。

要するに「暗愚小傳」についていえば、私が上梓当時読んだときのあさはかな批評は間違っており、必ずしも貧しいといって切り捨てることはできない作品群である、というのがいまの私の考えである。

*

『典型』は「暗愚小傳」に先立って「雪白く積めり」を巻頭に配置している。一九四五（昭和二〇）年一二月二三日作、翌四六年三月発行の雑誌『展望』に発表された作である。第一章にすでに引用したので、くりかえし引用することは差控え、第一章でこの詩についての感想も記したが、『白き山』を読了した後の感想をかきとめておきたい。

「雪白く積めり」は格調高い作であり、敗戦国民の志気を鼓舞するような詩である。失敗作であるが、雪路の苦難に耐え、一椀の雑炊を暖めながら、美しく把えがたい燐光の如きものを見ている高貴な魂がここに表現されている。惜辞確かであって、余人のよくすることではない。短歌であれば、おそらくこの一八行の中から、二、三の行を採って三一文字に結晶させるであろう。ここまで意を尽し、言葉を費すのが現代詩である。

ただ、「萬境人をして詩を吐かしむ」は、こうした状況の中では誰もが詩情を感じるであろう、といった意と解しても、「わが詩の稜角いまだ成らざるを奈何にせん」はどう解したらよいか。この一行には無理がある。それ以上に、「敗れたるもの卻て心平らかにして」の一行である。この無用の一行が加えられたことを私は惜しむ。だが、この一行こそ高村光太郎が告げたかったことかもしれない。『白き山』において、斎藤茂吉はつねに大石田に降りつむ雪の傍観者であった。太田村山口の高村光太郎は傍観者ではない。膝を没する雪に挑み、十歩にして息をやすめ、二十歩にして雪中に坐しながらも、歩くことを止めない。ここではっきりすることだが、「最上川逆白波のたつまでに」の作も「かりがねも既にわたらず」の作も、傍観者の作であって、生活者の作ではない。「雪白く積めり」は欠点はあっても生活者の詩なのである。

*

「暗愚小傳」に続いて『典型』に収められている作は「ブランデンブルグ」である。この作品を私がどう読んだかについては第一章に記したので、くりかえさない。ただ、高村光太郎は、バッハのブランデンブルグ協奏曲に限らず、西欧のクラシック音楽が好みであった。彼はラジオで諏訪根自子の演奏と厳本真理の演奏を聴き比べ、諏訪根自子が断然すぐれていると書いていることからも、彼の好みが推察できる。これに対し『板垣・随行記』によると、斎藤茂吉は新庄節が好きだったそうである。

高村光太郎は徹底的に江戸ッ子であり、都会人であったが、斎藤茂吉は本性は山形県人であった。「脱却の歌」についても第一章で記した。途中の次の八行が肝心の句である。

よはひ耳順を越えてから
おれはやうやく風に御せる。
六十五年の生涯に
絶えずかぶさつてゐたあのものから
たうとうおれは脱却した。
どんな思念に食ひ入る時でも
無意識中に潜在してゐた
あの聖なるもののリビドが落ちた。

末尾もかさねて引用する。

廓然無聖は達磨の事だが、
ともかくおれは昨日生れたもののやうだ。

白髪の生えた赤んぼが
岩手の奥の山の小屋で、
甚だ幼稚な單純な
しかも洗ひざらひな身上で、
胸のふくらむ不思議な思に
脱卻の歌を書いてゐる。

彼は六五歳にして性的衝動から脱却したという。この作は『典型』に収められなかった秀作「吹雪の夜の獨白」とあわせ読む必要があるだろう。

外では吹雪が荒れくるふ。
かういふ夜には鼠も來ず、
部落は遠くねしづまつて
人つ子ひとり山には居ない。
圍爐裏に大きな根つ子を投じて
みごとな大きな火を燃やす。

六十七年といふ生理の故に
今ではよほどらくだと思ふ。
あの欲情のあるかぎり、
ほんとの爲事は苦しいな。
美術といふ爲事の奥は
さういふ非情を要求するのだ。
まるでなければ話にならぬし、
よくよく知つて今は無いといふのがいい。
かりに智恵子が今出てきても
大いにはしやいで笑ふだけだろ。
きびしい非情の内側から
あるともなしに匂ふものが
あの神韻といふやつだろ。
老いぼれでは困るがね。

この作についてはすでに第一章で記したが、性欲があるかぎり芸術の仕事は苦しいが、そういう苦しい、非情の中から芸術が生れるのだから、そういう経験を経て性欲に悩まなくなる状態から神韻が生じる、ということであろう。そう解して、高村光太郎は性的情欲からいま自由になったのだと聞くならば、彼の性欲に苦悩した智恵子も、今出てくればはしゃいで笑うだろう、ということになるのであろう。必ずしもこの作品が言わんとすることは分明ではないが、斎藤茂吉は『白き山』において、こうした自己を告白することはなかった。

「東洋的新次元」は気宇広大、高村光太郎がその夢想を語った大作だが、彼が言いたいことは次の四行に尽き、たんに彼の夢を大言壮語しているだけで、詩としては採るに値しない。

東洋的新次元の發見は必ず來る。
未見の世界が世界に加はる。
東洋の美はやがて人類の上に雨と注ぎ、
東洋の詩は世界の人の精神の眼にきらめくだらう。

次の「おれの詩」も彼の詩がどこから生れたか、その説明を説いているだけで、詩としての情感を欠いている。

おれの詩はおれの五臓六腑から出る。
極東の突端に生れて粒食に育ち、
麹と大豆と魚肉とに養はれた魂は、
遠くガンダラの餘薫を身にしめるとはいへ、
むしろ厖大な大陸の黄土文化に啓發され、
日本古典のせせらぎに沐浴し、
遽々然として今原子力に瞠目するのだ。

斎藤茂吉は彼の短歌がよって来る淵源など考えたことはなかったにちがいない。しかし、高村光太郎にとっては、どうしてこれまでこのように生きて来たか、何故彼がこうした詩を書いてきたか、書いているかを考えることは、彼に課せられた宿題であった。ガンダーラにはじまるインド文明、中国文明、日本古典に浸り、今現代科学に注目する、草食、魚肉文化の所産だ、と彼はいう。これは理屈だけがあって、詩とはいえない。むしろ、次の「悪婦」こそ、彼と詩作との関係をくされ縁とみた、注目すべき作である。

雪の頃からかかつてゐる詩が

櫻が散つてもまだ出來ない。
この悪婦につかまつて
おれは一歩も前進できない。
脳髄皮膜にひつかかる
ひとつの観念が異物のやうに
造型機能の邪魔をする。
造型機能の自律性は
そんなものにお構ひなく
微妙の世界におれを引くが、
悪婦の吐息は晝夜を分たず
おれをもとめて離さない。
種まきはおくれるし、
いもはくさるし、
蕨はふけるし、
いつのまにか炭火も消える。
もう碇草《いかりさう》がいつぱい咲いて

時時雹が肩をうつ。
あの観念をどうしてくれよう。

詩作との関係は、高村光太郎のばあい、彫刻への意欲を妨げていたし、当時の生活における農作業の邪魔になっていたのだが、しかも彼は「悪婦」である詩作につかまって身動きできない。詩としてすぐれているとは言えないけれども、こうした自省は斎藤茂吉はもちろん現代歌人の思いも及ばないところであり、このような姿勢こそ高村光太郎の特異性であった。そういう意味で興趣ふかい作である。

私は続く「山荒れる」も欠点はあっても評価すべき作と考える。

——山に嵐の荒るるごと
わが心にも嵐する——
山はもみくちゃに總毛立ち、
土砂降の底に小屋がある。
畑は川だし、井戸はうなる。
おれは根株をどしどしくべて

圍爐裏の焰で嵐にこたへる。

とはじまる冒頭七行を読んでも、高村光太郎の山小屋の生活の現実を彷彿とさせるであろう。彼の非凡な描写力に私は感嘆するのだが、彼の詩においては、嘱目の生活をうたうことは、詩の端緒にすぎない。短歌と現代詩という形式の違いでもあり、個性の問題でもあるだろう。彼は現代文明に思いをいたす。

やつと捉へた原子力は
まづ殺人の利器となり、
人類悪は級數的に洗練せられて
もう一度方舟《はこぶね》が用意される。

という四行で人類の未来を省察し、

野放しの一人民には違ひないこの微生物の
太田村山口のみじめな巣に

空風火水が今日は荒れる。
嵐に四元は解放せられ、
嵐はおれを四元にかへす。

と結ばれる。構想は気宇壮大だし、その壮大な気宇と山小屋の貧しい生活を襲う嵐との対比も見事だが、必ずしも人類滅亡の予感が充分に具象化されているとはいえないだろう。失敗作と考えざるをえないのだが、しかも、私はこの野心的な力作に感銘をふかくする。
「月にぬれた手」が美しい作であることは第一章で述べたのでくりかえさない。
「鈍牛の言葉」は

おれはのろまな牛《べこ》こだが
じりじりまつすぐにやるばかりだ。

という『道程』以来の彼の人生訓のくりかえしだが、

天命のやうにあらがひ難い
思惟以前の邪魔は消えた。
今こそ自己の責任に於いて考へるのみだ。
随分高い代價だつたが、
今は一切を失つて一切を得た。

という六行を看過してはなるまい。彼はここで「責任」を考えている。過去の行動を「あらがひ難い」「天命のやう」なものと考えるのは弁明のようにみえるけれども、自らの「責任」を問う姿勢に虚偽はない。この「責任」が詩集の題名を採られた作品「典型」を導きだすのである。第一章で論じたが、くりかえし引用する。

今日も愚直な雪がふり
小屋はつんぼのやうに默りこむ。
小屋にゐるのは一つの典型、
一つの愚劣の典型だ。
三代を貫く特殊國の

特殊の倫理に鍛へられて、
内に反逆の鷲の翼を抱きながら
いたましい强引の爪をといで
みづから風切の自力をへし折り、
六十年の鐵の鋼に蓋はれて、
端坐肅服、
まことをつくして唯一つの倫理に生きた
降りやまぬ雪のやうに愚直な生きもの。
今放たれて翼を伸ばし、
かなしいおのれの眞實を見て、
三列の羽さへ失ひ、
眼に暗緣の盲點をちらつかせ、
四方の壁の崩れた廢墟に
それでも靜かに息をして
ただ前方の廣漠に向ふといふ
さういふ一つの愚劣の典型。

典型を容れる山の小屋、
小屋を埋める愚直な雪、
雪は降らねばならぬやうに降り、
一切をかぶせて降りにふる。

この詩に弁解がないとは思わない。しかし、ここで作者が告白していることは彼の真率な思いである。調べは重厚で深沈、読者をして自ら襟を正させるものがある。

また、「山菜ミヅ」のような生活感にあふれた小品とか『典型』には収められていないが、初々しく活発な少女を描いて好ましい傑作「山の少女」のような作品も書いている。

詩「典型」に戻れば、戦時下の行状について、これほどに真率な責任感を吐露した詩人はいない。もちろん歌人にも俳人にも、作家にもいない。「典型」は詩としては「根付の國」「ぼろぼろな駝鳥」「山麓の二人」のような名作とは比すべくもない。しかし、私たち読者の心を揺すぶってやまない水準の作品であると私は考える。

＊

かつて私は『白き山』はすぐれた歌集であり、『典型』は貧しい詩集であると考えていた。いま読みかえして、『白き山』には相当数の秀歌を収めているとはいえ、凡庸な作が多く、さしてすぐれた歌集とは考えない。逆に『典型』には心をうつ作品がいくつか確実に存在すると考える。『白き山』は作者と自然観照があり、自然と対峙する作者が存在するが、他に誰も存在しない。社会性のない、狭い世界しか示していない。これは大石田の彼の生活の在り方の反映といってよい。それに、壮年期あるいは青年期の彼の作品にみられたような、緊迫し、充実した迫力が乏しい。『典型』に収められた作品には、確かに弁解が多いけれども、比較的にいえば宇宙的広い世界と永遠の時間の中の人間の生がうたわれていると私はいま考えている。

どちらがすぐれているか、を論じることは意味がない。詩形式が違うし、個性も違う。しかし、どちらかといえば、私は現代詩を久しく書き続けてきたためでもあろうが、どのように生き、どのように詩を書いたか、を考えて、斎藤茂吉よりもはるかに高村光太郎に共感すること多い、と感じている。

第三章　上京後の高村光太郎
――十和田裸婦像を中心に

（一）帰京

一九五二（昭和二七）年八月二九日作「餓鬼」は次のとおりである。

上野についたら、
生《なま》さのむべ、
づけさやるべ、
まきさけくさろ、
火の車のぢやぢや麺にも
トロイカのペロシユキイにも
それからゆつくりありつくさ。
たべること、
くらふこと、
餓鬼の仁義をまづ果す。

おれは都會の片隅で
それから穴居にとりかかる。
岩のやうになる。
氣流のやうになる。
あいつをばらばらにして
るつぼにいれて煮つめよう。
泡の中から生れてくるのが
天然四元のいどみに堪へる
さういふ人間の機構を持つか、
もつかもたぬかおれはしらん。

「火の車」は、全集の解題に、この年三月草野心平が小石川田町に開いた居酒屋と記されている。この解題には続けて「作者は十月十二日七年ぶりで帰京したので、この詩は花巻での最後の作品になった」と記している。「づけ」は赤身のまぐろであろう。戦前、鮨を好んだ人々はまぐろはとろよりも「づけ」赤身のまぐろ、本来醬油で赤身を漬けこんだのを、選ぶのが普通であった。「トロイカ」はロシア料理店の名称、「ペロシユキイ」はいまでは普通ピロシキとよばれる料理であろう。「まきさけくさり」の意味は寡聞な筆者には分からない。

それにしても加熱滅菌していない生《なま》ビールは花巻では飲めなかったのであろうし、鮨などの生物《なまもの》やロシア料理も花巻では食べられなかったのであろう。これらの飲食物への渇望を岩手弁で率直に語ったこの作品の前半は、上京を前にした高村光太郎のたかぶった渇望を推察することができるであろう。後半にいう「あいつ」とは彫刻への意欲を指すものと解される。「いどみ」は挑みの意にちがいない。十和田湖の自然が挑んでくるのに耐えられるほどの人間像の強靭さを持つか、持たないか、やってみなければ分らぬ。そう言いながら、十和田湖の自然の美に対峙できる裸婦像を制作するのだという決意を語ったものにちがいない。

＊

高村光太郎日記によれば、一〇月一一日午後一一時四二分花巻駅発の寝台車で、多数の人々に見送られて出発、翌一〇月一二日朝九時四五分上野駅に到着した。一二日の日記は次のとおり記している。

「朝九時四十五分上野着、　新聞社のフラッシ、佐藤春夫草野心平他關係者一同出迎、地下にて生ビール、天神下すし榮にてすし、155番地にゆく、　夜すき焼にて夕食、　155番地2階にてねる、　子供等に4000圓女中等に1000圓進呈、」

高村光太郎は上野駅に到着すると、何よりもまず、地下ビアホールで生ビールを飲み、湯島天神下のすし榮でづけをつまんだのであった。一五五番地は豊周宅の意である。後に見るとおり、彼を待ちかまえていたのは決して「穴居」生活ではなかった。一〇月一三日の日記は次のとおり。

「晴、朝近所を散歩、25番地を見る、運送屋フトンを中西方に運び又木炭五俵持ちくる、豊周宅に進呈、午后二時半藤島氏来り、共に中野の中西氏宅に車、津島知事アトリエにくる、映畫やラジオの人來り、草野君他皆と一緒に撮影、又座談、夜散歩、便」

二五番地は林町二五番地、空襲により焼失した旧アトリエの所在地である。高村光太郎は何の感慨も記していないが、万感の思い溢れるものがあったはずである。

ここで十和田国立公園功労者顕彰記念碑のための裸婦像（以下「十和田裸婦像」という）の制作のため太田村山口から引き揚げ、高村光太郎が中野区桃園町の旧中西利雄アトリエに落着くまでの経緯をふりかえっておくこととする。この経緯を知ることなしに、関係者がどんな役割を果したかが理解できないからである。谷口吉郎に「十和田湖記念像由来」と題する文章がある。草野心平編・筑摩書房一九五九年刊の『高村光太郎と智恵子』所収の上記谷口吉郎の文章を引用する。冒頭は次のとおりである。

「山中に仙境あり人知らず

大町桂月氏は明治四十一年初めてこの地に遊び、景観に感動のあまり文を以て広く世に紹介するのみならず、蔦温泉を以て永住埋骨の地とした……

こんな碑文を台座に刻んだ記念碑が、十和田の湖畔に建設されたのは昭和二十八年（一九五三）の十月だつた。これはこの湖が国立公園に指定された十五周年を記念するもので、その風光を強く愛し、遂にその地に骨を埋めた文人大町桂月と、当時の県知事武田千代三郎、及び村長の小笠原耕一の三氏の功績をたたえたものである。

この計画は青森県の知事である津島文治氏によつて企てられたのであるが、太宰治の兄に当る同氏は、この記念事業に甚だ熱心だつた。私はそれより二年前、津島氏からその設計の依頼を受けた。早速、敷地の選定をしてほしいという相談があつたので、私は現地におもむき、奥入瀬《おいらせ》川の上流「子《ね》の口」を候補地に選んだのであつた。

ちようどその頃、佐藤春夫氏も十和田湖に遊ばれ、同知事より記念事業の相談を受けられた。それで私は佐藤氏と協議した結果、モニユマンの制作者に高村光太郎氏を最適当者として津島氏にすすめた。すると、その交渉のために、私自身が高村さんの所へ出向かねばならぬことになり、佐藤さんのお手紙を持参して、私は藤島宇内氏と共に岩手県稗貫郡太田村山口の山小屋を訪ねた。それが二十七年の三月二十日だつた。」

藤島宇内は一九二四年生れ、慶応義塾大学出身、在学中から「三田文学」「歴程」に投稿、詩集に『谷間より』（一九五一年刊）がある。彼は当時「歴程」、草野心平と縁がふかかったので、彼が谷口吉郎に同行したのは、たぶん草野に代って谷口を案内する役を頼まれたのであろう。藤島はこの後、上京後も高村光太郎の秘書のように多くの雑用を引受けて、雑用を果し、高村光太郎とふかい関係を持つことになる。谷口の文章の引用を続ける。

「初めてお会いした高村さんに来意を告げ、イロリの火に当りながら、夕方までいろいろと楽しいお話を聞き、私は東京に帰つてきた。それから約一ケ月、高村さんから来信があつた。それによると、とにかく現地を見たいという御意向だつた。そのために、東京からは佐藤春夫さん御夫妻、草野心平、菊池一雄、藤島宇内の諸氏と私が志戸平温泉に出むき、そこで高村さんや副知事の横山武夫氏などと落ち合つて、蔦温泉に向つた。十和田湖は新緑の最も美しい季節だつた。」

谷口の文章は＊印をはさんで次に続く。

「一行はモニユマンの建設地「子《ね》の口」を視察し、湖水に舟を浮べた。高村さんの感動は非常なものであつた。その強い感動は遂にこの詩人に彫刻の制作を、決意せしめたのであつた。

私たちの喜びも大きかつた。早速、私は青森県の方にたのんで、蔦温泉に新しくアトリエを建ててもらうことにし、その敷地を旅館から少しく離れた小高い岡の上に選んだりした程だつた。

ところが、その翌朝のことだつた。一行は「休屋《やすみや》」の宿に泊っていたが、私と心平さんが寝ている部屋に高村さんがやつてこられ、突然「東京に出よう」とおつしやつた。私はその提案を聞いて驚いた。昨日まで、決して東京に帰らぬと、従来の意志を守つておられたのに、それを破られたので、全く驚いた。昨夜はきつと深く考えられたのであろう。彫刻を作るために、どうしても東京にでる必要を感じられたにちがいない。それこそ一生の決意だつた。

更に、私に「裸婦でもいいだろうか」とたずねられた。私は、作者の構想こそ第一に重んじられねばならないことだから、青森県もきつとそれを尊重してくれるだろう。しかし、もし了解を必要とする場合や、誤解を解かねばならぬ時には、私ばかりでなく佐藤春夫さんを始め草野さんも菊池さんも、そのために努力されるだろうと、お答えした。

なお、東京のアトリエのことなどを相談しているうちに、「智恵子を作ろう」と、ひとりごとのように高村さんはいわれた。それはこんどの彫刻に対する作者自身の作意を洩されたものであつたが、高村さんはその言葉のあとで、そんな個人的な作意を十和田湖のモニユマンに含ませることは、計画者の青森県にすまないような気がすると、そんな意味の言葉を申し添えられたのである。」

谷口は十和田裸婦像の作意が智恵子像にあることについて彼の感想を記しているが、省略する。問題は高村光太郎が「東京に出よう」と決意し、その旨を谷口ら関係者に告げたことにある。十和田裸婦像の制作を引受けたときから、高村光太郎は制作に関連するさまざまな実際問題に思いをめぐらしたにちがいない。その一つは粘土である。高村光太郎に一九二六（大正一五）年二月三日作、『彫塑』同年三月刊に発表された「金」がある。その前半を引用する。

工場の泥を凍らせてはいけない。
智恵子よ、
夕方の臺所が如何に淋しからうとも、
石炭は焚かうね。
寝部屋の毛布が薄ければ、
上に坐蒲團はのせようとも、
夜明けの寒さに、
工場の泥を凍らせてはいけない。

東京の冬でさえ、粘土が凍る。彫刻のためには万難を排しても粘土を凍らせてはならない。『智恵子抄』に収められなかった、この智恵子を叱責した作は高村光太郎が粘土の凍ることをいかに危惧したかを示している。冬になれば零下数十度に達する蔦温泉はもちろん、太田村山口でも、厳寒期に粘土を凍らせることなく保つことは不可能であろう。そういう理由からも上京は必須であったと思われる。

上京するとなれば当然アトリエを探す必要があるが、これについては谷口、菊池等の諸氏の厄介になるつもりでいたのであろう。谷口の文章の続きに「東京の仕事場として、中野区桃園町四八にある故中西利雄画伯のアトリエが借り入れられた」とある。

さらに高村光太郎が心がけたのが助手の採用であった。十和田裸婦像の制作のための彫塑に要する各種の道具、器具類の入手、搬入、据付等は高村光太郎が独力でできることではないし、藤島宇内としても処置できる仕事ではない。加えて、高村光太郎はその体力の衰えを自覚していたと思われるので、彫塑の実務についても助手に手伝わせる意向があったとしてもふしぎでない。

もっと肝心なことは、東京でなければモデルが得られない、という事実であったろう。裸婦像を制作すると決意した時点ですでに、彼は上京しなければモデルは得られないことに気づいていたはずである。

日記の一〇月一五日の項に次の記述がある。

「くもり、小雨、温、藤島氏小坂氏來訪、廻轉臺しん棒中、小型届く、拂、小坂氏に15000圓あづけ、藤島氏に10000圓進呈、夕方より松下氏等と錦水　中央公論社の御馳走、十時かへる、朝日記者來訪、詩稿の事、ビール會社よりビールをくれる、」

藤島はもちろん藤島宇内、松下は中央公論社の担当編集者松下英麿であり、「小坂」とあるのが小坂圭二、芸大教授であった菊池一雄の弟子であり、新制作派に属する若い彫刻家である。しかも、偶然だが、青森県出身であった。菊池は高村光太郎の上京の決意を聞いた時点で、その門下生を高村光太郎の助手として手伝わせるつもりであり、早くからそうした話合が高村光太郎と菊池一雄の間でなされていた可能性が高いと思われる。

前記草野心平編『高村光太郎と智恵子』に小坂圭二は「思い出」と題する文章を寄せているが、冒頭に次のとおり書いている。

「「アメリカではね、僕も粘土ねりを致しましたよ。お金も充分ではなかつたし先生の助手をしたんです。僕のねり方がちようどよいと言われ後には僕ばかりねつておりましたよ」私はこのようなお話を伺いながら裸像制作の為の粘土をねつていた。これは先生アメリカ留学時代の思い出の一つである。私は高村先生が十和田湖の乙女の裸像制作期間約一年の間、先生の助手として働かせて頂いたが、いつもこんな調子で楽しいものだつた。

特に二月一杯で先生の試作が終り、いよいよ七尺五寸の原形にとりかかつたのだが、毎日朝から夕方まで約二十日間は先生と一緒に生活し、晩年の先生の日常生活の一端にふれ得たことは、忘れることのできない思い出となつている。」

日記と照合すると、小坂の記述よりは小坂が助手として働いた期間ははるかに短いし、七尺五寸の原形にとりかかってから「朝から夕方まで」というのも、事実に反するようにみえる。それはともかくとして、モデルがはじめて高村光太郎のアトリエに現れたのは、日記によれば一一月一〇日である。同日「モデル來る、ひるまでスケッチ　着衣1」とあり、翌一一日の日記には「午前モデル、ストーブをたき、裸體スケッチ、十二時終る」とある。高村光太郎とその関係者は準備周到だったが、モデルの手配については上京後約一月を要したようである。これから高村光太郎は十和田裸婦像の第一次試作にとりかかることとなるが、それまでの彼の日常生活を見ておきたい。

＊

一九五二（昭和二七）年一〇月一七日には「早朝奥平英雄氏來訪せし由」とはじまり、「ひる頃水野葉舟夫人來訪、暫く談話」と記し、「小坂氏見える、藤島氏來らず、夕方小坂氏と映畫館行、氏はさきにかへる」とあり、「夜奥平氏來てゐる、一寸談話」とある。

翌一八日は「藤島氏來訪、小坂氏來らず」と始まり、横山武夫、宮崎稔、同光太郎（中村注：宮崎稔と春子との間の長男）、西澤寅三、太田和子、松下英麿、宮本信太郎、宅野田夫、宮崎丈二らの来訪を記し、「夜新潮社座談會にて星ケ岡茶寮、草野心平氏、三好達治氏　新潮社野平健一氏と談話、夜八時頃かへる」とあり、席の暖まる時もないほどの多数の客等と応待している。

一九日には「午前中西夫人と小學校の運動會にゆき、ひる頃辭去、買物してかへる、難波田龍起氏來てゐる、談話、　ひる頃一緒にすしをくひ別れる、　小坂氏來る、夕方より小坂氏と「火の車」行、又草野氏を加へて林家、東方亭を訪ふ」とある。「火の車」を訪ねたのは草野心平と会い、「火の車」の客となって店を賑わすためだったにちがいない。林家は「暗愚小傳」中の卓抜な作「暗愚」に描かれた三河島の居酒屋であり、東方亭は「暗愚」と並ぶ卓抜な作「おそろしい空虚」にいう「アメリカ屋」が改称した店である。東方亭の主人が太田村山口の山小屋を訪ねたこと、その娘、細田明子も山小屋に高村光太郎を訪ね、「女醫になつた少女」の作に描かれたことは第一章で記したとおりである。これらの店では、いずれも、高村光太郎の支払を辞退したらしい。そう想像させるのは、二〇日の記事に「夜林家行 10000 進呈」、二一日の記事に「夜東方亭 10,000 進呈」、とあるからである。こうして同じ林家、東方亭に通っているのは、戦時中にこれらの店に通ってもてなされた懐かしさのためであろうが、太田村山口の禁欲的生活からの解放感にもよるだろう。始終客を迎えていたのは太田村山口でも同じであった。ちなみに、一九日は日曜日であり、十和田裸婦像の制作が始まった後も日曜日は高村光太郎は仕事をしていない。

その他、小坂の動静について連日のように記しているし、来客の氏名も記されているが、来客の氏名は煩雑なので略し、小坂の動静は後にみることとし、「火の車」の関係記事だけを以下に抄記する。

一〇月二三日「儀府氏と火の車、十一時かへる」、二五日の「MEMO」に「廿日夜山口の藤井さんに銀座見物、草野氏同道、秋葉原に藤井さんを送り火の車、後一人で林家行」、二六日「夕方出かけ支那めし、(五萬石)、後火の車にたちより、電車でかへる」、一一月二日「夜火の車行、九時半かへる」、一一月九日「夜火の車行、十二時頃かへる」、モデルが来はじめてから後だが、一月一六日「夜火の車行、林房雄氏などにあふ、夜九時過かへる」、一二月六日「それより火の車、後林家により十一時半かへる」、一二月九日「草野心平氏くる、30,000圓都合してくれとの事、選集分20,000として外に10,000圓かし」とある。高村光太郎の草野心平に抱いていた好意と信頼のほどが理解されるだろう。選集分二万円とは選集編集の報酬として二万円渡すので実質は一万円の貸しである、という趣旨であろう。

日記を読んでいると、目につくことは、火の車、林屋といった酒場のはしご酒であり、また、じつに健啖なことである。たとえば、一一月一三日の記事に「午前モデル、午后日比谷公會堂にデユアメルのコンフエランスをききにゆく、片山敏彦、田内靜三、今井氏等にあふ、新橋小川軒にてビフテキ、有樂町にてすし、電車でかへる」とある。当時新橋駅前にあった小川軒は吉田健一が贔屓にした美味で知られたレストランであり、高価なので庶民には縁のない店としても知られていた。新橋に事務所をもっていた友人の弁護士が、月に一度くらいは小川軒で昼食を食べられるようになりたいと当時言うのを聞いた憶えがある。小川軒でビーフステーキを食べ、さらに有楽町で鮨をつまむということは尋常な食欲でない。

なお一一月二日の日記に「朝パン買ひにゆく」、同月七日「午后ハカキ出し、パン買ひ、ハム買ひ、すし」といった記事があることからみて、上京後、高村光太郎は原則として朝はパンを主とした西洋風の朝食だったようである。太田村山口の時期と違って、自炊したことを窺わせる記述は見当らない。昼、夜は出版社が用意した料理屋で食事したり、酒場、小料理屋で外食することが多く、また、近くにあったらしい玉すしという鮨屋から出前してもらったことも屢々だったようにみえる。

この時期、日本の読書人は活字に飢えていた。戦後派の作家、評論家は文壇登場の途上にあって充分な読者をまだ得ていなかったので、戦前の良書を新装、新編集して出版することが多かった。中央公論社刊の『高村光太郎選集』（全六巻）や『ロダンの言葉』がその例である。その結果、また、多く戦争協力の詩歌小説等を書いた文学者で戦後も生きのびることができた文学者たち（詩人でいえば、高村光太郎、三好達治らがその例だが）に対するジャーナリズムの原稿依頼、座談会等への出席要請も多かった。反面、戦前に認められた作品もなく、筆一本あるいは詩一筋で生活しようとした草野心平のばあい、彼は「火の車」のような副業で生計を立てようとしたが、なお高村光太郎の好意に頼らなければならなかった。とはいえ、高村光太郎の側でも草野心平を尋常以上に愛していたことは間違いない。草野編『高村光太郎と智恵子』所収の深沢省三「高村先生と酒」中、盛岡の美術短大の教師であった深沢は「酒席ではどことといつて取り得のない私なのだが、三重吉の場合も飲み初めから最後まで私のどこが気に入つたのか、十何年間も私を手離さなかつた。高村先生も私と飲むのは安心らしく、いつも愉快に快飲され殊に彫刻家のH君と三人ともなれば、ハシゴ〳〵で盛岡の夜の更けゆくまゝ痛飲された」と記しているが、この文章にいう「三重吉」は鈴木三重吉、深沢は「若い頃童話雑誌「赤い鳥」の挿絵をずつと描いていた」といい、同文中、次のとおり記している。

「先生は盛岡で飲むほどに草野心平氏を思い出すらしく、草野君が今ここへ来てくれれば面白いナと云つて居られた。草野君と飲むと後味がいいと云われ、当の草野君が居らなくても盛岡で飲まれた翌朝はほんとうに後味がいいらしく、湯気のたつ御飯をおいしそうに食べられた。」

高村光太郎が「火の車」に通ったのは、たんに草野の酒場を繁盛させたいという思いやりだけでなく、草野心平という詩人の人間性に魅力を感じていたからにちがいない。「歴程」が長く続き、没後の今日も刊行されているのも、その人間的魅力に惹かれた人々が多いからであろう。

ところで、太田村山口における山小屋での七年間の生活中、高村光太郎はじつに数多くの講演をしている。年譜から抄記する。

一九四八（昭和二三）年

七月二一日、山口分教場ＰＴＡ結成総会で談話。

一九四九（昭和二四）年

三月一二日、山口小学校に授業参観、学芸会があり、保護者懇談会で談話。

九月二一日、賢治祭に因み盛岡文化劇場で講演。

一〇月二六日、太田小学校のカリキュラム発表会で県下の教員に談話。

一一月五日、花巻高等学校生徒に講演。

一一月一七日、県立美術工芸学校や盛岡公会堂で講演。

一九五〇（昭和二五）年

一月一三日、盛岡に行き、美術工芸学校、婦人之友生活学校、少年刑務所、警察署、賢治子供の会、県立図書館などで七回講演。

三月一〇日、秋田県横手町で講演。

五月一日、盛岡美術工芸学校創立三周年記念式に出席、講演。

五月一四日、町役場二階で催された花巻町立美術研究所入所式で談話。

五月二四日、山口小学校ＰＴＡ主催の講演会で講演。

一一月一日、山形新聞社主催の美術講演会で「日本に於ける美の源泉」と題して語る。

一一月二日午後、山形市教育会館美術ホールで文芸講演会開催。ミケランジェロや詩について語り、『智恵子抄』の詩を読む。

一九五一（昭和二六）年

六月一六日、花巻公会堂で講演。

八月二日、稗貫郡ＰＴＡ講演会で講演。

一〇月一〇日、稗貫郡校長会のため山口小学校で談話。

一九五二（昭和二七）年

一月二九日、太田村村会議員にＰＴＡの会合で談話。

二月二六日、山口小学校で学校教師の集りのために談話。
五月三日、盛岡公会堂で催された独立記念式で講演。
五月二八日、山口婦人会とＰＴＡで講演。

秋田県横手町の講演は森口多里との縁によるものであり、山形市の講演は真壁仁との縁によるものである。これらの講演はそういう格別の理由があったが、山口の山小屋生活の間、高村光太郎は依頼されれば、場所、主催者などの如何を問わず、引受けて講演をし、談話したようである。いうまでもなく、依頼する側からみれば、高村光太郎のような著名人に講演、談話を依頼することは、通常であればかなえられることではありえなかったが、これを引受けた高村光太郎としては、東京のような都会ではなく、岩手県のような山農村にこそ芸術が育てられなければならないという信念から依頼を引受けたのであった。農業、牧畜等と芸術制作の両立という若い時期からの信条の実現として、こうした講演や談話がなされたのだといってよい。

また、太田村の農民たちに牧畜をすすめ、ホームスパンの生産をうながそうとつとめたのも、彼には採算性は念頭になかったとはいえ、酪農による牛乳の摂取により農民の健康を改善し、ホームスパンのような工芸的生産により農村を豊かにし、かつ、芸術的感性を養うことを目的としたものであった。これは彼の文化人としての使命感によるものであった。

ところが、弟の藤岡孟彦や教鞭をとっていた茨城県鯉淵学園における一九五二（昭和二七）年一一月八日の講演、同月二〇日、自由学園で羽仁吉一、もと子夫妻と座談後の生徒に対する講演、翌一九五三（昭和二八）年二月二八日の中山文化研究所（中山太陽堂）の講演の三回を例外として、こうした講演等は上京後はまったく行われないこととなった。十和田裸婦像の制作が何にもまして優先したこと、講演の依頼は東京では高村光太郎に依頼しなくても他にいくらも引受けてくれる有名人にことかかなかったことなどの事情があったにせよ、私には、上京によって高村光太郎はこうした文化人的使命感から解放されたために、地方性をもった文化、芸術の振興、育成といったことに関心を失ったからであると考える。

（二）十和田裸婦像第一次試作

こうして高村光太郎は十和田裸婦像の第一次試作に着手することとなるが、その最初の記事はすでに引用したとおり、一九五二年一一月一〇日の日記に「晴、立太子の日、モデル來る、ひるまでスケッチ　着衣1」とある。当日の日記は「午后便すしや、喜與惠さんにあふ、中央公論社の田中氏くる」などと続いているが、小坂の来訪は記していない。

翌一一日には「晴、 午前モデル、 ストーブをたき、 裸體スケッチ、 十二時終る、 ひる頃藤島さんくる、 一緒にすしをくひにゆく、 買物してかへる」 とあるが、 小坂来訪の記事はない。

一二日になってはじめて「午前モデル、 小坂さんくる、 此のモデルを今年一ぱい契約する、 午后藤島さんくる」 とあり、 はじめて小坂とモデルが一緒に来ている。 おそらくモデルは菊池一雄、 小坂の縁故で探したのであろうが、 小坂が高村光太郎の第一次試作の制作を手伝っている気配は日記の記述からは認められない。

一三日の日記、 一四日の日記にいずれも「午前モデル」 との記述があり、 一五日の日記には「午前モデル、 拂」 とある。 一五日は土曜日であり、 高村光太郎は、 その後の日記の記述からみても、 原則として、 週末にモデルに支払をしていたようである。 日曜はモデルも休、 高村光太郎も第一次試作の制作はしていない。 一一月一六日（日） の日記の記述は次のとおりである。

「くもり、 朝パン買ひに散歩、 午后ゆつくりする。 たきつけの薪30束くる、 那須農場の大塚甫氏くる、 バタをもらふ、 夕方入浴、 夜火の車行、 林房雄氏などにあふ、 夜九時過かへる、 ハガキ書　便」

一一月一七日の記述を引用する。

「晴、 あつき程の日和、 午前モデル、 粘土をつけ始める、 一尺五寸、 午后宮崎稔氏くる」

ここで真に第一次試作の制作が始まったというのが妥当かもしれない。 六曜社一九七九年刊『高村光太郎彫刻全作品（以下『彫刻全作品』という）』中、図版50「十和田裸婦像のための小型試作」と特定される作品である。『彫刻全作品』によれば、高さ五九・六㎝、幅二〇・九㎝、奥行一七・三、制作は一九五二年一二月一〇日とある。一二月一〇日にこの第一時試作が完成したとみられる。おそらく一二月一一日に第一時試作の石膏とりを始めていることから、その前日を完成日とみたのであろう。

以下、日記の記述を第一次試作とこれに続く記述に限って抄記する。

一一月一八日「午前モデル、モデル風邪氣味でポーズ一二度」

一一月一九日「午前モテル、風邪なほる、午后藤島さんくる、うどんをとる、静かにしてゐる」

一一月二〇日「くもり、ひえる、モデルはかへつてもらふ」

一一月二一日「午前モデル、南江二郎氏くる、玄關で柿、午后藤島氏くる」

一一月二二日「午前ガス工夫くる、モデルはかへす、給料拂」

一一月二四日「午前モデル、ストーヴ不調、午后藤島さんくる」

一一月二五日「午前モデル少々、詩稿、午后三時頃木村修吉郎氏くる」

一一月二六日「午前モデル、午前今泉篤男氏來訪、（中略）午后藤島さんくる」

一一月二七日「午前モデル、小坂さんくる、用足しいろいろ、石炭拂うけとりもらふ、午后藤島さんくる」

一一月二八日「モデルをかへす、明日は生理休、午后小坂氏、藤島氏くる、（中略）四時谷口氏、菊池氏、伊藤氏等くる、七尺二體鑄造費800,000圓ときめる、一體一ケ月、尙アトリエ床は補强の事」

一一月二九日「小坂氏エントツ掃除」

（この段階で早くも同じ裸婦像を二体制作して組み合わせることを構想していたようである。）

一二月一日「午前モデル、リンゴ進呈、便（中略）午后谷口さんより岡さんといふ人來り、床下撿分」

一二月二日「モデル生理休み、午前首をいぢる、午后藤島さんくる、ひる一緒に玉ずし、小坂さんくる、來週石膏とりの事」

一二月三日「モデル休み（中略）午后藤島氏くる」

一二月四日「午前モデル、午后婦人之友の松井さんくる、藤島さんくる」

一二月五日「午前モデル、午后買物に近所に出る、藤島さん一寸くる」

一二月六日「モデル　拂、午后藤島さんくる」

一二月八日「午前モデル、午后藤島氏、便　彫刻三尺もの支度」

（三尺ものとは『彫刻全作品』の51、高さ一一二cmの「十和田裸婦像のための中型試作」を指すにちがいない。）一尺五寸の第一次試作の制作が完了したと考えて、第二次の試作の準備を始めたわけであり『彫刻全作品』も同様に解したのであろう。
一二月九日「モデル來る、今日は出來ず、小坂さん石膏屋さん同道、たのむ、今週中にかかる由」
一二月一〇日「午前モデルくる、早ひけ、午后原稿」
一二月一一日「晴、朝霜つよくなる、ひるまは溫、モデルくる、早くかへす、石膏屋さん午前十時過くる。夕方までに切型できる、午后藤島さん小坂さんくる」
一二月一二日「モデルは朝かへす、十時新宿三越、伊勢丹にてストーヴ物色、恰好のものなし。午后藤島さん來てゐる」
一二月一三日「モデル來る、ストーヴつまつて燃えず、モデルを歸す、拂、午后粘土修繕、藤島さんくる」
一二月一四日「朝パン買ひにゆく、店ひらかず、石膏やさん娘さんを助手にしてくる、夕方ちかく終り、先日とつた分を一體持參、小坂さんくる、廻轉金具、板、角材等持參」
一二月一六日「石膏屋さん石膏型持參、1000圓追加として拂ふ、藤島さんくる」
私は彫塑の實際についてまったく無知なので、高村光太郎の日記によって、初めて、このような彫刻の制作過程において、第一次試作、第二次試作等が制作されることを知った。想像をまじえていえば、私が学んだことは、本来七尺五寸の寸法の裸婦像を制作する計画であっても、最初は一尺五寸のものを試作すれば、その時点で像の全体としての構成、均衡、その他修正すべき個所をたやすく修正できるだろうし、なおさらに三尺の第二次試作を制作すれば、第一次試作品で見落していた欠点がここで是正できるはずである。だから、一挙に七尺五寸の寸法のものを制作することは無謀というべきであり、前もって小さな寸法のものを試作することがまことに実際的であり、きわめて安全、賢明な方法であるということであった。

ただ、私の関心はまた、助手として小坂がどのように十和田裸婦像の制作に関与、寄与したか、にある。冗漫に耐えて、日記から小坂に関する記述を抄記したのは、第一次試作の制作に小坂は、若干の雑用を除き、まったく関与も寄与もしていないという事実を確認するためであった。

私が小坂の関与、寄与を問題にしているのは、十和田裸婦像はそのほとんどの制作を高村光太郎は助手に任せ、高村光太郎はごく僅かしか制作に貢献していないという俗説が巷間知られているからである。たとえば「ユリイカ」一九七二年七月号の高村光太郎特集に収められている吉本隆明、高田博厚、高階秀爾、北川太一による座談会で、吉本が

「みんなこれよくないっていうんですが、どこがよくないんですか。」

という質問に答えて、高田博厚は、

「よくないっていうんじゃなくて、これもまた世間が悪い。なぜこれを高村に頼んだか。体力がなくて血を吐いている人間に。じつはこういう部分は、全部高村じゃないんですよ。これは助手なの。

高村が手を入れたのは、顔と手だけです。これを高村の作品とするのは苛酷なんだ。これを頼んだいきさつは立派だと思うんだけど、ぼくは、これをつくってる映画を見て、涙が出たものね。どうしてこんな苛酷なことをしたか。泥づけができないんだもの。これは「おとめの像」っていうけど、冗談じゃない、言語道断。こんなのデブチンじゃないか、そういっちゃ悪いけども（笑）。ところが、日本にある銅像で、これだけのものはないんですよ。日本の銅像がいかに愚劣かということだ。この作品だけは、自然のなかで邪魔しないいんだ。」

と語り、北川太一も
「骨を組んで土を投げつけるんだそうですね。体力がなかったので基本的な土つけは助手がやったのですが、基本的な土をつけちゃうと、もう表面をなでたぐらいでは、動きがとれないんでしょうね。」

と発言して高田博厚の意見に同感し、高階が次のとおり発言して、座談会をしめくくっている。

「ほんとにいまのお話、まったく同感ですよ、十和田像に関しては作品としてはとても駄目だと思うんです。しかし、そういう作品がなぜ出てきたということは、やはり高村の一番大きな悲劇だったということでしょうね。決していい作品じゃない。ただ、ほかの銅像に比べていいっていうのは、まったく同感ですね。おっしゃるとおりだと思います。」

　高田博厚、高階秀爾の意見によれば、助手にすべてをやらせ、高村光太郎本人は顔と手だけをやり、表面をなでた程度のことをした結果、日本でもっとも良い銅像ができた、ということになり、私にはその論理が分りにくい。助手小坂圭二はどれほどの仕事をしたのか。私は本文でこれを明らかにしたいと考えている。

正確にいえば『彫刻全作品』に図版50－1として掲げられている裸婦像は、ほとんど十和田裸婦像の縮少版ともみられるほど本質的に同じ作である。第一次試作の貧しさがそのまま十和田裸婦像の貧しさとなっているのであり、この貧しさについて責を小坂に帰すことはできない。

しかも、この第一次試作に対する高村光太郎の態度は到底全力をあげたとか全心全霊を傾けたとか言うことはできない。制作はほぼ午前だけに限られ、日曜は休み、午后は旧知の人々やジャーナリズム関係の人々との応待、飲食に充分な時間を割いているのであって、第一次試作はほとんど片手間仕事に近かったといっても過言ではない。

それにしても、試作といえども初めてモデルを見てから一カ月で一応制作を終えたということは、それまでの高村光太郎の制作に要した期間と比べれば異常な早さである。日本女子大校長成瀬仁蔵の胸像を依頼されたのが一九一九（大正八）年二月であった。この成瀬仁蔵像が納入され、日本女子大学校創立三三回記念式典で除幕されたのが一九三三（昭和八）年四月二〇日であった。この制作には一四年の歳月を要した。成瀬仁蔵像の制作期間と比較するのは酷であるとしても、僅か一カ月で第一次試作を完成したこと、少くとも第一次試作を完成したと高村光太郎が考えたことは異例である。高村光太郎は多くのばあい、一応制作を終えても出来栄えに満足しなかった。そのために修正をかさね、

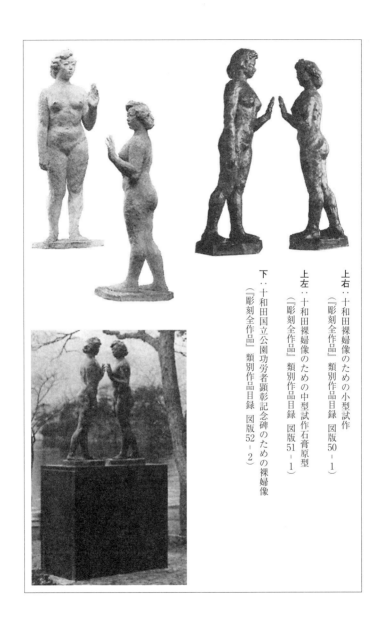

上右：十和田裸婦像のための小型試作
（『彫刻全作品』類別作品目録　図版50－1）

上左：十和田裸婦像のための中型試作石膏原型
（『彫刻全作品』類別作品目録　図版51－1）

下：十和田国立公園功労者顕彰記念碑のための裸婦像
（『彫刻全作品』類別作品目録　図版52－2）

あるいは作り直したりして、一作品の完成には歳月を要した。『彫刻全作品』の図版40の「黒田清輝胸像」（一九三二〈昭和七〉年三月作）は、解説にも高村光太郎の肖像彫刻の代表作のひとつと評し、高村光太郎は「「制作は割合らくに進んだ」と述べているが、実際には二、三年が費やされた」と記されている。

こうした作風からみて、第一次試作を制作した高村光太郎が、この作品に満足し、納得したとは思われない。そこでこの作品を二体作り、二体の配置、バランスによって鑑賞にたえられるものとすることを考えたのではないか、と私は想像する。それもかなり早い時期であったことは一一月二八日の日記から推察できる。十和田裸婦像は本来一体の裸婦立像のはずであった。第二次試作の制作の後でも、最終作の制作の後でも、二体同じものを制作し、これらを組み合わせるという発想が生れてもふしぎでない。しかし、第一次試作の制作時点ですでに二体を制作して組み合わせるという構想をもったのは、第一次試作の作品では、これを七尺ものにしても、到底納得できるものにはならない、という決断にもとづいたものと私は考える。すでに高村光太郎は第一次試作を徹底的に修正したり、作り直したりする、体力も気力もなかった。その衰えが、彼に二体の組合せという妥協に導いたにちがいない、と私は想像する。

一九三八〈昭和一三〉年七月四日作の「孤坐」という作品がある。同年六月二〇日作の「山麓の二人」に続いて書かれた「山麓の二人」と並ぶ傑作だが、次のとおりである。

物すごい深夜の土砂降りが家をかこむ
鼠も居ない落莫の室《へや》にひとり坐つて
彫りかけの木彫りの鯉を押へてゐる
掌《てのひら》は鱗にふれて不思議につめたく
そこらの四隅《よすみ》にそこはかとなく
身に迫るものがつまつて來る
鯉の眼は私を見てゐる
私は手を離さずに息をこらし
夏の夜ふけの土砂降りに耳を傾ける
どこか遠い土地に居るやうな氣がする
現世でないやうな氣がして來る

土砂降りの雨の夜ふけ、ひとり鯉を刻み、現世にいないかのように感じた高村光太郎は十和田裸婦像の試作時にはもういない。午前だけモデルを相手に試作をすれば、午後から夜は友人知己、雑誌社、出版社の人々と応待し、酒食を共にし、時にはしご酒の日々を送っていた彼には往年の気魄が失われていた。

（三）十和田裸婦像第二次試作

十和田裸婦像のための第二次試作は一九五三（昭和二八）年一月九日の日記に「午前モデル、ストーヴよく燃え、裸になれる、スケッチ」とあり、「午后三尺五寸のシンつくり」と記されているので、この日に始まると考えるのが妥当であろう。ただ、これ以前、一月七日の日記に「午前郵便局まで、牛越氏、中島夫妻來てゐる、牛越氏に石膏取たのむ、午後小坂氏くる、粘土ねり」とあるので、この粘土ねりが第二次試作の初めと見ることもできるだろう。一月一二日の日記に「午前モデル、三尺五寸のを始める」と記されていることからみて、一月九日ないし一二日にその制作に着手したとみられる。しかし前年一二月一〇日に第一次試作の制作を終えてからも、高村光太郎は一月九日までの間、モデルを使って、十和田裸婦像のための手を試作していた。以下に日記から抄記する。

一二月二〇日「晴、手の彫刻の支度」
一二月二二日「午前モデル、手の習作、午后藤島さんくる」

一二月二三日「晴、モデル、手、午后藤島氏小坂氏くる、小坂氏に10,000圓渡し」
一二月二四日「くもり、寒、モデルに年玉5000圓、今明日休み」
一二月二五日「晴、午前ストーヴ焚き、あつくなる、ひる頃藤島さん龜井勝一郎氏同道來訪、一時NHKの車にて放送會館、30分間對談放送」
一二月二六日「晴、午前モデル、手、午后藤島さんくる」
一二月二七日「晴、午前モデル、手、午后小坂さん、藤島さんきてアトリエの大掃除をしてくれる」
一二月二九日「晴、午前モデル、手」
一二月三〇日「晴、午前モデル、手」
一二月三一日「晴、モデル、手を終る、拂、七日まで休みのこと、午前岡氏來り、大工さん連行、床下の補强をしてくれる、根太にツカを立つてくれる、この補强で二三トンの重さに堪へるといふこと」

午前中だけとはいえ、「手」の制作に対する情熱を知ることができよう。一九五二年一二月一五日の亀井勝一郎の来訪、対談について記したのは『彫刻全作品』の十和田裸婦像にふれた「同時代の記録」中、亀井勝一郎が次のとおり記していることが引用されているからである。

「私は偶然アトリエでその第一段階の制作を拝見する機会があった。そのときは高さ二《ママ》尺数寸の裸像であったが、周囲をめぐりながら、氏は「夢違観音」のことを何げなく話された。左手をやや前方にあげて、掌を前方に向けて施無畏の印をむすんでゐるやうにみえるが、これは「夢違観音」のポーズである。」

これには誤植か、さもなければ亀井勝一郎の記憶違いあるいは言葉足らずがあるようにみえる。夢違観音のばあい、あげている手は左手でなく、右手である。夢違観音のばあい、右手を肘からやや上にあげながらやや前方にあげ、掌を前方に、向け、衆生を招くかのように指を心もち手前にかがめて、前方に開いている。左手をややというより、肘からしっかりと前方にあげ、掌をすっかり前方に向けているのは十和田裸婦像である。

ところで、高村光太郎にその中期の代表作ともいうべき一九一八（大正七）年作の図版22「手」がある。『彫刻全作品』に「作者の言葉」として次の文章を引用している。

「今わたくしの部屋に観世音の手が置いてある。施無畏の印相といへばどんなむづかしい、いかめしい印相かと思ふと、それはただ平らかに静かに前の方へ開いた手に過ぎない。平らに開いた手が施無畏である為にはどんな体内の生きた尺度が必要なのか。　昭9・5　黄瀛詩集『瑞枝』序」

「あの手は二つ作つたが僕のはロダンの習作と違つて制作なんだ。施無畏印相の手の形を逆にした構想で、東洋的な技法で近代的な感覚を表わした。あの人さしゆびは真すぐ天をつらぬいているんだ。

「高村光太郎の生活」昭26・10・12『サン写真新聞』」

高村光太郎の部屋にあった観世音の手の観世音が何かは記されていない。施無畏印相とは、無所為の徳を施しおそれを取り去る印相であり、右手をあげ五指を伸べて掌を外に向けたもの、をいう。この印相は高村光太郎のいう、平らかに静かに前の方へ開いた手と同じ意であり、高村光太郎が右手であると記していないだけの違いだから、この観世音は夢違観音以外には考えようがない。また、夢違観音の手の形を逆にした、と高村光太郎がいうのは掌をヨコに開いている夢違観音の右手の掌をタテに立てて、中指が天をつらぬくばかりに真直に立つ形にした、という意にちがいない。

この「手」を高村光太郎はそれこそロダンに対峙し、ゴチック精神を貫く意図の下に制作したのであろう。だから、「習作と違つて制作」だといい、「施無畏である為にはどんな体内の生きた尺度が必要なのか」と自問し、この手は静かであるにもかかわらず生気、生命力に溢れていることを自讃したのであろう。事実、この「手」は雄勁、男性的な活力に満ちている。この作の天を指す中指の雄々しさもこの作に強い迫力をもたらしている。まさにゴチックの所産というべきである。

こうした作「手」を制作した体験をもつ高村光太郎が十和田裸婦像の手をとりあげて、その手だけを制作しようと構想したとき、旧作「手」を、さらに夢違観音を想起していたと考えるのはごく自然である。亀井勝一郎とNHKに出向いて対談したのは一九五二（昭和二七）年一二月二五日であり、高村光太郎は十和田湖裸婦像のための手の制作を終えたのは一二月三一日であった。

さて『彫刻全作品』図録49「十和田裸婦像のための手」は石膏のまま残されていたが、『彫刻全作品』刊行記念として高村豊周工房により一〇点ブロンズに鋳造されたという。『彫刻全作品』には石膏とブロンズの双方の写真が掲載されているが、ことにブロンズではっきり分ることだが、この手は雄々しくもないし、男性的でもない。裸婦像の一部となるのだから女性的な優しさに造型されるのが当然ともいえるけれども、そして、その典雅ともいうべき優しさは、生活感、生命感が淡いけれども、高村光太郎の非凡な才能を示している。この手は単独の作品としてみれば愛すべき小品であり、私自身の好みでもある。しかし、この作品にはゴチック的精神が認められない。

前著『高村光太郎論』で述べたことの繰り返しになるが、ここでどうしても思い出していただきたいので、あえてかさねて記しておきたい。高村光太郎は『婦人公論』一九四二年七月号から一二月号まで「美の日本的源泉」と題する評論を連載したが、その中で夢違観音を採りあげ、ここには「清らかな人なつこさ」がある、と書いている。このアジア太平洋戦争下における夢違観音の見方が一九五二年当時までも高村光太郎の思想を支配していたのではないか。さらに詳しく考えてみると、「美の日本的源泉」において、高村光太郎は、まず、埴輪の美を取り上げて、「埴輪の人物はすべて明るく、簡素質樸であり、直接自然から汲み取つた美への満足があり、いかにも清らかである」といい、「清らか」に傍点を付して強調している。続いて、法隆寺金堂の壁画を論じ、「埴輪で見た清らかさの美が又此處にも在る。ここには又節度の美がある。高さの美がある。肉體を超えた精神至上の美がある」、と説いた。その上で夢違観音を論じて、「この像には高さ、精神至上、節度といふやうなものに加へ、更に疑念なき人なつこさの美がある」と説いた。その後神護寺金堂の薬師如来の「美の切實性」をいい、「藤原期の佛畫」においては「水墨畫の美、もとより日本美の雄なるものである。しかし日本に藤原期の佛畫ある事を忘れてはならない」と前置きして「日本に於ける交響樂的色彩美の本質は藤原

▶手
（『彫刻全作品』類別作品目録　図版22－2）

▶左：十和田裸婦像のための手　ブロンズ
（『彫刻全作品』類別作品目録　図版49－1）
右：同　石膏原型（同　図版49－2）

期にあり」とし、「浄土敎の雄大な幻想が、さながら色彩の交響樂となつて藤原期の佛畫の一々に遍滿する」とし、最後に能面「深井」の奥深い含蓄性を説いて終わっている。こうした見方は明らかに戦時下における日本古代文化への回帰をしめすものだが、戦後になっても、太田村山口小学校で行った講演「日本の美」でも、埴輪のもつ、ひかり、明るさをかたり、日本の彫刻は埴輪に帰らなくてはならない、と説き、次いで仏像について語り、法隆寺の夢殿の救世観音の口の笑いは自然にでた笑いであり、魂へひびくような微笑である、と最後に能面の美について語っている。つまり、表現は若干違っても、高村光太郎の日本美への回帰は戦後も戦時下と変っていなかったのであり、これは彼が若い時から強い影響を受けて来たゴチック的な、あるいはロダン的な雄勁、強靭な美とはかなりに違ったものであった。十和田裸婦像において高村光太郎が表現しようとしたものは、ゴチック的、ロダン的なものではなく、むしろ夢違観音にみられるような美であった。十和田裸婦像の制作について、その手の造形で彼の心に去来していたのは夢違観音の手であったことをはからずも亀井勝一郎が証言しているわけである。

＊

高村光太郎が十和田裸婦像の第二次試作『彫刻全作品』の「図版51　十和田裸婦像のための中型試

作」（高さ一一二㎝、幅六二・五㎝、奥行三六・五㎝）の制作に着手したのは一九五三（昭和二八）年一月九日であった。同日以降の日記は次のとおりである。以下、この第二次試作に関連する記述と、これに続く記述を引用し、その後の記述は省略するが、一々ことわらない。関連する記述の途中に無関係の事実が記述されているときは、「（中略）」とする。

一月九日「午前モデル、ストーヴよくもえ、裸になれる、スケツチ、便　午前中毛利教武氏來訪せし由」
一月一〇日「午前モデル、拂、午后校正、小坂さん、藤島さんくる、鉛管にシユロ縄をまいてくれる、夕方辭去」
一月一二日「くもり、雨、風、遠雷、溫、午前モデル、三尺五寸のを始める、午后藤島さん小坂さんくる、小坂さんに廻轉臺、心棒をたのむ、椛澤さん來たらし、あはず」
一月一三日「午前モデル、三尺五寸荒づけ、石膏屋さん来て「手」をとつてかへる、午后藤島さんくる、玉ずし、尙氏に毎日來訪に及はぬ旨のべる」
一月一四日「午前モデル、午后中央会論社の人來て校正を全部持ちゆく」
一月一五日「午前モデル、便　午后　靜かにしてゐる」
一月一六日「午前モデル　便　午后鶴田愛子さんくる」

一月一七日「午前モデル、拂、午后便　小坂氏くる、廿四日土曜日に臺、心棒、粘土くる由、村田勝四郎氏、土方久功氏くる」
一月一九日「午前モデル、午后美術出版社で中西氏の畫の撮影をやる、アトリエを使ふ」
一月二〇日「午前モデル、午后郵便局まで、すしをくふ」
一月二一日「午前モデル、手をつける、午后粘土屋さんくる、前の粘土と色が違ふとの事、百貫たのむことにする、土曜日に間にあはぬ由、便」
一月二二日「午前モデル、午后便　粘土用10,000、中央公論社の綱淵氏といふ人校正持參、數ケ所質問に答ふ」
一月二三日「午前モデル、川路柳虹氏午前中來訪、モデル使はずに終る」
一月二四日「午前モデル、拂、午后便　大宮工作所より廻轉臺、心棒屆く、又板も屆く、小坂さんくる、とりつけ夕方になる、エントツ掃除、すべて拂」
一月二六日「午前モデル、今日からだ少々不調らし、午后上野松坂屋の唐招提寺展にゆく、石井鶴三さんにあふ」
一月二七日「午前モデル、手だけやる、午后藤島さんくる」
一月二八日「午前モデル、午後小坂さんくる、雜用、夕方鳥肉其他を買つてきてもらふ」
一月二九日「午前モデル、右の腕、午后便　玉ずしにゆく、京花紙バタ等かつてかへる、小坂さんくる」
一月三〇日「午前モデル　午后便　帝國銀行にゆき青森からの送金第二回分を通帳にかき入れ、30萬圓引出す」
一月三一日「午前モデル、拂、午后近所で天丼」
二月二日「午前モデル、午后玉ずし、藤間さんに色紙小包で出す、小坂氏宮崎稔氏きてゐる」
二月三日「モデル生理休」
二月四日「モデル休、顔をいぢる（中略）夜藤島氏くる」
二月五日「モデル生理休、ひる理髪、玉ずし、豚肉買、午后小坂氏くる、藤島さんラジオ持參、アース線を買つてきてとりつけ、よくきこえる、夜谷口吉郎氏來訪、臺の高さにつき相談、尚小雛型を谷口さんに屆ける約束」
二月六日「午前モデル、午后石炭一トン來る、近所で天丼」
二月七日「午前モデル、拂、午后中央公論社より選集第6巻4冊屆けくる」
二月八日「九時過おきる、粘土手當」
二月九日「午前モデル、足、午后玉ずし、便　藤島さんくる、谷口氏宅にゆく由につき雛形のことをきいてもらふ事にする」
二月一〇日「午前モデル、足、午后電通の人來る、ラジオについて談話筆記、便　夕方小坂さん來る、雑用」
二月一一日「午前モデル、ストーブけむり裸出來ず、午后藤島さんくる、ストーヴ掃除」
二月一二日「午前モデル、胸、午后古田晃氏來る」
二月一三日「午前モデル、午后ハカキ書、近所で天丼をくふ」
二月一四日「午前モデル、拂　午后改造社の富重義人といふ人くる、原稿の事、婦人公論の人くる、紙繪を口繪にすること斷り、小坂さんくる、石炭代10065圓を托し、買物用に5000圓渡し」
二月一五日「石膏とりを今週中にと牛越さんにハガキを出す」
二月一六日「午前モデル、午后藤島さんくる」
二月一七日「午前モデル、頸、胸、午后近所まで買物、すし」
二月一八日「午前モデル、午后ヒゲソリ、藤島さんくる、夕方谷口吉郎氏式場隆三郎氏くる」
二月一九日「午前モデル、午后上野アンデパンダン見物」
二月二〇日「午前モデル、午后中西さんの畫をアトリエで出版者(原)の人撮影、藤島さんくる」
二月二一日「朝九時頃谷口氏くる　一緒に駒場の民藝館にリーチ　柳氏をたづねる」
二月二二日「終日在宅、仕事少々いぢる」
二月二三日「夜入浴、石膏屋さんくる、打合せ、金渡し」
二月二四日「午前モデル、午后藤島さん小坂さんくる、夕方三人で澁谷にロシヤ料理サモワールといふにゆく」

二月二五日「午前モデル、石膏屋さん來らず、午后便 午后新宿行」

二月二六日「午前モデル、石膏屋さん今日も來ず、午后在宅」

二月二七日「午前モデル、今日拂、(明日休み) 午后近所まで、途中で松下さんにあふ」

二月二八日「石膏屋さん來て石膏をかける、小坂さんきて手傳ひ、小坂さんに例のもの進呈(10,000)迎により車で一時頃中山太陽堂の講堂行、滿員、井上女史ゐる、談話2時間はかり、送られかへる、石膏屋さんかへるところ、明日又來る由、小坂さんとビール」

三月一日「十時頃石膏やさんくる、昨日のツツき、小坂さんくる、手傳、二時過石膏型を運送屋がかついでかへる、自轉車、牛越、小坂兩氏とビール、夕方ブロードヱイの佐藤さん來訪」

三月四日の日記中に「運送屋さん三尺五寸の石膏像を持ちくる」とあり、翌五日の記述に「小坂さんくる、七尺像の骨組にとりかかる」とあるので、二月二八日に石膏屋が来るまでには、二月二七日もモデルが来たので、第二次試作の手直しなどをしていたのであろう。そこで第二次試作の制作は一九五三年一月九日に始まり、二月末日に終了、約四〇日間にすぎなかったと考えられる。

相変らず、高村光太郎は午前中しか試作の制作をしていないし、日曜は休んでいる。午后は出版社、新聞社の人々や知人との応接で多忙であったことは事実だが、十和田裸婦像の制作に精魂を注いだとみることはかなり躊躇せざるを得ない。

また『彫刻全作品』の図版でみる限り、私のような素人目には第一次試作と第二次試作の間には、寸法の違いを除き、おそらく些細な修正は施されているのであろうが、本質的に相異があるとはみえない。

もっと私にとって関心がふかいのは、小坂が第二次試作の制作にどれだけ関与したか、である。日記にみられるとおり、小坂は廻転台、芯棒などを手配したり、買物を手伝ったり、石膏型をとるのを手伝ったりしているが、試作の制作にはまったく関係していない。第一次試作と同様、第二次試作についても、小坂はその制作に寄与するところはない。その制作の責任は全面的に高村光太郎に帰せられるとしなければならない。

(四) 十和田裸婦像の制作

そこで十和田裸婦像の制作に関する日記の記述を追うこととなる。一九五三年三月五日、「小坂さんくる、七尺像の骨組にとりかかる、ひる小坂さんと近所でソバ、洗濯、午前中上野常彌といふ老人くる」と日記にあり、この日から始まったとみられる。日記の続きを読むことにする。

三月六日「モデル休、小坂さんくる、骨組のツツキ、下痢はげしく、發熱、ひるまより臥床、終日ねてゐる」
三月七日「午前モデル、首、拂、小坂さんくる、石膏屋さんくる、拂、3000圓、猪飼夫人くる」
三月八日「小坂さんくる　骨組を終り、午后辭去、西倉さんより檜材届く、運賃700圓拂」
三月九日「モデル風邪で聲が出ず、今日はかへす、小坂さん來て粘土こね、骨組撮影のことを話す、藤島さん來たのでたのむ、明朝撮影の筈」
三月一〇日「モデル休、小坂さんくる、藤島さんくる。骨組を藤島さんに寫眞にとつてもらふ、午后小坂さん粘土をつけ始める、夕方三人で新橋小川軒でビフテキ等をたべ、又ブロードヱイでリキユール等をのむ、便　下痢はほぼとまる」
（二次の試作を終えて、終局的な十和田裸婦像の制作が始まったお祝いに小川軒で本格的な晩餐をとることにしたのであろう。）
三月一一日「小坂氏くる、土つけつづき、藤島さんきて寫眞撮影、これは骨組、土つけの順序を參考にのこすため、終日在宅、モデル休、便」
三月一二日「（モデルくる）朝北川太一氏余の誕生祝とてイセエビ3尾持參、中西さん宅においてかへられし由、小坂さんくる、土つけ一段落、午后細田アメリカや主人くる」

三月一三日「モデル來りしがかへす、拂、奥平氏の爲の原稿一枚かく」
三月一四日「モテル休、午后出かけ、丸善に國際彫刻コンクール展を見」
三月一六日「モデル休み、小坂さんくる、午后二時半辭去、土つけつづき、午后宮崎稔氏くる」
三月一七日「午前モデル、首試作ツッキ、小坂さんくる、今日で土つけ終る、夕方藤島さん谷口博士來訪、臺の大きさをほぼきめる、四人で新宿十和田にゆき、酒と飯、十一時タキシでかへる、便」
三月一八日「午前モデル、首つつき、小坂さんらは來ず、便　午后雜用」
三月一九日「午前モデル、首ツツキ、午后雜用、五時頃宮崎丈二氏くる」
三月二〇日「午前モデル、首つづき、午后田村昌由氏くる」
三月二一日「モデル　拂、早くかへす、晴、强風、小坂さんくる、粘土に水、ストーヴ掃除、炭ひきしてくれる、　余は新宿三越にゆきフンム器をかつてくる、人出多し」
三月二三日「午前モデル　今日より七尺像をいぢる、午后十和田の小笠原老人くる、藤島さんくる、小坂氏への禮金の事を菊池氏にきくことたのむ、夜中西氏宅にて酒」
三月二四日「午前モデル　七尺像、午后朝日放送より村瀬幸子吹込の「智惠子抄」持參」
三月二五日「午前モデル、午后藤島さんくる　小坂氏への禮は2萬圓位と菊池氏の話の由、小坂氏くる、夕方菊池氏くる、作を見せる、臺のことなどいろいろ、雨の爲余外出せず、一同辭去、便」
三月二六日「午前モデル、七尺像、午后共同通信記者くる」

三月二七日「午前モデル　七尺像、　午后藤島さんくる」
三月二八日「午前モデル、拂、　午后近所まで買物、天井」
三月三〇日「午前モデル、七尺像、　便　午后藤島氏、小坂氏くる、兩氏に例月のもの進呈、尚小
　坂氏に別に手傳の禮30,000圓呈　（入浴）夜ニユートーキヨー、新宿萬壽園にて夜食」
三月三一日「午前モデル、七尺像、　午后婦人之友社の人くる」
四月一日「午前モデル、ストーブくすぶり、ポーズせず、　午后便　ストーヴ掃除、　終る頃川路柳
　虹氏くる」
四月二日「午前モデル、七尺像腕、　午后朝日新聞高松氏くる、寫眞撮影」
四月三日「午前モデル、七尺像腕、午后帝銀にゆき中央公論の小切手2枚を預金に入れる、」
四月四日「午前モデル、拂、　午后中央公論の松下氏くる、」
四月六日「午前モデル、七尺像、　午后藤島さんくる、（中略）夜鑄金の伊藤忠雄さんくる、地金を
　かふ金200,000圓の事」
四月七日「午前モデル、　午后宮崎稔氏（中略）小坂氏くる、粘土手入、木炭きつてくれる」
四月八日「モデル生理休、今週休みと思ひ、拂、　午前午后七尺像をいじる、首、　夕方より赤羽に
　ゆきデデといふ映畫を見る」
四月九日「モデル休、　朝難波田さんくる、てんらん會見てくれとの事」

四月一〇日「モデル休、七尺像首、午后水野夫人くる」
四月一一日「朝モデル來る、今日はかへす、午后、ロダンの言葉しらべ」
四月一二日「午前中野郵便局にゆき伊藤忠雄氏に速達ハカキを出す、十三日午后金をつくつておくこと」
四月一三日「午前モデル　午后伊藤忠雄氏、大島氏くる、200,000圓渡す、地金用資金、一緒にニユートーキヨー、東生園、ブロードヱイ、電車で九時過かへる」
四月一四日「午前モデル、午后尾崎喜八氏くる、詩集について、藤島さんくる」
四月一五日「午前モデル、午后中島氏、三原堂の女主人同道くる、草野心平氏くる」
四月一六日「午前モデル、午后新潮社より社員來り、撿印紙文庫用5000詩集用6000枚捺印してかへる」
四月一七日「午前モデル、午后近所まで、烟突掃除、せんたく、（入浴夕方）夜白米を炊く、はじめてなり」
四月一八日「モデル　拂、電報あり、今夜九時前に水谷八重子草野君來訪の由、午后近所ですき燒ひるめし、藤島さんくる」
四月一九日「朝小坂さんくる、粘土をこねてくれ、炭を切つてくれる、午后照井登久子さん秀子さんくる」

四月二〇日「午前モデル、氣持わろくなりし由にて手をやる、午后藤島さんくる、牛の尻尾持參、
午后しづかにしてゐる、夜白米を炊く」
四月二一日「午前モデル　午后來訪者なし、洗濯等」
四月二二日「午前モデル　午后便　智恵子抄特別製本に署名依頼の人くる、署名す」
四月二三日「午前モデル、午后玉ずし、買物」
四月二四日「午前モデル、拂、午后帝國銀行にゆく」
四月二五日「午前モデル、モデルは今日熱海行、月曜は休みとなる筈、午后藤島氏くる、青物買
つてきてくれる」
四月二七日「モデル休み、午前午后仕事　下痢便　午后藤島さんくる、ぢきかへる」
四月二八日「午前モデル」
四月二九日「午前モデル、午后仕事、奥平氏玄關まで來訪の由にて京都の八ツ橋をもらふ、夕方
草野心平、土方定一氏くる、一緒に新宿をあるく、ビヤホール、十和田、バードレスデン、バー
キユピドン、一時半かへる」
四月三〇日「午前モデル、脚にかかる、午后、首を試作、夕方近所まで」
五月一日「午前モデル、午后休憩、近所まで買物」
五月二日「午前モデル、拂、午后小坂さんくる、炭など切る、午后人形劇團プークの人等3人く

る」
五月四日「午前モデル、午后便　藤島さんくる　例の10,000圓渡し　細田明子さんくる」
五月五日「午前モデル、午后首を少しいぢる、ヒゲソリ、菖蒲湯を中西夫人、沸かす、入浴」
五月六日「午前モデル、午后首少し、岩瀬正雄氏くる」
五月七日「午前モデル、ひる頃栗本和夫氏立よる」
五月八日「午前モデル　洗濯、午后「群像」の人くる」
五月九日「午前モデル、拂、便、午后小坂氏來訪、ピカソ彫刻寫眞帖をかりる、來々週頃石膏取の運びといふことを話す、石膏屋さん鑄物屋さんに連絡のことをたのむ、午后松下英麿氏栗本和夫氏くる」
五月一〇日「十時おきる、ひる頃首を少しいぢる、朝日社會部の門馬氏くる」
五月一一日「モデル來て生理休のこと、午前首少〻、午后藤島さんくる、煙突掃除」
五月一二日「モデル休み、首をいぢる、午后藤間節子さん來訪　玉子等もらふ（中略）青森縣副知事來る、藤島さん同道」
五月一三日「モデル休　首をやる、くもり、むす、夕方新宿山珍居にて夕食、中野にて買物、夜藤島さんきて明夕青森縣の集會ある由」
五月一四日「午前モデル、足、午后ヒゲソリ、四時藤島さんくる、五時一緒に出かけ、木挽町万安、青森縣の人達と土方、草野、谷口、菊池、藤島氏等と會食、後、新宿ドレスデン、キユピドンにてビール、一時半かへる」
五月一五日「午前モデル、午后小坂さんくる、石膏とりの事など打合せ、夕方一緒に中野のビヤホール、別れて余は豚肉等かつてかへる」
五月一六日「モデル　沸、午后洗濯等」
五月一七日「午前仕事少々、洗濯、便　ハカキ書、午后日比谷行」
五月一八日「午前モデル、午后藤島さんくる、谷口氏四時頃粘土像を見にくる、臺の大きさについての參考、夜新宿ビヤホール　臺灣料理へ３人でゆく、九時半かへる、」
五月一九日「午前モデル、午后石膏屋さん牛越氏くる、七尺像をたのむ、內金5000圓渡し。「心」の人くる、3400圓うけとり、稿料」
五月二〇日「午前モデル、便　午后帝銀にゆき200,000圓引出し、上野日活でナイヤガラ」
五月二一日「植木屋さん粘土入の水槽掃除、半日かかる、午前モデル、午后小坂さんくる、そのフタをつくりくれる、ブリヂストンより岩佐、青木兩氏くる」
五月二二日「午前モデル、首にかかる、午后佐藤正義氏（よくさん會の）くる」
五月二三日「午前モデル、沸、ブリヂストンの撮影は月曜日午前ときまる、四五人來てアトリエの様子を見てゆく、便　午后藤島さんくる、万安の會の寫眞持參」

五月二四日「午前太田村山口の高橋雅郎さんくる、取手に寄つてきた由、山口の話等　十二時過辭去、（中略）　七尺像首少々いぢる」
五月二五日「朝八時頃ブリヂストンの連中七八人くる、電氣の仕掛をしたり、準備、七尺像粘土制作模様撮影、小型石膏像廻轉映寫、モデルは今日使はず、十二時終る、難波田さんもくる、玉すしをくつて別れる」
五月二六日「午前モデル、顔、午后仕事少々、首、顔　休憩、（入浴）夕刊、東京新聞、朝日に昨日の撮影の記事あり」
五月二七日「午前モデル、午后首をいぢる、一時半帝銀行」
五月二八日「午前モデル、顔、午后便、休憩、閉門、夕方まで仕事、夕食をつくる、洗濯、十時半ねる」
五月二九日「午前モデル、午后便　休憩、仕事、四時頃より新宿行」
五月三〇日「午前モデル、モデル今日で終りとする、拂、お禮 20,000 圓進呈、電気バイブレーターをもらふ、午后藤島さん小坂さん、10,000 圓つつ、普茶料理行」
五月三一日「午前午后仕事、顔其他、一應出來上る、奥平さん玄關まで來られし由、夕方火の車、東方亭、林家歴訪、午前一時過かへる」
六月一日「小雨つつく、午前十時になる、顔をいぢる、午后藤島さんくる、七尺粘土像の撮影、骨組二重うつしも試みる、夕方新宿ビヤホールポッペでビフテキ、ライスカレー　八時半頃かへる、　便、　石膏25キロ2袋とどく」
六月二日「午前牛越さんくる、石膏取は六、七日頃といふ事、　午后小坂さんくる、石膏取の日の事たのむ、　火の車の人くる、　日本酒5本持ちゆく」
六月三日「藤島さん午前中にくる、寫眞を多數撮影夕方辭去」
六月四日「ひる頃藤島さんくる、今日も撮影いろいろ、　草野心平氏くる、一緒に普茶料理千光園にゆく、　報告會場をここにきめる、十六日午后五時とする、十二人、　新宿ガス燈、キユピドンで小憩、　土方さんにあふ、十時かへる」
六月五日「ひる前谷口さん藤島さん來る、　知事にあひ申述べられしことを告げらる、著作權などのこと」
六月六日「午前藤島さんくる、撮影つつき。　午后「毎日グラフ」の人3人くる、撮影、談話、夕方菊池一雄氏くる、粘土を見る、夕方一同辭去」
六月七日「午前石膏屋さん2人くる、　小坂さんくる（中略）石膏取夕方までつつく」
六月八日「石膏とりつづき、　藤島さん、小坂さんくる、外型を作り終り、明日粘土出しの筈、　テカミ書」
六月九日「石膏とりつづき午后終、　小坂さん粘土かたつけ、二時過運送屋三輪車で牛越さん等と一緒に石膏型を持ち去る、牛越さんの家までの由、宮崎丈二氏くる、明夕招かれる、小坂さんと三人、アイスクリーム、夜新宿で夕食、十時かへる、九日夕方石黒しつえ女史、中西さん玄關にくる、來訪斷りの旨強く宣言し、送られた小包數個未開封のものを返却す」
六月一〇日「藤島さん寫眞持參、全部費用5000圓拂、ブリジストン副社長石橋氏、館長岩佐新氏、映畫係長3人來訪、先日の禮をのべらる」
六月一一日「藤島さんくる、寫眞切ばり」
六月一二日「ひるすぎ佐藤春夫氏夫妻來訪、ヰスキーをもらふ、十六日出席の由、夜新宿にてうな丼、八時過かへるとモデル來てゐる、ヌード寫眞をもらふ、十六日に來る由」
六月一三日「午后小坂さんくる、粘土手當、掃除等、西出大三氏くる」
六月一四日「ひる頃谷口氏より使の人くる、臺のことについて、明日あたり谷口氏來訪の由」
六月一五日「十一時になる、藤島氏くる、小坂さんくる（中略）谷口氏くる筈なりしが速達ハカキあり、明日出席遲刻の由」
六月一六日「モデルくる　午后五時千光園ほとときす行、青森縣副知事、佐藤春夫夫妻、土方定一氏、小坂氏、藤島氏、草野心平氏、谷口吉郎氏集る、報告は速記、散會後、草野土方氏等と新宿、十二時頃かへる、〈十六日千光園へモデルも來る筈のところ、午前にきて、ハナ血のため不參の旨のべらる、〉〈十六日に菊池一雄氏は不參なりき、〉」

長い引用となった。六月一六日の挨拶については後にふれる。六月九日の項の日記中石黒しづえ女史に関する記述を引用したのは、太田村山口の女難から上京後も解放されていないことを知り、失笑したからであって、本項における本来の趣旨とは関係ない。抄出した日記の記事は十和田裸婦像制作に関するものに限るつもりであったが、五月二四日の高橋雅郎の来訪など、第一章で山口の生活を見てきたので私自身が懐かしかったし、また、十和田裸婦像の制作中も制作が一応終了したとみられる五月三一日に火の車、東方亭、林家を歴訪したことの記述、それらの店の主人の来訪についての記述も、草野心平に関する記述も、戦時下に親しんだアメリカ屋（東方亭）と林家に対する高村光太郎の心情を思い、草野心平に対するふかい友情を思って、書き加えることにした。そんな感情から十和田裸婦像の制作に直接関係ない記述も引用したので、冗長になったのである。

本項で私が注目している趣旨の第一は、十和田裸婦像の制作に高村光太郎がどれほどの期間を要したかを確認することである。一九五三年三月五日に骨組みが始まっているので三月五日に始まるとみ、六月一日「顔をいぢる」とあり、二日には石膏屋牛越と石膏取りを打合せ、四日には完成報告会を千光園で催すことに決めているので、六月一日に制作を終えたとみられる。しかし、小坂による骨組みは三月八日に終り、三月一〇日から一七日までの間、小坂が粘土つけをしているので、これが終るまで十和田裸婦像の制作にかかっていない。反面、三月一七日の項に「首試作ツツキ」とあり、首の試作がいつ始まったかは日記中見当らない。首の試作は『彫刻全作品』の「図版49」の「手」と同様、十和田裸婦像のための試作にちがいないから、三月一七日以前から始まったと認められる。小坂による骨組みの開始からみれば六月一日まで、首の試作からみれば三月中旬から六月一日までが十和田裸婦像制作期間と思われる。第一次、第二次の試作が行われたとはいえ、三カ月足らず、おそらく二カ月半という制作期間は、これほどの大作のためには、私としては驚くほど短いように感じるのだが、どうであろうか。私が短いように感じるのは、第一に、午后も作業したり、日曜も制作にかかわったことが数日あるとはいえ、原則として、制作に費したのは、週日の午前に限られるからである。

次に、骨組み、粘土つけを終えた以後、小坂は「粘土手入」(四月七日)、粘土こね(四月一九日)、石膏取り打合せ(五月一五日)等の雑用だけであって、十和田裸婦像本体の制作に関与した気配は認められない。一方、高村光太郎は、三月一七日の日記にひき続き、三月一八日「首つき」、二〇日「首つづき」、四月八日「午前午后七尺像をいじる、首」、四月一〇日「七尺像首」、三〇日「午后、首を試作」、五月五日「午后首を少しいぢる」、五月六日「午后首少し」、一〇日「ひる頃首を少しいぢる」、五月一一日「午前首少ミ」、一二日「首をいぢる」、一三日「首をやる」、二二日「首にかかる」、二四日「七尺像首少々いぢる」、二六日「午后仕事少々、首、顔」、二七日「午后首をいぢる」等とあり、首についてなかなか満足できるものができなかったことが推察される。五月二六日、五月三一日の日記に「顔」とあるのも似たようなことであろう。四月三〇日の日記に「試作」とあるのは当初は第二次制作の作品の首とは違う首を試作、これに納得できれば試作におきかえるつもりだったのかもしれないが、やがて試作という言葉は消え、「首をいぢる」という表現がくりかえし用いられているのは第二次試作を小坂が粘土つけ拡大した作品に手を加えることにしたという趣旨と思われる。圧倒的に多いのは「七尺像をいぢる」「脚にかかる」「首をいぢる」といった表現である。

この事実は十和田裸婦像の制作について、小坂は忠実に第二次試作品（『彫刻全作品』の図版51「十和田裸婦像のための中型試作」）を拡大するよう、骨組みを立て、粘土つけをしただけのことであり、高村光太郎は不満とした首を中心に、ほぼ二カ月半の期間、種々手直しをしたものと考えられる。いいかえれば、小坂の仕事のために十和田裸婦像の出来栄えが貧しくなったということはない。これが貧しいかどうか、すべてその責任を高村光太郎が負っている。

ついでだが、一九五三年五月二三日の日記に「午后藤島さんくる、万安の會の寫眞持參。宮崎丈二、西倉保太郎兩氏來訪、夕方より新宿ビヤホール、ドレスデン、キユピドン、よしだ等による、十一時かへる、まだ雨」、五月二六日の日記「夕方桑原さんと新宿、ビヤホール、うな丼、赤線區域歩き、九時かへる」とした記述から、労作の完結を間近にした高村光太郎の解放感が察せられるし、また、彼の人間性も思いやることができる。

きわめて肝心なことだが、高田博厚は前記の「ユリイカ」に掲載された座談会において、十和田裸婦像制作中の「映画を見て涙が出た」と言い、映画から粘土つけを助手にやらせ、高村光太郎がやったのは顔と手だけだといっているけれども、映画は実質的に十和田裸婦像の制作が終った後の五月二五日に撮影されたのであって、実際の制作現場の実情を撮影したものではない。高田博厚はこうした事実を正しく理解することなく、誤解にもとづいて、発言したのであり、他の出席者もこの誤解をそのまま受入れて発言していることを明らかにしておく必要がある。

人間性といえば、この間、高村光太郎は藤島宇内に毎月一万円を支払っている。私は一九五二年四月弁護士登録し、弁護士として雇用されたが、当時月給一万円であった。雑用万事引受けていたとはいえ、藤島宇内としては破格の処遇をうけていたといってよい。また小坂圭二にも毎月一万円、小坂には十和田裸婦像の骨組み、粘土つけの謝礼として、菊池一雄が勧めた二万円でなく、三万円を支払っている。いいかえれば、高村光太郎は小坂の仕事の報酬としては三万円でも過分でないという評価をしていたのであろう。ただし、金払いが良すぎるほど良かったのは高村光太郎の江戸ッ子気質でもあり、本音で小坂の仕事をどう評価したかは分らない。ただし、小坂の作業については高村光太郎が挨拶で説明しているので、次に引用する。

「初めは東京にアトリエがあるかということで心配しておつたのですが、これもやはり皆さんの御盡力で――特に藤島さんが中西さんの奥さんを說きつけてくれて借りられるようになつた。そして、そういうことがすつかり終つたので、十月十日に小屋を出て東京に來ましてあすこに入り込んだのでありますす。あのときはまだ混沌としていて、どういうものを作つたらかいいかさえはつきり分らなかつたのですけれども、もとより單像のつもりでおりました。十月一ぱいはビールを飲んだり、ジヤーナリズムに責められたりして一月ぐらい暮しました。十一月の十日にモデルさんを頼んで、菊池さんがいろいろそういうことの世話をやいてくださつて、小坂さん――小坂さんは皆さん御存知ですね。粘土をつけたり何かする非常な力仕事一切を引受けてやつてくださつたわけです。新制作派の彫刻家です。今度、何から何までやつていただきました。それで、モデルさんが來るようになつて、十一月十日から今年の五月三十一日までモデルさんに通つていただきまして、七箇月ばかり、人間の身體を堪能する程、よく親しんだわけです。七年ばかり山にいて人間に觸れなかつたのが、急に若い人間の身體に接して、自分の制作というものに、それが大變影響したと思います。モデルさんが來てからスケツチをしておりましたが、十一月の十七日に小さい雛型をこしらえ始めました。あれをこしらえる前までは、一人の賑やかなポーズにして、いろいろポーズを考えたのですが、そうやつているうちに、どうも一人では淋しくて具合が悪いし、ひよつと、湖の上を渡つているときの感じが、自分で自分の姿を見ているような、あるいは自分を見ているというような感じをあのとき受けたのが頭に出て來て、それで同じものを向い合せて、お互いに見合つているような形にしたらと思つて、それでこういうようなものを考え附きました。しかし初めは、同じものを二つ置くというとちよつと類がないものですから躊躇したのですが、かまわないと思つてとうとうそういうふうにこしらえました。何か感じの方から言えば、そこに感じが出れば出る。造型的には群像になりますから、像ばかりでなくて、像と像の間に出來るいろいろな空間が面白い。それで、それを考慮して、いろいろなシンメトリカルな穴が出來るわけです。それが面白いわけです。その方をまたいろいろ考えたりしてやりました。それで小型の雛形の方は十四日ばかりでこしらえまして、これは石膏を取つてしまいました。それが十二月に入つて十二月の十日くらいになつたのですが、それからしばらく年末まではいろいろ大きいものを作る準備です。心棒とか臺とか廻轉臺とか、その他いろいろなものが何もなかつたものですから、これをみんな新しくこしらえなければならない。これはみんな小坂さんに世話を焼いていただいて、注文するものは注文し、また小坂さんからも拜借したりして、それは大變具合よく行つたわけです。それが年末一ぱいかかつて、像の方は出來なかつたのですが、その間に手の習作等をやりました。そして今年の正月になるわけですけれども、お正月になつてから今度は大きい像の半分の三尺五寸のものを始めて、それが一月十二日から四十六日ばかりかかつてとにかくまとめて、それで二月一ぱいになつてしまいました。その間石膏をとつたりしておりましたが、石膏取りをしている間はモデルを使いませんから、そのときにいろいろ他のことをやつておりました。それから二月が終つて三月になり、小坂さんに三月五日から大きい像の骨組をこしらえていただいて——その骨組というものは非常に大變でありまして、専門でないとなかなか出來ないものです。それで頑丈にこしらえて、あとで粘土がかぶらないように、あるいはヒビが入ってずれたりしないように注意しなければならない。しかも石膏を取るときに、ちよつとどこか切るとぱらぱらと取れるようにこしらえないといけない。あまり固くなつては石膏になってからあとで取れなくなる。それを小坂さんは非常に早くやつてくださつた。それから今度は粘土の下着けです。それが粘土を捏ねるのが大變なんです。粘土を初め百貫貫つたのですが、それでは足りないというので今度また百貫、それで二百貫。これは捏ねるだけでも大變です。それをぼくがやつていたら血を吐いて死んじやつたろうと思います。山で血を吐いて死ぬかもしれないと先程申しましたけれども、本當にそうなんです。とにかく若い人がやつてくださつたから、ぼく自身は非常に助かりました。そういう方に全然力を入れないで濟んだものですから非常に幸いでした。下着けの土を着けて、それが壊れないように繩でグルグル巻いて、用意周到に出來た。それですつかり終つて、あとから外をつける前に中のものを干すのです。中心になる粘土をある固さに固めるために干しました。そんなことで三月五日から十五日までにすつかり終つて、もういつでもぼくがやれるようになつたわけです。それで三月の二十三日に大きい像を本當の意味で作り始めまして、この方は愼重にやつた。出來るだけ能力を使つて、少しも急がないようにしてやつたのです。」

長文の引用になったが、この挨拶の引用には二つのことが含まれている。一つは何故、単一の裸婦像でなく、同じ裸婦像を二つ配置することになったかの弁明であり、第二は小坂圭二の苦労である。小坂の苦労を高村光太郎は骨組に関するものと二〇〇貫目（七五〇キロ）の粘土捏ねの力仕事であると語っている。これらは小坂の助手としての作業の中の準備作業としての力仕事に関することであり、彼の本来の仕事は高村光太郎のいう粘土着けである。日記によれば、小坂は骨組みに三月五日から八日までの四日間、粘土着けは三月一〇日から一二日までの三日間で「一段落」し、さらに三月一六、一七日の二日間、粘土着けをしている。この粘土着けで第二次試作を十和田裸婦像の寸法にまで、ほぼ二倍に拡大したわけである。この拡大粘土着けの正確さを強調することを高村光太郎はことさら避けているようにみえる。これは彼の作品である十和田裸婦像に対する小坂の寄与を過大に評価されるのを嫌ったからではないか。

(五) 十和田裸婦像の評価とその所以

十和田裸婦像が高村光太郎の彫刻作品として失敗作であることは定評のように思われる。弟の高村豊周さえ『光太郎回想』に次のとおりの批判を記している。

「この裸婦像は約十年の空白を置いて、しかも生涯で一番大きな作品になったのだけれど、結果として、僕はあれが兄の傑作だとは思っていない。もちろん十年の体験は、実際に土を握っていなくとも一つの新らしい面をひらいているけれど、肉体的には耐え切れなかっただろう。僕など小さいものを作っていても、すこし空白があると思うように手が動かない。勝手のちがうところがある。ましてあの年になって十年の空白は大きい。肉体のおとろえから言っても、いきなりあのボリウムは明らかに無理だったようだ。あのときは、あれが限界だったとしても、兄は結果的には満足しなかったろうと思う。」

この文章に先立って、高村豊周は「一年の間に「手」の習作も入れれば、小二つ、中、大と合計五点作っている」と書いているから、豊周は第一次、第二次の試作による作品が存在したことを承知している。だから「あのボリウムは明らかに無理だったようだ」と十和田裸婦像のヴォリュームだけを問題にしているけれども、第一次試作ですでにこの作品の貧しさは明らかになっていたのではないか。

私は髙田博厚の十和田裸婦像の評になかば同感し、なかば反対である。高田は次のとおり書いている（『彫刻全作品』所収「彫刻家高村光太郎の人間と藝術」）。

「彼自身の中には一つの美しい夢があった。愛したただ一人の女性、死後も影のように彼と共に「在つた」智恵子を像にする。けれど久しく、あるいはほとんど女の裸を手がけたことはなかった。しかもその時彼はすでに病気に虫蝕まれていた。（彼は長い間自分でそれをごまかしていた。）」

高村光太郎の作品としては『彫刻全作品』「図版21」の「裸婦坐像」が唯一の裸婦像である。一九一六年頃の作品といわれ、「草の芽」と愛称される、高さ二七・五cmの小品は横浜の本牧のチャブ屋の女を何かの事情でかくまったことからモデルにした作品といわれている。その愛称の示すとおり、出自にかかわらず、楚々として清潔な少女の裸の坐像であって、下半身をふくむ立像ではない。また、非ゴチック、非ロダン的であって、高村光太郎の本来意図した作風と異なるが、愛すべき小品である。

高田博厚のいうとおり、十和田裸婦像を除き、高村光太郎には裸婦立像は他に存在しない。高田はこう続けている。

「彼は決意して山を降りて敗戦後の惨憺たる東京に帰った。これは悲壮に見える。小説的である。けれども「彫刻」は苛酷である。気迫や決意だけでは出来ない。七十歳に近い「道程」の決算である。彼はやりとげた。しかし体が許さなかった。像の構成も、動勢も肉付もぎりぎりのところまでは突きつめられず、未完成の「完成」となって終った。……しかし「十和田の少女」が未完作とはいえ、やたらにある日本の銅像の中で、これだけ「品格」の高いものがあるか？　彼は智恵子の顔をそのままに写した。一つの像を二つ向き合せて立たせる構成の美しさを、彼は長い間考えていて、最後の作で実現させたのであるが、その組合せも像体自体の未完成のせいで、成功とは言えない。それでいながら、あらゆる文学的感傷を除外して、この像は「自然」の中に調和していて、自然を裏切らない。」

この作品の貧しさは高村光太郎が制作中の日々感じていたことであったようにみえる。一九五三年六月一六日の関係者に対する挨拶中、高村光太郎は「今日は本當はモデルさんに非常に感謝しなければならないのですが、ちようど病氣で來られないものですから非常に殘念に思つています。モデルさんは非常に眞面目に考えてくれて、自分の像があとに殘るというので大變樂しみにしてくださつて、非常にぼくを激勵してくれました。この制作はモデルさんに引張られてやつたようなものです。しよげているとき、よくモデルさんに激勵されたりしました。毎朝やりかかるときは、えらい勢いでやり始めますが、終り頃になつてうまく行かないとしよげるものですけれども、若い人に激勵されて、大いに力づけられてやりました。そういうことも、モデルさんがいらつしやれば感謝しようと思つておつたのですが、今日は來られなくて殘念です。」

モデルに対する社交辞令が含まれているかもしれないが、モデル不在の席だから、社交辞令以上の本音を語っていると解してよいだろう。

また、高田の評に戻れば、そもそも十和田裸婦像の女性の顔は「智恵子の顔をそのままに写した」といえるだろうか。『彫刻全作品』中「亡失作品」の「D-10　智恵子の首」と比較すると、「智恵子の首」の智恵子はうつむき加減だが、穏和であるのに反し、十和田裸婦像の女性の顔はよほど厳しく意志強そうにみえ、到底智恵子を写したとは思われない。

▲裸婦坐像（「草の芽」）
（『彫刻全作品』図版21）

さらに高田は「構成も、動勢も肉付もぎりぎりのところまでは突きつめられず」と述べており、動勢は高村光太郎のいう「ムーヴマンとは何か?」で説明している「動き」であり、「動きの無い生物の無いやうに、ムーヴマンの無い、生きた繪畫彫刻もない」というように、私が自己流に解すれば、これは充実した生命感を与える勢いの如きものであろう。そういう意味で、私は十和田裸婦像には内面にみなぎる生命感がないと思われ、そうした性格を高田が指摘していると考えるので、高田の批判に同感する。

高田のいう構成はどうか。十和田裸婦像の構成の最大の特徴は二つの同じ裸婦像を向かい合せた点にあると思われるが、高田はその「美しさ」と言っているので、私には同意しがたいけれども、一体の裸婦像自体の構成がよくないと高田はいっているのであろう。そうとすれば、左手を上げて掌を示し、右手はだらんと下げたままになっている構成を批判しているものと思われる。実際、左手は『彫刻全作品』図版49－1「手」に見られるとおり、独立した作品としてみれば、非ゴチックとはいえ、じつに優しく、典雅なのに、像の中に組み込まれると、無意味に掌をひろげているだけのようにみえる。夢違観音の右手の掌の指が心もち内側に向いて、衆生を招いているかにみえるのに反して、この十和田裸像の左手の掌は何も語っていない。これは部分と全体との不思議な関係を示すものとして、私に多くを考えさせた問題である。

夢違観音のばあい、右手は施無畏の法印を表現しているといわれており、左手には薬壺らしきものを持っているので、それなりに両手ともごく安定している。いったい男女を問わず、立裸像において手をどう配置するかは、彫刻家が古来苦心してきたようだが、十和田裸婦像のばあい、左手も右手もほとんど無意味に近い。

二つの像を向かい合せに配置したばあい、これらの左手の掌は互いに相手を招いているわけでも、相手を抱こうとしているわけでもない。この上にあげてひろげた掌が何の意味も持っていない。だから、二つの同じ像の配置という構成もいかなる興趣も喚び起こさない。「湖の上を渡つているときの感じが、自分で自分の姿を見ているような」感じを受けた、という高村光太郎の挨拶における説明はこじつけに近い。そうであれば、二つの像が互いに相手を見つめあっていなければならないが、二人の視線はずれていて、交わることがない。単一の立像では淋しいので二つを組合せることとした、というごく単純素朴な発想であり、私はこの構成から何の感興も覚えない。

＊

私自身は十和田裸婦像を評価しない。智恵子は背が低かったといわれる（草野編『高村光太郎と智恵子』所収、小島善太郎「智恵子二十七、八歳の像」）。ところが、十和田裸婦像は高さ二二八・五cm（幅八〇・八cm、奥行七二・〇cm）という巨大なものであり、智恵子の実際の背丈の一倍半を超えていたろう。

十和田裸婦像の大きさは銅像としてふさわしいかどうかを考えて決定したものだから智恵子の実際の身長と比べるのはむしろ不当というべきだが、智恵子の背中のほくろまで描いた名高い智恵子の背面のスケッチをみると、智恵子はすっきりした体型なのに、十和田裸婦像は、モデルのせいかもしれないが、いかつく、でっぷりした印象を与える。智恵子は「實によく均整がとれてゐた」と高村光太郎は「智恵子の半生」に書いているが、ただ、高村光太郎はこの十和田裸婦像の制作後の一九五五年六月七日の談話筆記「モデルいろいろ」において、このモデルが「日本女性としては身長も高く、釣合のとれた四肢胴體を持つて居り、胸の厚みが殊にすばらしく、ヒツプの圓みが愛らしく、腹部にありがちな無理なくびれもなく、胸から腰にかけての色白な皮膚が光りかがやくやうな健康に張り滿ちてゐた」と語っているが、これはモデルに対する社交辞令ではないかと私は疑っている。私には十和田裸婦像は、下半身がことに無骨であり、ヒップがきりっと締まっていないので。手の優しさにそぐわないし、この体型が均整がとれているとは何としても思われない。私の素人目には、十和田裸婦像は、贅肉をそぎ落とした、緊張した、ひきしまった均整のとれた体型をもっていてもらいたかったんだが、そういう体型ではないようにみえる。それが十和田裸婦像が私に感興を与えない主な所以と思われる。

だが、十和田裸婦像が失敗作に終った所以はいくつか挙げることができるだろう。その第一は、高村光太郎の体力、気力の衰えである。これはすでに第一次試作に認められるところであり、ここには充実した、みずみずしい精神の発揚がない。「草の芽」は非ゴチック、非ロダン的な作品だが、青春期の爽やかな抒情性に溢れている。一方、十和田裸婦像は第一次試作においてさえ、精神の切迫した緊張感がないように思われる。これは加齢による体力、気力の衰弱にその原因があるにちがいない。このことと関係するかもしれないが、制作に充てるのは、毎週、月曜から土曜までの六日間の午前だけで、午后と日曜はさまざまな執筆をふくめ、用事の処理をするといったかたちで制作をしたのであって、全身全霊をささげて十和田裸婦像の制作にうちこんだとは到底いえない状態であったことも挙げられるであろう。

このことは作者の年齢、七年の山小屋における独居自炊の生活、苛酷な生活環境のもたらしたものだが、もっと重大な理由として、彼が戦時下、戦後を通じて、日本的な美の信奉者であったことを考えるべきであろう。彼は埴輪に日本的な美の源泉を認め、夢違観音、救世観音などの美を再三説いていた。その美がどういうものか、若干、時期によって、表現に違いがあるが、その美は素朴であり、きよらかであり、人なつこいものであり、明らかに非ゴチック、非ロダン的な美であった。彼は、十和田裸婦像の制作過程において、裸婦像のための手を制作した。そのブロンズが『彫刻全作品』に収められているが、この手は雄々しくもないし、男性的でもない。生活感、生命感は淡いとはいえ、典雅な優美さをもつ愛すべき小品であることはすでに述べたとおりである。この手にもゴチック的精神は認められない。

私は高村光太郎が戦時下、戦後に信奉した日本的美への執着が十和田裸婦像を貧しい作品にしたもっとも重大な理由であると考える。

なお、どうしても付け加えておかなければならないことがある。

＊

谷口吉郎は前記「十和田湖記念像由来」中、当初から谷口らは十和田裸婦像の設置地として奥入瀬川の上流「子《ね》の口」を候補地とし、高村光太郎も子の口を視察、制作を決意したのだが、「国立公園にそのような人工的な施設を、しかも裸像をたてることは許されない」という当局からの達しのため、子の口を諦め、休屋に設置することになった旨を記している。

十和田裸婦像は元来子の口に設置するために制作されたのだから、子の口に設置してほしかった、と北川太一が言うのを私は再三耳にしている。国立公園の美をいかに保全するかは自然の美しさに対する見識によって異なるであろう。原始林よりも里山の雑木林が美しいということもある。人工的制作物を設置すれば原始林の美をそこなうと考えるのは短絡している。要はこの裸婦像が子の口周辺の風致を害するか、どうかにある。彫刻であれば、どんな彫刻でも良いとは私は考えない。この十和田裸像の如きは、子の口に設置されることによって、水の妖精、ニンフが水際から立ち上っているかの如き景観を呈し、神秘的な感じをもたらし、子の口周辺の自然の美をいっそうひき立てる、そうした親和性を十和田裸婦像はもっている、と私は考える。十和田裸婦像は高村光太郎の作品として失敗作であり、彼の作品の特徴であるゴチック的精神の所産でないけれども、逆に非ゴチックであり、日本的であることによって、ふさわしい場所に置かれれば、それなりの感銘を与える作品である。そういう意味で、この当局の決定は高村光太郎にとっても、私たち観光客にとっても、不幸、遺憾であった。

(六) 十和田裸婦像以後

十和田裸婦像が失敗作であることは高村光太郎自身が自覚したにちがいない。この失敗の自覚が彼を立ち直らせた。未完に終った次作一九五四(昭和二九)年作の倉田運平胸像には厳しい迫力があり、まさにゴチック精神が横溢し、私たちの胸をうつ作品である。「未完成の荒いタッチが不思議な迫力」をもつこの作品を見た石井鶴三が「これは未完成じゃない、これで完成している」と言い、『彫刻全作品』の解説に「未完のまま絶作となった作品である。「十和田裸婦像」の制作はうっ積していた光太郎の制作意欲を一挙に吹き出させたようである。恐らく裸婦像に不満を感じた硬質な量塊の構築をストレートにもとめ、きびしく対象を追究している。以前の柔軟さは見られないが、未完のためか却って74歳の老彫刻家のはげしい造形精神が直截に見るものに迫ってくる」と記している。私はこの解説を全面的に支持する。十和田裸婦像制作の過失にかかわらず、高村光太郎は生涯すぐれた彫刻家であった。

＊

全集年譜には、一九四七（昭和二二）年の項に「すこし無理をするとすぐ血痰、喀血を引き起こす健康状態が数年続く。自分では納得しなかったが、医師には明らかな肺結核と診断される」とあり、一九五三（昭和二八）年の項に六月二四日高井戸の浴風園で尼子富士郎に「身體撿査の事をたの」み、二九日に診察をうけ、「血壓ひくく、他に別状なく、肺だけが問題、レントケン不調のため、今一度ゆくこと」という結果が記され、七月六日の日記に「午前十時半出かけ車で浴風園、レントゲン撿査、結局結核性と分る、靜脈瘤ではないらし、いろいろ注意をきいてかへる」と記されている。

高村豊周は『光太郎回想』中次のとおり記している。

「この頃から兄の健康は急速に衰えていって、勢込んで東京に帰って来た時と、あの像の出来上った時とでは、すでに格段の相違だった。仕事中も僕は、

「仕事をやっていると、どうも肋間神経痛が痛んできやがって閉口だ。手を長い間高い所にもって

いかれない。こうやっているうちに肋間神経痛が起ってくるらしいんだ。」

と言うのを度々聞いている。

自分で本当に単純な肋間神経痛だと思っていたのか、肺が悪いことを知っていたのか、それはよくわからないが、仕事にかかると早々、老人病の権威である尼子富士郎博士に診察をうけている。尼子博士のお父さんは千駄木町の人で、漱石の「猫」に出て来る甘木先生だ。僕の子供の頃からのかかりつけの医師で名医だったが、兄も勿論お父さんの代からのなじみだった。その子供の方の尼子博士が養老院の浴風園の主治医で、日本での老人病の創始者である。東京に出てくる時、兄は仕事が終ったら山に戻るつもりでいた。帰らなければ土地の人に悪いという考えもあり、人にも「帰る、帰る」と口癖のように言っていたが、自分の健康が、もう一度あの生活に耐えられるかどうかは、私かに疑問に思っていたらしい。そんな迷いを決断するため尼子博士をたずねたのだが、その時、尼子博士は兄を診断して、

「山に帰ることは絶対いけない。山の麓で、南に面していて、蛇が多いなどというところは、湿気が多いに決っている。都会は空気が悪いと言うけれど、子供の時からその空気の中に育っているものは、体がすっかり調和してしまっている。やっぱり生きてゆくのには、自分が生れ育った土地が一番いいので、ガスも水道もない、電気もやっと引けたところで、無駄な労力を費し、都会の人間が土地の人達と同じ生活をするのは良くないことだ、にごった空気の中で生れ、産湯を使ったものに、きれ

いすぎる空気は合わない。」

と懇々と言われて来た。兄もそれを聞いて、

「ほんとにそうだな。」

と言っていたが、そんなことが、もう山には帰らない決心をするきっかけになった。一面、兄の気持の中には、何よりも彫刻を作りたい望みがあり、そう決ってからは、ほっとしたところもあったようだ。」


高村豊周は尼子博士の診察の結果にふれていないが、高村光太郎がその彫刻作品の商業性についてどう考えていたかを示す挿話を記しているので、引用しておきたい。


「三十年には家内が胆嚢の手術をしたり、長女の美津枝が結婚したりで、あまり頻繁には訪ねられなかったが、兄の健康は急激に衰えていった。それでも自分では何とか彫刻をやりたい気があって、僕に蠟のことをしきりに聞いていたことがある。自分の体力の衰えを思い、蠟ででも彫刻をしたかったのだ。フランスには彫刻の原型を蠟で作る技術がある。ところがフランスと日本では蠟の性質がちがっていて、日本のものは固いからよほど練習しないと使えない。僕はいまからそんなものをやるよりも、早く体を本当にして、木彫をやればいいとすすめてみた。

「砥石も小刀も木材もみんな僕が心配しますよ、作れるばかりにしてあげるから。」

と言うと、

「僕の作品など買ってくれる人がいるかね。」

と真顔で聞く。

「冗談いっちゃいけない。僕も売り方は得意じゃないけれど、必ず僕が買手を見つけるから。現にいまだって、何か兄さんのものはないかと度々人に言われる位で、作ってくれさえすれば必ずお金にかえられる。作りなさいよ、そうすればアトリエだって早く出来ることになるから。」

そう答えると、

「うーむ」

とうなっている。真剣になってきいていて、

「本当か、本当に買う人がいるのか。」

「あるったら。」と答えると、更に追かけて
「どこへ売れる？」

「じゃあ、一番はじめにS金属にね、社長はじめ、四、五人の人に頼まれているから、そこに持って行きます。」

「うーむ、どの位で売れるんだろう。」

「小さくたって、十万円には売れますよ。」

「そんなに売れるのか？」

まるで子供みたいな兄だった。」
高村光太郎は金銭に淡白で金離れが良かった。それに、琅玕洞の時代とは状況が変っていることを知らないほどに世間知らずであった。それには戦前、詩集は売れないもの、彫刻は納得するまで手直ししているから、極端に作品が少なく、生活の資にならなかったことが、彼の体質に沁みついていたにちがいない。

*

全集の年譜一九五四（昭和二九）年の項に
「五月、制作を中止し、この頃から病臥、療養に従う。」
とある。制作を中止したのは倉田雲平胸像であろう。
一九五五（昭和三〇）年の年譜には
「四月十一日、かなりの量の血痰をみる、三十日～七月九日、赤坂見附の山王病院に入院加療する。病状は一進一退、この頃から晩年の芸術としての書に関心をもつ。」
「九月七日から通いの家政婦を置く。二十日にかわった堀川スイ子が最後まで付き添う。」
この間の経緯から死去にいたるまでの事情を草野編『高村光太郎と智恵子』所収の「高村光太郎先

生の病床に侍して」と題して関覚二郎が執筆しているので、以下に抄記する。

「確か二十九年五月の事であつた。草野さんとアトリエに先生を訪ね次いで神田迄出向いて戴いてX線写真を撮つた。その頃外出を控へて居られた先生は帰途草野さんと大好きなランチオンで生麦酒を傾けられたとの事である。既に岩手の山小屋時代にも過労の度毎に喀血されたと聞いて居たので相当の変化は覚悟して居たが意想外の肺の変化に驚いた。よくこの変化に耐へてあの大作を完成されたと思ふ。

それで問題は治療になるが入院は希望されぬし看護婦さへも快しとしない。又実際治療しても全快の望は尠く高齢である。其処で邪道かも知れぬが病気の癒る事より如何にしたら仕事が沢山且つ長く出来るかといふ事に重点を置き治療はこれ以上悪化せぬ事を主として残りの時間は制作に向けて戴きたいと思つた。相談したら草野さんもこれに賛成である。それで岡本、大気両先生の応援を得て治療を始めた。処が先生は驚く程素直で執筆中の原稿も断り制作中の塑像も中止して私共の申上げる通り治療に専念された。かくて伺う度毎に多方面の話を承り乍ら楽しい往診が続き秋から元気になられた。

昨年（昭和三十年）春再び喀血があり状態もよくなく今度は無理に御願ひして友人長谷君の山王病院に入院して戴き又秋には元気になられたが矢張り衰へは増していつた。

今年（昭和三十一年）も窃に春の急変を懸念して居たが早くも二月頃から呼吸困難が増しお見舞したが肺の変化は段々下方に拡つたらしい。

処が三月二十二日草野さんから電話で十九日来喀血が続き状態が悪いから今日一緒に行けとの事で伺つたが僅の間に驚く程の変化である。早速応急処置を施すと一緒に絶対安静をお願ひした。今迄は一人の家政婦も通勤であつたが看護婦を増す事と重態の趣を必要方面に通知して貰つた。二十三日には令弟豊周氏夫妻にもお目にかかつたが当然入院が問題になつた。私は大喀血で輸送も心許ないし又入院されても治療には限界がある。寧ろアトリエにて親しい人達の心からなる看護を受けられた方が本望でもあらうし、看護する人達の希望でもあらうと忖度し、そのまま療養を続けられる事を主張した。二十四日には豊周氏の主治医内山博士も来診され、私の主張に賛成し尚ほ一週間の絶対安静を希望された。其後一時減るかに見えた喀血が二十九日に再び起り楽しみにされた一週間が駄目になり非常に落胆され更に一週間の安静を覚悟されたが既に動けないのが実情であつた。依然状態は好転せず衰弱は加はる許りである。三十一日筑摩書房のアルバム校正刷を見られた後、「The end かと言はれた時は暗然たるものがあつた。四月一日草野さんは集会のため留守であつたが雪を冒して往診した処呼吸困難著しく見るに耐へない。若し凝血か痰を吐き切れなければ窒息あるのみ、何時急変が起るか予測出来ぬ状態であつた。帰宅するや往診鞄を整理して枕頭におき何時電話があつても間に合ふやうにして寝た。俄然朝三時二十分中西さんより電話、直ぐタクシーに連絡。更衣。三十分にして到着したが既に万事終り程なく来られた岡本先生と呆然として顔を見合はせるのみであつた。」

年譜の記述に戻ると、一九五六（昭和三一年）の項に、

「二月十五日夜、この年最初の血痰を見る。肋間神経痛の症状強く、体力の衰弱も徐々に加わる。書の展覧会をすることなどに意欲を燃やす。」

「三月十九日〜二十五日、数度にわたる大量の喀血。容体急変し、以後面会謝絶、絶対安静を続ける。連日草野心平が中西家の母屋に詰める。」

「四月一日朝、喀血。酸素吸入。四月の雪はげしく舞い積もる。二日午前三時四十五分、アトリエで没する。肉親の誰もその死に間に合わなかつた。」

豊周夫妻、草野心平、関医師、岡本医師らが間もなく駈けつけたようである。

これが高村光太郎の生涯の孤独な終焉であった。

あとがき

本書は昨年一月刊行した『高村光太郎論』の続篇というべきものだが、前著以後、前著における『典型』についての評価をつきつめて考えた結果、かなりに評価を改めているので、通常言われる意味での続篇ではない。

前著の「あとがき」でも記したが、ともに戦争を讃美し、戦意を鼓舞する作品を夥しく書きながら、そのことを反省した高村光太郎の詩集『典型』が貧しく、まったく反省しなかった斎藤茂吉の『白き山』が感動的な歌集であるのは何故かについて、私はかねて問題意識をもっていた。前著に「あとがき」でこの問題意識に言及しながら、前著でその解明を試みていないことを山之内正彦氏から指摘された。本書を執筆した動機の一つは、この問題意識について私なりの結論を得たいと意図したことにある。

そのため、私は敗戦前後、ことに大石田における斎藤茂吉の実生活を検討し、『小園』から『白き山』に至る歌集を読みかえした。一方、高村光太郎の花巻郊外、大田村山口における独居七年の生活については、すでに二七〇枚の原稿を書き終えていたが、前著では他の章との均衡を考慮し、その短縮版を執筆し前著の第七章に収めた。そこで山居七年の実態を詳述した原稿を本書に流用し、『典型』

を読みかえすこととした。

こうして読みかえした結果、私はこれまでの私自身の『典型』『白き山』の評価をまったく改めることとなった。どう改めたかは本文をご覧いただきたい。

第二に高村光太郎の死に至るまで、つまり上京後の業績を調査し、前著とあわせ、評伝として完結させたいと思った。上京後のほとんど唯一の仕事は十和田湖裸婦像の制作だが、私はかねてこれがゴチック的ないしロダン的でないことを気がかりに感じていたので、その所以について私なりに解釈した。高村光太郎の体力の衰えによる、という普通採られている解釈を私は採らない。この私の考えも本文によってお読みいただきたい。

本書の刊行にさいし、わざわざ十和田湖裸婦像を見るために十和田湖畔に一泊までしてくださるほど、ご厚意を賜った青土社社長清水一人さんと丹念に校閲、校正をしてくださった石井真理さんと瑞田卓翔さんに心から感謝していることを申し添える。

二〇一九年四月二〇日

中村 稔

※　高村光太郎・斎藤茂吉の著作からの引用は、『増補版　高村光太郎全集』（全二一巻、筑摩書房、一九九四―八年）、『斎藤茂吉全集』（全三六巻、岩波書店、一九七三―六年）に拠る。なお、引用に際しては適宜表記を改めた箇所がある。

高村光太郎の戦後

2019年5月24日　第1刷印刷
2019年6月3日　第1刷発行

著者——中村 稔

発行者——清水一人
発行所——青土社
東京都千代田区神田神保町1-29 市瀬ビル　〒101-0051
［電話］03-3291-9831（編集）　03-3294-7829（営業）
［振替］00190-7-192955
印刷・製本——ディグ

装幀——菊地信義

ISBN978-4-7917-7163-9 Printed in Japan

中村　稔の本

［人物評伝シリーズ］

萩原朔太郎論　三二〇〇円

石川啄木論　二八〇〇円

芥川龍之介考　二二〇〇円

樋口一葉考　二二〇〇円

中也を読む　詩と鑑賞　二二〇〇円

司馬遼太郎を読む　一九〇〇円

高村光太郎論　二八〇〇円